극락무도
닥터 고

C o n t e n t s

1부 이웃의 집에서 아침을 * 07

프롤로그 * 09

Chapter 1 | 이웃이 생겼다 * 17

❶ 이웃집 남자의 시각 * 19
❷ 이웃집 여자의 시각 * 41

Chapter 2 | 이웃의 엉덩이는 가볍다 * 71

❶ 이웃집 남자, 이보다 더 가벼울 순 없다 * 73
❷ 이웃집 여자, 이렇게 가벼워도 되는 거야? * 88

Chapter 3 | 거슬리는 이웃을 주목하라 * 109

❶ 닥터 고의 일주일 * 111
❷ 이웃을 사랑하게 됐다 * 127

Chapter 4 | 널리 이웃을 사랑하라 * 151

❶ 이웃집 여자의 정체를 밝혀라 * 153
❷ 1101호와 1102호 사이의 간극 * 178
❸ 어느새 숨어든 도둑고양이 * 197

Chapter 5 | 이웃이 슬프게 울었다 * 211

❶ 나팔꽃이 피는 계절 * 213
❷ 난공불락의 성 * 240

에필로그 * 275

2부 늑대와 함께 삶을 * 279

프롤로그 * 281

Chapter 1 | 한 발자국, 다가가기 * 287
❶ 하양이 빨강이 될 때 * 289
❷ 하양이 핑크가 될 때 * 330

Chapter 2 | 두 발자국, 침범하기 * 349
❶ 겨울 향기 * 351
❷ 겨울의 시작 * 385
❸ 겨울의 끝 * 407

Chapter 3 | 세 발자국, 침략하기 * 427
❶ 일상의 공유 * 429
❷ 빛이 내리는 날 * 456

에필로그 * 485

외전 | 함께 걷기 * 495
❶ 함께 있음을 * 497
❷ 졸업 * 505

작가 후기 * 509

1부

이웃의 집에서 아침을

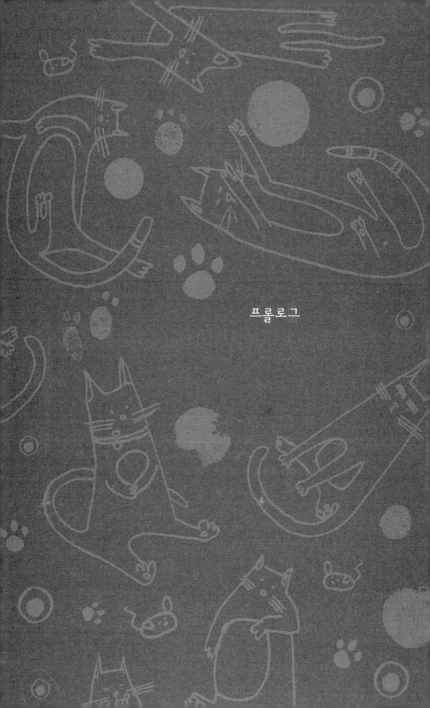

프롤로그

그녀와의 첫 만남은 지금 생각해 보면 아주 평범했다.

"어? 1102호 사시는 분이세요? 저 오늘 이사 왔어요."

보통의 여자들보단 낮고 허스키한 목소리. 신경을 긁어 대는 목소리를 듣던 단우가 고개를 끄덕였다. 그리고 붙잡고 있던 손잡이를 잡아당겼다. 비밀번호를 다시 누르는 수고를 덜고 싶었으니까. 살짝 열린 문 틈을 보던 그가 짧게 답했다.

"네."

한 층에 두 집밖에 없는 구조의 아파트에 살고 있던 단우는 늘 비어 있던 1101호 문을 붙잡고 서서 상큼한 웃음을 짓고 있는 여자를 무심한 눈으로 보았다. 가슴골이 훤히 보이는 티셔츠와 여름도 아닌데 새하얀 허벅지를 모두 드러낸 바지는 눈을 어디에 둬야 할지 모를 정도로 노출이 심한 의상이었다. 그리고 자신의 몸 중 어디가 가장 예쁜지 알고 있는 여자는 입술을 부드럽게 휘며 매혹적으로 웃었다.

"앞으로 잘 부탁드려요."

고개를 든 단우가 여자의 얼굴을 다시 살폈다. 입술 바로 밑에 찍혀 있는 작은 점에 계속 시선이 갔다.

여자는 성형외과의인 그의 눈으로 보았을 때도 완벽했다. 눈과 입, 눈과 눈 사이 길이도 완벽한 황금 비율이었으며 좌우대칭이 맞았고, 코의 높이나 입술의 두께 또한 요즘 여성들이 선호하는 모양을 하고 있었다. 평소 여자라면 지겹도록 봐 오고 자신이 만들어 낸 미인들도 많이 봐 온 그가 옆집에 이사 온 여자에게서 시선을 떼지 못하는 것은 그것 때문이었다. 인위적으로 만들 수 없는 완벽한 얼굴을 하고 있었기 때문에. 이렇게 완벽한 자연미인은 처음 보는 것이었다.

고개를 내린 그는 그녀의 몸 또한 눈으로 훑었다. 가슴은 만져 보지 않아 자연산인지 확인할 수는 없었지만, 몸에도 칼 한 번 대지 않은 것 같았다.

"너무 노골적으로 보시네요."

여자의 말에 단우가 그제야 자신이 너무 뚫어져라 바라봤다는 사실을 깨달으며 말했다.

"죄송합니다. 일종의 직업병이어서요."

"아니에요, 익숙해요. 얼굴이 따갑네요."

웃음을 내뱉은 여자가 낮게 내리깐 눈으로 고개를 끄덕이며 집 안으로 들어갔다. 매끈한 뒷모습을 보던 단우도 집 안으로 들어섰다. 예전처럼 이웃사촌 간의 정이 있는 것도 아니었고,

교류가 있는 것도 아니었다. 그냥 비어 있던 옆집에 사람이 들어왔다는 것 정도였으니까.

그리고 그녀가 옆집으로 이사 오고 4개월이란 시간이 흘렀다. 그의 기준에서 보았을 땐 긴 시간이었으나, 새하얀 몸을 드러낸 채 자신의 아래서 웃고 있는 그녀와의 관계를 보았을 땐 결코 긴 시간은 아니었다.

"흐응!"

평소 무심하게 빛나던 여자의 눈동자가 열락으로 물들고, 처음부터 신경 쓰였던 입술 밑의 점이 근육의 움직임에 따라 연신 꿈틀거리자, 그의 이성이 점차 멀어져 감을 느꼈다.

빠르게 허리를 움직이던 단우는 가느다란 발목을 잡아 위로 번쩍 올렸다. 순간 남성이 여성 안으로 더욱 깊숙이 파고들자, 여자가 까무러쳤다.

"꺄악!"

"비명 소리 한번 우렁차고 좋군."

이런 순간에도 이성적인 표정을 유지하는 단우를 보며 여자가 미간을 찌푸렸다.

"재미없는…… 아!"

말을 끝맺지 못한 여자는 자신의 은밀한 곳을 손으로 더듬으며 부드럽게 허리를 돌리는 단우를 흘겨보았다.

"내 입을 틀어막고 싶다면 말을 조금 더 예쁘게 하는 게 좋을 것 같은데요."

"아, 그러긴 싫어."

그러면서 힘껏 여성의 안으로 들어갔다가 부드럽게 빠져나오길 반복하며 그가 싱긋 미소 지었다. 매혹적인 얼굴을 보며 여자가 입술을 뾰족하게 내밀었다.

"왜, 왜요……."

여자의 말은 여전히 젖어 있다. 그 속처럼.

"당신을 보면 열 받거든."

무심한 어조로 말을 내뱉은 그는 순간 남성을 꼭 조이는 여성 때문에 미간을 찌푸렸다. 그가 여자를 노려보자 그녀는 깔깔 웃음을 터뜨리며 어깨를 으쓱였다.

이 여자가 정말.

속으로 투덜거린 단우가 힘껏 허리짓을 했다.

두 사람은 방금 전과는 달리 서로가 주는 감각에 눈을 질끈 감았다.

"윽……."

정액을 왈칵 쏟아 낸 단우는 곧장 그녀의 허리를 들어 올렸다. 엎드린 자세가 된 여자는 늘 그랬던 것처럼 자신의 안에서 흐물흐물했던 남자가 커져 가는 것을 느끼며 낮게 신음을 내뱉었다.

목소리는 섹시하다.

그것만으로도 그의 남성은 또다시 무시무시한 속도로 커져 갔다.

멍한 눈을 깜빡이던 단우는 옆자리가 비어 있자 한숨을 내뱉었다. 여자는 분명 아침에 자신이 깰세라 소리를 죽이며 출근 준비를 했을 것이다. 자리에서 일어나 뻐근한 목을 두어 번 돌리던 그가 벽에 걸린 시계를 확인했다.

8시.

평소 7시에 일어나 기계적인 하루를 시작하던 그였지만, 여자를 만난 후론 생활 패턴이 완벽하게 망가졌다.

"중증이야."

다음 날 일에 지장을 주는 일은 하지 않는 그였다. 하지만 여자는 무서운 속도로 그의 생활을 망가뜨리고 사고 회로를 망가뜨렸다.

요셉 성형외과 원장 고단우.

그가 서른넷의 나이에 청담에서도 최고로 손꼽히는 성형외과의 원장이 될 수 있었던 것은, 완벽을 추구하는 성격과 상식적인 선에서만 생활을 하는 것 때문이었다.

하지만 요즘 그의 생활에 날파리 같은 존재가 하나 끼어들었다.

부엌으로 걸음을 옮긴 단우는 늘 그랬던 것처럼 차려져 있는 아침 밥상을 무심한 얼굴로 보았다.

"생긴 것과는 다르단 말이야."

짧게 읊조린 그는 한 술도 뜨지 않은 채 곧장 걸음을 옮겨 샤워실로 향했다.

4개월간의 관계 속에서 그가 이웃에 대해 알게 된 것이 있다면 단 하나였다.

가슴도 자연산이라는 것.

차가운 물줄기 아래서 몸을 식히던 단우는 여자를 생각하는 것만으로도 발기한 남성을 보며 기가 막힌 듯 비웃었다.

"어이, 그만하라고."

그는 그날도 이웃과 지난밤을 함께했다.

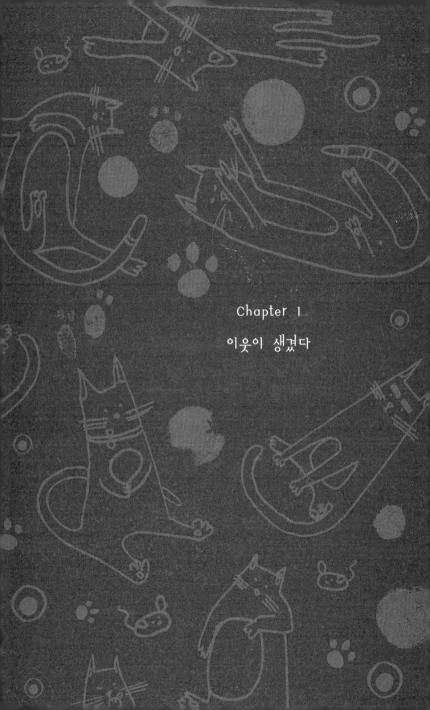

Chapter 1

이웃이 생겼다

이웃집 남자의 시각

그는 아침 7시에 일어나 30분간 러닝머신 위를 달린다. 짧은 시간이었지만 속력을 최대한 올려 땀을 뺀 후 곧장 욕실로 가 깨끗이 씻고 출근 준비를 한다.

아침은 간단히 커피와 토스트 하나. 그 이상은 시간이 남더라도 먹지 않았다. 아침은 적당히 배만 채우는 것이 좋았으니까.

8시 10분이 되면 정확히 집을 나와 병원으로 향했다. 그리고 전날의 매출을 확인한 후 예약자들을 살폈다. 자신의 것뿐만 아니라 그의 병원에 소속된 의사들의 것들까지 죄다.

그리고 아침 수술이 없으면 9시부터 상담 손님을 받고, 정확히 12시가 되면 동료 의사들과 함께 식사를 하러 밖으로 나갔다. 그 후론 7시까지 근무 후, 최근 페이스 오프를 하는 쇼프로그램 녹화가 없다면 곧장 집으로 갔다. 그리고 미리 사 둔 책을 읽으며 시간을 보내고 9시가 되면 뉴스를 시청한 후 정확히 11

시가 되면 잠자리에 들었다.

　이러한 생활은 그가 병원을 차린 후로부터 계속되었다. 되도록 늦은 시간 수술은 잡지 않았고, 작년부터 인기리에 방영 중인 〈마이 페이스 오프〉 촬영이 아닌 날은 꼭 제 시간에 잠자리에 들었다. 물론 주말엔 평소에 관리하지 못한 인맥 관리에 열정을 쏟기도 했지만 그조차도 한 달에 네 번 이상을 넘지 않았다.

　그는 자신의 개인 생활을 아주 중요하게 여기는 사람이었다. 여기서 더 이상 부족한 것이 없었으니 제 삶을 유지하는 데 최선을 다했다. 일도 좋았고, 돈도 좋았지만 제 인생에서 가장 중요한 건 역시나 나 자신이니까.

　그날도 여느 날과 별반 다를 것이 없는 날이었다. 다만 다른 것이 있었다면 촬영 시간이 조금 당겨지는 덕분에 수요일인데도 일찍 집에 도착했다는 것이다. 지하 주차장에 차를 세운 단우가 곧장 엘리베이터 쪽으로 걸음을 옮겼다.

　한 건물에 엘리베이터는 한 대였다. 높지 않은 아파트였고, 한 동당 사는 가구가 많지 않으니 평소엔 불편함을 느끼지 못했다. 하지만 지하 주차장에서 가장 고층에 있는 엘리베이터를 기다리는 일은 제법 짜증스러운 일이었다.

　탁탁.

　발을 굴리던 그의 시선이 층을 가리키는 숫자판에서 게시판으로 옮겨졌다.

〈부실 공사한 대원 건설은 손해배상을 받아들여야 할 것이다!〉

안녕하세요, 새빛 아파트 주민 여러분. 지은 지 2년도 채 안 된 아파트이건만 여기저기 벽이 갈라지고, 층간소음 때문에 고민이 많으시지요. 이로 인해 최근 반상회에선 부실 공사를 한 대원 건설에게 손해배상 청구와 함께 아파트 시정 공사 소송을 낸 상태입니다.

제일 위, 헤드카피에서부터 결연한 의지가 느껴지는 공고문에 그의 미간이 찌푸려졌다.

가끔 위층에서 쿵쿵대는 소리에 잠에서 깨긴 했으나 다행히도 옆집이 비어 있어 그는 그리 심각하다 느끼지 못하고 있었는데, 저번 주부터 옆집에 이사 온 여자 덕에 그 또한 이 공고문을 적은 사람처럼 분노를 느끼고 있었다.

옆집에 이사를 온 여자를 떠올리던 단우가 미간을 찌푸렸다.

"천박하게."

차갑게 일갈한 단우가 이를 바득바득 갈았다. 그녀 덕에 요즘은 밤에 잠을 이룰 수가 없었다. 그도 신체 건강한 남자이니 벽을 통해 신음 소리가 들려온다면 거기에 귀를 기울이게 되지 않겠는가. 더욱 평소의 허스키한 목소리와는 달리 나약한 미성으로 내지르는 신음은 천박하고 감정이 느껴지지 않아 더욱 짜증스러울 지경이었다.

"연기를 하려면 좀 더 제대로 하든가."

한 번만 더 그런 경박한 소리가 들려온다면 문을 두드리기로 마음먹은 단우는 짧은 알림음과 함께 엘리베이터 문이 열리자 걸음을 옮겼다. 11층 버튼을 누른 단우가 천천히 바뀌는 숫자판을 볼 때였다. 1층이 되자 엘리베이터가 멈춰 서고 문이 열렸다.

엘리베이터에 오른 것은 아직은 앳되어 보이는 남자였다. 올해 스물둘은 되었을까? 곰곰이 남자의 얼굴을 보던 단우는 단 하나의 결론만을 내렸다.

군대도 안 다녀왔겠군.

매끈한 피부가 그 사실을 알려 주고 있었고, 아직은 순진한 눈망울이 그 생각에 대한 확신을 주고 있었다.

남자를 관찰하던 단우는 그가 눌려져 있는 버튼을 확인하곤 뒤로 물러서는 것을 보며 한숨을 쉬었다. 자신은 처음 보는 남자였으니 아마 옆집 여자의 손님일 것이다.

도대체 어떻게 생겨 먹은 여잔지…… 쯧.

그가 속으로 혀를 찼다. 옆집에 사는 음란한 여자의 집엔 일주일에 두어 번 정도 방문객이 있는 듯했다. 그걸 알 수 있는 이유는 그 정도의 간격으로 신음 소리가 벽을 타고 들려오기 때문이다. 그리고 몇 번은 남자가 그 여자의 집 안으로 들어가는 것도 보았고.

상대까지 바꿔 가며 잠자리를 가지는 여자라……. 그의 기준에선 절대 이해할 수 없는 일이었다. 그러다 성병이라도 걸리면 어떻게 하려고?

그가 쓸데없는 생각을 하고 있을 때였다.

띵-

맑은 소리가 들리자 남자가 발걸음을 옮겼다. 그의 발길이 멈춘 것은 역시나 옆집이다. 한숨을 내뱉으며 이젠 남자 또한 한심하게 보이기 시작한 단우가 곧장 집 앞으로 다가갔다. 그리고 비밀번호를 누르고 집 안으로 들어가기 전 들려온 목소리에 걸음을 멈췄다.

"어머, 현우 왔니? 아, 안녕하세요?"

"네, 누나."

헤픈 여자를 보며 헤실거리는 꼴이라니. 남자를 기쁜 얼굴로 맞이하던 여자가 자신을 향해 인사를 건네자 미간을 찌푸렸다. 인사 따위 받아 줄 마음은 없었지만 그는 고개를 끄덕이며 무심한 얼굴로 말했다.

"네, 바빠 보이시네요."

"네?"

"아닙니다."

쾅!

더 이상 상대하고 싶지 않다는 듯 그가 큰 소리를 내며 문을 닫았다. 가지런히 신발을 벗고 집 안으로 들어온 그는 겉옷을 벗어 옷걸이에 걸어 두었다. 그러다 문득 벽을 타고 들어오는 웃음소리에 그의 고개가 옆으로 홱 돌아갔다.

"아, 젠장."

신경을 묘하게 건드리는 허스키한 웃음소리. 그리고 저 웃음소리가 밤이 되면 신음 소리로 바뀐다 생각하자 그의 미간이 종잇장처럼 일그러진다.

"정말 신경 쓰이는 여자야."

그게 안 좋은 쪽으로 신경이 쓰이는 것이었지만 말이다.

◇

활자에서 시선을 떼지 못하는 단우의 얼굴은 그 어느 때보다 진지했다. 일주일에 세 권, 그는 꼬박꼬박 책을 읽었다. 그건 마치 습관에 가까운 행동으로 그가 평생을 지키고 있는 약속 중 하나였다. 문화생활 또한 독서로 대체하고 있었고, 장거리 이동을 할 때도, 방송 때 대기하는 시간에도 그는 늘 책에서 손을 떼지 않았다.

그가 이번에 집어 든 책은 십여 년 전에 나온 중편 소설로 꽤 짧은 이야기에 속했지만 벌써 일주일째 읽고 있는 것이었다. 읽는 속도가 느려서 그렇거나 혹은 글이 재미가 없어서 그런 것이 아니었다. 그는 벌써 이 책을 세 번째 연달아 읽는 중이었다.

〈행복한 그대에게〉

제목은 서정적이고 밝았으나 글 내용은 그렇지 않았다. 이름도 이상한 주인공 밀우는 그의 기준에서는 물론이고 평범한 사람들의 기준에서도 참 불행한 삶을 살고 있었다.

태어나자마자 선천적인 장애를 가지고 있었고, 그로 인해 고아원 앞에 버려졌다. 하필 계절도 겨울이어서 고아원 원장이 발견하고 나서는 곧장 병원 신세를 져야 했다. 자라나는 과정 또한 순탄치 않았다. 손가락과 몸이 꼬인 장애를 가지고 있어 학교를 제대로 다닐 수도 없었고, 배울 수도 없었다.

소년은 결국 열여덟 살에 죽는다. 어차피 살아 봤자 끝이 불행한 인생이었기에 소년이 죽을 땐 책을 읽던 그마저 안도할 정도였다. 하지만 소년 밀우는 죽는 순간 자신의 손을 붙잡은 채 눈물을 펑펑 쏟아 내는 원장 수녀에게 말했다.

"행복했어요."

그 말 때문일까. 그는 끝까지 읽고도 다시 앞으로 돌아가 글을 읽고 있었다. 소년은 무엇이 그렇게 행복했나, 어떻게 웃으며 죽을 수 있었나. 나 같으면 이 원통한 삶, 빌어먹을 세상 실컷 욕하고 죽었을 텐데.

단우는 오늘도 마지막 장까지 읽은 후 이해할 수가 없어 앞장으로 다시 되돌아갔다. 그러다가 이 정신 나간 글을 쓴 작가가 문득 궁금해져 프로필이 적혀 있는 앞날개를 살폈다.

–저자: 이하양.

겨울에 태어났다.

2006년 신춘문예 소설 부분에 당당히 입상했으며,

신춘문예 당선작 〈그대에게로〉를 펴냈다.

그녀는 그대에게로를 적기 전까진 단 한 번도 글을 쓰지 않은, 미래가 촉망되는 작가이다.

UintheMe00000@naver.com

이메일 주소까지 적힌 짧은 프로필을 눈으로 훑은 단우가 쓰고 있던 안경을 벗은 뒤 옆에 놓아둔 휴대전화를 집어 들었다. 미래가 촉망되는 작가 좋아하시네. 이런 글이나 적는 사람이 말이야, 라고 생각하며 인터넷 창에 〈이하양〉을 적어 넣은 그는 주르륵 뜨는 작가의 프로필을 빠르게 살폈다.

그녀가 펴낸 책은 총 세 권이었다. 첫 장편 소설인 〈그대에게로〉와 그가 읽지 못한 두 번째 단편 묶음 〈선물〉, 그리고 곧 네 번째 읽게 될 〈행복한 그대에게〉까지. 세 번째 소설이 이 모양이니 앞 작품들은 보지 않아도 뻔할 것이다. 그리고 세 번째 책 또한 3년 전에 나온 것이었다. 아마 판매가 저조해서 더 이상 집필을 이어 나갈 수가 없었겠지. 지금쯤 골방에 틀어박혀 은둔형 외톨이가 되어 키보드를 두드리고 있을지도 모른다.

"후. 그럼 그렇지."

그가 자리에서 일어났다. 시계를 보자 10시 56분. 서둘러 잘 준비를 하고 침대에 누워야 할 시각이었다. 책은 내일 한 번 더 읽어 보고 더 이상 이해가 안 된다면 그만두는 것이 좋을 것이다. 한숨을 내뱉은 그가 곧장 욕실로 향해 칫솔부터 빼 들었다.

그리고 입 안 곳곳을 꼼꼼하게 양치질을 한 후 세안까지 말끔하게 했다.

그가 침대에 누운 것은 평소와 같은 11시였다. 오늘 옆집 여자의 집으로 한 남자가 들어갔으니 아마 곧 있으면 또 말도 안 되는 신음 소리가 들려올 것이다. 그 소리를 듣는 순간부턴 또다시 잠을 설칠 테니 빨리 잠에 드는 것이 좋았다.

그렇게 생각하던 그는 사념을 털어 내며 곧장 잠에 빠져들었다.

띠- 띠띠띠띠-!

머리맡에 놓아둔 휴대전화에서 울리는 알람 소리에 단우가 눈을 번쩍 떴다. 그리고 상체를 일으켜 크게 기지개를 켠다.

"어젠 그냥 돌려보냈나 보네."

다행히도 벽을 통해 이상한 소리가 들려오지 않았다. 어젠 남자의 품에 안기고 싶은 마음이 들지 않았던 것인지. 그 덕에 꿈도 꾸지 않을 정도로 잘 잤으니 그야 대만족이었지만 말이다.

자리를 털고 일어난 그가 곧장 러닝머신 위에 올랐다. 머리부터 발끝까지 땀에 절 정도로 힘껏 다리를 옮기는 그의 눈은 어느새 텔레비전을 향해 있었다. 그곳엔 지난주에 녹화를 뜬 방송이 흘러나오고 있었다.

텔레비전 속의 그는 러닝머신 위를 달리며 시니컬한 표정을 짓고 있는 지금의 그와는 달리 자상한 웃음을 짓고 있었다.

"당신의 인생을 바꿔 드릴게요."

이번 주 방송에 나온 여자는 어릴 적부터 몸에 커다란 화상 자국이 있는 여자였다.

어깨에 있는 화상 자국 때문에 수영장에도 못 가고 사랑하는 남자와의 관계도 가질 수 없다는 여자.

그 화상 자국이 없어진다고 해서 당당하게 수영장에 갈 정도로 몸매가 좋은 것도, 사랑하는 남자가 안고 싶을 정도로 얼굴이 멀쩡한 사람도 아니었지만, 그는 그렇게 말했었다. 그리고 그 말에 여자는 구원이라도 받은 것처럼 눈물을 펑펑 쏟아 냈다.

"여자들은 참 단순해."

고작 그 정도 상처가 없어진다고 해서 인생이 바뀌는 것은 아닌데.

그는 그러한 생각을 하며 러닝머신 위에 올려 둔 리모컨을 들어 텔레비전을 꺼 버렸다.

다음 주는 어떤 여자가 나오더라?

아아, 가슴이 작아서 고민인 여자였지.

생각이 가슴으로 튀자 곧 풍만한 가슴을 가진 옆집 여자가 떠올랐다. 위에서부터 차례로 35-24-35. 아마 허리는 그보다 더 얇을 수도 있었다. 비정상에 가까운 신체 사이즈는 일부러 만들려 해도 만들 수 없는 것이었다.

가슴과 허리야 보형물을 넣고 갈비뼈를 제거하면 가능은 했지만 골반의 경우엔 뼈를 집어넣거나 지방을 넣어 라인을 만들 수는 없으니까.

고개를 끄덕이며 자신의 생각에 동조를 하던 그의 얼굴이 순간 일그러졌다.

"아무리 그래도 그렇지, 그렇게 엉덩이 가벼운 여자를 안고 싶은가?"

다른 남자에게 얼마든지 안기는 여자. 어쩌면 밤이 외로워 견딜 수 없다는 마리린 먼로와 같은 삶을 살고 있을지도 모른다. 아니면 가벼운 관계를 즐기는 여자거나. 섹스심벌과 창녀 사이의 간극은 너무나 가까워 뭐라 단정 지을 순 없었지만, 적어도 그는 단 하나만은 알고 있었다. 잿빛 눈동자가 그리 행복해 보이지 않는다는 것을.

"뭐, 나랑은 상관없지만."

밤에 신음 소리만 들려오지만 않는다면 말이다.

"고 원장님 퇴근 안 하세요?"

평소라면 7시 정각에 정확히 병원을 나섰을 그가 여전히 원장실에 앉아 있자 결국 민 간호사가 노크를 하고 들어와 물었다. 한참 모니터를 뚫어져라 바라보고 있던 그는 갑작스런 인기척에 고개를 번뜩 들었다.

"아! 벌써 시간이 그렇게 됐습니까?"

그가 미간을 찌푸리며 화면 구석에 있는 시계를 보았다.

7시 10분.

평소라면 자동차에 올라 집으로 향하고 있을 시각이었다.

"먼저 퇴근하세요."

"그럼 뒷정리는……."

"제가 하겠습니다."

그의 말에 민 간호사가 활짝 웃었다.

"그럼 먼저 들어가 보겠습니다."

고개를 끄덕인 단우가 곧장 모니터로 시선을 옮겼다. 결국 어제 다섯 번이나 책을 독파했지만 책 내용을 이해할 수가 없었다. 그냥 가볍게 넘겨도 됐지만, 그는 이 책이 열두 번이나 증쇄를 했고 수많은 독자들의 심금을 울린 소설이라는 사실을 알게 된 순간 그냥 넘겨 버릴 수가 없었다.

뭐야, 나만 이해를 못 하는 거야?

그렇게 생각하자 알 수 없는 감정에 자존심이 와장창 깨지는 느낌이었다. 그래서 결국 작가의 프로필에 적혀 있는 이메일 주소를 보내는 이에 입력을 하고, 그 밑으로 자신이 궁금한 점들을 줄줄 적기에 이르렀던 것이다.

작가가 아직도 이 메일을 사용하고 있는지도 몰랐고, 또 이런 메일을 보내는 자신이 꼴불견처럼 느껴졌으나 그는 퇴근 시간이 지났다는 것도 모른 채 한참 고민에 잠겨 있었다.

보내? 말아?

그가 손가락으로 테이블을 소리 내 탁탁 두드리며 고민에 잠겼다. 그러다 이내 적은 메일을 모두 삭제한 후 짧게 키보드를 두드렸다.

－행복한 그대에게를 읽은 독자입니다. 소년 밀우가 행복했다는 것이 사실입니까? 그저 독자가 생각하기에, 작가가 생각하기에 편한 쪽으로 결말을 맺은 것이 아닙니까?

짧게 메일을 적은 그는 가타부타 말없이 문장을 끝낸 후 보냄 버튼을 눌러 버렸다. 그리고 컴퓨터를 끈 후 자리에서 벌떡 일어났다.

이런 메일을 받으면 작가가 기분이 나빠 답장을 하지 않을 것이란 생각이 들었지만 그래도 이미 보낸 것을 어쩌랴. 그리고 그는 책을 구입한 독자로서 당당한 물음을 던진 것뿐이었다.

저 좋을 대로 생각을 끝맺은 그는 대충 병원을 정리한 후 주차장으로 향했다. 차에 오르자 벌써 8시가 넘어 있었다. 평소보다 한 시간 늦은 퇴근.

한숨을 내뱉은 그가 차에 시동을 켠 후 부드럽게 차를 출발시켰다. 작가가 답장을 보내 자신의 의문을 풀어 주길 잠시 잠깐 바라며.

"아앙, 흐앙! 자, 자기야! 아아!"

벽을 타고 선명하게 전해지는 신음 소리에 이불을 머리끝까지 뒤집어쓰고 있던 단우가 눈을 질끈 감았다.

"그래서 남자가 꼴리겠어?"

"하아, 그래! 거기! 아, 아아! 좋아!"

"연기를 하려면 좀 제대로 하라고!"

버럭 소리친 단우가 상체를 벌떡 일으켰다. 고개를 돌려 시계를 보자 새벽 2시. 오늘도 잠을 자긴 그른 것 같았다.

"아니, 그럴 수야 없지."

무표정한 얼굴로 말을 읊조린 단우가 자리에서 벌떡 일어났다. 옆집의 사생활 때문에 자신이 잠을 설친다니. 그럴 수야 없다. 지금 한창 포르노 비디오 뺨치는 관계를 가지고 있겠지만 그래도 이웃에게 피해를 주면서까지 섹스에 열을 올리는 것은 아니지 않은가.

"인간들이 예의도 없이."

입술을 비틀며 짧게 일갈한 그가 문을 열고 밖으로 나갔다. 그리고 옆집의 문을 힘껏 걷어차려던 그의 발이 순간 움찔 멈췄다.

"난 이성적인 사람이야. 그래, 이것들처럼 경우 없는 인간은 아니지."

그가 마치 무엇에 홀린 사람처럼 읊조렸다. 그 뒤 한숨을 푹 내쉬며 어깨를 축 늘어뜨린다. 손을 들어 마른세수를 한 그가 손가락 사이로 문을 보았다. 그의 눈동자엔 고민하는 기색이 역력했다.

"하지만 주의는 줘야지."

"하, 응……."

문 사이로 희미하게 들려오는 신음 소리에 그의 얼굴이 와자작 찌푸려졌다.

"그래, 그래. 다른 방법을 찾자."

지금 문을 걷어차거나 벨로 상대를 부른다면 저들이 기겁을 할지도 모르니까.

그렇게 생각한 단우가 자신의 집으로 향했다. 비밀번호를 누르는 손엔 힘 한 자락 담겨 있지 않았다.

그날 단우는 새벽 4시까지 들려오는 신음에 몸서리를 쳐야 했다. 옆집 여자는 체력도 좋았다. 어떻게 섹스를 2시간 반이나 할 수 있단 말인가. 보통 여자라면 나가떨어질 터인데 옆집의 음란한 여자는 그렇지 않은 듯했다.

결국 새벽이 되어서야 잠이 든 그는 평소보다 늦게 일어나야 했다. 7시면 칼같이 일어나던 그였지만 여덟 시가 다 되어서야 일어났고, 그날은 결국 운동과 식사를 건너뛰어야 했다.

그 사실이 못 견딜 정도로 짜증이 난 단우는 집을 나서자마자 옆집 문을 노려보았다.

"망할."

짧게 욕설을 내뱉은 그가 성큼성큼 걸음을 옮겨 옆집 문 앞에 멈춰 섰다. 그리고 가방에서 포스트잇과 볼펜을 꺼내 글자를 휘갈겨 쓴 후 소리 내 종이를 문에 붙였다.

–지나친 섹스는 몸에 해롭습니다.

"제발 경우 있게 삽시다, 우리!"

안에 사람이 있는지 없는지도 몰랐으나 그렇게 외친 그가 엘리베이터로 향했다. 그리고 초조한 기색이 가득한 얼굴로 변해가는 숫자를 보았다. 잘못하면 지각이었다. 고단우 인생에선 절대 있을 수 없는!

◇

"고 원장님, 수고 많으셨습니다."

옆에서 들려오는 낭랑한 목소리에 단우도 고개를 숙여 인사를 건넸다. 병원을 빠져나오는 그의 걸음은 무거웠다.

오늘 하루는 참 엉망이었다. 아침에 결국 지각을 했고, 중간에 고객의 말도 놓치는 등, 평소 자신이라면 절대 하지 않을 일들뿐이었다. 더욱이 점심시간에 동료들에게 이끌려 간 순두부찌개집에서 종업원이 실수로 반찬을 쏟는 바람에 중간에 셔츠를 사 갈아입어야 하기도 했다.

걸음을 옮겨 주차장으로 향하는 그의 얼굴이 사정없이 구겨졌다.

"이게 다 그 여자 때문이야."

차에 오른 그가 무의식중에 말을 내뱉은 후 한숨을 쉬었다.

그리고 핸들에 이마를 기대며 앓는 소리를 냈다.

"이사를 갈까."

자신의 일상을 파괴할 정도로 어마무시한 생명체가 옆집으로 이사를 왔으니, 다른 곳에 새집을 구하는 것도 하나의 방법이었다. 어차피 지금 지내고 있는 아파트는 방음도 좋지 않았고, 벽 곳곳에 금이 간 상태도 좋지 않았으니까.

"후."

또다시 이사를 갈 생각에 아득해진 것인지 단우가 핸들을 부드럽게 움직였다. 차를 출발시킨 와중에도 그의 머릿속엔 이사로 가득했다. 포장이사를 부르면 간단했지만 서울엔 그가 가지 못하는 지역이 폭탄처럼 널려 있었다. 자신의 일상을 방해하고 무시하는 사람들이 있는 곳.

서울 외곽을 알아봐야 할 텐데…… 라고 생각을 하던 그는 저 멀리 보이는 단골 서점을 보며 성급하게 핸들을 꺾었다. 그리고 늘 비워져 있는 가장 구석진 자리에 차를 세운 후 서점 안으로 들어간다.

작은 서점에는 없는 책도 많았고, 흔하디흔한 검색 시스템도 없었다. 하지만 그가 이곳을 자주 찾게 되는 이윤 신간 책보다 예전의 책들이 많았기 때문이다. 더욱 구석에 헌책방까지 따로 운영하고 있어, 간혹 절판이 된 책들도 운 좋게 구할 수 있었다.

걸음을 옮겨 주위를 둘러보던 단우는 산처럼 책이 쌓인 카트를 끌고 제 곁을 지나가던 여직원을 붙잡았다.

"이하양 작가 책 있습니까?"

단우는 아침에 옆집에 붙여 놓았던 포스트잇이 사라진 것을 확인하고 집 안으로 들어섰다. 안은 전쟁통이 따로 없었다. 아침에 급하게 출근하느라 수건은 물론이고, 입고 있던 잠옷 또한 침대 위에 대충 걸쳐져 있는 상태였다.

"후."

한숨을 내뱉은 그가 머리를 벅벅 긁었다.

대충 집을 정리한 그가 곧장 샤워실로 들어갔다. 몸을 깨끗하게 씻은 후 메일을 열어 봐야 할 것이다. 작가에게 답이 와 있을지도 모르니까.

샤워기 앞에서 하루의 묵은 때를 깨끗하게 벗긴 단우가 곧장 컴퓨터를 켜고 메일을 확인했다. 메일 확인 표시가 떠 있었지만 어찌 된 일인지 답변은 와 있지 않았다.

"뭐야, 무시하는 거야?"

그가 미간을 찌푸리며 짜증스레 읊조렸다. 그러다가 컴퓨터를 끄곤 자리에서 벌떡 일어났다. 그리고 소파 위에 올려 둔 종이가방에서 책을 두 권 꺼냈다.

〈선물〉과 〈그대에게로〉.

이로써 본의 아니게 이하양 작가의 컬렉션을 완성해 버린 그는 걸음을 옮겨 가장 잘 보이는 자리에 〈선물〉을 꽂아 두었다. 그 옆자리엔 당연하다는 듯 〈행복한 그대에게〉가 꽂혀 있었다.

"작가가 답을 주지 않으면 이 인간의 머릿속을 궁리해 보는 수밖에."

그가 고른 책은 이하양 작가의 첫 작품인 〈그대에게로〉였다. 아마 첫 작품이니 그만큼 문장의 스킬도, 독자에게 작가의 생각을 숨기는 것도 어리숙할 것이다. 그만큼 이 사람의 성향이 잘 묻어나 있는 작품이겠지.

그렇게 생각한 그는 늘 책을 읽는 곳으로 걸음을 옮겼다. 베란다에 놓여 있는 의자에 앉은 그는 문에 머리를 기댄 후 첫 장을 펼쳤다. 작가의 말이 보였다. 짧은 인사도, 감사의 말도 아닌 작가의 사심이 가득한 말. 몇 줄 안 되는 문장에 그의 얼굴이 왈칵 일그러졌다.

―고독하단 것은 홀로 있어서 그런 것이 아닙니다.
마음을 열지 않아 주위를 받아들이지 않아 그러한 것입니다.
그대에게도 제 마음이 닿길 바랍니다.

"이게 무슨 말이야?"

마치 그것이 정의라도 되는 양 적어 놓은 말에 배알이 꼴린 듯 그의 미간이 찌푸려졌다.

하지만 그가 다음 장으로 책장을 넘기지 못하는 이유는 뭘까. 그는 마치 그 말을 홀린 듯 바라보며 숨을 쉬는 것도 잊고 있었다.

딩동―

초인종 소리에 그의 얼굴이 일그러졌다.

"누구야?"

그는 자신의 개인 시간을 방해받는 것을 그 무엇보다 싫어했다. 그 시간은 오롯이 자신의 것이어야만 했기에 휴대전화는 당연히 비행 모드로 바꿔 놓았다. 하지만 초인종까진 그가 어떻게 할 수 없는 부분이라 자신의 집을 찾아온 불청객을 막을 방법은 없었다.

자리에서 벌떡 일어난 그가 현관으로 향해 누군지 확인조차 하지 않은 채 문을 벌컥 열었다. 그러자 오늘 그의 하루를 망치고, 최근 들어 제 인생에 최고의 걸림돌이 된 옆집 여자가 서 있었다.

여자는 가타부타 말없이 손에 들고 있던 종이박스를 내밀었다. 자세히 보자 여러 가지 주스가 유리병 안에 들어 있는 선물 세트였다.

이런 건 보통 환자에게 가져다주는 게 아닌가……?

그의 얼굴이 일그러지자 옆집 여자의 얼굴이 창백하게 변했다.

"이게 뭡니까?"

"아, 저기…… 죄송해서 말이에요."

여자가 싱긋 웃음 지으며 말했다. 자동적인 웃음에 그의 얼굴이 더욱 일그러졌다. 하지만 별말 없이 그녀의 얼굴에서 내밀어진 음료 세트로 시선을 옮기며 물었다.

"그래서 이건 뭡니까?"

"사과의 뜻에서 드리는……."

"자, 됐습니까?"

개인적인 시간을 방해받았다는 생각에 그는 잔뜩 뿔이 난 상태였다. 하지만 자기가 당 수치가 지나치게 높을 이 음료를 받아야 이 이야기가 빨리 끝이 날 것이란 생각에 음료를 받아 들었다. 묵직한 무게에 순간 그의 어깨가 아래로 뚝 떨어졌다.

그가 선물을 받아 주자 옆집 여자가 안도의 한숨을 내뱉었다. 그러곤 허리를 90도로 꺾어 사과부터 건넸다.

"소리가 거기까지 들릴 줄은 몰랐어요. 죄송해요."

조심성 없이 숙여진 몸은 곧 새하얀 가슴을 드러낼 것처럼 보였다. 그가 굳어진 얼굴로 여자를 보다 말고 허공에서 손을 저어 댔다.

"앞으로 조심해 주십시오. 그럼 됐습니다."

소리가 거기까지 들릴 줄 몰랐다……. 뻔뻔한 건지, 아니면 마인드가 대한민국 여자답지 않게 프리한 것인지는 몰랐으나, 하여튼 일반인답지는 않았다. 그녀의 외모만큼이나.

그가 집 안으로 다시 들어가려 하자 여자가 서둘러 손을 뻗어 문을 붙잡았다. 또 뭐냐는 듯 그의 날카로운 눈빛이 그녀에게 닿았다.

"화 풀리신 거죠?"

"풀고 말고 할 것도 없습니다. 그럼 됐습니까?"

"아, 아, 네."

여자가 당황하는 모습을 보자 그의 속에서 묘한 쾌감이 피어올랐다. 지난날의 짜증도 어느 정도 가셨다. 그래서 그런 것이리라.

"그럼 다음부터 주의해 주십시오."

여자에게 마지막 말을 남길 때 얼굴에 예의 바른 웃음을 머금은 것은.

여자가 조금 놀란 듯 눈을 크게 뜨더니 고개를 끄덕인다.

"네, 지나친 섹스는 자제할게요."

아아, 역시.

마음에 들지 않는 이웃이었다.

2

이웃집 여자의 시각

커다란 창문에 엉덩이를 걸치고 앉아 있는 여자는 팔짱을 낀 채 바람을 즐기고 있었다.

후텁지근한 바람. 여름이 절정으로 향하고 있었고 뜨거운 볕은 얼굴을 익힐 만큼 강력한 빛을 뿜어내고 있었지만 그것들을 고스란히 받아 내고 있는 여자는 무엇이 좋은지 입가에 희미한 웃음을 머금고 있었다.

하지만 그 웃음은 너무 희미하고 흐릿해 마치 곧 사라질 것처럼 나약해 보였다. 움켜쥐면 부러질 것처럼 얇은 그녀의 손목처럼.

"야– 패스, 패스!"

"강정호! 여기 봐!"

운동장에서 남자아이들이 마치 미친 망아지마냥 뛰어다니고 있었다. 흰색의 하복 셔츠를 버리는 것도 모른 채 땀을 **뻘뻘** 흘리며 공을 차고 있는 아이들을 보던 여자가 바람에 흐트러지는 머리카락을 대충 귀 뒤로 넘기며 싱긋 웃는다.

"젊음이 참 좋다."

이제 겨우 이십 대 후반이나 되었을까. 아이들이 내뿜는 빛과 교정의 싱그러움에 취해 한참 웃음 짓고 있던 여자의 시선이 책상 위로 옮겨졌다. 그곳엔 대충 보기만 해도 눈에 딱 띄는 포스트잇이 각종 서류들 사이에 놓여 있었다.

걸음을 옮긴 여자가 책상 앞에 멈춰 섰다. 포스트잇을 무심한 눈으로 내려다보던 여자는 뼈마디가 드러날 정도로 비쩍 말라 있는 손가락을 내밀었다. 종이 위를 손가락 끝으로 문지르자 서걱서걱 소리가 난다. 마치 마음이 갈려 나가는 소리 같다.

–지나친 섹스는 몸에 해롭습니다.

"재미있는 사람이야."

그렇게 말하는 여자의 입술 끝에 진한 웃음이 머물렀다. 그녀는 정말 즐거워 보였다. 날카로운 그 문구를 읽으면서도.

여자가 눈을 깜빡였다. 그리고 글자를 꼼꼼하게 뜯어본다. 짜증스러운 마음이 역력하게 느껴지는 흘겨 쓴 필체였지만, 그래도 아주 글자를 잘 쓰는 사람인 것 같았다. 여자는 아침에 자신을 노려보던 남자의 얼굴을 떠올리며 고개를 끄덕였다.

"그래, 딱 이렇게 생긴 사람이었어."

참 잘생긴 얼굴이었다. 새하얀 피부색은 눈이 한껏 내리고 난

다음 날의 세상처럼 투명했고, 높은 콧날은 칼로 정교하게 깎아 놓은 것처럼 높고 자연스러웠다. 붉은색에 가까운 입술은 아랫 입술이 적당히 도톰해 한번 맛을 보고 싶을 정도였고, 속이 비치지 않은 눈동자는 묘하게 사람을 이끌게 만드는 것이었다.

"하지만 미간이 짜증스럽게 구겨져 있었지."

그래, 그래서 이 필체와 닮았다는 것이다. 예쁘고 반듯하지만 신경질적인.

톡톡. 포스트잇 위를 두드린 여자가 연신 묘한 웃음을 지으며 까칠한 이웃집 남자를 떠올리고 있을 때였다.

드르륵-

"쌔앰- 저 아파요!"

거칠게 문이 열리더니 남학생 하나가 한쪽 발을 든 채 콩콩 뛰며 보건실 안으로 들어왔다. 방금 전까지만 해도 운동장에서 힘껏 뛰어다니던 2학년 3반 강정호였다.

"망아지처럼 뛰어다닐 때부터 알아봤다. 여기 앉아."

"쌤, 너무해요. 사랑의 힘으로 절 치료해 주셔야지, 그렇게 쌀쌀맞게 굴면 나 무지하게 상처받는다고요."

"능글맞긴."

아이는 절뚝절뚝 걸음을 옮겨 여자가 명령처럼 손가락질한 의자에 앉은 후 한숨을 내뱉었다.

"진짜 아프다고요."

"알았어, 기다려 봐."

아이의 앞에 무릎을 꿇은 여자의 얼굴이 찌푸려졌다. 그냥 나

자빠진 것인 줄 알았더니 살점이 떨어져 나간 것이 정말 아파 보였다. 퉁퉁 부어서 찜질도 제때 해 줘야 할 것 같았다. 여자가 무심한 얼굴로 상처 주위를 손가락으로 쿡 찔렀다.

"으아아악! 하양 쌤!"

정호가 자지러지며 무릎 주위를 움켜쥐며 악을 써 대자 여자가 자리에서 일어나 약이 배치되어 있는 찬장으로 걸음을 옮기며 심드렁한 목소리로 말했다.

"그래, 나 하양 쌤인 거 잘 알고 있거든? 그러게 누가 축구를 그렇게 열정적이게 하래니? 공부를 그렇게 좀 열심히 해 봐."

"열심히 하고 있다고요!"

정호가 버럭 소리치자 여자가 '네네' 하며 짧게 답했다. 2학년 중에서 거의 꼴지에 가까운 성적을 가진 정호였으니 평소 공부란 것을 할 리가 없었다. 아니, 담을 쌓았다고 하는 것이 맞겠지. 여자가 흐음, 콧소리를 내며 소독약과 거즈 등을 챙겼다.

흰 가운을 입은 여자의 뒷모습을 보던 정호가 고개를 푹 숙였다. 입술을 뾰족하게 내민 채 한참이고 말을 하길 꺼려하던 아이가 겨우 입술을 뗀 것은 여자가 의자를 끌고 제 앞에 바짝 앉았을 때였다. 소독약을 꺼내 아이의 상처 위로 쏟아부으려던 여자는 정호가 우물쭈물 말을 꺼내자 고개를 기울였다.

"쌤, 저랑 약속한 거 안 잊었죠?"

"어?"

"뭐야? 잊은 거야?"

여자의 반응에 아이가 잔뜩 실망한 얼굴로 말했다. 김이 샜다는 듯한 표정을 보던 여자가 키득키득 웃음을 터뜨렸다.

"그럴 리 있겠냐. 평균 점수 10점 올랐을 때, 맛있는 거 사 주기로 했지?"

"헤헤."

여자, 아니, 하양의 얼굴에 웃음이 머물렀다.

손을 뻗은 하양이 정호의 머리카락을 아무렇게나 흐트리자 그 손길이 좋은 것인지 아이의 얼굴이 붉게 물들었다.

"기말고사 기대하라고요."

"그래, 기대하마."

하양의 웃음에 정호 또한 따라 웃음 지었다.

그녀의 바람은 개인적인 공간을 가지는 것이었다. 나만의 공간, 나만의 세계.

앞만 보며 달려온 지난 시간 덕에 그녀는 제법 어린 나이에 자신의 공간을 두 곳이나 만들 수 있었다. 그중에 한 곳이 바로 이곳, 대원고등학교 보건실이었다.

안정된 직업을 원했던 것은 그녀의 삶 자체가 안정적이지 못했기 때문이다. 원래의 꿈을 접고 소독약 냄새가 가득한 이 공간을 만든 것을 그녀는 후회하지 않았다. 아니, 오히려 잘한 선택이라 생각했다.

하하하하—

창밖에서 연신 아이들의 웃음소리가 들려오는 이곳이 그녀는 참 좋았다. 마치 그녀도 그 웃음소리에 정화되는 것만 같았으니까.

의자에 앉아 마우스로 한창 인터넷 서핑을 하고 있던 하양은 곧 자신이 주로 사용하는 메일에 접속했다. 그러자 편집부에서는 물론이고 스팸 메일까지, 열 통이 넘는 확인하지 않은 메일이 쌓여 있었다.

한숨을 쉬며 메일을 눈으로 훑던 하양은 편집부의 메일은 사뿐히 건너뛴 뒤 가장 눈에 띄는 메일을 클릭했다.

―〈선물〉까지 읽었습니다. 이젠 작가님이 하고자 하는 말이 무엇인지 알겠습니다.

이 짧은 메일은 이 주 전부터 메일을 보내오기 시작한 독자에게서 온 것이었다. 무심한 얼굴로 짧은 메일을 읽은 하양의 입술이 부드럽게 호를 그렸다.

"스토커가."

하지만 의뭉스럽게 웃던 하양은 이번에도 답장을 하지 않았고 곧장 다음 메일로 넘어갔다. 그러자 또다시 얼굴을 알 수도 없는 독자에게서 온 메일이었다.

―〈그대에게로〉의 정하는 세상에서 가장 행복한 남자였습니다. 그리고 민아는 세상에서 가장 불행한 여자였죠. 정하가 자

신의 모든 것을 집어던지고 민아를 선택했을 땐 그만한 각오가 되어 있었겠지요. 그리고 그 각오 덕분에 민아가 세상을 떠나자 혼자 늙어 죽길 선택했습니다. 실제로도 그렇게 살았고요.

〈행복한 그대에게〉의 소년 밀우는 비참한 인생을 살았지만 그래도 자신을 진심으로 걱정한 수녀를 만났기 때문에 행복했습니다. 그건 〈선물〉 속에 등장한 세상에서 가장 바닥에서 사는 인간들 또한 마찬가지였지요.

세 작품을 보면서 느낀 것은 단 하나입니다.

작가님도 그런 사람을 기다리는 것입니까?

"……."

아무 말 없이 메일을 읽던 하양이 자리에서 벌떡 일어났다. 그리고 보건실 안을 정신없이 서성이기 시작했다.

그녀는 그렇게 잘 팔리는 작가가 아니었다. 하지만 〈행복한 그대에게〉는 제법 많은 판매부수를 올리며 베스트셀러가 되기도 했다. 마지막 소설이었고, 아직도 그녀의 글을 기다리는 독자들이 많다며 출판사에선 여전히 그녀의 원고를 기다리고 있었다. 하지만 그녀가 글을 단 한 자도 적지 못한 것은 글 속에 녹여낸 생각을 누군가가 알게 될까 봐 겁이 나서였다.

희망이 가득한 이야기를 적고 싶었으나 그럴 수 없었고, 자신의 모습이 고스란히 투영된 소년 밀우를 완성하고 나선 좌절했다. 밀우는 사지가 뒤틀렸으나 그녀는 마음이 뒤틀려 있었다.

아아, 그래, 나란 인간 고작 이 정도지, 라며.

정신없이 보건실 안을 돌아다니던 하양이 다시 걸음을 옮겨 컴퓨터 앞으로 향했다. 그리고 메일을 보내온 독자의 이메일 주소를 확인했다.

"고……단우 0824?"

메일을 보낸 독자의 이름인지, 아니면 별명인지는 알 수가 없었으나 그녀는 메일을 클릭한 후 빠르게 답장을 썼다.

처음엔 이 사람에게 답장을 쓸 마음은 없었다. 그래, 답장을 보내는 것은 단순한 변덕. 마치 모든 것을 알겠다는 듯 확신을 내리는 그 말투가 더럽게 마음에 들지 않아서이다.

무심한 얼굴로 키보드를 두드린 하양은 망설임 없이 보냄 버튼을 누른 후 자리에서 벌떡 일어났다.

–세 작품을 보면서 느낀 것은 단 하나입니다.
작가님도 그런 사람을 기다리는 것입니까?

"웃기지 말라지."

입고 있던 하양 가운을 아무렇게나 벗어 둔 후 외투와 가방을 챙겨 밖으로 나왔다. 부러 메일을 보낸 컴퓨터엔 시선을 주지 않은 채.

컴퓨터 앞에 자리를 잡고 앉은 하양은 수많은 동영상을 눈으로 훑었다. 어느 누군가에겐 만족을 줄 이것들은 보기만 해도 몸이 뜨거워지는 자극적인 것들뿐이었다.

사랑이 동반되지 않은 관계는 죄악이다. 그걸 하양은 너무나 잘 알고 있었음에도, 가장 핫하다는 동영상을 눈으로 훑고 있었다. 그러다 최근 쓰고 있는 글과 가장 가까운 컨셉의 동영상을 클릭하려다 말고 손을 멈췄다.

"아아, 옆집에 들린댔지."

그렇게 읊조린 하양이 피식 웃음을 내뱉었다. 경멸을 숨기지 못했던 남자의 눈빛이 떠올랐다. 가벼운 여자 취급하며 자신의 몸을 훑어보던 그 시선도.

이제껏 수많은 오해를 받았다. 세상에 태어나길 이렇게 태어나 버렸으니 어쩔 수 없는 노릇이라 이제껏 생각해 왔지만, 묘하게 남자가 자신의 신경을 긁는 이유는 그러한 오해를 적나라하게 표현한 것이 그뿐이었기 때문이다. 솔직한 것인지 아니면 무례한 것인지.

이어폰을 찾아 스피커에 꽂은 하양은 자신의 귀에 꽂히는 소리에 미간을 찌푸렸다.

"으응, 그렇게요. 아아, 거기 말고 조금 밑. 아아……!"

서둘러 손을 뻗은 하양이 소리를 조금 죽인 후 한숨을 내뱉는다. 그러다 이내 안경을 찾아 쓴 후 한글과 동영상 크기를 조절해 멍하니 키보드를 두드리기 시작했다.

타다다닥―

빠르게 키보드를 두드리는 손길은 음률을 담고 있어 마치 타

악기를 연주하는 것만 같았다. 하양은 마치 시간의 감각 따윈 잊은 사람처럼 한동안 곧은 자세로 글을 써 내려갔다. 하지만 적혀 있는 것은 온통 신음 소리가 가득한 야설일 뿐이다.

사랑이 없는 관계는 죄악이다. 사랑이란 전제가 없이 이루어지는 섹스는 책임이 없다. 만약 책임이 없는 관계라면 여자 쪽에서 스스로를 책임질 수 있을 정도는 되어야 한다. 책임이 없는 관계는 세상에 수없이 슬픈 존재들을 남긴다. 그걸 잊은 사람은 결국 쓰레기밖에 되지 못한다. 아니, 짐승밖에 되지 않겠지.

째깍째깍, 시간이 조금씩 조금씩 소리 없이 흐른다. 그리고 그 시간 속에서 그녀는 오롯이 한글에만 집중을 하며 한 자 한 자 써 내려갔다. 한 단어가 한 문장이 되고, 곧 한 장면이 된다. 그녀는 자신의 머릿속에 있는 것들을 써 내려가는 것이 좋았다. 그럴 때면 뒤죽박죽인 엉망인 머릿속이 정리되는 기분이 들었으니까.

불 꺼진 방 안. 암막커튼으로 달빛조차 가려 놓은 곳. 모니터의 희미한 불빛만이 그녀의 세계를 밝혀 주고 있었다.

"어젠 안 불렀나 봅니다?"

아, 이런. 출근 준비를 마치고 밖으로 나온 하양은 엘리베이터 앞에서 옆집 남자와 딱 마주치자 미간을 찌푸렸다.

남자의 눈빛에 머물러 있는 묘한 짜증과 시니컬하게 내뱉어진 말.

심플한 브이넥 티셔츠에 면바지를 받쳐 입은 남자의 모습을 눈으로 훑던 하양의 입술에 웃음이 머물렀다.

참 잘생긴 남잔데. 저 신경질적으로 구겨진 미간만 제외한다면.

"네, 제가 조금 피곤해서요. 며칠 무리했더니요."

"······."

"다크서클 보이죠? 아주 피곤해요."

굳어지는 옆집 남자의 얼굴을 보며 하양이 후후 웃음을 내뱉었다. 그리고 때마침 도착한 엘리베이터에 오른 후 얼음장처럼 차가운 얼굴로 자신을 바라보는 이웃집 남자를 보며 싱긋 웃어 주었다.

"안 타세요?"

"······."

"그럼 먼저 내려가 볼게요."

닫힘 버튼을 누른 하양은 문이 완벽하게 닫히고 나서야 한숨을 내뱉었다.

"이런."

한 방 먹인 것까진 좋았는데, 자신을 향한 경멸이 더욱 커지면 어쩌나 생각이 들었다. 하지만 이내 웃어넘겨 버린다.

"그게 나랑 무슨 상관이람?"

그래, 저 남자는 까칠한 이웃집 남자일 뿐인걸.

◆

턱을 괴며 심드렁한 얼굴로 모니터를 바라보는 하양의 눈빛이 묘하게 가라앉아 있었다. 새하얀 이마에 자리 잡힌 주름이 지금 그녀의 심경을 고스란히 보여 주는 듯하다.

그녀는 오늘 아침에 도착한 메일을 눈으로 훑고 있었다. 당연히 그 사람에게 답장이 와 있을 것이라고 생각했지만 메일을 확인만 했을 뿐 답은 없었다.

이런 전개는 또 예상을 못 했는데 말이야.

"하아, 정말 신경 쓰이게."

어깨를 으쓱인 하양이 의자 등받이에 편히 등을 기대며 눈을 감았다. 팔짱을 끼자 폼이 넉넉해 보이지 않던 볼륨감이 그대로 드러났지만 예뻤던 얼굴은 종잇장처럼 일그러졌다.

드르륵- 쾅!

"선생님! 선생님!"

거칠게 문을 열고 들어온 것은 정호였다. 헐레벌떡 달려온 아이는 깜짝 놀란 하양의 얼굴에 잠시 숨을 고르더니 이내 성적표를 앞으로 내밀며 쾌활하게 웃었다.

"으하하하! 평균 20점 올렸지롱!"

아이의 말 그대로였다. 지난번 중간고사에서 평균 50점을 간신히 넘긴 아이였다. 하지만 무슨 요술을 부린 것인지 전 과목 70점을 훌쩍 넘긴 점수에 하양이 자리에서 벌떡 일어나 성적표 가까이 얼굴을 가져다 대며 웃었다.

"너 완전히 똥 멍청이는 아니었구나?"

"뭐예요?!"

아이가 버럭 소리쳤다. 그러곤 너무하다며 곧 악을 써 댄다. 그 모습을 멀뚱멀뚱 보던 하얀이 주머니에 꽂고 있던 손을 빼 아이의 머리를 쓰다듬어 주며 웃었다.

"아니, 정말 잘했다고."

"진짜죠? 약속 지켜요, 쌤!"

아이가 붉어진 뺨으로 외쳤다.

정호는 1학년 때부터 유독 그녀를 따랐던 아이였다. 이 아이가 자신을 따르는 이유는 아주 간단한 것이었다. 인간이라면 당연한 욕구. 그리고 아이들이 가지고 있는 무서운 감. 사람은 자라날수록 그 감을 잊는다. 누가 자신을 좋아하고 싫어하는지, 갓난아이일수록 그 감은 너무나 정확해서 사람을 가리며 방긋방긋 웃어 준다.

그런 것을 보았을 때 눈앞의 정호는 덜 자라서 18살이란 나이치고 그 감이 너무나 날카로웠다. 그래서 아마도 이 아이가 신경 쓰였던 것이리라.

"뭘 사 달라고 하지? 음, 스테이크도 좋고, 또, 또……."

아이의 머릿속에서 가장 비싸고 맛있는 음식은 핏기가 도는 고깃덩어리 정도인 것인지 고민은 길었고, 깊었다. 하얀이 키득키득 웃음을 내뱉으며 정호의 머리에 손을 얹으며 말했다.

"다음 주 월요일에 보충수업 끝나고 시간 괜찮아?"

내일부터 여름방학이었기에 한동안 하얀은 학교를 나오지 않는다. 그녀의 말에 정호가 고개를 갸웃거렸다.

"보충수업 끝나고요?"

"그래, 아주 값비싼 음식을 먹여 주지."

하양의 말에 아이의 눈이 반짝반짝 빛났다.

"진짜죠? 맛없으면 쌤 원망할 거예요!"

"알았어. 코피 터지게 공부한 값어치 정도는 되니까 걱정
마."

"오예~"

아이가 보건실 안을 미친 망아지마냥 뛰어다니자 하양이 멀
찍이서 팔짱을 끼며 그 모습을 바라보았다.

하양의 주위엔 정호와 같은 아이들이 모여든다.

그런 것은 아마도…….

"근본적으로 나와 같기 때문일까?"

"네? 쌤, 지금 뭐라고 했어요?"

"아무것도."

그러면서 하양은 다시 한 번 미소 지었다.

평소라면 보건실에서 아이들과 씨름을 하거나 학교에서 요구
한 보고서 혹은 성교육 프로그램을 준비하고 있을 시간이었지
만, 아이들과 같이 방학을 맞이한 하양은 시간을 어떻게 죽여야
할지 몰라 소파에 앉았다. 할 일이 산더미처럼 쌓여 있는 것은
잠시 무시한 채 리모컨부터 집어 들었다.

"아, 어디서 봤다 했더니……."

무심한 눈으로 채널을 돌리고 있던 하양의 눈에 놀라움이 머물렀다. 텔레비전 브라운관 속에서 자상하게 웃고 있는 옆집 남자를 발견했기 때문이다. 자상하게 웃는 남자의 모습을 보자 왜 뱀이 꼬일까. 하지만 하양은 소파에 두 다리를 올려 끌어안은 채 멍하니 텔레비전을 보았다.

그가 나온 방송은 요즘 한창 사람들의 입에 오르내리는 쇼프로였다. 세상에서 자신이 가장 불행하다 여기는 사람들이 나와 얼굴과 몸을 바꿔 버리는 이상적인 프로그램.

드라마틱한 변화를 준 의사들도 놀라웠지만 부모님이 물려준 자신의 얼굴을 싹 뜯어고치는데도 감격에 젖어 눈물을 흘리는 여자들은 더더욱 놀라웠다. 물론 외모지상주의에 찌들어 있는 대한민국에선 어쩔 수 없었지만.

"뭐, 내가 할 말은 아니지만."

오히려 너무 잘나게 태어나 어릴 적부터 산전수전 다 겪으며 현재는 옆집 남자에게도 오해를 받고 있는 하양이 할 말은 아니었다.

한참 호기심에 젖은 얼굴로 화면을 보던 하양은 옆집 남자의 이름 밑으로 떠오르는 자막을 보며 콧잔등을 찡긋거렸다.

〈요셉 성형외과 원장 고단우〉

"고단우라…… 저런 이름이 세상에 둘은 아닐 테고……."

어쩐지 무지하게 마음에 들지 않는다 했어.

입술을 짓이겨 씹은 하양이 자리에서 벌떡 일어났다.

"뇌를 씻어야 할 필요가 있겠어."

입고 있던 옷가지를 툭툭 벗어 내 길을 만든 후 샤워실로 향하는 그녀의 뒷모습은 육감적이었다. 부드럽게 라인을 그리는 몸은 여자들이 가장 이상적이게 생각하는 것이었다.

달칵.

문을 닫고 샤워실로 들어간 하양이 차가운 물줄기 아래에 선다.

오늘은 정호를 만나기로 한 날이었다. 코피 터지게 공부한 일로 선물을 주기로 했으니 아마 있는 솜씨 없는 솜씨 다 부려야 할 것이다.

"하아, 짜증 나는 옆집 남자."

하지만 그녀의 머릿속은 어느새 까칠한 이웃에서 짜증 나는 이웃이 된 고단우로 가득했다.

하양은 눈앞에서 눈물을 뚝뚝 떨구는 정호를 보았다. 어느 가정에서 볼 법한 반찬들만 즐비해 있는 밥상이었지만 아이는 그곳에서 몇 십만 원을 호가하는 음식들보다 더한 맛을 느낀 것인지 제대로 음식도 씹어 넘기지 못한 채 훌쩍이고 있었다.

눈물로 엉망이 된 얼굴을 보던 하양이 피식 웃음을 내뱉었다.

아아, 역시 아이들은 귀여워.

턱을 괸 채 정호를 보던 하양은 아이가 수저를 내려놓자 그제야 고개를 기울였다. 손이 큰 그녀가 해 준 음식을 모두 싹싹 긁어 먹은 아이의 모습이 기특해 견딜 수가 없었다.

"어때? 값비싸지?"

"……선생님도 알고 있죠?"

"흐음, 모르면 그건 선생이 아니지."

그 말에 정호의 눈빛이 순간 경계심으로 물들었다. 아이의 변화는 성적만큼이나 드라마틱했다.

남이 자신만을 위해 손수 차려 준 밥상이 어떠한 의미인지 이 아이는 아마도 귀신같이 알아챘나 보다.

정호가 기분 나빠 할 것이라고 어느 정도 생각했지만 고슴도치가 가시를 세우는 것처럼 잔뜩 날을 세우는 모습에 하양의 입에서 한숨이 나왔다. 이런 타입인가? 그렇다면 정말 이 아이의 손을 이끌고 근처의 패밀리 레스토랑을 가는 것이 옳았을지도 모르겠다.

하양이 손톱으로 식탁을 톡톡 내려칠 때였다.

"쌤도 제가 불쌍해요?"

아이가 고개를 들어 하양과 눈을 마주친다. 그 모습에 하양은 입술을 크게 늘어뜨리며 말했다.

"음, 불쌍하진 않은데, 불쌍한 인생이 될까 걱정은 조금 되네?"

"……."

꿀 먹은 벙어리가 된 채로 고개를 푹 숙인 정호가 손가락을 꼼지락거리기 시작했다. 검지손가락에 삐죽 튀어나온 껍질이 갑자기 무척이나 신경 쓰인다는 듯 이리저리 뜯는 아이의 모습을 보던 하양이 편히 등을 기댄 후 한숨을 내뱉었다.

방학 때 아이들은 사복 차림으로 학교에 갈 수 있었다. 대원 고등학교는 공립 고등학교였지만 아이들의 복장이나 머리에는 상당히 자유를 주고 있었다. 하지만 정호는 여전히 교복을 입고 있었다. 평범한 가정에서 자라나는 아이들처럼 사복을 입을 수 없기 때문이다.

정호가 자라난 곳은 〈재원 고아원〉.

그곳은 버려진 아이들이 입양을 기다리는 곳이었고, 입양을 하지 못하면 성인이 될 때까지만 있다가 독립을 해야 하는 시설이었다. 그리고 재원 고아원 출신의 아이들 대부분이 대원 고등학교로 진학을 하고 있었다. 선생들도 고아원 아이들을 쉬쉬하며 따로 신경을 쓰지 않으려 노력하고 있었지만 그 아이들은 마치 물과 기름처럼 다른 아이들과 섞이지 못한 채였다. 그 모습을 볼 때면 하양은 마음이 쓰여 아이들을 가만히 내버려 둘 수가 없었다. 특히나 정호 같은 아이일 경우엔 더더욱.

"대학 정도는 가. 대학 가기 위해서 공부도 하고. 2학년이면 많이 늦긴 했지만 넌 머리가 좋으니까."

"……나 머리 좋다는 사람은 쌤밖에 없어요."

우리 담임은 나보고 돌대가리라고 한걸요?

정호의 말을 듣던 하양이 한숨을 내뱉었다. 아이의 나이는 고작 18살. 그런데 벌써부터 아이의 머리가 돌대가리라고 말하는 담임을 어떻게 생각해야 할까.

사람에게 편견을 가지는 것이 그 어떠한 일보다 쓸데없고, 무서운 일이라는 것을 그 누구보다 잘 아는 하양이었지만 이번만큼은 예외로 두고 싶었다. 자라나는 새싹의 미래를 짓밟는 사람은 상대할 가치도 없다 생각하는 그녀니까.

잔뜩 풀이 죽어 있는 정호를 보던 하양이 손을 뻗어 머리를 쓰다듬었다. 그녀의 손길에 정호가 고개를 들어 그녀를 본다. 그리고 또다시 하양의 얼굴을 보며 얼굴을 붉힌다.

그 모습을 보던 하양이 입맛을 다셨다. 아마도 이 아이에게 자신은 '첫사랑' 혹은 '풋사랑' 인 것 같다고 생각하며.

그녀는 기가 막히게도 아이의 마음을 눈치챘지만 짐짓 아무것도 모른 척 물었다.

"넌 뭐가 되고 싶니?"

"모르겠어요."

"그래, 그럼 지금부터 그걸 찾아봐. 꼭 대학을 갈 필요가 없다면 가지 않아도 상관없고. 하지만 정호야…… 네가 가진 핸디캡은 네가 만든 것이 아니야. 세상이 만든 거지. 하지만 그것 때문에 너 스스로 또 다른 핸디캡을 만들 필요는 없어."

"……."

"넌 똑똑한 아이니까 내 말뜻 잘 알겠지?"

끄덕끄덕.

아이가 힘껏 고개를 끄덕이자 다시 한 번 하양이 머리를 쓰다듬어 주었다.

아아, 젊음이란 역시 좋아.

생기로 넘치는 그 눈빛을 보며 하양은 빙그레 웃음 지었다.

"그래, 그럼 보충수업 열심히 듣고."

하양은 현관문에 비스듬히 기대며 말했다. 그러자 엘리베이터를 기다리고 있던 정호가 우물쭈물 말했다.

"다음에요…… 성적 오르면 또 해 주실 거예요?"

자신감을 잃은 목소리를 들으며 하양이 고개를 기울였다.

"너 내 요리 솜씨에 반했구나?"

"뭐, 무척 맛있으니까요."

아이가 반한 것이 맛이 아닌 그 속에 담겨 있는 것이란 걸 알면서도 하양은 물었고, 정호는 얼굴을 붉히며 말했다. 하양이 제 몸만큼이나 삐뚜름한 웃음을 지으며 말했다.

"이번엔 평균 5점 올리면."

"에에! 75점은 무리예요!"

"내 음식이 그 정도의 값어치는 있다고 생각해."

"……."

정호가 무거운 입술을 닫았다. 그때 띵, 소리와 함께 엘리베이터가 열리자 하양은 끼고 있던 팔짱을 풀며 손을 흔들었다.

"조심히 가라."

꾸벅 고개를 숙인 정호가 엘리베이터에 들어가려다 말고 안에서 굳은 채 서 있는 단우의 모습에 몸을 움찔 떨었다. 타지도 못하고 그렇다고 내려 보내지도 못한 채 우물쭈물하던 정호는 남자가 무시무시한 표정으로 엘리베이터에서 내리자 날름 올라타며 외쳤다.

"다음에도 잘 부탁해요!"

문이 닫히고 엘리베이터가 아래로 내려가자 피식 웃음을 내뱉은 하양이 몸을 돌렸다. 단우가 집요한 눈으로 자신을 보고 있는 것을 알면서도 그녀는 그를 투명인간 취급하며 비밀번호를 누른 후 문을 열고 안으로 들어가려 했다.

그때, 그녀의 뒷덜미를 붙잡는 목소리가 들려왔다.

"고교생은 범죄입니다."

아아, 작가는 내가 아닌 저 사람이 해야겠군.

하양은 한숨을 속으로 삼키며 천천히 뒤돌아섰다. 그러자 강렬한 시선과 마주한다.

"옆집 아저씨."

아저씨란 호칭에 남자의 얼굴이 와자작 찌푸려지자 하양의 입가에 묘한 웃음이 피어올랐다. 입술 바로 밑에 있는 점이 마치 그를 비웃는 것만 같았다. 아니, 비웃고 있었다.

"그거 알아요?"

"……."

"갓 잡은 활어일수록 맛있어요. 그 맛을 위해 사람들은 멀리 바닷가까지 가는 수고를 아끼지 않죠."

"……당신 정말."

사회생활의 미덕을 누구보다 잘 알고 있는 하양이었다. 그녀의 출신, 그녀의 외향과 내향이 그렇게 만들었다.

지나친 볼륨감과 낮고 허스키한 목소리는 남자들로 하여금 이상한 생각을 불러일으키게 하기 충분했고, 적정선을 긋지 않으면 발정난 개처럼 달려드는 멍청한 치들도 있었다. 그래서 그녀는 예의 바른 미소를 지으며 늘 상대와 적정선을 그으며 살아왔다.

하지만 눈앞에 있는 이 남자와는 그럴 수가 없었다. 그가 고단우였기 때문에.

−세 작품을 보면서 느낀 것은 단 하나입니다.
작가님도 그런 사람을 기다리는 것입니까?

짜증을 불러일으킨 그 메일을 보낸 사람이기 때문에.

하양은 모든 것을 얼려 버릴 듯한 그의 눈을 보았다. 얼굴은 단정하다. 잘 빗어 넘긴 머리카락이나 주름 하나 져 있지 않은 셔츠 자락은 이 남자의 성품을 단적으로 보여 주고 있었다.

텔레비전에서 예의 바른 웃음을 짓던 능력 있는 성형외과 원장이 아닌 원래 그의 모습이 분명할 짜증스러운 이웃집 남자의 얼굴을 꼼꼼히 뜯어보던 하양은 의식적으로 짓고 있던 웃음을 지웠다.

"그럼 전 이만 들어가도 될까요?"

그녀의 목소리에 둘 사이에 흐르던 무서운 적막감이 깨어졌다.

띠, 띠, 띠, 띠.

신경을 긁는 기계음 소리와 함께 하양이 집으로 들어가 버린다. 그녀의 모습을 좇는 집요한 시선을 뒤로한 채.

"받을 수 없어요."

하양은 오늘도 체크카드를 거절하는 현우의 얼굴을 보았다. 고집불통에 사람 말을 지독하게도 안 듣는 아이란 것은 진즉에 알고 있었으나 이렇게 거절을 당하니 속에서 화가 부글부글 끓었다.

얼굴에 내려앉은 피곤함을 보던 하양이 매끈한 다리를 꼬며 현우를 보았다. 아마 오늘도 아르바이트가 끝나자마자 자신의 연락에 부리나케 달려왔을 것이다. 과외 아르바이트를 여섯 건이나 뛰고 있다는 사실은 알고 있었지만 현우의 검은 머리카락에 내려앉은 먼지를 보았을 땐 육체노동 또한 겸하고 있는 것 같았다.

하양은 자신의 인내심이 바닥나는 것을 느끼며 날카롭게 눈을 빛냈다. 평소 화를 잘 내는 법이 없는 그녀가 정색한 채 바라보자 현우의 몸이 움찔움찔 떨린다. 그녀가 화를 냈을 때 어떤 식으로 포악해지는지 잘 알고 있는 현우다. 두 사람은 어릴 적부터 같이 자랐으니까. 피 하나 섞이지 않은 사이이긴 했어도.

"자존심은 혼자 독립할 수 있을 때나 하는 거야. 네 나이 때는 개나 줘 버려, 라고 생각하고 필요하면 넙죽넙죽 받아야 하지."

"하지만……."

현우가 고개를 내저었다. 그녀가 자신뿐만 아니라 다른 아이들의 학비까지 책임을 지고 있는 것은 잘 알고 있었다. 지난 학기 학비 또한 그녀에게 손을 벌린 상태라 더 이상 돈을 받을 염치는 없었다.

현우는 고개를 들어 하양의 눈을 보며 말했다.

"누나가 이 돈을 벌기 위해서 얼마나 힘들게 일하는지 알고 있는데……."

"알면 더 이상 입 아프게 말하지 말지?"

"……."

"나 지금 정말 화나려고 하는데?"

시익, 음산한 웃음을 짓는 하양의 모습에 체크카드로 향하려던 현우의 손이 움찔 떨렸다.

"어른 말씀은 잘 들어야 착한 어린이인데?"

"……그래도 싫어요, 누나."

그러면서 자리에서 벌떡 일어난 현우가 꾸벅 허리를 숙였다. 그리고 뒤에서 연신 자신을 불러 대는 포악한 목소리에도 서둘러 현관으로 달려 나간다.

"이런 일이라면 다시는 부르지 마세요, 누나. 저도 바빠요."

"그래, 의대생이 안 바쁘겠어? 그러니까 받으라고!"

"싫어요!"

버럭 소리를 지른 현우가 문을 열고 밖으로 뛰쳐나갔다. 그리고 막 엘리베이터 앞에 서 있는 남자의 옆에 서며 뒤에서 왝왝 악을 써 대는 하양의 목소리에 미간을 찌푸렸다.

"받으라고!"

하양이 현우의 어깨를 움켜쥐었다. 예전엔 이 손이 자신의 머리를 쥐어박을 때 얼마나 아팠던지. 하지만 몸이 자라고, 시간이 지난 지금 더 이상 그녀의 손이 무섭지 않았다. 무서운 것이 있다면 자신을 위해 뼈가 발릴 정도로 일을 하는 그녀가 무서울 뿐.

현우가 그녀의 손을 떨쳐 낸 뒤 시선을 들어 붉어진 얼굴로 자신을 바라보는 하양을 보았다.

"싫어요. 돈이라면 더 이상 받지 않겠어요, 누나."

띵ㅡ

엘리베이터가 도착했다는 소리가 들리자 현우가 재빨리 엘리베이터에 오른 후 닫힘 버튼을 눌렀다. 어, 하는 사이에 도망가 버린 현우의 모습에 하양이 거칠게 머리를 쓸어 올렸다. 짜증이 왈칵 밀려왔다.

"머리 컸다고 이젠 내 도움은 싫다 이거야?"

아직도 아이인 주제에. 제 몸 건사하는 것도 힘든 주제에.

의대가 얼마나 돈 잡아먹는 귀신인지 잘 알고 있는 하양이었다. 그녀도 예전엔 의대에 진학하려고 했으니까. 하지만 그 꿈을 포기해 버린 것은 현실 때문이었다. 그녀는 현실과 타협했지만 현우만은 그러지 않길 바랐다.

한숨을 내쉰 하양은 방금 전까지 잊고 있던 존재가 자신을 뚫어져라 바라보자 그제야 얼굴을 붉혔다.

눈빛을 보니 짜증 나는 이웃 고단우가 어떠한 오해를 하는지 알 수 있었다.

"원조교제도 합니까?"

역시 작가는 내가 아닌 이 인간이 되어야 한다니까.

하양은 입맛을 다시며 생각했다. 바짝 마른 입술을 혀로 축이던 하양은 눈앞의 남자가 자신의 혀를 보는 것을 느끼며 속으로 비식거렸다. 가끔 눈치가 빠른 것이 피곤할 때가 있었는데 그 순간이 바로 지금과 같은 때였다.

하양은 남자의 입술이 달싹이는 것을 보았다.

"나랑도 잡시다."

아아, 역시나.

그녀의 생각과 한 치도 다를 것이 없는 말이 흘러나오자 하양의 웃음이 진해졌다. 다른 남자들과 별반 다를 바 없는 사람인데도 이렇게 시니컬해지는 것은 왜 그런 것일까.

하양은 잘난 남자의 얼굴을 보며 도톰한 입술을 달싹였다.

"전에 말씀드리지 않았나요? 전 싱싱한 활어가 좋지 소금에 절인 젓갈은 싫거든요."

'젓' 발음에 유독 힘을 주는 것 같다는 생각은 단순한 착각일 뿐일까.

하양은 자신의 앞을 막고 있는 남자의 곁을 지나쳐 갔다. 아니, 지나쳐 가려고 했다. 하양은 단 한 걸음으로 자신의 앞을 가로막는 남자를 보았다. 단우의 미간이 또다시 짜증스럽게 찌푸려져 있다.

"왜입니까?"

"뭐가 말이에요?"

"수많은 남자는 되고, 나는 안 되는 이유."

단우가 물었다. 하루가 멀다 하고 그녀의 집을 찾는 젊은 남자들을 떠올리며.

그러자 하양의 말투가 묘하게 짧아진다.

"이미 설명했을 텐데?"

"나이가 많아서? 뭐, 당신이 데리고 오는 남자들에 비하면 내가 많은 편이긴 하지만 적어도 용돈을 받아 쓰진 않아."

그의 목소리엔 감정이 담겨 있지 않다. 표정 역시나 마찬가지였다. 메일로도 신경을 긁어 대더니 이젠 바로 눈앞에서 짜증을 유발하고 있었다.

아, 성질대로 그냥 들이받을까? 이 구역의 미친 고양이가 나라는 걸 이 남자에게 알려 줘야 하는 것일까!

하양의 얼굴이 일그러졌다.

"당신, 나 경멸한다는 듯이 쳐다봤죠?"

"이런, 들켰나?"

"……알라고 그렇게 쳐다본 것 아니었나요?"

허스키한 목소리가 갈라졌다. 그녀의 몸이 파르르 떨린다. 화가 잔뜩 난 하양의 모습을 보자 그제야 아무런 감정 없던 단우의 얼굴 위로 감정이 피어오른다.

피식.

작게 웃음을 내뱉는 남자를 보자 하양의 입술에서도 웃음이 새어 나왔다. 머리꼭지까지 화가 나 흘려보내는 웃음은 미묘하게 비틀려 있어 더욱 매혹적이었다. 그래서 순간 그의 머릿속이 멍해진 것이리라.

아니,

"이, 이게……."

이성이 첫 번째 덕목이라 여기며 살아온 그가 당황한 듯 눈을 깜박였다. 자신의 입술에 살짝 닿았다가 떨어진 입술. 마치 유치원생이나 할 법한 가벼운 입맞춤에 멍한 표정을 지은 그는 자신의 손을 끌어다 놓고 주머니를 뒤지는 하양을 보았다. 그녀가 주머니에서 오백 원짜리 동전 하나를 꺼내 그의 손 위에 올려놓았다. 그러자 그의 시선이 싱글벙글 웃고 있는 얼굴에서 자신의 손바닥으로 향했다.

"이런……."

그의 입에서 기가 막힌 웃음이 터져 나왔다. 그러자 하양은 어깨를 으쓱였다.

"입술 감사해요. 나이 든 남자도 괜찮네요."

"……."

"그럼 더 할 말 없으면 전 이만 들어가 볼게요."

단우가 한 방 얻어맞았다는 표정을 지었다. 그리고 몸을 돌려 비밀번호를 누르는 매끈한 여자의 뒤태를 보았다. 진득한 시선은 집요하기까지 했다.

날카로운 기계음이 끝나고 곧 문이 열렸다는 알림음이 들려왔다. 그리고 그 순간 그는 걸음을 옮겨 하양의 어깨를 잡아 뒤로 돌렸다.

쾅!

문이 거칠게 닫혔고 단우의 양팔 사이에 갇힌 하양이 커다란 눈을 깜빡였다.

"무, 무슨……."

"당황한 표정 보니까 좋네."

"……."

"당신, 정말 열 받게 하는 여자야."

단우가 고개를 내렸다. 살짝 틀린 고개 때문에 두 사람의 입술이 비스듬히 맞춰졌다. 혀를 길게 빼내 하양의 입술을 핥짝인 그는 그녀가 당황한 틈을 타 입 속으로 거칠게 파고들었다. 딱딱하게 굳어 있는 하양의 혀를 똑똑 노크하고 부드럽게 옭아맨 단우가 자신의 몸을 하양에게 밀착했다. 후들후들거리는 허벅지 사이로 다리를 찔러 넣은 그가 조막만 한 얼굴을 양손으로 감싸 쥐었다. 눈을 감고 거친 호흡을 내뱉는 하양의 숨결까지 모두 앗아 간 그가 갈증이 이는 얼굴로 입술을 뗐다.

"눈 정도는 감으라고."

멍하니 자신을 올려다보는 하양을 바라보던 단우가 하양의 손을 이끌어 와 그녀의 손바닥 위에 오백 원짜리 동전을 올려놓으며 싱긋 웃었다.

"입술 고마워. 좋네."

비밀번호가 눌리는 소리가 들렸고 이내 문이 닫히는 소리가 들렸다. 하지만 하양은 방금 전과 마찬가지로 멍하니 눈을 깜빡이고 있을 뿐 아무런 행동도 취하지 못하고 있었다. 그러다 후들후들거리던 다리가 결국 힘을 잃고 그녀를 주저앉게 만든다.

엉덩이로 차가운 기운이 올라왔지만 하양은 양손을 들어 터질 듯이 붉어진 얼굴을 감싸 쥐며 눈을 질끈 감아 버렸다.

"진짜 짜증 나는 인간이네."

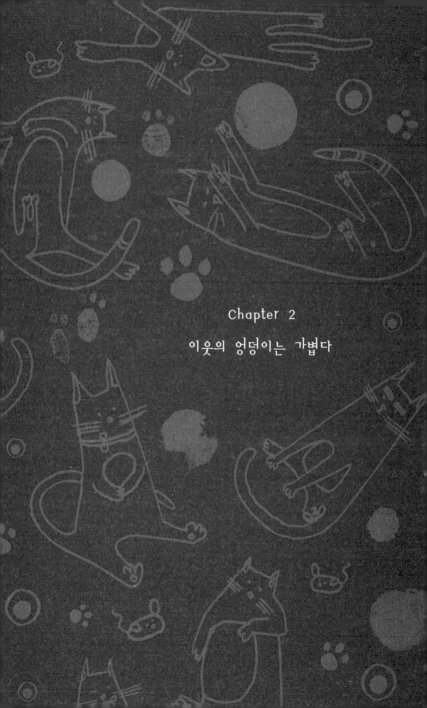

Chapter 2

이웃의 엉덩이는 가볍다

이웃집 남자, 이보다 더 가벼울 순 없다

단우는 차라리 이해관계가 엮인 관계가 더욱 편했다. 이것저것 잴 것 없이 서로에게 필요한 것만 취하면 되니까. 이해관계가 없는 경우는 서로가 필요로 하는 것이 무엇인지 모르니 당황하고 좌절하게 된다.

옆집 여자에게로 생각이 옮겨 간 단우가 미간을 찌푸리며 목을 조르는 넥타이를 느슨하게 끌렀다.

옆집 여자를 떠올리는 것만으로도 왜 이렇게 짜증이 나는 것일까. 그 여자가 음란한 생활을 하든 원조교제를 하든 고등학생과 관계를 가지든 그와는 전혀 상관없는 일인데. 더더욱 마치 발정난 개처럼 자자고까지 이야기를 했으니……. 평소의 자신이라면 절대 있을 수 없는 일이었다.

"후."

한숨을 내뱉은 단우가 거칠게 머리를 쓸어 올렸다. 그래, 본인과는 상관없는 일이었다. 하지만 도발하듯 그 우습지도 않은 입맞춤에 늘 억누르고 있던 생각을 실제로 해 버린 것은 크나큰 상관이 있었다.

그의 이성이 무너져 내리는 일이었으니까. 내가 왜 그 여자에게 키스한 것일까. 더욱 어린아이처럼 그 여자가 준 오백 원짜리 동전을 되돌려준 일은 스스로조차도 모를 일이었다. 아무리 생각해 보아도 말이다.

"고 원장님, 수고하셨어요!"

단우는 차 PD가 건네는 우렁찬 인사에 고개를 까딱이며 웃어 보였다.

"PD님도 수고 많으셨습니다."

"요즘 고 원장님 때문에 저희 시청률이 아주 쭉쭉 올랐어요. 차가운 마스크에 연예인 해도 모자랄 외모라나? 아니, 스스로의 얼굴에 집도한 것은 아니냐고 그러던데요?"

"과찬의 말씀이십니다."

"아니, 진짜라니까? 사람이 왜 그리 말을 못 알아먹어요?"

그렇게 묻는 차 PD의 말에 단우는 곤란한 표정을 지어 보였다. 그녀가 온몸으로 내뿜는 관심을 알면서도 모른 척을 하는 일은 쉬웠으나 그 마음을 어떻게 해야 적당히 거절할지 그것이 문제였다. 저 여자의 입에서 '사귀자.' 혹은 '만나 볼래요?' 라는 말이 나오기 전에 어떻게든 단념시켜야 할 텐데.

순간 자신이 왕자병 말기 환자처럼 느껴지기도 했으나 차 PD의 붉어진 뺨을 보니 그 생각은 쏙 들어갔다.

아, 공적인 일에 사심이 섞이는 건 딱 질색인데.

그가 자신도 모르게 굳어지려는 표정을 수습하고 있을 때였다. 차 PD가 몸을 배배 꼬며 그의 어깨를 손가락으로 쿡 찌른 것은.

움찔.

단우의 몸이 위로 튀어 올랐다.

"어머, 딴생각 중? 미안해요, 깜짝 놀라게 해 버렸네?"

"아, 아닙니다."

"오늘 저녁에 시간 어떠냐고요. 스텝들이랑 맥주 한 잔 어때요?"

그 스텝 중엔 분명 차 PD도 있을 것이고, 어쩜 그녀는 주위에 엄포를 놓았을지도 모른다. 단우는 입술을 부드럽게 휘어 예의 바른 웃음을 지어 보였다.

"죄송합니다, 병원에 들어가 봐야 해서요."

"바쁜 일 아니면 참석해 주시면 안 될까요?"

"죄송합니다."

그가 다시 한 번 힘주어 사과의 말을 건네자 차 PD가 아쉽다는 듯 입맛을 쩝쩝 다셨다. 표정을 보아하니 포기를 한 것 같아 단우가 가슴을 쓸어내린다.

스텝들에게 일일이 인사를 건네며 그가 주차장으로 향했다. 세워 둔 자동차에 오른 그는 곧장 MP3를 켰다. 스피커를 통해 잔잔한 클래식 음악이 흘러나오자 그가 가슴을 꽉 막고 있던 숨을 토해 냈다. 신경을 썼더니 머리가 지끈지끈 아파 왔다.

연신 관자놀이를 손가락으로 꾹꾹 누르던 그가 핸들을 부드럽게 움직이며 도로를 내달렸다. 수요일 저녁, 그의 하루가 가장 긴 날 중 하나였다. 그리고 가장 많은 사람을 만나기도 하는 날.

처음 단우는 쇼프로그램에 참여하는 것에 회의적이었다. 병원은 의사를 다섯이나 둘 정도로 잘 돌아가고 있었고, 더 이상 고객을 받는 것이 힘들 정도로 바빴으니까. 회의적인 그의 마음이 바뀐 것은 병원에 소속된 의사이자 대학 동창인 동우의 충고 때문이었다.

"이쪽이 이미지 메이킹이 중요한 것 알지? 더욱이 요즘 예능이 얼마나 무서운 줄 알아? 돈 되는 외국 고객만으로도 먹고살 수 있다고."

동우가 자신도 언젠간 '요셉'이란 이름을 달고 독립을 하고 싶은데, 자신을 위해서라도 이번 일을 받아들여 줬으면 한다는 것이었다.

그 말에 마음이 흔들렸다기보단 친구의 말이 제법 그럴듯하게 들렸기 때문이다.

앞으로 더 많은 의사를 두게 된다면 2호점을 낼 수도 있는 일이었고, 초창기에 같이 병원을 차린 두 명에게 언제까지고 자신의 밑에 있으라 할 수도 없는 노릇이었다. 현실적으로 그들에게 언젠간 병원을 내어 줘야 할 테니까.

"후."

한숨을 내쉰 단우가 이마를 문지르며 인간들이 만들어 낸 아름다운 불빛을 눈에 담았다. 오늘 하루 스스로에게 수고를 했다며 누군가가 기다릴 집으로 향하는 사람들. 그 행렬 속에 그도 끼어 있었다.

"어? 여기서 만나네요?"

단우는 바닥을 보던 시선을 올려 하양을 보았다. 그녀는 막 엘리베이터에서 나오는 중이었다. 화려한 옷차림에 가슴께가 고스란히 드러나는 원피스를 입고 있는 여자는 마치 여왕개미처럼 보였다.

다른 이들이 저 옷을 입었다면 저렇게 야하게 보이지 않을 것이다. 원피스는 면 소재로, 요즘 여자들이 집에서 흔히 입곤 하는 것이었다. 더욱이 길이도 발목을 가릴 만큼 길었다.

하지만 그녀가 입었기 때문에 달랐다. 수컷들이 발정이 나 달려들 정도였으니까. 그 수컷 중에 하나가 나라는 생각을 하면 진정 미친 것일까.

그녀의 귀에서 반짝이는 귀걸이를 보던 그가 비식 웃었다.

"어디 가는 길입니까?"

"음, 딱 봐도 그렇게 보이죠?"

어깨를 으쓱인 하양이 웃었다. 그녀의 입술 밑 점이 또다시 움직인다. 단우는 그 모습을 홀린 듯 바라보았다.

"외출을 하기엔 늦은 시간 같은데."

"이웃집 아저씨가 신경 쓸 일은 아닌 것 같은데요?"

하양의 말에 평정심을 유지하고 있던 그의 얼굴에 금이 간다.

단우가 앞으로 내밀어지려는 손을 억누르며 주머니에 찔러 넣었다. 그리고 자신의 앞에서 희미한 웃음을 짓고 있는 하양에게 입술을 짓이기며 말했다.

"이웃집 아가씨가 신경 쓰이니 하는 말 아닙니까. 내가 분명히 말했을 텐데? 당신이랑 자고 싶다고."

"⋯⋯."

입술을 꼭 다문 하양이 단우를 노려보았다.

늘 무심한 그의 눈동자가 분노로 일렁이는 것이 보였다. 왜 그가 화를 내는지, 자신에게 왜 그러한 제안을 하는 것인지 모르겠다는 듯 하양은 여전히 어리벙벙한 표정이었다.

그녀의 모습에 그가 입술을 비틀어 웃으며 말했다.

"더욱이 이웃집 아가씨는 날 아저씨라고 부를 정도로 어려 보이진 않소만?"

"후우."

꾹 다물려 있던 하양의 입술이 벌어졌다. 그 사이로 흘러나온 것은 옅은 한숨. 하양이 피곤한 기색이 역력한 얼굴로 말했다.

"솔직한 것을 미덕으로 삼으면서 사시는 분은 아니겠죠? 방송 보니까 꽤 잘 웃던데요."

끝말은 흐린 하양이 고개를 들어 단우를 보았다. 들으라고 한 소리긴 했는데, 이 남자, 정말 끔찍하단 표정을 짓고 있었다.

하양이 어깨를 으쓱였다. 더 이상 신경전은 벌이고 싶지 않았다.

"더 이상 말싸움하고 싶지 않아요. 그만하죠?"

"……."

"그럼 각자 갈 길 가요. 수고하세요, 1102호님."

하양이 걸음을 옮겼다. 그러자 밑단이 퍼지게 되어 있는 원피스가 그녀의 허벅지를 휘감으며 몸매를 고스란히 드러냈다. 팔목이나 허리는 한 손으로 똑 부러뜨릴 수 있을 듯 연약했지만 허벅지는 다른 신체보다 두꺼운 편이었다. 엉덩이 또한 풍만했고.

"……."

고단우는 스스로를 이 세상에서 가장 이성적인 사람이라 생각했다. 인간이 저 하고 싶은 대로 다 하고 살면 그건 짐승과 다를 바가 없다 생각하며 그 어려운 의대에서도 늘 탑을 유지했고, 원하는 대로 자신의 삶을 풍족하게 해 줄 성형외과를 선택했다.

처음 병원을 차릴 때만 해도 인생이 고달팠지만 그 역시 너끈히 이겨 냈다. 하지만 이 여자 앞에서만큼은 평소와 같을 수가 없었다. 자제력이란 자제력은 모두 끌어 모아 엿 바꿔 먹어 버린 것인지 평소의 자신 같지가 않다. 그것이 그는 못내 짜증스럽고 화가 났다.

단우가 하양의 턱을 잡으며 입술을 내렸다. 마치 고양이가 그루밍을 하듯 혀로 그녀의 입술을 할짝이던 단우는 얼어 있던 하양의 몸이 느슨하게 풀리는 것을 느끼며 방금 전까지도 계속 끌어안고 싶던 허리를 감싸 안아 제 품으로 끌어당겼다. 부러질 듯 허리를 끌어안은 단우가 제 품에서 허물어지는 여체를 단단히 붙잡았다.

"으음……."

숨을 쉬기 곤란한지 하양의 입에서 옅은 신음이 흘러나왔다. 허스키하고 낮은 소리가. 그 순간 남성이 흥분에 빳빳해지며 불쑥 고개를 드는 것이 느껴진다.

크으, 그가 낮은 신음을 내뱉자, 그제야 퍼뜩 정신이 드는 것인지 하양이 도끼눈을 떴다. 그리고 제 입속을 침범한 그의 혀를 힘껏 밀어낸 뒤 아랫입술을 아작 깨물었다.

"윽!"

깜짝 놀란 단우가 입술을 가리며 한 발자국 물러났다. 그리고 씩씩거리는 하양의 모습에 커다랗게 떠진 눈을 깜빡였다.

"당신…… 내가 정말 화를 참고 있는 거 안 보여요? 인내력이 슬슬 바닥이에요. 지금 당장 112에 신고하고 싶은 마음까지 드는데요?"

붉어진 얼굴로 소리치는 하양을 보자 그의 정신이 그제야 돌아왔다. 입술은 아직 쓰라리고 아팠지만, 이런 기분이 드는 것을 보면 참 웃음밖에 안 나왔다.

저 여자는 지금 널 치한 취급 하고 있다고. 그리고 치한처럼 행동하기도 했고. 그런데 지금 이 순간에 웃음이 나오냐? 고단우, 너 단단히 미쳤구나.

그는 스스로에게 욕을 하며 그녀의 입술 주위로 번져 있는 립스틱을 보았다. 방금 전 격렬했던 키스가 그의 정신을 얼마나 앗아 갔는지 알 수 있을 정도였다.

그가 피식 웃음을 내뱉자 하양의 얼굴에 놀라움이 번졌다. 늘 신경질적으로 구겨져 있던 미간이 반듯하게 펴진 그는 뭇 여성들의 가슴을 설레게 하고도 남을 만큼 매력적이었다.

"아아, 그건 곤란한데."

그가 읊조리듯 말했다. 그러자 하양은 몸에 잔뜩 가시를 세우며 따졌다.

"그렇죠? 사회적 지위가 있는 사람이 그러면 안……."

"나 당신이 정말 무척 마음에 들었어. 지금 그게 곤란하다는 거야."

"……."

"평소에 이런 소리를 아무렇게나 할 수 있는 미친놈은 아니야. 당신이 말했다시피 난 사회적 위치가 꽤나 높은 사람이니까."

그가 느슨한 표정으로 팔짱을 꼈다. 그리고 제 앞에 있는 여자의 모습을 시선으로 훑었다. 아무리 보아도 예쁜 얼굴이었다. 하지만 자신의 손으로 수없이 많은 미인을 만들어 냈던 그다. 그런 그가 외모 하나에 홀려 옆집 여자를 상대로 이럴 수는 없었다.

그렇다면 이 여자의 무엇이 자신의 신경을 긁어 댄 것일까? 신음 소리가 매력적인 것도 아니었는데.

그는 여전히 그 해답을 찾지 못한 채 진득한 눈으로 하양의 모습을 살폈다. 그저 가벼운 여자라 생각해서 가벼운 관계를 가지려고 그러는 것일까? 아아, 그런 것이라면 그 또한 질색이었다. 처음 여러 남자를 집으로 끌어들이는 그녀를 속으로 옴팡지게 욕하지 않았던가.

해답이 내려지지 않자 또다시 짜증이 울컥 올라온다. 설명되지 않는 감정은 그를 더 혼란스럽게 만들었다.

단우가 진지한 표정으로 자신을 내려다보자 하양의 표정이 딱딱하게 굳어졌다. 그의 눈빛이 마치 무언가 진심을 말하는 것만 같아 속이 쓰렸다.

"고단수시네요."

"아, 내 별명이 고단수인지 어떻게 아셨을까?"

예의 바른 미소도, 그렇다고 타인과 거리를 두는 미소도 아니었다.

"그러니까 나랑 한 번 잡시다."

그는 진심으로 그렇게 말했고 웃었다. 그 모습을 빤히 보던 하양이 따라 웃었다. 그는 하양의 엉덩이가 무척이나 가벼운 줄 알고 있었다. 원조교제도 서슴지 않았고, 고등학생도 잡아먹는 마녀 정도로 알고 있을 것이다.

그런 남자가 자신과 자자고 하는 이유를 하양은 어렴풋이 눈치채고 있었다. 그래서였을 것이다. 그녀의 입술이 시니컬하게 휜 것은.

"당신 참 직설적이네요."

"서른넷의 남자가 빙빙 돌려 말할 필요가 있을까?"

"그럼 저도 빙빙 돌려서 말 안 할게요."

싱긋.

하양이 웃는 것을 홀린 듯 바라보던 단우는 순간 자신의 정강이가 아프다 못해 찌르르 전기까지 통하자 눈을 크게 떴다. 눈가에 눈물이 찔끔 고인다. 그가 윽 소리도 내지 못한 채 허리를 숙이자 하양이 의기양양 표정으로 내려다보며 말했다.

"저질."

그녀의 일갈에 그가 고개를 들었지만 어느새 하양은 엘리베이터에 오른 후였다.

"후."

그의 한숨이 깊어졌다.

얼음 결정이 뚝뚝 떨어질 것 같은 얼굴로 메일을 살피는 그는 평소의 안정을 되찾은 모습이었다. 이성적이고 감정을 드러내길 꺼려하는 젠틀한 요셉 성형외과 원장 고단우로.

하지만 아랫입술엔 희미한 상처만 남아 있었다. 그녀에게 입술을 물리고 다음 날 병원에 출근했을 때 뒤에서 간호사들이 얼마나 떠들어 댔는진 안 봐도 비디오였다.

"어머, 너무 격렬하게 하셨나 봐."

"만나는 여자 없는 거 아니었어?"

그렇게 시작된 이야기는 곧 자신의 입술을 엉망으로 만든 여자에게로 옮겨졌다. 아마 이야긴 입술의 상처가 없어질 때까지 계속되겠지.

"후."

한숨을 내뱉은 단우가 머리를 부여잡았다. 그는 현재 근처에 있던 피부과와의 합병 문제로 골머리를 썩고 있었다.

보통 성형외과와 피부과를 같이 운영하는 것과 달리, 그는 처음부터 성형외과 의사만 모아 병원을 차렸다. 그렇게 한 건 무엇 하나도 제대로 할 수 없는데 다른 것까지 같이 하고 싶지 않았고, 마음에 드는 피부과의도 알지 못했기 때문이다.

그런 그에게 〈화이트 피부과〉 원장이 찾아온 것은 어쩜 절호의 기회일지도 몰랐다. 근방에서도 꽤 입소문이 나 있는 곳이었지만 여느 병원이 그러하듯 이곳조차도 경영난을 겪고 있었다. 실력이 있든 말든 단순히 가격경쟁에서 졌다는 이유 하나만으로도 병원이 휘청하는 것이었다.

그래서 단우는 평소 잘 알고 지내는 투자 컨설팅 전문가에게 이 문제를 의뢰했고, 이에 대한 답변이 오늘 저녁이 되어서야 도착한 것이다.

서류를 빠르게 눈으로 훑던 단우가 휴대전화를 들어 전화번호부를 뒤졌다. 저장되어 있는 번호만 1,500개. 때가 되면 한 번씩 번호를 지우곤 했지만 금세 저장할 수 있는 번호를 모두 채우고 만다.

그의 주위엔 수많은 사람이 존재하고 있었고, 모두 필요에 의해 연락을 하는 사람이었다. 개인적인 친분 혹은 마음을 털어놓을 친구 따윈 그의 주위엔 없었다. 고단우는 원래 생겨 먹은 게 그런 인간이니까.

연락처를 찾았는지 그가 곧장 통화 버튼을 눌렀다. 그러자 상대는 얼마 지나지 않아 전화를 받았다.

"잠시 통화 되십니까?"

─아아, 고 원장 전화라면 되고말고.

민형이 능글맞게 답했다. 올해 마흔 줄인 민형은 단우의 형과 친구이자 단우가 처음 병원을 차릴 때 자문을 구한 사람이었다. 친근한 말에 단우가 종이를 한 장 넘겨 연필로 희미하게 줄을 쳐 놓은 부분을 보았다.

"화이트 피부과 정기 회원 말입니다."

─그게 왜?

"이 정도 집계면 무조건 병원은 적자 아닙니까?"

─그래, 그래서 화이트 피부과 원장이 널 찾아온 거 아니겠어? 적자가 아니면 굳이 병원을 내놓을 필요가 없지. 한 두세 달만 견디면 정상적으로 굴러갈 테니까.

민형의 말에 단우가 고개를 끄덕였다. 하지만 아무리 보아도 서너 달 적자에 허덕였다 하여 병원을 내놓은 것이 이상했다. 조금만 견디면 다시 정상적으로 굴러갈 것처럼 보이는데…….

─뭐야? 너무 멀쩡해서 고민하는 거야?

"네, 이 정도 되는 병원을 내놓은 것이 이상하잖습니까."

-고단우.

"네?"

힘 있는 목소리에 단우가 서류에서 시선을 떼었다. 그러자 민형은 웃음이 섞인 목소리로 말했다.

-세상엔 그 잠시를 견딜 수 없는 사람도 아주 많아.

"아……."

-태어나서부터 돈 걱정 한 번 해 본 적이 없는 넌 모르겠지만.

단우가 어두운 표정으로 서류를 살폈다. 이제 오십이나 되었을까. 평생 이 병원을 위해 몸 바쳐 일한 화이트 피부과 원장의 모습이 눈에 아른거리는 것은 왜 그런 것일까.

괜히 감상적으로 변한 단우가 머리를 쓸어 올렸다. 민형의 말이 목소리가 멀게만 느껴졌다.

-다른 부분에선 문제가 없었어. 이 형을 믿으라고.

"……후."

그가 결국 왈칵 한숨을 내뱉을 때였다.

"으응, 아아앙! 거기, 거기요! 아아, 아아! 나 미칠 것 같아요!"

움찔!

단우의 몸이 위로 튀어 올랐다.

-이게 무슨 소리야, 고 원장?

민형 또한 들은 것인지 깜짝 놀라 되물었다. 단우가 무슨 변명을 내놓아야겠다고 생각할 때였다.

"으응! 으아앙!"

방금 전보다 더 큰 신음 소리에 그의 얼굴이 창백하게 질렸다.

─고, 고 원······.

"제가 다시 연락드리겠습니다."

민형의 말도 듣지 않은 채 전화를 끊은 그가 성큼성큼 걸음을 옮겨 현관 쪽으로 향했다.

그의 얼굴이 화르륵 타올랐다.

내가 관심이 있다는 소린 콧구멍으로 들은 것일까.

"정말 씹어 먹을 수도 없고."

낮은 그의 목소리엔 분노가 가득했다.

2

이웃집 여자, 이렇게 가벼워도 되는 거야?

컴퓨터 앞에 앉은 하양의 얼굴은 그 어느 때보다 파리했다. 커다란 눈을 데굴데굴 굴리던 하양의 눈빛이 순간 어두워지고 곧 평소처럼 묘한 빛을 머금는다. 잿빛에 가까운 눈동자는 멍하니 모니터를 향해 있었다. 항상 기계적으로 키보드를 두드리는 그녀였지만, 오늘만은 그럴 수가 없었다.

하양은 기계적으로 키보드를 두드려 지금 자신의 머릿속을 어지럽히는 생각들을 적어 냈다.

–고단우에게선 여전히 답 메일이 오지 않았다.

고단우가 자신에게 키스를 했다. 덕분에 애초에 계획했던 고향으론 가지 못했다.

고단우의 품에서 신음을 터뜨린 걸로도 모자라 초반엔 흥분까지 했다! 혹시 나 변태?

이 세 가지만 그녀의 머릿속에 둥둥 떠다녀 그녀는 손을 놓고 아무것도 하지 못한 채 멍하니 있을 수밖에 없었던 것이다.

집 앞에서 한 번, 엘리베이터에서 또 한 번.

첫 번째는 자신이 삽질하고 관까지 짜 그 안에 드러누워 그랬다 치더라도 두 번째는 정말 말도 안 되게 당한 것이라 두고두고 열 받는 중이었다. 거기에다가 키스까지 잘하니 더 열 받았다. 그것에 왜 화가 나는진 모르겠지만.

"웃겨, 이하양."

그 남자가 잘하는지 못하는지 네가 어떻게 알아?

하양이 스스로에게 조소를 던졌다. 그러다 문득 그날의 열기가 훅 끼쳐 와 얼굴로 열기가 오르자 올려놓았던 무릎 사이에 얼굴을 묻었다.

"미쳤지."

그러다 책상에 머리를 콩콩 찧어 대기 시작한다. 여유로운 모습으로 자신에게 잠자리를 가지자고 했던 남자가 계속 머릿속을 어지럽힌다. 그가 그렇게 오해하도록 둔 것은 자신이었다. 어쩜 두 번째 키스도 자업자득. 그리고 글 한 자 적지 못하고 고민하고 있는 지금도 자업자득이다.

그 남잔 분명 가벼운 마음에서 자신에게 자자고 한 것이다. 그런데 계속 고민하는 자신의 꼴이라니. 웃음도 나오지 않을 일이었다.

고개를 번뜩 든 하양은 한글 파일에 적혀 있던 글자들을 깨끗이 지웠다. 그리고 자신의 생각도 그와 함께 지운다. 그는 믿을 수 없는 남자였고, 자신의 인생에 하등 도움 될 것이 없는 남자였다. 지금도 그렇지 않은가? 그녀의 작업이나 방해하고.

입술을 뾰족하게 내민 하양이 키보드를 두드리려다 말고 한숨을 내뱉었다.

"이번엔 무슨 이야기를 쓰나……."

비서와 사장이 좋을까? 아니면 가정부와 고용인. 혹은 선생님과 제자의 이야기도 괜찮을 것이다. 판타지를 충족시킬 수 있는 직종은 생각보다 많았고, 주로 그녀의 글을 읽는 남자독자들은 금단의 것을 좋아했다.

"선생과 제자는 아무래도…… 끙!"

보건교사로 일하고 있으면서 선생과 제자의 금단의 사랑을 쓰기엔 양심이 많이 찔려 왔다. 혹여 이것이 나중에 알려지게 된다면 문제가 생길지도 모르고 말이다.

머릿속이 텅 비어 버린 듯 아무런 생각도 들지 않자 하양이 뒤통수를 의자등받이에 기대며 읊조렸다.

"고단우라……."

그녀는 돈을 아주 많이 벌어야 했다. 안정적인 삶을 살고 싶다는 꿈을 이루고 난 후에 그녀가 꿈꾼 것은 부자였다. 부자가 되어야 많은 아이들을 돌볼 수 있다. 그녀가 현재 학비를 대고 있는 아이들을 어떻게든 끝까지 책임을 져야 했다. 도움을 주다가 중간에 끊는 것만큼 나쁜 일도 없으니까. 그래, 시작을 했으니 끝을 봐야 했다.

"후."

하양의 입에서 깊은 한숨이 터져 나왔다. 눈을 질끈 감아 보았지만 눈동자가 여전히 건조해 아팠다. 깜빡깜빡, 몇 번이고 깜빡이던 하양이 결국 견딜 수 없었던 것인지 서랍장을 열어 인공눈물을 꺼내 눈동자 위로 떨어뜨렸다. 순간 눈동자가 싸해지자 하양은 눈을 끔뻑였다. 이제야 살 것 같았다.

다시 모니터로 시선을 돌린 하양이 하단에 적혀 있는 날짜를 살폈다. 다음 주까지 편집부로 원고를 보내야 했으나 그녀는 단 한 자도 적을 수가 없었다.

그 원흉은 바로 옆집에 있었고, 안타깝게도 그녀가 그 이후로 속이 부글부글 끓는 것과는 달리 늘 그랬듯 아침 8시 10분에 문이 닫히는 소리가 들렸고 8시가 되면 귀가하는 문소리가 들렸다. 그는 정상적인 삶을 살고 있는데 자신은 그렇지 못했다.

갈 길이 먼데…… 아직은 더 힘내야 하는데…….

족히 3년간은 지금처럼 살아야 할 것이다.

"후……."

책상에 이마를 기댄 하양이 인생의 고단함에 숨을 왈칵 내뱉을 때였다.

"그래, 아직은 지칠 때가 아니지."

읊조리던 그녀가 고개를 번뜩 들었다. 그리고 마우스를 쥔 하양이 눈을 빠르게 움직여 모니터 화면을 보았다. 커서는 나비처럼 사뿐히 폴더 위로 향했고, 벌처럼 정확히 동영상 하나를 클릭했다.

"흐흐."

하양이 음흉하게 웃음을 지은 후 적당한 야동을 찾아냈다. 더블클릭한 그녀는 꽂아 두었던 이어폰을 뺀 후 소리를 한껏 높였다.

"흐응! 응, 거기! 거기 핥아 줘. 아앙……!"

격렬한 신음성에 하양의 웃음이 짙어졌다.

"당신만 멀쩡하면 내가 너무 열 받잖아."

난 아무것도 할 수가 없는데.

단우가 집에 들어가는 소리는 두 시간 전에 들었다. 그러니 그도 이 소리를 듣고 아마 열이 받겠지.

그런 그녀의 예상은 정확하게 들어맞았다. 곧 초인종 소리가 들려왔다.

딩동—

"아무도 없네요~"

하양이 작은 목소리로 말했다. 그가 듣길 원해서 하는 말이 아니었으니까.

하지만 곧이어 또다시 초인종 소리가 들려온다. 그가 이번엔 정신 사나울 만큼 눌러 댔다.

딩동딩동— 딩동— 딩동—

"아, 글쎄, 이하양은 없다니까?"

그녀가 이제야 기분이 풀렸다는 듯 싱긋 웃으며 키보드 위로 조심스럽게 손을 올려놓았다. 그리고 막 한 문장을 쓰려 했을 때……

쾅쾅!

"옆집! 안 나와?"

"……허."

"이 문 당장 안 열어! 내가 자자고 한 건 콧구멍으로 들었어? 이게 무슨 짓이야!"

초인종 소리에 반응하지 않으면 지난번처럼 깜찍한 포스트잇을 남기고 갈 줄 알았건만, 남자는 열을 내며 문을 쾅쾅 차 대고 있었다. 거기에다가 아파트가 떠나가라 소리를 질러 댔다. 당장 문을 열지 않으면 문이라도 부술 기세였다.

당황한 하양이 안절부절못할 때였다. 인터폰이 삐릭삐릭 울린 것은. 반짝이는 점을 확인해 보니 경비실에서 온 것이었다. 더듬더듬 걸음을 옮기는 와중에도 소리치는 단우의 목소리에 하양의 얼굴이 사정없이 구겨졌다. 그는 문을 열라고 왁왁 악을 쓰고 있었다.

"여, 여보세요?"

ㅡ11층이죠? 지금 10층이랑 12층에서 항의 들어와요. 거기 너무 시끄럽다고. 치정싸움이라면 경찰을 부르든지 하세요. 요즘 층간소음으로 아파트 주민들 모두 날카롭다는 거 아시잖아요.

경비원의 말에 하양의 얼굴이 붉어졌다.

"네, 조심하겠습니다……."

기어들어 가는 목소리로 답한 하양이 성큼성큼 현관문 쪽으로 걸음을 옮겼다. 집 안은 신음 소리와 그가 질러 대는 소리로 아비규환이었다.

"시끄러워요!"

"문 열…… 어?"

단우는 제대로 옷을 껴입은 채로 서 있는 하양의 모습에 멍한 표정을 지었다. 그리고 이내 귓가를 파고드는 강렬한 소리에도.

"으응…… 거, 거기요."

"……."

설마 다른 커플을 집 안에 들여 하게 내버려 둔 것도 아닐 것이고, 이곳이 성매매 업소일 리도 없었다. 그렇다면 저 신음 소리가 어디서 들려오는지는 빤했다.

그가 고개를 돌려 훤히 들여다보이는 거실을 보았다. 모니터에서 흰 살결들이 춤을 추는 모습이 보인다. 그의 얼굴이 종잇장처럼 일그러졌다.

"이런, 들켰네."

너무 당황해 동영상을 꺼야 한다는 생각조차 하지 못했다. 가볍게 말하며 이 분위기를 어떻게든 수습하려 했지만 멍하니 자신을 보는 그 덕에 분위기는 걷잡을 수 없이 무거워져만 갔다.

하아, 이런.

하양이 손을 들어 이마를 짚었다. 그의 표정이 묘하게 변해 가는 것을 보자 그의 오해가 이번엔 어떤 식으로 튀어 갔는지 빤히 보였다.

"그, 그렇게……."

그리고 그 오해는 그 또한 꽤나 민망한 것인지 말까지 더듬었다. 핑크빛으로 물드는 단우의 **뺨**을 보던 하양이 피식 웃었다. 그를 동요하게 만드는 것은 성공한 듯싶으나 오히려 자신은 점점 그에게 이상한 여자가 되어 가니, 상황이 참 묘하게 꼬여간다 싶었다.

"궁하면 당신을 부르지 그랬냐고요?"

"……."

서른넷의 남자가 얼굴을 붉히는 꼴이라니. 꽤 귀여웠다. 마치 그녀가 보건실에서 창밖으로 내다보는 망아지들처럼.

"뭐 어때요? 성인 여잔데."

그래서 더 골려 주고 싶어졌다.

"당신, 정말 **뻔뻔하네.**"

"얼굴 볼 때마다 자자고 하는 누군 안 **뻔뻔하고요?**"

"……."

말문이 막힌 단우가 입을 꾹 다물었다. 그의 진지한 표정에 하양도 덩달아 긴장해 그를 올려다보았다.

자신도 여자치고 작은 키는 아니었으나 그는 한껏 고개를 치켜들고 보아야 겨우 시선을 맞출 수 있을 정도였다. 하지만 아무래도 낮은 곳에 있다 보니 그의 눈빛은 묘하게 내리깔은 듯해 신경이 쓰였다.

"하응…… 하아앙!"

하지만 귀를 찌르는 이 신음 소리를 무시할 수는 없었다. 하양이 한숨을 내뱉었다.

"가 줄래요? 동영상 꺼야 해요. 더 이상 이런 유치한 짓은 하지 않을게요."

"······."

"그럼 수고해요. 주말 잘 보내고요."

슬쩍 미소를 보인 하양이 문을 닫으려 할 때였다. 얼어 버린 것처럼 가만히 서 있던 단우가 손을 내밀어 그녀의 가느다란 팔목을 붙잡은 것은.

"잠시만."

팔목을 붙잡힌 손목이 불에 덴 듯 뜨거웠다. 그가 내뿜는 묘한 분위기와 눈빛 때문일 터. 그리고 그의 체온이 그녀의 체온도 데우기 시작했다. 하지만 하양은 놀라울 정도로 빠르게 표정을 수습하며 진지한 단우의 눈빛을 마주했다.

"왜요?"

그녀가 웃으며 물었다. 또다시 그녀의 입술 밑의 점이 유혹하듯 움직였다.

"또 같이 자자고요?"

그녀의 물음에 이번엔 단우가 단숨에 고개를 끄덕일 수 없었던 이유는 하양의 눈빛 때문이었다. 울렁이는 눈동자가 그의 신경을 긁어 대는 듯한 건 왜일까. 그는 이번에도 이유를 찾지 못했다. 그래서 당황했던 마음은 어느 순간 사라졌고, 그 자리에 짜증이 들어찬다.

"한 가지 물어도 될까?"

"뭘요?"

"당신이 나에게만 비싸게 구는 이유."

그의 말에 하양의 눈빛이 어두워졌다.

"내가 당신과 자면 당신은 나한테 뭘 해 줄 거죠? 당신은 그걸 말해 주지 않았잖아요."

"다른 남자들이랑은 달리?"

그의 물음에 하양은 감정 없는 얼굴로 고개를 끄덕였다. 그러자 그가 한 걸음 뒤로 물러난다. 방금 전까지 그의 몸을 기분 나쁘게 감싸고 있던 공기가 순식간에 바뀌었다. 어두웠던 그의 표정도 예전처럼 시니컬하게 변했고, 입술 또한 삐뚜름했다.

"끝내주는 섹스, 그리고."

단우의 입술이 굳게 닫히는 것을 본 하양이 침을 꼴깍 삼켰다.

"당신이 원할 땐 언제든지 달려와 주지. 다른 남자 따윈 생각나지 않게."

그의 말에 하양의 표정이 순간 멍하니 변했다. 그러다 이내 허리를 접더니 킬킬 웃음을 터뜨린다. 갑작스런 그녀의 변화에 그의 미간이 사정없이 일그러졌다. 하지만 하양은 눈가가 눈물로 축축하게 젖을 때까지 웃음을 터뜨리더니 한참이 지나서야 고개를 들었다.

당신은 뭐가 그렇게 웃기지?

그의 눈빛을 본 하양이 빙긋 웃었다.

"좋아요, 자요. 당신이 그렇게 원한다면."

그의 말에 오히려 더 놀란 것은 단우였다. 세 번째 제안도 거절할 줄 알았는데, 그녀는 매혹적인 웃음을 지으며 놀란 단우에게 팔을 뻗었다. 손가락 끝으로 단우의 턱 선을 어루만진 하양이 잿빛 눈동자를 깜빡이며 말했다.

"그리고 방금 전의 그 질문의 답은 조금 있으면 알게 될 거예요."

알 수 없는 말에 단우가 눈을 동그랗게 뜨자 하양이 휴대전화를 앞으로 가져다 댔다. 액정엔 녹음 표시가 떠 있었다.

"자, 증거. 말해요."

"……."

"얼른요."

"좋아. 당신이 원할 땐 늘 달려갈게."

그의 말에 하양이 만족스러운 얼굴로 종료 버튼을 눌렀다.

두 사람의 몸이 한 덩어리로 얽혀 집 안으로 들어온다. 거실 한 벽면이 모두 책장으로 짜여 있는 공간은 지나치게 심플하다고 생각될 정도였지만 바닥에 먼지 하나 없는 것이 이 집의 주인이 얼마나 깔끔한 성격인지 알 수 있을 정도였다.

서로의 입술이 맞춰지고, 입 사이로 간간이 거친 숨이 터져 나왔다. 가느다란 허리를 붙잡고 있는 단우의 손에 허리가 꺾인 하양은 그가 주는 키스만을 받기 급급해 정신이 멀어지는 것조차 모르고 있었다.

"하아……."

촉촉하게 젖은 하양의 눈망울에 단우의 입술에 만족스러운 웃음이 머물렀다. 그가 하양을 번쩍 안아 들고 자신의 침대가 있는 곳으로 향했다.

자신의 집에선 관계를 가지고 싶지 않다는 말에 무작정 그녀의 손을 이끌고 집 안으로 들어오자마자 입술부터 찾았다. 도톰한 입술은 젤리 같았고, 그 속에 꽃술처럼 숨어 있는 혀는 달콤한 꿀을 뿜어내고 있었다.

조심스럽게 하양을 침대에 눕힌 단우가 팔 사이에 그녀를 가두었다. 손을 들어 뺨에 가져다 대자 자신의 손이 유독 크다고 생각될 정도로 얼굴은 작았다.

"참 얼굴값 하게 생겼네."

"뭐……?"

"지금 1102호 씨가 그렇게 생각하는 게 눈에 빤히 보인다고요."

"하하!"

하양의 말에 단우의 허리가 폴더처럼 접혔다. 하양의 가슴에 얼굴을 묻은 그가 한참이고 웃음을 뱉어 내더니 옷 속으로 손을 찔러 넣었다. 곧 브래지어에 감싸인 커다란 가슴이 닿았다. 힘껏 가슴을 움켜쥔 그는 하양의 허리가 위로 튀어 올랐다가 아래로 떨어지는 것을 보며 만족스럽게 웃었다.

"그 입을 정말 틀어막고 싶을 때가 한두 번이 아니야."

"지금은 제 생각을 읽은 건가……?"

그녀가 말을 마치기도 전에 거칠게 입을 맞추었다. 그녀의 등 아래로 손을 찔러 넣어 브래지어 후크를 푼 단우가 커다란 가슴을 움켜쥔 후 정점을 손가락 사이에 끼워 비틀었다. 하양의 몸이 다시 한 번 파르르 떨렸지만 그는 여전히 입술을 떼지 않은 채 그녀의 신음조차도 삼켜 버렸다.

"흐음…… 흐읍……!"

맞닿은 입술 사이로 옅은 신음이 새어 나왔다. 그에 맞춰 그의 손은 자연스럽게 아래로 내려가 치마와 속옷을 함께 벗겨 버렸다. 하양의 몸이 깜짝 놀라 튀어 올랐지만, 그는 거침없이 여성을 쓰다듬고, 허벅지를 벌렸다. 그리고 고스란히 드러난 여성 안으로 손가락을 집어넣었다.

빡빡한 공간에 그의 미간이 찌푸려졌다. 좁다, 그녀 안은 좁았다. 긴장감에 여성이 파르르 떨렸지만 두 사람의 합을 부드럽게 만들어 줄 액은 흐르지 않았다.

입술을 뗀 그가 혀로 그녀의 입가를 할짝인 후 고개를 내렸다. 그리고 맛보고 싶었던 가슴을 입에 머금었다. 입안의 사탕처럼 이미 꼿꼿하게 선 정점을 혀로 굴리고, 손가락으론 쉼 없이 여성 안을 휘저었다. 공간이 넓어지자 그가 두 번째 손가락을 넣었다. 그제야 흥분한 여체가 달달한 액을 흘리기 시작했다.

가슴을 빨던 단우가 고개를 들었다. 그리고 새하얀 허벅지를 벌려 여성을 입에 머금으려고 할 때였다. 화들짝 놀란 손이 그의 이마를 잡아 뒤로 밀어냈다.

"왜 그래?"

"그, 그건 싫어요."

하양이 거칠게 고개를 내저었다. 그러자 단우는 정말 싫어하나 보다, 라고 대수롭지 않게 생각한 후 몸을 일으켰다. 티셔츠 자락을 잡아 단숨에 벗은 그가 바지에 손을 가져다 댔다.

그 모습을 멍하니 보던 하양이 침을 꼴깍 삼켰다. 어느 누구라도 단단하고 넓은 단우의 가슴을 보았다면 다 그녀처럼 반응했을 것이다. 구릿빛의 피부 위로 그림처럼 그어져 있는 근육의 곡선은 그가 평소 얼마나 많은 관리를 하고 있는지 보여 주고 있었으니까.

바지와 속옷을 단숨에 벗은 그가 바닥에 내던진 후 하양에게 다가왔다.

얇은 발목을 붙잡고 자리를 잡은 그가 여성에 남성을 문질렀다. 여성이 움찔움찔 떨리며 곧 닥쳐올 이물감을 반겼다. 그때 질끈 감겨 있던 하양이 눈을 번뜩 뜨며 말했다.

"피, 피임! 콘돔 있어요?"

산통을 다 깨는 소리였지만 그도 잊었다는 듯 굳은 얼굴로 고개를 끄덕였다.

"있어."

"피임은 꼭 해야 해요."

하양이 진지한 얼굴로 말하자 그가 자리에서 일어났다. 그리고 예전 어딘가에 사 둔 콘돔을 찾아 방 안을 헤맸다. 오목하게 들어간 작은 단우의 엉덩이를 보던 하양의 입에서 작은 한숨이 터져 나왔다. 하지만 곧 콘돔을 가지고 돌아온 그의 모습에 하양이 조금 일으켰던 고개를 침대에 묻으며 눈을 질끈 감는다.

긴장감에 굳어진 여성을 손으로 살살 문지른 그가 껍질을 까고 콘돔을 남성이 끼웠다. 그리고 여성에 자리 잡은 후 한 번에 여성 안으로 남성을 깊숙이 밀어 넣었다.

"윽!"

"악!!"

두 사람의 신음이 하모니처럼 터져 나왔다. 하지만 그 하모니는 어딘가 어긋나 있는 것으로 단우는 좁은 내부에 낮은 신음을 내지른 것이었고, 하양은 고통에 차 내질렀다. 순간 단우가 화들짝 놀라 하양의 얼굴을 보았다. 일그러진 얼굴은 창백하게 굳어 있었다.

"이, 이게…….."

그가 당황해 이러지도 저러지도 못하고 있을 때였다. 하양은 극도의 고통을 참으며 발을 들어 단우의 배를 걷어찼다. 순간 얼이 빠져 멍하니 있던 그의 몸이 뒤로 나뒹굴었다.

"이렇게 아프다는 말은 없었잖아!"

누구를 향한 분노인지는 몰랐으나 하양이 꽥 소리를 질렀다. 그리고 곧 숨도 쉬지 못할 만큼 끔찍한 고통이 닥친 것인지 몸을 동그랗게 말아 끅끅거렸다.

"으으…… 으아아."

하양의 눈가에 눈물이 고였다가 아래로 후두둑 떨어졌다. 생전 이런 고통은 처음이라는 듯.

투둑, 투두둑.

눈물이 비처럼 쏟아졌다.

"어, 어떻게…….."

그녀의 발길질에 한참 뒤로 물러나 있던 단우가 당황스러움이 가득한 얼굴로 하양을 보았다. 몸을 동그랗게 말고 끅끅 고통을 토하는 그녀의 사타구니 밑으로 번지는 붉은 피에 정신이 아득히 멀어져 간다.

"당신…… 처녀였어?"

누군가 뒤통수를 강렬하게 후려치는 기분이었다. 하양은 여전히 고통에 젖어 아무런 말도 하지 못하고 있었으나 하양 침대 시트를 적시는 처녀막이 찢어진 흔적만 보아도 답은 충분했다.

얼이 빠진 모습으로 그녀를 바라보던 단우가 더듬더듬 다가와 손을 뻗었다. 그러자 하양이 경기를 일으켰다.

"만지지 말아…… 아!"

"……."

처음 관계를 가지는 여자는 아주 부드럽게 대해 주어야 한다. 처음으로 여자가 된다는 것의 고통은 상상 이상이었으니까. 그런 그녀를 그렇게 거칠게 가졌으니 지금 하양의 고통은 보통 여자들이 겪는 고통보다 훨씬 더할 것이다.

그 모습을 멍하니 보던 그가 손을 들어 이마를 짚었다. 어쩐지 애무를 할 때도 몸이 뻣뻣하다 했다. 하아, 한숨을 내뱉은 그가 눈을 떠 하양의 얼굴을 보았다.

"아파, 아프다아…… 아아, 왜 이렇게 아픈 거야."

배를 양손으로 감싼 채 눈물을 쏟고 있는 그녀의 모습을 보던 그가 자리에서 일어났다. 그리고 바닥에 떨어져 있던 팬티를 대충 주워 입고선 곧장 화장실로 향했다. 수건을 뜨거운 물로 적셔 온 그가 침대맡으로 다가가 다시 한 번 손을 뻗었다.

"지금 만지지 말아요. 나 진짜 죽을 것 같아요. 몸이 두 개로 쪼개지는 게 이런 기분이었구나. 아아, 새로운 경험이야."

하양이 빠르게 말을 내뱉었다. 방금 전보단 고통이 좀 가라앉은 것인지 표정은 한결 편해져 있었지만 여전히 핏기가 가신 얼굴이었다. 그가 한숨 섞인 목소리로 말했다.

"좀 닦자."

그 말에 그제야 그녀가 자신의 곁을 내어 주었다. 그는 수건으로 그녀의 배를 쓰다듬고 피로 엉망인 여성을 깨끗하게 닦아 주었다. 수건이 배에 오래 닿아 있었을 땐 한결 편한 표정을 짓기도 했다. 엉망인 수건을 바닥에 아무렇게나 던져 둔 후 하양의 옆에 누웠다.

하양의 어깨가 다시 한 번 움찔 떨리는 것이 느껴졌으나 단우는 그녀의 어깨 밑에 팔을 찔러 넣어 그녀를 제 품에 안았다. 후우, 입에서 다시 한 번 한숨이 터져 나왔다.

"이거 놔요."

"내일 때려 죽이든 말든 맘대로 해. 근데 오늘은 이렇게 있자."

"……."

몸을 비틀어 빠져나가려는 반응이 사라지자 그가 눈을 감았다.

"그리고 이 이야기는 내일 계속하도록 하고."

하양의 어깨가 움찔 떨렸지만 이번에도 그녀는 잠자코 그의 품에 안겨 있었다.

일부러 속였다 이거군.

그가 속으로 다시 한 번 한숨을 내뱉은 후 눈을 감았다.

그는 내일 모두 들을 참이었다. 왜 자신이 그러한 오해를 하게 내버려 뒀는지. 그리고 자신이 본 그 광경들은 모두 무엇인지.

그는 내일 그녀를 닦달해서라도 이 모든 것들을 들어야 속이 시원할 것 같았다.

피곤이 내려앉은 얼굴로 잠이 들어 있던 단우가 팔을 들어 옆자리를 더듬었다. 분명 잡혀야 할 여체 대신 손바닥에 닿는 것은 차갑게 식은 침대 시트뿐. 깜짝 놀란 그가 상체를 벌떡 일으켰다.

"이런."

그가 인상을 찌푸렸다. 당연히 그의 옆에서 자고 있어야 할 여자는 신기루처럼 사라졌고, 어제의 상황이 꿈이 아니었다는 듯 붉은 선혈만이 보였다. 한숨을 내뱉은 그가 머리를 부여잡았다.

"도대체 뭐냐고……."

옆집 여자는 처녀였다. 엉덩이 가볍고 매번 다른 어린 남자를 집으로 끌어들이며, 원조교제도 서슴지 않으며 밤엔 가느다랗고 닳고 닳은 신음 소리를 흘리는 여자. 어디 그뿐인가, 그 남자 리스트 중엔 고교생도 포함되어 있었다.

그가 연신 머리를 굴렸다. 도대체 이게 어떻게 된 일인지? 충격으로 몸은 물론이고 머리도 빳빳하게 굳는 느낌이었다. 그때 그의 뇌리 속에 하양의 목소리가 들려왔다.

"그리고 방금 전의 그 질문의 답은 조금 있으면 알게 될 거예요."

그녀는 그렇게 말을 했었다. 왜 자신에게만 비싸게 구냐는 질문에 한 대답. 그 대답은 붉은 혈흔만으로 충분했다.

"모두에게 값비싸게 굴었네. 하아!"

기가 막힌 듯 거친 숨을 내뱉은 그가 자리에서 벌떡 일어났다. 당장 옆집 여자를 만나 이 일이 어떻게 된 것이냐고 물어야 했다. 방에서 나온 그가 막 부엌을 지나치려 할 때였다. 그의 시선이 우연히 닿은 식탁 위에 차려진 음식들.

"……."

아침이라고 하기엔 과한 것들이었다. 평소 잘 사용하지 않는 부엌엔 사용한 흔적이 남아 있었고, 식탁 위에 차려진 음식의 주재료는 계란이었다. 그의 냉장고에 있는 식재료가 얼마 되지 않았으니까.

식탁을 보던 그가 바닥에 떨어져 있는 옷가지를 주워 입은 후 옆집으로 향했다.

딩동—

초인종을 누른 그는 안에서 아무런 반응도 없자 주먹으로 문을 두드렸다.

"거기 있지?"

쾅쾅!

"이봐!"

그가 소리를 질렀다. 연신 문을 두드리며. 하지만 안은 쥐 죽은 듯 조용했다. 방음이 엉망인 아파트인 주제에.

그 말은 집에 그녀가 없다는 뜻이었다.

다시 집으로 돌아온 그가 휴대전화를 집어 들었다. 그러다 아차 싶었는지 행동을 멈췄다.

"아, 전화번호 모르지……."

그가 들고 있던 휴대전화를 집어 던졌다. 그러다 문득 깨달은 사실 하나에 멍한 표정을 짓는다.

"이름도 모르네."

그는 그녀에 대해 모르는 것이 참 많았다.

아니, 알고 있는 모두가 거짓이었다.

Chapter 3

거슬리는 이웃을 주목하라

닥터 고의 일주일

거실을 서성이는 발걸음은 목적지가 없었다. 아니, 길을 잃은 것만 같았다. 고민에 잠긴 얼굴로 턱을 쓰다듬던 단우가 저도 모르게 제 생각을 툭 내뱉었다.

"처녀였다고."

흠칫!

자신이 말하고 스스로 놀란 단우가 서둘러 주위를 둘러보았다.

"아, 집이었지, 참."

한참 고민에 잠겨 있다 보니 여기가 어디인지도 잊었다. 한숨을 내뱉은 그가 고개를 들어 벽에 걸린 시계를 확인했다. 11시 20분. 이미 잠자리에 들고도 남았을 시간이었지만, 이미 여러 번 침대에 누웠다가 잠들기를 포기한 그는 이번에도 불쑥 자신의 잠을 방해하고 있는 여자를 떠올리며 한숨을 내뱉었다.

기승전옆집여자였다.

생각은 다른 곳으로 향하지 않았고, 똑똑하게 잘 정리되어 있던 머릿속을 어지럽힌 그 존재에게로 향한다. 그리고 수많은 의문은 그를 얼빠진 놈으로 만들기에 충분했다.

"그럼 그 많은 남자는?"

입 밖으로 말을 내뱉자 의문은 더욱 확고해진다. 그럼 그 여자 집으로 드나들던 그 수많은 남자들은 뭐란 말인가? 더욱 어떤 남자는 자신의 앞에서 그녀와 돈으로 실랑이를 벌이기도 했다.

단우의 미간이 찌푸려졌다. 어찌 고민하면 할수록 어찌 된 것이 의문만 커져 간다. 옆집 여자는 온통 의문으로 가득했고, 무엇 하나 명확해지지 않았다. 그러다 그의 신경을 퍼뜩 붙잡는 일이 뇌리를 스쳤다.

"밤마다 들려온 신음 소리……."

동영상!

"아……."

단우의 입에서 앓는 소리가 흘러나왔다.

그녀를 가졌던 그날에도 화면에선 정신없이 정사를 나누는 배우들이 보였다. 그는 이제야 모두 알겠다는 듯 얼굴을 일그러뜨렸다. 그렇다면 자신은 도대체 옆집 여자에게 무슨 짓을 한 것이란 말인가?

"아, 정말 최악이네."

그가 창백하게 질린 얼굴 위로 마른세수를 했다. 정신이 아찔해졌다. 처음부터 지레짐작 의심하여 그녀를 매도했다. 평소엔 팽팽 잘 돌아가던 머리가 웬일인지 그녀에게만은 말도 안 되는 이미지를 씌우고 가벼운 여자라 치부하며, 잘 알지도 못하는 여자에게 한 번 자자는 경박한 말을 내뱉게 만든 것이다.

"젠장!"

생각이 처음으로 돌아가자 머릿속이 텅 빈 것처럼 멍해졌다. 아니, 지난날을 지워 버리고 싶어 몸이 저도 모르게 그렇게 반응하는 것이었다.

바닥에 털썩 주저앉은 단우가 양반다리를 했다. 그리고 팔짱을 낀 채 고개를 숙인다.

"쓰레기네……."

애써 생각해 낸 생각 한 조각을 떠올린 단우가 툭 내뱉었다. 스스로가 말해 놓고서 상처받아 버린 것인지 그의 미간이 찌푸려졌다.

"하지만 오해하게 내버려 뒀다고. 즐기고 있었잖아."

그래, 한 번도 지지 않고 되받아치던 말을 떠올리며 그가 고개를 끄덕였다. 그러다가 이내 생각이 다른 곳으로 튄 것인지 끙 앓는 소리를 내뱉었다.

"하지만 처음부터 멋대로 오해한 건 나야."

마치 정신이 나간 사람처럼 주절주절 읊던 그의 얼굴이 새하얗게 질렸다.

"그리고 짐승처럼 자자고 조른 것도……."

자신이었다. 그녀는 분명 두 번이나 거절을 했고. 경우 없이 굴었다는 사실에 땅속으로 숨어 버리고 싶은 기분이 들었지만 그는 생각을 이어 나갔다. 문득 떠오른 하나의 가정 때문이었다. 생각하면 할수록 자신이란 인간이 최악으로 느껴졌다. 이건 뭐 분리수거도 안 되는 폐기물 수준으로다가.

한참 고민에 잠겨 있던 그의 상체가 앞으로 철푸덕 쓰러졌다. 양반다리 사이에 얼굴을 묻은 그가 힘없이 읊조렸다.

"그런데 내가 여자에게 막 자자고 하는 인간이던가?"

거기까지 생각이 닿자 그의 입술이 악물렸다.

"……."

무슨 말을 할 수 있으랴. 늘 자신의 상태를 몰라 짜증스러운 나날이 계속되고 있는데. 평생 이 정도로 자제력을 잃고, 확신도 없이 설친 적은 없었다.

하지만, 하지만…….

"그 여잔 왜 나랑 잤지? 이름도 모르고 연락처도 모르는 옆집 남자랑. 더욱 그렇게 재수 없게 굴었는데……."

그것도 첫 경험이었다. 아무 남자에게나 냅다 집어 던져 버릴 것이 아닌 특별한. 더욱 어리지도 않은 그녀가 자신과 관계를 가졌다는 것은…….

"뭘 그렇게 고민하고 그러냐?"

고단우.

이미 답은 나와 있는데.

◆

평일 저녁이었지만 청담동에 위치한 바엔 퇴근 후 많은 직장인들이 모여 있었다. 여자들은 피곤에 찌든 얼굴을 화장으로 가리고 있었지만 눈 밑에 내려온 검은 그늘은 숨기지 못한 모습이었고, 남자들은 넥타이를 느슨하게 끌어 술 한 잔으로 사회의 고단함을 풀고 있었다.

높은 의자에 앉아 술잔을 기울이고 있던 동우는 연신 문을 힐끗힐끗 바라보고 있었다. 혹시나 해서 퇴근 전 단우에게 술 한잔할 생각 없냐 물었을 때, 그는 먼저 가서 기다리고 있으라고 말했다. 같이 술자리 하기 힘들다는 그 고단우가 말이다.

동우는 문을 열고 들어오는 단우의 모습을 보았다. 주위의 여자들이 수군거리는 소리가 들린다. 예능 프로그램에 나가면서부터 꽤 유명세를 타는 것은 둘째 치고, 큰 키와 잘빠진 몸매, 잘생긴 얼굴만으로도 그의 대학동기이자 현잰 병원을 같이 시작해 동료로 지내고 있는 친구는 어디서든 주목받는 인물이었다.

"웬일이냐? 전화 한 통에 다 나오고."

동우는 바를 들어서자마자 뭇 사람들의 시선을 받으며 걸어오는 단우를 보며 말했다.

"그냥."

"그냥은 무슨. 민 간호사가 걱정하더라. 요즘 우리 보스가 넋을 놓고 산다고."

"내가?"

단우가 되물으며 자리에 앉았다. 손부터 뻗는 그에게 잔을 쥐여 주고 술을 콸콸 쏟아 낸 동우가 계속 말을 이었다.

"그래. 그래서 내가 설마요, 라고 말했는데 오늘 보니까 그 의견에 일부 동의다. 평일 날에 네놈이 나와 술 마실 일은 평생 없을 거라고 생각했거든."

"흐음."

작게 콧소리를 낸 단우가 심드렁한 표정으로 말했다.

"가끔 그러고 싶은 날이 있잖아. 오늘이 그런 날이야."

"네놈이? 평생 재미없게 사는 게 목적인 네가?"

무엇이든 짜여진 틀에 맞춰 살아가는 남자였다. 그건 대학 때 처음 그를 만났을 때부터 지금까지 변함이 없었다. 마치 초등학생이 생활 시간표를 만들고 거기에 맞춰 생활을 하는 것처럼 말이다. 대학생 때부터 학교 OT고 MT고 웬만하면 참석하는 법이 없었다.

그때부터 미운털이 박히기도 했으나 단우의 뒤에 한울 병원이 있다는 것을 알고 난 후로 그를 건드리는 사람이 없었다. 사기업이 운영하는 병원 중 최고라 꼽히는 한울의 아들을 누가 건드릴 수 있겠는가. 자신 손으로 취업 길을 막는 멍청이는 한국 최고의 의대라 불리는 대한세종대학엔 없었다.

"내가 그렇게 재미없이 살았나?"

"미팅은 물론이고, 친구들이랑 술자리도 안 하고. 문화생활도 책 읽는 게 전부인 인생이 그럼 재미있냐?"

"그래도 할 건 다 해."

단우가 미간을 찌푸리자 동우가 그를 손가락질하며 으하하 웃었다.

"네가? 정말로 네가?"

"……."

"너 1년 전에 마지막으로 연애하고 여자도 안 만나지?"

눈을 게슴츠레 뜬 동우가 약을 올리듯 말했다. 다른 건 다 이 녀석에 뒤처질지 몰라도 연애만큼은 한 수 위라며. 차마 입에 담지 못할 정도로 유치한 생각을 하고 있던 동우는 곁에서 들려오는 작은 목소리에 눈을 동그랗게 떴다.

"아니, 만나고는 있어."

"뭐?"

내가 제대로 듣고 있는 것 맞나? 동우가 멍하니 단우를 보자 그는 깊은 생각에 잠긴 듯 제 손에 들린 술잔을 내려다보며 말했다.

"아니, 만났었다, 라고 해야 하나?"

"어?"

"아니다. 만날 거다, 라고 해야 하나?"

이게 지금 뭐하자는 거지?

정신을 차리지 못하고 주절주절 떠드는 단우의 모습에 동우의 턱이 떡 벌어졌다.

"고 선생, 정신 차리세요. 무슨 소리를 하고 싶은 거야?"

그의 물음에 단우가 들고 있던 잔의 술을 단숨에 들이켰다. 그러자 방금 전까지 목에 무언가 걸려 답답했던 가슴이 뻥, 뚫린다. 스트레이트 양주 한 잔에 얼굴이 붉어졌다. 아니, 지금 단우의 머릿속을 어지럽게 만들던 생각 하나가 정리되는 순간 얼굴이 붉어졌다.

"동우야."

탕탕!

동우가 답답함에 테이블을 손바닥으로 탁탁 내려쳤다. 갑자기 왜 술자리에 얌전히 나와 줬나 했더니 다 고민이 있었던 것이다. 평생 제 잘난 맛에 살던 이놈도. 동우가 눈살을 찌푸리며 말했다.

"왜? 말을 해, 말을."

"나……."

"그래, 너! 고단우, 너!"

"나 요즘 정신을 못 차리겠다."

"……어?"

"계속 궁금해, 그 여자가."

"……."

"지금 어디에 있는지도 무척 궁금하다. 나 왜 이러냐?"

아, 이 병신. 역시 연애는 내가 한 수 위다.

가볍게 웃음을 흘리며 이야기를 나눴다. 동우의 관심은 멀리 쳐 낸 채, 일 이야기는 살짝 접어 둔 채, 최근 동우가 만나고 있다는 여자에 대해 이야기를 듣던 단우는 연신 고개를 끄덕였다. 오랜 연인과 최근에 헤어진 친구였지만 그 짧은 시간 또 다른 둥지로 옮겨 간 그는 시작된 연애에 즐거워했다.

양주 한 병을 깨끗이 비우고도 모자라 맥주까지 시원하게 들이켜고 나서야 두 사람은 자리에서 일어났다. 새벽 2시, 평소라면 꿈나라에 가 있을 시간에 단우는 평소라면 나오지 않을 술자리에 나와 시간을 죽였다.

그리고 밖으로 나와 뜨거운 공기를 들이마시자 순간 세상이 비틀렸다. 몸을 휘청거린 단우가 재빨리 자세를 잡았지만 이 모습을 동우가 본 것인지 그가 성큼성큼 걸음을 옮겨 왔다.

"너답지 않게 왜 이래? 오늘 너무 달렸나?"

달큰하게 취기가 오른 것인지 단우의 뺨이 붉어져 있었다.

단우는 걱정스럽게 자신을 보는 동우를 보며 한숨을 내뱉었다.

"후."

"정말 별일 없는 거지?"

"왜?"

뜬금없는 물음에 단우가 눈살을 찌푸리며 물었다. 그러자 동우는 이 이야기를 꺼내야 할까 말아야 할까, 고민하는 얼굴로 친구의 얼굴을 올려다봤다. 결심이 선 얼굴로 동우가 물었다.

"그냥. 병원장님이랑 아무 일도 없냐고."

"……."

"너 이럴 이유, 병원장님밖에 없잖아."

입술을 굳게 다문 단우가 이를 악물었다. 볼이 움푹 파였다. 동우의 말대로 자신은 참 재미없는 인생을 살아온 것 같았다. 평일 늦은 저녁, 술잔을 함께 기울일 이유가 자신의 아버지뿐이라니.

"미안하다. 쓸데없는 걱정해서."

"말 그대로야. 쓸데없는 걱정."

한 치의 틈도 없이 말하는 모습에 동우가 가벼운 웃음을 내뱉었다.

"그래, 그럼 그렇지. 네가 어떤 놈인데. 조심히 들어가라. 내일 보자."

손을 흔들고 사라지는 동우의 뒷모습을 보던 단우가 거칠게 머리를 쓸어 올렸다. 그 양반이랑 자신이 무슨 일이 있을 게 뭐 있냔 말이다.

동우를 등지고 천천히 걸음을 옮긴 단우는 저 멀리 달려오는 택시를 붙잡아 탔다. 집 주소를 말하고 빠르게 변하는 창밖을 보았다. 차가 내달렸다, 빠른 속도로. 눈 깜짝할 사이에 변하는 작은 창틀 속 세상을 보던 그가 눈을 감았다.

한 시간여를 달려 집 앞에 도착한 단우는 차비를 지불하고 차에서 내렸다.

휘청거리는 걸음을 옮겨 아파트 건물 안으로 들어간 그는 때마침 1층에 멈춰 있는 엘리베이터에 몸을 실었다. 잠시 눈을 붙였더니 억누르고 있던 취기가 확- 하고 느꼈다.

맑은 소리와 함께 엘리베이터가 멈춰 서자 단우는 자신의 집으로 향하는 대신 옆집으로 향했다. 초인종을 눌러 보았지만 그녀는 역시나 묵묵부답이다. 망할 옆집 여자가 사라진 지 3일. 슬슬 인내심의 한계가 왔다.

쾅쾅-

"집에 없어? 없는 거야?"

힘껏 문을 두드린 그가 말했다.

"이 짜증 나는 여자야. 도망가면 내가 가만히 내버려 둘 줄 알아?"

그는 그날 처음으로 알았다.

아, 내가 생각보다 자제력이 부족한 놈이구나, 라고.

그리고,

"오면 보자."

지금 그 망할 옆집 여자가 무척이나 보고 싶다는 것도.

모던한 장식장이 놓여 있는 탁 트인 공간에는 네이비 색상과 화이트 색상의 가구가 조화롭게 놓여 있었다. 넓은 공간 안에서 숨을 쉬며 인기척을 내는 것은 화이트 소파에 앉아 다리를 꼰 채 책을 읽고 있는 한 남자뿐이었다.

단우는 책에서 시선을 떼지 않고 있었다. 커다란 손에 가려져 제목은 보이지 않았지만 활자가 그의 마음을 온통 사로잡은 것

인지 눈 하나 깜짝하지 않은 채 빠르게 글을 읽어 내려가고 있
었다.

　－고독한 사람은 혼자 있는 것이 죽음보다 더 두려울 때가 있
다. 하지만 그 고독을 막을 방법은 없다. 누군가가 곁에 있어야
하지만, 곁을 지켜 줄 사람을 찾는 일은 어려웠다. 그리고 죽음
보다 더 무서웠다. 한 사람만 곁에 두어야 한다는 것이.

　그의 눈길이 멈췄다.
　고독을 막을 방법이 없다는 문장에서.
　하지만 곧 작게 숨을 내뱉으며 꾹꾹 마음을 억누르며 글을
읽어 내려갔다.

　－그리고 그 한 사람을 찾았다. 봄볕이 꽃을 피우고, 여름의
생명력을 싹틔우고, 나팔꽃이 피는 가을이 오고, 모든 것을 얼
려 버리는 겨울이 몇 번이고 되풀이되고 나서야. 봄볕이 약해
지고, 생명력이 약해지고, 나팔꽃이 더 이상 특별하게 느껴지지
않을 때.

　눈을 감으며 곱씹어 보았다. 고독이 죽음보다 더 무섭다는 사
람이 한 사람을 찾았다. 흘러가는 계절도 더뎌지고, 시간의 흐
름조차 제대로 인식되지 못할 때. 이건 무엇을 뜻하는 것일까?
1인칭으로 진행되는 주인공의 목숨이 다해 간다는 뜻일까, 아니

면 이 사람에게 시간의 흐름조차 고독으로 느껴져 아무런 것도 느끼지 못하는 상태가 되었다는 것일까?

눈을 뜬 단우가 고개를 내렸다. 그때 벌컥 문이 열리고 사색을 방해하는 소리가 들렸다.

"미안하다. 회의가 길어져서."

그가 기다리던 이가 왔다. 단우는 마지막 문장을 읽으며 책을 덮었다.

─그때 그 사람을 만났다. 나에게 왔다. 성큼성큼.

"오셨어요, 아버지?"

단우가 책을 테이블 위에 올려놓았다. 이하양 작가의 두 번째 책이자 단편집 〈선물〉.

그중에서도 〈고독을 이기는 법〉이란 편은 소설이 아닌 작가의 일기처럼 느껴졌다. 다른 편들은 특별한 이야기를 담고 있었으나 이 소설만큼은 작가가 밤늦게 센티멘탈해졌을 때 휘갈겨 쓴 것인지 글쓴이의 생각이 고스란히 녹아 있는 것만 같아 몇 번이고 읽게 만들었다.

고 원장이 단우의 맞은편에 앉으며 하드커버 책을 보았다. 새하얀 표지는 여기저기 손때가 묻어 있었다. 요즘 단우가 이 책에 얼마나 심취해 있는지 단적으로 보여 주듯.

"어릴 적부터 넌 책을 참 좋아했어."

"아버지가 만들어 준 유일한 습관이자 취미죠."

"뭐?"

고 원장이 고개를 들어 단우를 보았다. 그러자 그는 입술을 늘려 웃으며 말했다.

"그 큰 집에 혼자 있으면 할 게 없으니까요."

아마 평소라면 이러한 말을 하지 않았을 것이다. 하지만 그의 마음을 뒤흔들어 버린 단 한 권의 책은 그의 이성을 사뿐히 누르고 속에 있던 것들을 꺼내 보이게 만든다.

그래서 그런 것이리라.

"엄만 건강하세요? 형들은요?"

"모두 잘 있다. 넌?"

잘 지내냐는 물음에 의뭉스러운 표정을 지은 것은.

"전 잘 모르겠어요."

뾰족뾰족 심장에 가시가 돋아났다. 단우는 1101호라 적힌 번호판을 한참이나 노려보고 있었다.

오늘도 그는 정확히 퇴근해 8시에 집 앞에 도착했다. 하지만 그는 그녀가 사라지고 지난 일주일간 그랬던 것처럼 바로 집으로 들어가지 않고 옆집 문 앞에 서 있었다.

지난 일주일, 아니, 옆집의 짜증 나는 여자를 만나고 난 이후로 그의 페이스는 조금씩 무너져 내리기 시작했다. 평소엔 안 하던 술자리도 참석해 보았고, 장기를 두자는 고 원장의 말에 순순히 병원으로 찾아가기도 했으며, 이성적인 닥터 고는 사라지고 멍하니 있는 날들이 늘어났다.

그리고 퇴근 후 자연스레 그녀의 집 앞에 서서 한참이고 빈집을 본다.

천천히 손을 든 그가 초인종을 눌렀다. 하지만 집 안은 여전히 묵묵부답. 자신에게 엄청난 오해를 불러일으키고 뒤에서 킬킬 웃었을 마녀 같은 여자는 오늘도 집에 없었다.

바닥에 엉덩이를 붙이고 앉은 그가 옆집 문에 뒤통수를 기댔다.

"사과 정도는 하게 해 줘야 할 것 아니야."

평소의 자신이라면 신경도 쓰지 않았을 것이다. 옆집의 여자가 어떠한 여자인들.

그의 메모에 그 여잔 실제로도 신경을 써 주었으니까. 밤늦게 신음 소리는 들려오지 않았고, 밤에 누군가 그녀의 집 초인종을 누르지도 않았다.

그런데 그의 신경은 여전히 옆집 여자를 향해 있었다. 당연히 신경을 꺼야 하는데, 그녀를 오해하고 곡해하여 잠자리를 가지자 하였으며, 키스를 하고 자신의 침대로 초대했다.

평소의 고단우라면 절대 생각할 수 없는……

"망할 1101호……"

이렇게 바꾼 것은 모두 그 망할 1101호에 사는 여자다.

한참이고 눈을 감은 채 숨을 고르고 있던 단우의 귀에 엘리베이터가 멈춰 서는 소리가 들린다.

"⋯⋯여기서 뭐 해요?"

그리고 자신의 신경을 좀먹고 있는 여자의 놀란 목소리도 들려왔다.

2

이웃을 사랑하게 됐다

"하양아, 표정이 왜 그러니?"

하양은 지금쯤 이를 버득버득 갈고 있던 단우로 향해 있던 정신을 애써 추슬렀다. 그리고 눈앞에서 낡은 소파에 바르게 앉아 자신을 걱정스러운 눈으로 보고 있는 원장 수녀를 보며 빙긋 웃었다.

"현우 녀석이 워낙 속을 썩여야 말이죠."

하양은 괜스레 현우의 핑계를 대며 손에 들고 있던 녹차를 호로록 마셨다. 제법 적당한 변명을 댄 것인지 원장 수녀의 얼굴이 금세 걱정으로 젖었다. 그 걱정은 현우가 아닌 자신에게 향한 것이었다.

"하양아……."

"아, 똑같은 레퍼토리 지겨워요."

달그락.

하양이 들고 있던 잔을 내려놓으며 입술을 뾰족하게 내밀었다. 그럼에도 원장 수녀는 작게 고개를 내저었다. 새끼새가 이 소가 두려워 둥지를 떠나지 못하면 어미새는 새끼새를 버리고 훌쩍 떠나 버린다. 그런 나약한 생명체라면 어차피 얼마 못 가 죽을 테니까. 이곳은 그런 새끼새들이 많은 곳이었다. 그리고 원장 수녀는 새끼새들을 버리는 대신 부리로 그 등을 밀었다. 스스로 떠나지 못하는 새가 있다면.

그리고 그 새가 지금은 하양이었다.

"현우 그 아이가 염치없다고 생각하듯이 나도 그렇단다."

"원장 수녀님……."

"넌 이미 이곳에서 나간 지 12년이나 지났어. 더 이상 이곳 아이들의 일엔 상관하지 말고 네 인생을 살아야지."

"……그런 이야기하실 거면 저 이만 일어날래요."

하양이 제법 강경하게 나왔음에도 원장 수녀의 얼굴은 좀처럼 펴지지 않았다. 그 모습에 하양은 들썩이던 엉덩이를 다시 내렸다. 매번 올 때마다 이러한 소리를 들으니 이젠 화가 났다.

"원장 수녀님."

"그래."

"전 천사병 환자도 아니고 돈이 썩어 날 정도로 많지도 않아요. 제가 거저 아이들을 돕는 줄 아세요?"

굳은 표정과 단호한 어투에 원장 수녀가 당황해 입을 벌렸다. 그러자 하양의 피식 웃음을 내뱉었다. 어쩔 수 없다는 얼굴이다.

"첫 번째, 원장 수녀님께 빚을 갚는 중이에요. 세 번이나 파양되어 온 절 거둬 주셨으니까요."

"하양아, 그건……."

"두 번째, 그리고 빚쟁이들을 늘리는 중이에요. 이곳이 힘들지 않도록. 별 볼 일 없이 살 아이들이었다면 뼈 빠지게 일해서 대학 보내지도 않았어요. 다들 대학만 보내면 잘 먹고 잘 살 아이들이고, 돈을 많이 벌어야 이곳도 부자가 되겠죠."

하양의 말에 원장 수녀의 눈가가 촉촉해졌다. 흰 손수건을 꺼내 눈가를 콕콕 닦는 원장을 본 하양이 자리에서 일어났다. 그리고 원장 수녀의 앞에 무릎을 꿇고 앉아 주름진 손을 붙잡았다. 원장 수녀의 손은 마치 거친 나무껍질 같았다. 하지만 이 손이 유독 예쁘고 따뜻해 보이는 것은 이 손으로 수많은 아이들을 길러 냈기 때문이다.

따스한 눈으로 자신을 바라보는 원장 수녀를 보며 하양이 혀를 쏙 내밀었다.

"세 번짼 이야기하지 않을래요. 원장 수녀님 뒤로 넘어갈 것 같으니까."

"그게 뭔지 궁금하지만 나도 묻지 않으마. 가끔 넌 내가 생각하지 못한 기발한 생각을 하는 아이니까."

"서른둘에게 아이라니요."

하양이 어린아이 취급하지 말라는 듯 투덜거리자 원장 수녀가 손을 뻗었다. 그녀의 머리를 다정히 쓰다듬었다. 그 손길에 하양의 눈이 저절로 감겼다. 어릴 적 이 손길에 참 많은 위로를 받았었다. 초등학생 때 고아라고 놀림을 받아 같은 반 아이들과 대판 하고 쥐어 터져 왔을 때도, 중학교 때 원조교제를 한다는 말도 안 되는 소문이 돌았을 때도, 대학 때 꿈을 접고 하루 종일 밖에서 울다 왔을 때도⋯⋯. 기가 막히게도 그때마다 이 손이 있었다.

"넌 언제나 나에게 아이란다."

"네, 저도 그랬으면 좋겠어요."

하양의 말에 원장 수녀가 고개를 끄덕였다. 한참 다정한 손길로 힘겨운 삶을 이어 가고 있을 하양을 위로하던 그녀가 순간 무언가를 발견한 것인지 하양의 얼굴을 감싸 쥐었다. 그녀가 도망가지 못하도록 단단히 붙잡은 원장 수녀가 눈을 동그랗게 뜨며 물었다.

"뭐야? 얼굴색이 왜 이러니?"

"에, 에??"

당황한 하양이 눈을 크게 떴다. 그러자 원장 수녀가 이마를 만져 보더니 고개를 갸웃거렸다.

"열은 없는데. 왜 이렇게 아파 보여?"

그, 그게요⋯⋯. 제가 어젯밤에 거사를 치르고 이리로 도망 왔거든요. 하하! 라고 차마 말할 수 없었던 하양이 원장 수녀의 손을 떼어 낸 후 자리에서 벌떡 일어났다.

"그래서 요양 좀 하러 왔어요. 저 며칠 쉬었다가 가도 되죠?"

"그거야 당연히 된다만⋯⋯."

원장 수녀의 레이더가 무섭게 발동했다. 어딘가 이상한 하양의 행동을 의심스럽게 바라보던 그녀는 아무런 말도 하고 싶지 않다는 듯 꼭 다문 입술을 보았다. 한숨을 내뱉은 그녀가 자연스럽게 말을 돌렸다.

"현우는 내일이나 되어야 온다더라."

"그럼 더 잘됐네요, 내일 현우까지 만나고 가야지!"

괜스레 밝은 척하는 하양을 보며 원장 수녀가 피식 웃음을 내뱉었다. 고민이 깊어지면 그때 말하겠지. 자리에서 일어난 원장 수녀가 하양의 어깨를 말없이 토닥여 주었다.

하양은 일주일 동안 집에 돌아가지 않았다. 그 시간 동안 고단우가 그녀의 집 초인종을 수없이 누르고 간 것은 말할 것도 없고, 매일 아침저녁으로 집에 있을 때면 귀를 쫑긋 세우고 밖에서 들려오는 소리에 민감하게 반응했다.

엘리베이터 소리에 생각보다 몸이 먼저 반응한 것도 여러 날. 그가 더 이상 이렇게 기다릴 수 없다 생각한 때였다.

"……여기서 뭐 해요?"

엘리베이터에서 내리자마자 자신의 집 앞에 철푸덕 앉아 있는 커다란 인영을 보며 하양이 놀란 듯 물었다. 평소 잘 놀라는 법이 없는 그녀였지만 시커먼 남자가 제 집 문 앞을 떡 가로막고 있으면 그 어떤 누구라도 기겁할 것이다.

숙이고 있던 고개를 천천히 든 단우가 눈앞에 서 있는 하양을 보았다. 지난 일주일 동안 그렇게도 만나려고 애를 썼던 사람.

"잘 지냈어?"

하지만 정작 만나고 나니 그가 기껏 한다는 소리가 겨우 이것이다. 엉덩이를 털고 자리에서 일어난 그는 붕어처럼 입을 뻐끔거리는 하양을 보며 웃었다.

"까무러치게 놀라야 하는 건 나야. 어딜 갔었어?"

"……."

"우린 해야 할 이야기가 많잖아."

그의 말에 하양의 입가에 맺혀 있던 웃음이 진해졌다.

"글쎄요, 그런 것 없는데요?"

"……이봐. 물론 안 하고 싶은 것도 이해해. 지금 와 생각해 보니 모든 것이 오해였고, 난 당신을 이상한 여자로 매도한 순 나쁜 놈이니까. 하지만 그래도 알아야겠어."

진지한 눈빛에 하양의 웃음이 흔적도 없이 사라졌다. 독선적인 눈빛에 하양의 어깨가 움찔 떨렸다. 이 남자는 왜 이런 눈으로 자신을 보는 것일까. 왜 다 알아야 한다고 말하는 것일까.

"오해였으면 나에게 말해 줬으면 좋았잖아."

두 사람의 관계는 오묘한 사이였다. 옆집에 살면서 서로의 이름도 연락처도 모르는. 특히나 단우는 하양에 대해 아는 것이 전혀 없었다. 하지만 자신을 꿰뚫어 보는 듯한 눈동자는 왠지 그녀의 모든 것을 알고 있는 듯했다. 몸에 소름이 돋았다. 이 남자가 짜증스러워 견딜 수가 없었다.

"처음부터 멋대로 오해한 건 1102호 분이시잖아요?"

"……."

그의 입을 단숨에 틀어막은 하양이 입술을 비틀며 웃었다.

"그럼 왜 첫 경험을 나와……."

"아껴 두려고 한 건 아니었어요. 어쩌다 보니 기회가 없었을 뿐이에요. 다가오는 남자들은 많은데 한 번 걷어차면 다신 안 오더라고요. 콧대 높은 년이라고 욕만 하고."

머리가 온통 뒤죽박죽이었다. 어렵고 복잡한 수학문제를 눈앞에 둔 듯했다.

"저에겐 특별한 일이 아니에요. 그래서 당신과 잔 것이고요. 답변이 됐나요?"

"아니, 아직."

그가 손을 들어 그녀의 말을 가로막았다. 그리고 혼란스러움이 가득한 눈으로 물었다.

"그럼 왜 나랑 잘 결심을 한 거야? 단순히 당신에게 몇 번이고 말했다는 이유로?"

그의 물음에 하양은 뭐 그리 당연한 질문을 하냐는 듯 팔짱을 끼며 가벼운 어조로 답했다.

"곁에 있어 주겠다고 했잖아요. 원할 때 달려와 주겠다고."

"뭐……?"

그녀가 녹음까지 했던 내용이었다. 단순히 저 이야기 때문에 여자가 처녀성까지 날려 버릴 수가 있는 것일까. 하지만 하양에게 그 말은 대단한 의미라도 가진 것 같았다. 외로움을 많이 타는 성격인 것일까?

"후에 듣고 싶은 답도 있고요. 그럼 하실 말씀은 끝난 거죠? 전 이만 피곤해서⋯⋯."

듣고 싶은 답? 그의 머릿속이 의문으로 물들 때였다. 몸을 돌려 집으로 들어가려는 하양의 모습에 그가 손을 뻗어 하양의 손목을 붙잡았다.

"당신, 연락처⋯⋯ 이름⋯⋯."

복잡한 머릿속 때문에 말이 제대로 나오지 않았다. 34년 인생 처음으로 누군가의 앞에서 이렇게나 당황해 버렸다. 빙긋 웃는 그녀를 보는 그의 눈빛이 멍해졌다.

"싫어요. 이웃이 연락처와 이름을 서로 알아야 할 필요는 없잖아요?"

"⋯⋯."

이 여자 정말, 사람 당황하게 하는 덴 뭐 있었다.

그래, 생각해 보면 이 여자와 만나고 나선 끝없이 당황하는 날들의 연속이었다. 앞으로도 그러할 것이고. 이러다간 정신이 남아나지 않을지도 모른다.

하지만 그럼에도,

"난 내가 결론 내린 것은 언제나 지켜 왔어. 그리고 당신이 사라진 일주일 동안 난 그 결론을 내렸고."

그는 이 여자의 옆에 있겠다 결론 내렸다.

"당신에 대해 알고 싶어."

그녀가 궁금해 미치겠다.

◈

　하양은 디딜방아를 찧어 대는 심장 위로 손을 얹어 놓았다. 손바닥으로 가슴 위를 꾹 누른 그녀는 이제껏 억누른 숨을 훅 하고 토해 낸 후 커다란 눈을 깜박였다.

　"아, 깜짝이야."

　거기서 만날 건 뭐람.

　처음에 엘리베이터에서 내려 딱 마주쳤을 때, 심장이 아래로 뚝 떨어지는 기분에 사로잡혔다. 역시나 도망친 상대를 갑작스럽게 만나는 일만큼 심장에 해로운 것은 없었다.

　하양은 걸음을 옮겨 일주일간 비워 두었던 집 안을 눈으로 훑었다. 먼지가 쌓여 있긴 했으나 나가기 전 그날과 다를 것이 없는 모습이었다. 대충 올려 둔 머그컵이 보였고, 바닥에 떨어져 아무렇게나 널브러져 있는 수건도 보였다. 그의 집에서 눈을 뜬 그날, 집에 오자마자 냉수를 한 잔 마신 후 서둘러 씻고 나간 티가 역력했다.

　걸음을 옮겨 수건을 주워 빨래 통에 넣은 후 머그잔은 싱크대 위에 올려 두었다. 그리고 식탁 의자를 끌어다가 털썩 앉았다. 물 먹은 솜처럼 몸이 아래로 축축 늘어지는 기분이었다.

　눈을 감은 하양이 한숨을 내뱉었다. 한숨은 깊었다. 그녀의 고민처럼.

"당신에 대해 알고 싶어."

그의 목소리가 귓가에 맴돌았다. 그 소리는 마치 이명처럼 들려 현실감각이 없었다.

"알면 크게 놀랄 텐데."

턱을 괸 하양이 심드렁하게 말을 내뱉은 후 키득키득 웃음을 내뱉었다. 왜 당황하는 그의 모습을 떠올리는 것만으로도 이렇게 개구진 웃음이 지어지는 것일까. 아마 첫 만남부터 파이팅이 넘쳐 그런 것일지도 몰랐지만 그녀는 지나치게 오랫동안 웃음을 내뱉은 후 자리에서 일어났다.

"으샤, 일하자, 일, 일!"

일주일 동안 아이들과 뒤엉켜 토 나올 정도로 놀았으니 앞으로 방학이 끝나는 날까진 그에 상응될 정도로 일을 해야 할 것이다. 현우에게도 큰소리를 탕탕 치고 온 참이었으니 게으름은 죄악이었다.

컴퓨터 의자를 끌어다 자리에 앉은 하양이 본체를 켰다. 이 집에서 가장 비싸고 성능이 좋은 컴퓨터는 얼마 지나지 않아 부팅을 마쳤고, 기본의 파란 화면 중에서 인터넷 표시를 더블클릭했다.

일하기 전 메일을 확인한 하양은 방금 전까지 다잡았던 마음이 흩어져 내리는 것을 느꼈다.

"아, 역시 마음에 들지 않아."

도착한 새로운 메일은 없었다. 그 사실이 그녀의 신경을 좀먹고 있었다.

◇

-봄이 오고 여름이 왔다. 나팔꽃이 피는 가을이 오고, 차갑고 쓸쓸한 겨울이 왔을 때 그녀는 그를 다시 만났다.

"잘 지냈어요?"

주영이 웃으며 인사를 건넸다. 그러자 민우가 걸음을 옮겼다. 성큼성큼. 그리고 그녀의 앞에 멈춰 서 손을 뻗어 슬픔을 닦는다.

빠르게 글을 써 내려간 하양은 마지막 문장까지 쓰고 나서 성급하게 저장 버튼을 누른 후 한글을 껐다. 고개를 내려 시간을 확인하자 하양이 자리에 앉은 지 14시간이나 흘러 있었다. 한 번 집중하면 도통 주위를 둘러볼 줄 모르는 하양은 컴퓨터 주위가 머그잔으로 가득 쌓이고 나서야 길게 기지개를 켰다.

-원고 발송해 드립니다.

제목은 〈고독〉입니다. 평소의 분위기랑 많이 달라 당황하실 줄은 알지만, 그래도 쓰고 싶은 작품이어서 썼고 보내 드립니다.

편집부에 메일을 발송하고 나서야 안도의 한숨을 내뱉은 하양이 자리에서 일어나 찌뿌드드한 허리를 돌리며 베란다로 향했다. 드르륵, 문을 열고 난간에 팔을 기댄 하양이 깊게 숨을 들이마셨다.

"흐음."

묘한 소리를 낸 그녀가 입가에 웃음을 머금었다. 여름의 저녁은 좋다. 그녀가 가장 좋아하는 계절도 여름이었다. 더위에 몸이 축축 늘어지는 것도, 나뭇잎 사이로 내려쬐는 강렬한 태양도 좋았다. 생명력을 가장 잘 느낄 수 있는 계절, 여름.

하양이 눈을 감고 밤에도 시끄럽게 울어 대는 매미 소리를 들으며 고개를 까딱이고 있을 때였다.

"이름이 뭐야?"

옆에서 불쑥 들려오는 목소리에 하양의 고개가 옆으로 팩 돌아갔다. 단우 역시 그녀와 비슷한 포즈로 서 있었다.

"왜 이름이 알고 싶은 건데요?"

"관심 있는 여자의 이름을 알고 싶은 건 남자로서 당연한 욕구야."

"흐응, 언제부터 당신이 나한테 관심이 있었다고?"

가벼운 목소리로 흘려 말한 하양이 고개를 숙여 아래를 보았다. 11층에서 내려다보는 지상은 미니어처 같다. 간간이 손을 잡고 걸음을 옮기는 사람들을 보던 하양은 갑작스런 그의 목소리에 고개를 돌렸다.

"처음부터?"

"에?"

하양의 눈이 커졌다. 그녀는 정말 놀란 것처럼 보였고, 그 모습을 바라보는 단우의 입술엔 웃음이 서렸다.

"내 주위에 얼굴에 손 안 댄 여잔 당신뿐이거든. 아니, 있더라도 완벽하진 않지."

"칭찬이죠?"

"물론이야."

고개까지 끄덕이며 말한 단우가 시선을 돌려 검은 하늘을 보았다. 서울의 하늘은 칠흑 같은 어둠을 가지고 있진 않았으나 검은색과 파란색이 적절히 섞인 예쁜 색을 가지고 있었다. 사색에 젖기 딱 좋은 색감, 누군가와 도란도란 이야기 나누기 좋은 분위기. 단우의 입술에 장난스러운 웃음이 머금어졌다.

"그리고 몸도 손 하나 안 댔지. 성형외과 의사로서 관심이 안 갈 수가 없지."

그렇게 말한 그가 서늘한 눈매를 누그러뜨리며 웃었다. 그의 말을 가만히 듣고 있던 하양이 눈을 감았다.

"예전엔 원망스러웠는데요."

"뭐가?"

짧은 물음에 하양이 망설임 없이 답했다.

"신."

고개를 돌려 단우를 본 하양이 검지손가락으로 하늘을 찌르며 짧게 답했다. 그의 뒤로 펼쳐진 여름의 하늘이 유독 아름답게 보이는 이유는 뭘까. 알 수 없다. 하지만 그녀는 하고 싶은 말을 계속 이었다.

"이런 껍데기 따위 필요 없다고 생각했었어요. 지금 생각해 보면 배부른 소리지만."

"배부른 소리 맞아."

"그렇죠? 일단 잘나고 볼 일이니까. 그런데 말이에요."

입술을 굳게 닫은 하양이 눈을 데굴데굴 굴렸다. 생각에 잠긴 그녀의 시선이 이리저리 방황했다. 그 모습을 단우는 말없이 바라보며 그녀의 입술이 열리길 기다렸다.

생각이 정리된 것인지 하양이 고개를 숙이며 그의 시선을 피했다.

"어느 날 곰곰이 생각했어요. 왜 이렇게 정성스럽게 빚어 줬나. 그리고 결론을 내렸죠."

"어떻게?"

"다른 건 하나도 주지 않았으니까."

그러면서 피식 웃는 웃음이 어딘가 서글프다.

"당신은 날 참 짜증 나게 해요. 이런 말을 하게 만드니까."

"미안해."

"뭐, 저도 즐거웠으니 괜찮아요."

어깨를 으쓱인 하양이 고개를 숙였다. 앞으로 꼬꾸라질 것처럼 무게중심이 기울었다. 난간을 붙잡고 있는 그녀의 손에 힘이 들어갔다.

후우, 그녀가 한숨을 내뱉으며 허탈하게 웃었다. 그리고 그의 목소리를 들으며 눈을 감았다.

"미안하다고."

목소리는 참 좋은데. 저 거슬리는 말만 하지 않으면.

"미안해."

다시 한 번 힘주어 하는 사과에 하양이 고개를 들어 그를 보았다. 그러자 무심하게 빛나던 단우의 눈빛에 생기가 돌았다.

"그래, 내 눈을 봐 줘. 제대로 사과할 수 있게."

"……"

하양의 입술이 비틀렸다. 조소에 가까운 웃음이었다. 처음 이 남자가 짜증스러웠던 이유는 바로 저 눈이었다. 그리고 마치 자신의 속을 다 안다는 듯 보내온 메일들. 그 모든 것들이 그녀의 신경을 긁어 댔다.

사각사각. 긁혀 나가는 감정은 아주 섬세했지만 하양은 눈치채고 있었다. 그런 것에 누구보다 민감한 그녀니까.

그리고 그녀의 생각은 의심에서 역시나로 향했다. 그는 그녀의 신경을 긁는다, 여전히.

"당신 재미있는 사람이에요. 심히 짜증을 불러일으키기도 하지만."

"그건 당신도 마찬가지야."

곧바로 되받아치는 말에 하양이 짧게 웃음을 터뜨렸다. 그녀의 웃음소리에 일자로 굳어 있던 그의 입술도 웃음을 머금었다. 무거웠던 분위기는 순식간에 밝아졌다. 이 모든 것은 한여름 밤이 만들어 낸 드라마틱한 변화였다.

한참 웃음을 터뜨린 하양이 눈가의 눈물을 닦아 냈다. 그러자 그 모습을 눈에 담던 단우가 천천히 운을 뗐다.

"이름이 뭐야? 당신도 내 이름 정도는 궁금할 거 아니야."

"아쉽게도 그렇지 않아요."

그녀의 답에 그의 미간이 사정없이 찌푸려졌다.

"뭐?"

종잇장처럼 일그러진 단우의 얼굴을 보며 하양이 큼큼 목을 가다듬더니 이내 기계적인 목소리로 말했다.

"고단우, 서른넷. 서울 중학교, 고등학교 졸업. 대한세종대학 졸업 후에 요셉 성형외과 차렸죠? 동기 둘이랑."

"……."

"그런 눈으로 보지 말아요. 당신 정도 유명하면 인터넷 포털 창에 이름만 검색해도 다 나오니까. 그러니까 난 당신에게 궁금 한 점 없어요."

"……."

난간에 기대고 있던 몸을 똑바로 세웠다. 그러자 벽에 가로막혀 그의 모습이 보이지 않는다. 그녀가 원하던 바. 좀 더 엉망인 그의 얼굴을 보고 싶었으나 더 약 올렸다간 또다시 집 문을 부셔져라 두드릴 것이다. 오늘은 여기까지만 하기로 한 하양이 망설임 없이 뒤돌아섰다.

"잘 자요."

문을 닫고 안으로 들어간 하양이 컴퓨터 앞에 앉았다. 가난뱅이에게 게으름은 죄악이었다.

"야! 이런 법이 어디 있어!"

자신의 귀를 따갑게 울리는 그의 목소리에 피식 웃음을 내뱉었다.

"멍청한 남자."

◇

옆집을 힐끗 본 후 엘리베이터에 올라탄 단우가 1층 버튼을 누르고 팔짱을 꼈다.

"백순가?"

요즘 들어 아침에 옆집에선 인기척이 전혀 들려오지 않았다. 예전엔 짜증 나게 느껴졌던 층간소음이 들리지 않자, 그는 슬슬 그녀가 지금 무엇을 하고 있는지, 평소엔 어떤 일을 하며 지내는 것인지 궁금해지기 시작했다.

뭐, 그 요상한 신음이 안 들려오는 게 가장 좋지만.

피식, 짧게 웃음을 내뱉은 그가 건조한 눈을 몇 번이고 깜빡인 후 손목시계를 확인한다. 오늘은 평소보다 조금 이른 출근을 하게 되었기 때문이다. 토스트 빵이 떨어진 줄도 모르고 한참 선반을 뒤져야 했고, 우유도 반 잔 정도밖에 없었다. 아침을 쫄쫄 굶게 된 그는 가다가 편의점에 들러 간단히 배를 채울 수 있는 인스턴트 음식이라도 사서 먹을까 고민하며 차로 향했다. 그가 주머니에서 리모컨을 꺼내 문을 열려고 할 때였다.

여름임에도 가지가 앙상한 나무 밑 벤치에 앉아 하늘을 향해 한껏 고개를 젖히고 있는 하양의 모습이 보였다. 마치 광합성을 하는 식물처럼 말없이 볕을 쬐는 모습에 그의 걸음이 그녀에게로 향했다.

털썩.

일부러 소리 내어 하양의 옆에 앉은 단우가 들고 있던 가방을 옆에 놓아두며 말했다.

"은둔형 외톨이인 줄 알았는데 외출도 해?"

"왜요? 친구라도 해 주게요?"

하양은 여전히 눈을 뜨지 않은 채 물었다. 그러자 반대쪽으로 향해 있던 단우의 눈길이 그녀를 향한다. 볼록 솟은 이마와 적당한 높이의 콧방울, 부드러운 인중과 도톰한 입술. 그리고 며칠 사이 조금 말라 보이는 하양의 옆모습을 살피던 그가 천천히 눈을 뜨고 자신을 바라보는 하양을 향해 입술을 늘어뜨려 웃었다.

"아니, 그것보다 더 대단한 거."

"그 대단한 게 뭔지 궁금하지 않으니 묻지 않을래요."

"아니, 난 말해 주고 싶은데?"

망설임 없는 어투와 흔들림 없는 눈빛을 살피던 하양이 천천히 입술을 달싹였다.

"옆집 사시는 고단우 씨, 당신 지금 무척 가벼워 보여요."

"뭐, 당신보단 가볍겠지."

"나한테 왜 이래요?"

그녀의 눈빛이 조금 날카로워졌다 생각한다면 단순한 착각일까. 단우는 아무런 감정도 담겨 있지 않은 것 같은 잿빛 눈동자를 보며 말했다.

"관심 있어."

낮은 목소리와 지그시 바라보는 눈빛을 보며 하양이 엉덩이를 들썩였다. 자리에서 일어나 이 자리를 벗어나려던 하양은 자신의 팔목을 붙잡는 손길에 그를 내려다보았다. 그녀의 눈빛이 강렬하게 경고하고 있었다. 이 손 놔요, 하고.

"그리고 그 관심이 계속 커져 가. 내 감정의 끝이 어딘지 한번 확인해 보고 싶어졌어."

"이거 놓고 이야기하시죠? 도망 안 갈 테니까."

"마치 도망가겠다고 이야기하는 것 같네."

그의 말에 하양의 입술이 꾹 다물렸다. 늘 그를 못 놀려 안달이던 못된 입술이.

그가 부드러운 어조로 말했다.

"처음이거든. 내가 먼저 관심을 가진 사람은."

하양의 잿빛 눈동자가 반짝였다.

"저도 처음이에요. 당신처럼 열 받게 하는 사람은."

"그것 좋네, 특별하니까."

그가 하양의 팔을 끌어 벤치에 앉혀 주었다. 그리고 작은 머리를 툭툭 두드린 후 말했다.

"그럼 광합성 계속하시라고."

그가 가볍게 걸음을 옮겼다. 마치 어디로 가야 할지 정해진 사람처럼 사뿐사뿐.

◆

고단우의 삶의 패턴은 이하양을 만나고 나서 180도 달라졌다. 매일 정해진 시각에 움직이고, 계획에 없는 것이라면 하지 않던 그였지만 요즘 들어 생활 패턴이 묘하게 틀어지며, 이성적인 고단우와는 먼 생활을 하고 있었다.

  "아, 정말!"

  그는 빨간색 신호를 받아 차가 멈춰 서자 핸들을 거칠게 내려쳤다. 옆집 여자는 자신의 생각대로 움직여 준 적이 없다. 아니, 오히려 자신을 깔보듯 날름 도망치고 저 멀리서 낄낄 웃는다.

  "도대체 어떻게 생겨 먹은 여자야?"

  이제껏 그가 생각해 온 여자는 참 쉬웠다. 아름다운 꽃다발에 감동하고, 반짝이는 주얼리나 가죽 핸드백을 안겨 주면 더더욱 감동한다. 그들에게 안겨 주는 선물의 금액에서 사랑의 척도를 재고, 달콤한 말 한 마디에 온 촉각을 세우며, 그들도 잘난 남자를 밝히면서 남자들에겐 얼굴만 보지 말라고 한다.

  하지만 이하양은 다르다. 무슨 생각을 하는지 감을 잡을 수가 없었다. 마치 작은 탱탱볼처럼 이리저리 튀어 다니며 자신의 생각을 보란 듯이 비웃었다.

  "한 번 머리 속을 열어 보고 싶네."

  그가 작게 투덜거릴 때였다.

  그의 시선 끝에 한 가게가 닿은 것은.

  "흠…… 꽃이라."

그래, 꽃을 싫어하는 여자는 없었으니까. 그가 핸들을 부드럽게 꺾어 싱그러운 꽃이 가득한 가게로 향한다.

하양은 콧잔등에 걸쳐져 있던 안경이 미끄러져 내리는 것을 느꼈다. 눈앞에 있는 고단우는 이런 그녀의 생각이 빤히 보인다는 듯 싱글벙글 웃었다.

"자, 뭐가 좋아?"

그가 물었다. 그의 오른손엔 장미꽃다발이 왼손엔 고급스러운 소가죽의 카드클립이 들려 있었다. 하양이 한숨을 쉬며 가슴 밑으로 팔짱을 꼈다.

"꽃다발은 뭐고, 지갑은 뭐예요?"

하양의 물음에 그가 오른손을 번쩍 들어 올렸다. 위험할 정도로 붉은 장미꽃잎 몇 개가 후두둑 떨어졌다.

"역시나 여자를 꼬실 땐 장미꽃다발이지."

"그럼 지갑은요?"

"내 지갑을 싫어하는 여자는 못 봤어."

그의 말에 하양의 얼굴이 일그러졌다. 그가 자신의 반응에 즐거워하고 있다는 것을 알면서도 표정 관리를 하기 힘들었다.

"감동한 얼굴이네."

아, 정말.

하양이 손을 들어 안경을 벗었다. 요즘 계속 눈이 건조해 쓴 안경이 이럴 땐 참 거치적거렸다.

"지갑엔 얼마 들었어요?"

그녀의 물음에 단우가 고개를 끄덕이며 말했다.

"한도 이천 신용카드. 현금이 얼마나 들어 있는지 모르는 체크카드."

"아아."

하양이 심드렁한 표정을 지으며 그에게 한 걸음 다가갔다. 그러자 방금 전까지 의기양양했던 단우의 얼굴이 굳어진다. 두 사람의 거리가 지나치게 가까워졌다. 가슴을 들썩이면 닿을 거리에서 하양이 아래에서 한껏 고개를 치켜들어 그를 바라보며 싱긋 웃었다.

"왜?"

그가 아무렇지도 않게 묻자 하양이 뒤꿈치를 들어 그의 입술에 짧게 입을 맞췄다.

쪽.

소리 내어 부딪혔다가 입술이 떨어지자 단우의 얼굴이 붉게 변했다. 손에 들고 있던 장미꽃을 툭 떨어뜨린 그가 손을 들어 얼굴을 가렸다. 갑작스러운 기습 공격은 생각해 본 적이 없다. 그래서 더 놀라고 심장이 뛰는 것이리라.

"난 이게 제일 마음에 드는데요?"

두근두근—!

끝없이 내달리는 심장이 혹여 터져 버리는 것은 아닐까 걱정이 될 정도로 뛰어 댔다. 그가 손가락을 벌려 싱긋 웃고 있는 하양의 얼굴을 보았다. 손을 내리고 싶었으나 얼굴에 몰린 열기로 지금 자신의 상태가 어떠한지 예상이 되어 도저히 내릴 수가 없었다.

그가 하양에게 물었다.

"마음에 들었으면 이젠 이름 정도는 알려 주지?"

"싫은데, 어쩌죠?"

"아, 정말 당신은 짜증 나는 여자야."

그가 말을 짓이겼다. 그러자 하양은 더욱 진해진 웃음으로 되받아쳤다.

"당신도 그래요."

Chapter 4

널리 이웃을 사랑하라

이웃집 여자의 정체를 밝혀라

−가끔 무거운 걸음을 멈추고 싶을 때가 있었다.

가까운 거리는 혼자서 씩씩하게 걸어갈 수 있는데, 먼 거리
는 홀로 걸어갈 수가 없다.

그래서 난 그 자리에 여전히 멈춰 있었다.

마지막 책장을 덮은 그는 기지개를 켜며 자리에서 일어났다.
시계를 확인하자 12시가 조금 넘은 시각이었다. 주말이었지만
늦잠 대신 일찍 일어나 평소처럼 생활을 한 그는 간단히 아침
식사를 하면서부터 책 한 권을 들었다. 그리고 다 읽은 순간 맥
이 탁 빠져 버린 느낌에 한참 마지막 문장을 다시 읽고 있었다.

−그래서 난 그 자리에 여전히 멈춰 있었다.

그 말이 유독 그의 심장을 건드렸다.

밖으로 나와 텔레비전을 켜려던 단우가 성큼성큼 걸음을 옮겨 자신의 방으로 향했다. 벽에 머리를 찰싹 붙이고 귀를 쫑긋 세웠다.

"또 외박인가?"

요즘 옆집에선 아무런 소리도 들려오지 않았다. 외박이 아니면 요즘 사회적인 문제가 된다는 고독사를 의심해야 할 정도로.

미간을 찌푸린 단우는 문득 자신의 행동이 기가 막혔던 것인지 짧은 웃음을 뱉었다.

"너 뭐 하냐, 지금."

변태 같았다. 벽을 통해 옆집의 동태를 살피다니.

걸음을 옮겨 거실로 온 그가 소파에 앉았다. 그리고 막 텔레비전을 켜려던 순간이었다.

쾅-

밖에서 문이 닫히는 소리가 들리자 그가 자신도 모르게 몸을 벌떡 일으켜 세웠다. 서둘러 슬리퍼를 꿰어 신고 밖으로 나가자 엘리베이터가 어느새 아래층으로 내려가고 있는 것이 보였다.

발을 바닥에 탁탁 굴리며 1층에 멈춰 선 엘리베이터가 다시 올라오길 기다리던 그는 굳게 닫혀 있던 문이 열리자 서둘러 올라탔다. 닫힘 버튼을 성급하게 누르며 빠르게 내려가는 층수를 살폈다. 왜 자신이 이런 머저리 같은 행동을 하는지도 모른 채.

아파트 로비로 뛰어나와 밖으로 달려가자 얼마 떨어지지 않은 편의점 앞 파라솔 밑에서 입에 빵을 문 채 오물오물 씹고 있

는 하양의 모습이 보였다. 퉁퉁 부은 얼굴로 연신 빵을 씹고 있
는 모습을 보며 그가 웃음을 터뜨렸다.

"저게 뭐야……."

입을 틀어막으며 끅끅 밀려 나오는 웃음을 애써 억누르면서
도 하양에게서 시선을 떼지 않던 그는 미어질 듯 빵빵해진 뺨을
보며 큭큭 웃었다.

"아, 미쳐."

하양은 목이 막히지도 않은지 빵 하나를 모두 먹고 나서 다
음 빵을 집어 들었다. 배가 많이 고픈 듯했다. 그러고 보면 자
신의 집처럼 그녀의 집에서도 음식을 만드는 소리는 들려오지
않았다.

한참 그 모습을 바라보고 있던 단우는 하양이 두 번째 빵까
지 모두 먹어치우는 것을 본 후에야 정신을 차린 듯 읊조렸다.

"내가 지금 뭐 하는 거야."

피식 웃음을 내뱉은 단우가 머리를 긁적이더니 집 쪽으로 걸
음을 옮겼다.

다음 주 주말에 있을 특강 준비나 해야겠다며.

휴대전화를 살펴보는 하양의 얼굴이 얼음장처럼 굳어 있다.
평소라면 무슨 일이든 가뿐하게 넘길 만큼 강력한 멘탈을 지니
고 있는 그녀였지만 몇몇 문제에 있어선 그 어느 누구보다도 날

카롭게 반응하곤 했다.

〈싫어요, 누나.〉

현우에게서 온 문자였다. 그녀의 정신을 사납게 만드는 존재. 어찌 된 일인지 올해 들어서면서부터 현우는 제 도움을 전혀 받으려 하지 않았다. 아직 아무것도 못하는 어린아이면서. 아직 제 몸 하나 건사 못하면서. 자존심이란 바닥에 집어 던지고 자신의 도움을 받아 주면 좋으련만 아이는 끝끝내 그녀의 호의를 거절하고 있었다.

지난번에 겨우 안겨 준 체크카드는 벌써 한 달째 사용한 흔적이 없었다. 곧 학기 등록을 해야 한다는 것을 알고 있었던 하양은 현우에게 자신이 준 돈으로 학기를 등록하라 말했으나 아이가 보내온 답 문자가 고작 '싫어요, 누나.' 라니! 더욱 그 뒤론 전화도 문자도 모두 무시하고 있어 그녀의 속이 새까맣게 타들어 가고 있었다.

문자를 한참이고 바라보던 하양이 자리에서 벌떡 일어났다.

"말 안 듣는 아이한텐 매가 약이지."

입술을 짓이긴 하양이 서둘러 옷 방으로 향했다. 그리고 몇 벌 되지 않는 옷 중 가장 얌전한 옷으로 갈아입고 거기에 어울릴 법한 가방까지 챙겨 들고 밖으로 나온 하양이 곧장 현관으로 향했다. 그리고 현관 옆에 붙어 있는 거울에 제 모습을 확인한 그녀는 주먹을 움켜쥐며 기합이 잔뜩 들어간 목소리로 외쳤다.

"전투태세, 오케이!"

이노무 망아지, 귀엽다고 봐줬더니.

단단히 화가 난 그녀가 성큼성큼 걸음을 옮겨 집을 벗어났다.

◇

여름의 캠퍼스는 푸르름으로 가득했다. 방학이었음에도 학교엔 여전히 많은 학생들이 찾고 있었다. 계절 학기를 듣는 학생도 있을 것이고 학교의 시설물을 이용하는 사람도 있을 것이다. 그리고 오늘 단우가 진행한 것처럼 특강을 들으러 온 사람도 있을 거고.

"여기까지 와 줘서 고맙다."

"아닙니다, 교수님. 도움이 되었는지 모르겠습니다."

단우의 말에 그의 은사가 고개를 내저었다.

"필드에서 뛰는 사람의 말만큼 도움이 되는 건 없지."

"아……. 저 다음엔 누굽니까?"

관심은 없었지만 단우는 은사의 얼굴을 봐 그렇게 물었다. 은사는 현장에서 제 몫을 하며 지내고 있는 제자 자랑하는 것을 매우 좋아했다. 그리고 그 제자들을 학교로 불러 특강을 시키는 것 또한 그의 고약한 취미 중 하나였다. 모두 바빴지만 은사의 말에 꼼짝 없이 끌려와 팔자에도 없는 강의를 해야 했으니까.

"국과수에 있는 유진이가 하기로 했어. 그 녀석 설득하느라 내가 얼마나 애를 먹었는지. 너도 그 녀석 소문이라면 잘 알잖아. 괴짜지, 괴짜야."

속으로 한숨을 삼키며 은사의 이야기를 한 귀로 듣고 한 귀로 흘리던 단우가 소란스러운 의과대 도서실 쪽으로 고개를 돌렸다. 몇몇의 아이들이 원을 그리고 수군거리고 있었고, 그 가운데 핑크색 쉬폰 원피스 자락을 휘날리며 남자의 멱살을 붙잡고 있는 여자가 보였다.

새 하얀 피부와 정확한 자리에 자리 잡은 눈, 코, 그리고 그가 몇 번이고 맛본 입술…….

세상에 이토록 완벽한 비율을 가진 사람은 단 한 명일 것이다. 아니, 적어도 그의 주위엔 단 한 명뿐이었다. 옆집에 살고 있는 그녀였다.

"따라와. 좋은 말로 할 때!"

"누나!"

두 사람의 실랑이를 보던 단우의 입에서 자신도 모르게 앓는 소리가 흘러나왔다.

"이런."

저 남자의 얼굴이라면 그도 기억하고 있었다. 고단우는 기억력이 쓸데없이 좋은 사람이었으니까. 하양의 집으로 들어가던 젊은 남자였다. 그가 그녀를 오해하게 만든 사람 중 한 명. 단우가 눈살을 찌푸리자 곁에 있던 은사가 눈을 크게 뜨며 말했다.

"어? 저 학생은 박현우…….'

은사의 말에 짜증이 왈칵 솟았다. 하양의 젊은 것들이 좋다는 말이 떠올랐기 때문이다.

하양과 현우는 객관적으로 보아도 전혀 다른 외모였다. 하양이 완벽한 비율을 가진 아름다운 여자였다면 현우는 서글서글한 인상을 가진 평범한 남자였다. 그런 두 사람이 남매일 리가 없었으니 솟아오른 짜증은 어찌 보면 당연하다 느껴질 정도였다.

"따라와. 여기서 쪽 다 팔리고 싶어?"

멱살을 쥔 하양이 왁왁 악을 써 댔다. 하지만 현우는 끝까지 하양의 손에 끌려가지 않으려 다리에 힘을 주며 버티고 있었다.

"싫어요!"

"야!"

두 사람의 실랑이가 더욱 격렬하게 바뀌어 갔다. 한숨을 내뱉은 단우가 몸을 틀어 은사를 향해 말했다.

"교수님…… 이만 실례해도 되겠습니까?"

"아, 아, 그래."

은사가 당황했다는 것을 알면서도 단우는 성큼성큼 걸음부터 옮겼다. 찰싹 밀착하고 있는 저 한 덩어리를 떼어 내기 위해.

얼굴을 붉힌 채 도망가려는 현우의 멱살을 움켜쥔 하양이 다시 한 번 소리를 지르려고 할 때였다. 자신의 앞에 길게 드리우는 그림자에 그녀의 고개가 위로 들렸다.

"억……."

깜짝 놀라 숨을 들이켜는 하양의 모습에 단우의 웃음이 짙어졌다.

"우리 애기 여기서 뭐해?"

"누나, 나 정말……."

하양은 뒤에서 느껴지는 따가운 시선에 현우를 힘껏 째려보았다. 변명을 늘어놓으려던 입술이 굳게 닫히고, 얼굴은 창백하게 변한다.

화가 난 하양이 헐크로 변한 순간 들이닥친 단우는 듣기만 해도 몸에 오소소 소름이 돋는 '우리 애기'라는 호칭으로 분위기를 순식간에 바꿔 놓았다. 어디 그뿐인가. 당장이라도 현우가 누구인지 설명해 주지 않는다면 목이라도 비틀어 버릴 것 같은 살벌한 표정에 하양은 진땀을 빼야 했다.

아아, 이런 모습을 들켜 버릴 줄이야…….

이성을 잃고 날뛰는 모습을 단우에게 보여 줄 것이라 생각하지 못한 하양은 그를 진정시킨 후 잠시만 기다리라 말했다. 그리고 그를 벤치에 얌전히 앉혀 놓은 후 현우를 어찌 즉결심판할지 고민하는 얼굴로 머리를 굴리고 있었다.

"누, 누나……."

"요즘 내 인생이 엄청 꼬이는 기분이야."

"……."

"그리고 오늘 네가 한몫 더 했고."

하양의 입에서 깊은 한숨이 흘러나왔다. 아주 뒤통수가 뚫릴 지경이었다. 아마 현우를 보내고 나서는 또 어떠한 상황이 벌어질지 몰랐으나 우선은 눈앞에 있는 이 아이를 설득시키는 것이 먼저였다.

평소 온화하게 휘어 있던 눈매가 날카로워졌다. 그녀는 자신이 화가 났다는 사실을 온몸으로 분출해 내며 현우를 압박했다. 그녀의 성격을 몇 번이나 고스란히 받아 본 현우는 몸을 움찔 떨며 긴장했다.

"박현우."

"네."

현우가 짧게 답한 뒤 고개를 옆으로 돌려 버렸다. 매서운 그녀의 눈길과 마주했다간 자신도 모르게 하양의 말에 무조건 복종을 할지도 몰랐다.

"사춘기는 스무 살 때 끝난 걸로 알고 있는데 왜 또다시 반항기지? 오춘기라도 온 거야?"

"……."

"아르바이트 그만둬. 너 지금 눈알이 시뻘게. 매일 밤마다 아르바이트하고 도서관 달려와서 공부하고. 언제까지 그 생활할 수 있을 거라고 생각해?"

그녀의 설득에도 현우는 고개를 내저었다.

"싫……."

"다시 한 번 싫다고 말하면 나 평생 너 안 볼 거야."

제법 강수를 둔 하양이 팔짱을 끼며 현우를 보았다. 바닥을 향해 있던 현우의 고개가 점차 돌아가 하양에게로 향했다. 아이는 세상을 다 잃은 얼굴로 하양을 보고 있었다.

두 사람 사이에는 무서울 정도로 집요한 유대감이 흘렀다. 버림받은 사람들. 그리고 그 사람들이 겨우 손에 쥔 가족. 그 가족을 잃는다는 것은 세상을 잃는 것과 같았다. 현우의 눈빛이 상처로 물들었다. 하지만 하양은 한 치도 물러서지 않았다. 만약 이 아이가 자신에 대한 미안함으로 미래를 포기한다면 기꺼이 유대감 정도는 끊어 줄 수 있었다. 그런 관계는 그녀 쪽에서 사양이었으니까.

"공짜로 주는 돈 아니야. 나중에 너 의사 되면 다 갚아. 아니, 이자까지 쳐서 갚아. 사채업자가 돼서 네 월급 꼬박꼬박 차압해 갈 테니까 제발 졸업할 때까지는 누나 말 좀 들어. 내가 네 일까지 이렇게 신경을 써야겠어?"

그녀의 말에 현우의 눈이 붉어졌다. 아이의 눈망울이 원망을 그득 담고 있었다. 너무나 순식간에 고인 눈물은 곧 무게를 이기지 못하고 아래로 후두둑 떨어졌다. 현우는 진심으로 아파했고 상처받았다.

"누나, 내가 왜 누나 돈을 받을 수 없는 줄 알아?"

"뭐?"

하양이 멍하니 물었다. 그러자 현우가 손을 들어 눈가를 벅벅 문질러 댔다. 눈물을 닦는 행동이라고 하기엔 과격할 만큼 힘이 들어가 있는 손짓. 아이는 억지로 눈물을 참아 보려고 했지만 그럴수록 손등은 젖어 갔다.

"나 예전에 염치없이 누나 돈 받아서 공부 잘 했어. 그런데 왜 이제 와 이러는 줄 아냐고."

많은 눈물을 쏟아 내고 있음에도 아이의 목소리엔 흔들림 하나 없었다. 그 모습이 하양에겐 충격으로 다가왔다. 입을 벌린 하양이 아무런 말도 하지 못하자 현우가 손을 내려 그녀의 얼굴을 노려보았다.

"누나가 그 돈을 어떻게 벌었는지 알기 때문이야."

"……"

하양의 몸이 비틀거렸다. 그러자 현우가 힘겹게 손을 뻗어 하양의 얼굴을 쓰다듬었다. 거친 피부에 현우의 얼굴이 더욱 흐려졌다. 그리고 그에 따라 그녀의 잿빛 눈동자에도 습기가 들어찬다.

"잠도 못 자 가면서 이상한 글 써 번 돈으로 어떻게 학교를 다니라고. 나 그럴 수 없어."

"말하는 건 좋은데, 그 손은 좀 내리는 게 어떨까?"

뒤에서 겨우겨우 참고 있던 단우가 현우의 손을 붙잡으며 말했다. 그러자 현우가 고개를 들어 단우를 보더니 허리를 꾸벅 숙이며 인사를 건넨다.

"그럼 전 이만 가 볼게요."

빠르게 인사를 내뱉은 현우가 뒤돌아 달려가자 그 모습을 멍하니 바라보던 하양이 자리에 털썩 주저앉았다. 멍하니 세상을 바라보는 하양의 눈망울이 절망으로 얼룩져 있었다.

"당신 왜 그래?"

깜짝 놀란 단우가 무릎을 꿇고 하양과 눈을 마주했다. 어디에 두어야 할지 몰라 여기저기 방황하던 그녀의 시선이 단우의 얼굴에 머문다. 오늘도 그의 미간은 사정없이 일그러져 있었다.

단우의 미간을 보던 하양이 시선을 내려 그의 눈동자와 마주하며 천천히 입술을 뗐다.

"고마워요."

"뭐?"

"당신이 중간에 안 말려 줬으면 저 자식 **뺨**을 아작 낼 뻔했어요."

그렇게 말하는 하양의 눈에서 눈물이 흘렀다.

바닥에 주저앉아 엉엉 울음을 터뜨리는 하양의 모습에 그의 안색이 파리하게 변했다. 고개를 치켜들고 마치 하늘 위에 들어앉아 있을 신에게 항의라도 하듯 울음을 터뜨리는 모습은 영락없는 다섯 살 어린아이였다.

"어머, 뭐야? 저 남자가 울린 거야?"

"아까 우리 학교 남학생이랑 있는 거 보고 눈 돌아서…… 혹시 저 여자 바람피운 거야?"

뒤에서 수군수군대는 소리가 귓가에 정확히 내리꽂히자 단우가 깊은 한숨을 내뱉었다. 아이처럼 울음을 터뜨리는 하양에게 저 소리는 들리지 않는 것 같으니 그가 움직일 수밖에.

단우가 입고 있던 슈트 재킷을 벗어 하양의 무릎 위를 덮었다. 그리고 팔 부분으로 허리를 묶은 뒤 그녀가 무어라 말을 하기도 전에 번쩍 안아 올렸다. 하양이 몸을 비틀며 반항하자 단우가 그녀의 귓가에 달콤한 목소리로 속삭였다.

"내가 지금 의처증 환자가 된 것 같으니까, 마지막이라도 멋지게 퇴장하게 해 줄래?"

이곳은 고단우의 모교였다. 그리고 방금 전 특강을 끝낸 선배이기도 했으며, 의과에서 전설처럼 내려오는 선배 목록에도 이름이 올라가 있었다. 그의 얼굴을 아는 사람들은 충분히 있을 법했다.

그의 목을 감싸 안은 하양이 반항을 멈추자 그는 힘 하나 들지 않는 얼굴로 성큼성큼 걸음을 옮겼다.

"그래, 우리 애기. 착하네."

"⋯⋯소름 돋으니까 그만하시죠."

하양이 코맹맹이 소리로 항의하자 단우가 작게 웃음을 내뱉었다.

"일단 이야기는 차로 돌아가서 하자고."

"이야기하기 싫은데요?"

"입은 살아 있네. 살아 있는 입으로 말하는 건 어렵지 않을 것 같은데."

"말하고 싶은 상대를 찾는 건 내 마음이죠."

눈동자는 토끼 저리 가라 할 정도로 붉어졌으면서 하양은 쉴 새 없이 입술을 움직여 조잘거렸다. 혈관이 터지고, 울 때 입술을 깨물어서 그런지 아랫입술도 엉망이었다. 그 모습을 본 단우는 사람들의 시선이 자신들을 향해 있다는 것을 알면서도 걸음을 멈췄다.

"팔 놓는다."

"⋯⋯."

"허리 하나 부러지는 걸로는 안 끝날걸?"

그의 말에 하양이 입을 꾹 다물었다. 눈알을 데굴데굴 굴리며 시선을 피하던 그녀가 작은 목소리로 읊조렸다.

"어디 부러뜨려 보시지? 누구만 손해지."

단우의 턱 근육이 움찔 떨렸다. 모교에서 개 쪽을 당한 것도 모자라 다른 남자 때문에 펑펑 운 여자를 달래야 하는 이 상황이 열 받기만 한데, 이런 제 상태를 알고 있으면서도 끝까지 입술을 조잘거린다.

단우가 작게 콧소리를 냈다. 눈빛은 방금 전과는 달리 생기를 머금었다. 고개를 내린 그가 하양의 입술을 머금더니 생채기가 난 아랫입술을 부드럽게 빨아들였다. 아픔에 하양의 몸이 움찔 떨렸지만 그의 키스는 깊어져만 갔다.

주위에서 비명을 질러 대는 것도, 하양이 숨을 헐떡이며 제 가슴을 밀어내는 것도 모두 무시한 채 그는 그녀가 주는 감각에 젖어 그녀의 입술을 맛보고 공략했다. 이미 의처증 환자로 소문나게 생긴 거, 기왕이면 제 잇속이나 챙겨야겠다고 생각하며.

마지막까지 부드럽게 하양의 입술을 빨아들인 그가 쪽 소리 내며 입술을 뗐다. 그리고 멍하니 자신을 올려다보는 하양과 눈을 마주하며 싱긋 웃었다. 일부러 만들어 낸 티가 역력한 웃음이었다.

"아, 이러면 둘 다 손해 아니지?"

그 말에 하양이 한 방 먹었다는 듯 피식 웃었다.

"당신은 무엇 하나를 해도 끝장을 봐야 하는 성격인가 보네."

차에 오르고 나서도 한참이나 울음을 터뜨린 하양이 보조석에 축 늘어져 눈만 끔뻑였다.

"그 녀석 도대체 누구야?"

그의 물음에 아무런 말도 하지 못한 채 멍하니 있던 하양의 눈가에 또다시 눈물이 고였다. 현우를 생각하는 것만으로도 이렇게 슬퍼지는 것을 보면 단순히 그 아이에 대한 배신감 때문에 그런 것은 아니리라.

하양이 손을 들어 눈물 때문에 얼굴에 달라붙은 머리카락을 쓸어 넘겼다. 가슴속이 답답하다 못해 무너져 내리는 기분이었다.

"이름도 알려 주기 싫은 이웃집 총각이겠지만 말하면 좀 편한 것도 있어."

"은근슬쩍 총각으로 바꾸지 마세요. 옆집 아저씨면서. 고단우 씨."

하양의 말에 단우가 울컥한 듯 숨을 들이켰다. 붉으락푸르락, 그의 피부색이 요동쳤다. 가을이 아닌데 그의 얼굴엔 벌써부터 다양한 색감의 단풍이라도 지는 것 같았다.

"이건 너무 불공평하지 않아? 당신은 나에 대해서 다 아는데, 난 당신이 옆집에 사는 것밖에 몰라. 이름은 뭔지, 무슨 일을 하는지, 연락처는 뭔지, 어느 학교를 졸업했는지, 아무것도 몰라."

그가 억눌린 목소리로 말했다. 불만이 가득한 말에 하양은 심드렁한 얼굴로 읊조렸다.

"네, 그런 거에 비해 전 당신의 취미와 특기가 뭔지까지 알죠. 포털은 참 편해요. 그 사람의 사생활을 고스란히 다 알 수 있으니까. 정보의 바다는 넓고 자료는 무궁무진하고."

"……."

입술을 지그시 깨무는 그의 모습에 하양이 힘없이 웃었다. 어찌 되었든 이 남자라도 곁에 있으니 기분이 한결 나아졌다. 후우,

한숨을 내뱉은 하양이 힘없이 기대고 있던 허리를 곧게 폈다.

하양이 보조석을 양손으로 짚어 힘이 쪽 빠진 몸을 고정하며 말했다.

"상 줄게요."

"뭐?"

"궁금한 것 한 가지 물어봐요. 뭐든 답해 줄 테니까."

그녀가 큰 인심 썼다는 듯 말하자 그의 미간이 종잇장처럼 일그러졌다. 입술을 꾹 다문 채 하양을 한참이고 노려보던 그가 후, 하며 한숨을 내뱉었다. 그 한숨이 왠지 즐거운 음률을 담고 있다 생각했다면 지나친 생각인 것일까. 하양은 기껏해야 자신의 이름 혹은 연락처 정도 물어볼 것이라 생각하며 단우의 얼굴을 뚫어져라 보았다. 어서 말해 보라는 얼굴이었다.

"좋아. 뭐든지 말해 주는 거지?"

"답해 준다고 했는데…… 뭐, 좋아요. 내 미래를 살려 주기도 했으니까."

"미래? 그 남자가 당신 미래씩이나 돼?"

그가 화가 그득한 목소리로 말했다. 그러자 하양이 입술에 호를 그리며 말했다.

"그게 질문이에요?"

"아아, 아니야."

서둘러 손을 번쩍 든 단우가 하양의 입술을 틀어막았다. 그녀가 당장이라도 답을 쏟아 내고 이 좋은 기회를 날려 버릴 것 같아서.

"좋아. 내가 궁금한 건 당신 집 비밀번호야."

단우는 여전히 그녀의 입을 틀어막은 채 놓아주지 않았다. 뒤통수를 치면 눈알이 툭 튀어나올 정도로 커다랗게 눈을 뜬 하양이 손을 들어 제 입을 틀어막고 있는 그의 커다란 손을 떼어 내려 했지만 어디 남자의 힘과 여자의 힘이 같은가. 그가 여유로운 표정을 지으며 말을 이었다.

"뭐든지 말해 준다고 했어. 물론 후에 비밀번호를 바꾸는 것도 안 돼. 당신은 한 번 내뱉은 말 정도는 지키는 인간이겠지?"

그의 물음에 하양이 손을 거칠게 떼어 내며 말했다.

"칼만 안 들었지 순 날강도네."

"뭐, 당신이 집에 있을 때만 비밀번호 누르고 집에 들어가 주지. 난 그 정도 매너는 있는 사람이니까."

"어련하시겠어요."

하양이 그의 얼굴을 흘겨보았다. 그를 만만하게 보았던 3분 전의 자신을 원망하며 그녀가 입술을 달싹였다.

"좋아요. 영 여덟 번이요."

"뭐?"

단우가 알아듣지 못했다는 듯 되묻자 하양이 귀찮다는 듯 고개를 팩 돌리며 말했다.

"영 여덟 번 누르면 된다고요."

"......"

"외우기 쉽죠?"

단우의 얼굴이 일그러졌다. 설마설마했더니 정말로 그 쉬운 번호가 그녀의 집 비밀번호였나 보다. 그가 기가 막히다는 듯 하양의 얼굴을 보더니 손을 내밀어 하양의 머리통을 움켜쥐었다. 이 작은 머릿속에 뭐가 들어 있을지 궁금했던 때도 있었는데, 이젠 알 것 같았다.

"아까 한 말 취소. 비밀번호는 내가 바꿔 줄게."

"왜요!"

항의하듯 소리치는 하양의 모습에 그가 짧게 일갈했다.

"여자가 정말 겁도 없이."

어쩜 그녀의 머릿속엔 덜 자란 아이 하나가 들어 있을지도 모른다 생각하며.

탁탁탁탁–

조용한 집 안엔 키보드를 두드리는 소리로 가득했다. 귀에 거슬릴 정도로 날카로운 소리였으나 하양은 이어폰을 꽂고 있어 이를 알지 못했다. 반쯤 취한 몽롱한 시선으로 기계적으로 키보드를 두드리며 자신의 귓가를 파고드는 신음에도 무뎌진 채였다.

하양이 동영상과 한글 파일을 번갈아 보며 빠르게 키보드를 두드리고 있을 때였다. 뒤에서 불쑥 나타난 손이 그녀의 귀에 꽂혀 있던 이어폰 하나를 뺏어 귀에 꽂는다.

–으앙, 아아앙……! 당신 것, 단단해요. 좋아요!

하양이 천천히 고개를 돌리자 그곳엔 멀끔한 차림의 단우가 허리를 숙인 채 제 얼굴 가까이 고개를 내밀고 있었다. 언제나

처럼 신경질적으로 찌푸려져 있는 미간을 보던 하양이 멍하니
생각했다.

다리미로 펴 버릴까.

"아하, 이거였구만. 당신 직업."

"어떻게 들어…… 아."

지난주 자신이 비밀번호를 가르쳐 줬던 것이 떠올랐다. 어디
그뿐인가. 그날 당장 자신의 집 안으로 밀고 들어와 외우기도
어려운 조합으로 바꾸고 가기까지 했다. 정작 집주인도 아직 외
우지 못해 포스트잇에 적어 놔야 할 정도였다.

하양이 멍하니 단우의 얼굴을 볼 때였다. 그가 눈살을 찌푸렸
다.

"공훈의 단단한 허리를 끌어안은 채영은 자신의 안으로 파고
드는 남성에 신음성을 내뱉었다. 흠, 여자가 뒤에서 안았는데
어떻게 남자가 삽입을 할 수 있지? 이게 말이 돼?"

"……."

"커다란 남성이 여성 안을 꿰뚫었다. 마치 자궁이 닿는 듯한
느낌에……. 이봐, 이름은 죽어라 안 가르쳐 주는 옆집 여자.
그런 동영상이나 보고 쓰니까 이런 리얼리티가 떨어지는 글이
나오는 거라고. 내 경험상 여자 자궁에 닿는 느낌은 단 한 번도
없었어."

고개를 돌린 단우가 꿀 먹은 벙어리처럼 입을 다물고 있는
하양을 보았다. 그녀는 입술을 굳게 닫은 채였다. 단우가 진득
한 시선으로 그녀의 얼굴을 살피며 말했다.

"내가 당신 미래라도 싫을 거야."

"……지나친 관심입니다만?"

한 박자 반응이 느린 그녀의 모습에 단우가 고개를 기울였다. 그러고 보니 눈빛도 멍하고 뺨도 발그레했다. 이 여자가 야동 하나에 얼굴을 붉히고 꿀 먹은 벙어리처럼 굴 여자던가.

손을 든 단우가 하양의 이마에 손을 가져다 댔다. 자신의 체온이 보통 사람들보다 낮은 편이긴 했으나 그렇게 생각을 하더라도 하양의 이마는 지나치게 뜨거웠다. 미간을 찌푸린 그가 잇새로 말을 내뱉었다.

"멍청한 여자가, 정말."

"신경 쓰지 말라니까?"

하양이 손을 들어 단우의 손을 쳐 냈다. 그리고 자리에서 흐느적 일어난다. 현우를 만나고 온 뒤로 컨디션이 좋지 않다고 했더니 기어이 감기까지 걸린 모양이었다. 어쩐지 멍하다 했다.

하양이 부엌으로 걸음을 옮기려 할 때였다. 가느다란 팔목을 잡아당긴 단우는 끝까지 반항을 하며 온몸을 비트는 하양을 차갑게 노려보았다. 자리에서 벌떡 일어난 단우가 하양을 가뿐히 들어 올렸다. 저번보다 몸의 라인이 더 가늘어졌다. 힘주어 잡으면 똑 부러질 것처럼.

"내버려 둬요."

단우의 품에 안긴 하양이 작게 소리를 냈다. 숨이 뜨거웠다.

"내가 당신을 내버려 뒀을 때는 딱 하나의 경우밖에 없어."

하양이 의아한 눈으로 올려다보았다. 하지만 그는 정면을 주시한 채 그녀와 시선도 마주하지 않고 툭 말을 내뱉었다.

"당신 자궁이 꿰뚫리는 느낌을 받았을 때."

"······그런 느낌은 못 받았다면서요."

하양이 작게 웃음을 내뱉으며 말했다. 눈꺼풀이 점점 무거워 졌지만 힘껏 들어 올리며 든든한 품을 내어 준 남자를 올려다보 던 그녀는 단우가 하는 말에 눈을 깜빡였다.

"난 지금 당신을 내버려 둘 일이 없다는 말을 하고 있는 거야."

왜······?

하양은 자신의 등에 폭신한 매트리스가 닿는 것을 느끼며 그 를 멍하니 보았다. 그러자 그가 이불을 그녀의 가슴께까지 덮어 주며 말했다.

"내 말은 진짜 콧구멍으로 들은 거야? 나 당신한테 관심 있 다고 했잖아."

"······."

웃는 모습은 매혹적이다.

계속계속 보고 싶을 정도로.

자신의 손을 감싸 주는 그의 손은 다정하다.

눈물이 날 정도로.

얼마나 깊은 잠에 들어 있었던 것일까. 하양은 게슴츠레 눈을 떴다. 멍한 머리 때문일까, 시야가 흐렸지만 하양은 책상 쪽으 로 향하는 단우의 뒷모습을 보았다. 책상 앞에 멈춰 선 그는 한 참이고 한자리를 뚫어져라 보았다. 그 모습을 말없이 보고 있던 하양은 곧 그의 입에서 흘러나온 깊은 한숨 소리를 들으며 눈을 깜빡였다.

"기다린다, 내가."

짧게 읊조린 그가 곧장 걸음을 옮겨 현관 쪽으로 향했다. 쾅, 소리와 함께 문이 닫히는 소리를 들은 하양이 천천히 눈을 감았다가 떴다. 벽에 걸린 시계를 확인하자 시침이 8을 가리키고 있었다. 주위는 그녀가 기억을 잃었을 때와는 달리 밝았다. 밤새 자신의 곁을 지킨 남자의 모습을 떠올리던 하양이 상체를 일으켰다.

"후."

깊은 한숨을 내뱉은 그녀는 이마에 이물감이 느껴지자 손으로 더듬었다. 천 재질의 무언가가 만져지자 손톱으로 살살 긁어 떼어 냈다.

찌이이익—

요란한 소리를 내며 떨어지는 아이스 팩을 보던 하양이 피식 웃음 지었다. 제법 가벼워진 다리를 옮겨 다시 컴퓨터 책상으로 향한 하양이 지갑을 들었다. 그리고 똑딱이를 열어 자신의 민증을 본 하양은 눈을 내리깔았다.

"멍청한 남자."

지갑 옆에는 휴대전화도 놓여 있었다. 그는 한참 이것들만 바라보았을 뿐 손도 대지 않았다.

이하양은 눈치가 빠르다. 그건 그녀가 세상에 태어나면서부터 필수가 된 것이었다. 눈치가 없으면 세상에서 떨어져 나간다. 빠르게 눈치채고 빠르게 상황에 대처해야 하며 상대가 원하는 것을 알아내 해 주어야 했다. 그것이 그녀가 살아남는 방법이었다.

하지만,

"당신, 진심이구나."

지금은 그 눈치가 원망스러웠다.

단정하던 단우의 얼굴이 사정없이 일그러졌다. 고단우의 인생이 고단해진 것은 최근 두 달 사이에 일어난 일들 때문이었다. 하양을 떠올리는 그의 얼굴이 일그러진다.

예전엔 자신의 잘난 외모가 싫었다는 여자. 자신의 병원을 찾는 고객들이 들으면 기함할 일이었지만 쓸쓸한 잿빛 눈동자를 깜빡이며 하던 그녀의 말은 진심이었다.

"어느 날 곰곰이 생각했어요. 왜 이렇게 정성스럽게 빚어 줬나. 그리고 결론을 내렸죠."

"어떻게?"

"다른 건 하나도 주지 않았으니까."

무엇을 하나도 주지 않았다는 것일까.

그는 알 수가 없다. 옆집 여자에 대해서 아는 것이라곤 그녀가 이상한 소설을 쓴다는 것 정도였으니까. 그리고 뭔가 결핍된 사람처럼 관망하는 눈동자를 가지고 있다는 것.

"저에겐 특별한 일이 아니에요. 그래서 당신과 잔 것이고요. 답변이 됐나요?"

그녀가 자신과 잔 것엔 특별한 이유가 없었다. 그저 그가 곁에 있었을 뿐이고, 다른 남자들과는 달리 조금 끈질겼다는 것뿐이었다. 만약 그도 남들처럼 한 번의 거절로 나가떨어졌다면 지금처럼 지낼 수는 없었을 것이다. 그는 그녀를 가벼운 여자로 생각했을 것이고, 그녀는 그를 짜증 나고 히스테릭한 옆집 남자 정도로 생각했을 테지.

털썩.

힘없이 의자에 앉은 그가 의자등받이에 뒤통수를 기댔다. 질끈 감겨 있는 눈과 파르르 떨리는 속눈썹이 복잡한 그의 마음을 대변하고 있었다.

"이유가 있겠지."

그래, 그녀가 자신의 이름을 알려 주지 않는 이유. 아니, 자신의 모든 것을 알려 주지 않는 이유. 거기엔 분명 무언가가 있을 터였다. 그걸 억지로 알아내려 해선 안 된다. 그렇다면 그녀는 망설임 없이 떠날 테지.

그녀의 울음소리가 귓가를 때린다. 바닥에 주저앉아 아이처럼 엉엉 울음을 터뜨리는 칠칠치 못한 여자. 그 모습이 계속 그의 신경을 건드린다. 아니, 심장을 건드린다.

한참이고 눈을 감고 생각에 잠겨 있던 단우가 마우스를 흔들어 화면보호기로 넘어가 있던 모니터를 밝혔다. 그러자 곧장 메일이 뜬다. 마지막으로 하던 작업이 메일을 확인하는 것이었나 보다.

그는 받은 메일함 첫 페이지 제일 밑에 있는 메일을 눈으로 훑었다.

–행복한 그대에게.

메일 제목 한번 정직하다.

우연히 빼 든 책 한 권. 평소 장르를 가리지 않고 책을 읽는 그의 손에 이하양 작가의 책이 닿은 것은 정말 우연이었다. 베스트셀러인 줄도 몰랐고, 그렇게 유명한지도 몰랐으니까. 생각해 보면 이 책이 대중들에게 어필이 되었을 때 그는 병원을 개원하느라 한창 바빴으니까 그냥 지나쳐 간 것도 당연했다. 하지만 책이 출간되고 몇 개월이 지난 지금 이 책을 선택한 것을 그는 후회하고 있었다.

"망할 글쟁이."

그의 신경을 긁고 있었으니까.

그리고 하루에도 몇 번씩 이 메일이 생각나니까.

1101호와 1102호 사이의 간극

말끔한 차림으로 거울 앞에 선 단우가 거울 속 자신의 모습을 보았다. 몸에 딱 들어맞는 슈트는 평소보다 더 단단한 갑옷이 되어 그의 몸을 휘감고 있었다.

무표정한 얼굴로 자신의 모습을 살피던 단우가 서류가방과 작은 종이가방 하나를 들고 밖으로 나왔다. 그리고 곧장 엘리베이터로 향하는 대신 옆집으로 가 비밀번호를 누른 후 너무도 가볍게 그녀의 공간 안으로 발을 디뎠다.

"또 왔어요?"

단우는 오늘도 자신을 격하게 반겨 주는 하양을 보았다. 손에 들고 있는 머그컵을 집어 던질 것처럼 무시무시한 표정으로 자신을 바라보는 하양에게 다가간 단우는 명함 지갑에서 명함 하나를 꺼내 하양의 앞으로 내밀었다.

"또 빌빌거릴 거면 불러."

"그럴 일 없을 테니 넣어 두셔도 될 거예요. 이래 봬도 용가리 통뼈……."

"요즘 용가리는 아프면 남의 손잡고 안 놓아주나?"

"……."

하양이 단우를 노려보았다. 눈동자에 어린 전투력에 그가 피식 웃음을 내뱉으며 하양의 손을 이끌어 가 명함을 쥐여 주었다.

"그리고 이건 아침. 그럼 간다."

고저 없는 목소리로 줄줄 읊던 단우가 하양의 머리를 두어 번 툭툭 두드리더니 뒤돌아섰다. 뒤에서 하양이 톡 쏘아 대는 말이 들렸지만 그는 가뿐히 무시한 채 신발을 신고 밖으로 나왔다. 손목시계를 보던 그가 곧장 지하 주차장으로 향했다. 주차되어 있던 매끈한 차량에 오른 그가 핸들을 움직여 부드럽게 차를 출발시켰다.

그의 차가 멈춰 선 것은 그 후로 이십여 분의 시간이 흘러서였다. 주차장에 차를 세운 그는 조금은 성급한 걸음으로 열려 있는 카페 안으로 들어갔다. 그곳에서 단우와 눈이 마주치자마자 아직은 어린 티가 가시지 않은 남자가 엉덩이를 들썩였다. 그 앞으로 성큼성큼 걸음을 옮긴 단우는 차가운 눈으로 남자를 내려다보았다.

"박현우 씨?"

"아…… 안녕하세요."

현우가 고개를 끄덕이며 인사를 건넸다. 그러자 단우가 무심한 표정으로 그의 앞에 손을 내밀었다.

"고단우라고 합니다."

"알고 있습니다, 선배님."

제법 싹싹하게 웃어 보이는 현우의 모습에 그가 고개를 끄덕였다.

"갑자기 연락을 해서 놀라게 해서 미안합니다."

"말씀 편히 하세요."

"그럼 그래도 될까?"

"물론입니다. 선배님이신걸요."

"좋습니다."

몇 마디 주고받은 두 사람이 마주 보고 앉았다. 가운데 놓여 있는 테이블이 마치 바리케이드처럼 느껴졌다. 고개를 숙인 채 힐끗힐끗 단우의 모습을 살피던 현우가 고개를 푹 숙였다. 무거운 침묵에, 그가 내뿜는 분위기에 잔뜩 기가 죽은 모습이었다.

한참 커피를 마시던 단우가 커피 잔을 테이블 위에 올려 두었다.

"그 여자가 후배를 뭐라고 부르는 줄 알아?"

"누나요? 음, 알 것 같아요."

"뭐?"

물음을 던지자마자 재깍 알겠다고 답하는 현우의 모습에 그가 약간 놀란 듯 눈을 크게 떴다. 하지만 표정은 곧 갈무리되었고, 그 자리에 머문 것은 비웃음이었다.

"미래요. 절 미래라고 부르죠?"

답은 정확했다. 그래서 화가 났다. 두 사람을 묶고 있는 끈끈한 끈에.

단우는 하양과 현우가 어떠한 관계인지 몰랐다. 하지만 아주 특별한 사이라는 것은 저 짧은 답만으로도 알 수 있었다.

보통 사이는 아니겠군.

그가 눈썹을 꿈틀거리자 현우는 그 속이 빤히 보인다는 듯 서둘러 물었다.

"왜 그렇게 부르는지는 알고 있어요?"

그 이유를 어찌 알겠는가. 단우가 계속 이야기하라는 듯 고개를 젓자 현우가 말을 이었다. 서글서글한 웃음을 지은 채.

"절 노후자금이라고 생각해요. 저 말고도 몇 명 더 있어요."

"뭐……?"

단우가 눈을 동그랗게 뜨자 현우가 짧게 웃음을 내뱉었다. 평소 언어 선택이 과격한 하양을 떠올리자 웃음은 저절로 흘러나왔다.

"우리 학비로만 일 년에 몇 천은 족히 깨져요. 그런데 공무원 월급이 뻔하잖아요. 그걸 감당하기 위해 어떤 일을 하고 있는지……."

"잠시만."

단우가 손을 들어 말을 막았다. 공무원, 지금 눈앞에 있는 그녀가 미래라고 부르는 남자가 그녀의 직업이 공무원이라고 한다.

"하!"

헛웃음을 토해 낸 단우가 눈가를 손가락으로 꾹꾹 눌렀다. 하나부터 열까지, 그녀는 자신에게 본모습을 보여 주려 하지 않는다. 그걸 어떻게 받아들여야 하는 것일까. 그의 눈빛이 일렁였다.

"그 여자는 내가 자신에 대해 아는 걸 싫어해."

"아……."

"그러니까 그 여자에 대해선 이야기하지 말자고."

서글픈 웃음을 지은 단우가 딱 잘라 말했다. 그리고 어찌할 바를 모르겠다는 듯 안절부절못하는 현우를 보며 말을 이었다.

"내가 후배를 찾아온 이유는 간단해."

그의 말에 현우가 침을 꼴딱 삼켰다. 낮게 가라앉은 목소리만으로도 단우는 분위기를 조성했고 이끌었다.

"그 일을 그만두게 할게. 하지만 이번에 주는 성의는 고맙게 받아."

"왜……."

현우가 미처 말을 끝맺지 못하고 입을 다물었다. 굳이 묻지 않아도 알 수 있었으니까. 방금 전까지만 해도 얼음결정이 뚝뚝 떨어지던 얼굴에 웃음이 번졌다. 하지만 눈망울이 담고 있는 감정만은 여전히 그대로였다.

"내가 그 여자를 아주 많이 좋아하고 있거든. 우는 모습은 다시는 보고 싶지 않아."

"……."

단우의 고개가 아래로 떨어졌다. 늘 세상살이 자신만만한 그였지만 이번 일만은 그렇지 않았다.

"뒤로 몰래 찾아와 이런 부탁하는 남자, 꼴불견이겠지만……."

"아니에요."

현우가 재빨리 그의 말을 가로막았다. 그리고 표정을 찾아볼 수 없는 단우의 얼굴을 훑으며 천천히 말을 내뱉는다.

"누나 잘 부탁드려요."

"……."

그 말이 의외였던 것인가. 살짝 놀란 듯 눈을 크게 뜨는 그의 모습에 현우가 웃음 지었다. 부드러운 웃음, 현우는 거짓웃음을 짓지 않았다. 그건 아마도 하양이 그는 남의 눈치를 보지 않도록 살뜰히 보살폈기에 그런 것일지도 모른다. 하지만 그의 입에서 나오는 말은 평소 하양이 내뱉는 서늘한 말과 별반 차이가 없었다.

"무슨 소릴 하든 옆에 있어 주세요, 누나를 진심으로 좋아하면."

"싫은데?"

앞으로 무슨 소릴 할 것이란 것처럼 들렸다. 그래서 단우는 거절했고, 현우는 표정 하나 흩뜨리지 않은 채 그의 말을 되받아쳤다.

"저도 무리한 부탁 들어 드릴 테니까, 선배님도 무리한 부탁 들어주세요."

그녀도 그렇고 눈앞의 이 덜 자란 남자도 그렇고, 고단우의 말을 틀어막는 덴 용한 재주가 있었다. 그래서 그는 천천히 고개를 끄덕일 수밖에 없었다.

"좋아."

그리고 웃음이 섞인 목소리로 답한다.

◇

맴맴맴-

창밖의 매미들이 시끄럽게 울고 있었다. 그 소리를 가만히 듣고 있던 하양은 한 손에 휴대전화를 꼭 쥔 채 눈을 감았다. 마치 깊은 수면을 취하는 사람처럼 눈을 감고 있던 하양은 다시 손을 들어 휴대전화를 보았다. 아니, 휴대전화와 겹쳐 쥐고 있는 명함을 보았다.

"또 빌빌거릴 거면 불러."

옆집 남자는 까칠하다. 말투도 고약하고 험악한 표정도 잘 짓는다. 그 덕에 잘난 얼굴로 쌓은 점수는 모두 감점. 그에 대한 이미지는 마이너스 점수다. 그런데 모레면 개학식인 이날, 그녀가 이리도 그를 생각하고 있는 이유는 무엇일까.

"그냥 고양이가 한 마리 늘어난 줄 알았는데."

한숨을 내뱉은 하양이 자리에서 벌떡 일어났다. 그리고 바닥으로 조심스럽게 발을 디딘 후 자리에서 벌떡 일어난다. 사뿐사뿐 걸음을 옮긴 하양은 들고 있던 명함을 구겨 쓰레기통에 버렸다. 손길은 망설임이 없고, 단호했다. 더 이상 생각할 가치도 없다는 듯.

하지만 그가 건네고 간 토스트는 하양의 입에서 아작아작 씹히고 있는 중이었다. 목이 막히는 것도 모른 채 토스트를 먹어 치운 하양이 샤워실로 향하려고 할 때였다.

웅웅― 우우웅―

책상 위에 올려놓은 휴대전화가 몸을 떨며 울어 댔다. 걸음을 옮긴 하양은 액정에 뜬 반가운 이름에 서둘러 전화를 받았다.

"현우야!"

―누나, 지금 시간 돼요?

"지금?"

지금 이 시각이라면 현우가 아르바이트를 할 시간이었다. 하양의 목소리에서 그녀의 생각을 읽어 낸 것인지 현우가 기가 막히게 현 상황에 대해 이야기해 주었다.

―방금 점장님한테 말해서 알바 그만두겠다고 말했어요. 학비는 누나한테 손 벌릴 생각이고요. 그러니까 데이트 정도는 쏘게 해 줘요. 어제 알바비 받았거든요.

"……정말?"

―네. 30분 뒤에 모시러 가도 되죠?

하양의 눈가에 눈물이 맺힌다. 고개를 숙인 하양은 손을 들어 이마를 짚으며 말했다.

"늦으면 맞을 줄 알아."

목소리가 떨렸다. 눈가에 맺혀 있던 눈물이 결국 무게를 이기지 못하고 아래로 쏟아졌다. 하지만 예쁜 빛깔을 가진 입술은 부드럽게 호를 그리고 있었다.

낮은 단화가 사뿐사뿐 움직였다. 세상은 어느새 짙은 어둠이 깔려 있었지만 하양의 얼굴에만은 밝은 태양이 내려쬔다는 착각이 들었다.

눈을 내리깐 채 묘한 웃음을 짓고 있는 그녀에게로 사람들의 시선이 닿는다. 잿빛 눈동자를 반짝이는 하양은 너무나 예뻤다. 아마 그녀가 오랜만에 미소를 되찾았기에 더욱 그렇게 느껴질지도 몰랐다.

엘리베이터에 오른 하양은 벽에 등을 기댄 채 눈을 감았다.

"누나. 난 누나한테 받은 것들, 평생 잊지 못해요. 하지만 말이에요, 가끔은 그것들이 너무 많고 대단해서 부담이 될 때가 있어요."

김치찌개 전문점에서 현우가 보글보글 끓는 붉은 국물을 보며 운을 뗐다. 그 말에 하양은 새삼스레 그런 말 하지 말라며 현우를 나무랐지만, 진지한 눈빛으로 아이는 힘주어 말했다.

"나도 누나에게 힘이 되어 주고 싶어요. 별로 도움은 되지 않겠지만…… 고민 정도는 들어 줄 수 있어요."

피식.

진지한 현우의 얼굴을 떠올리던 하양이 작게 웃음을 내뱉었다.

"언제 그렇게 커 버린 것일까……."

아이는 빨리 자란다. 부모가 알아차리기도 전에. 누나가 알아차리기 전에.

엘리베이터가 멈춰 서자 하양이 얼굴에 있던 웃음을 지운 후 걸음을 옮겼다. 그리고 번호키 위에 손가락을 올려놓은 후 비밀번호를 눌렀다.

00000000.

띠릭띠릭띠릭-

비밀번호가 틀렸다며 기계가 시끄럽게 울어 대자 하양의 표정이 순간 멍해졌다.

"아차."

그제야 단우가 비밀번호를 바꿔 준 일이 기억난 것인지 하양이 하하 웃었다. 그리고 그 웃음이 가신 것은 채 1분도 되지 않아서였다.

"억……."

작게 신음을 내뱉은 하양이 이마를 부여잡고 자신의 뇌 속 어딘가에 기억되어 있을 비밀번호를 떠올리기 위해 머리를 데굴데굴 굴려 보았지만 돌 굴러가는 소리만 들려왔다.

"이게 다 고단우 그 인간 때문이야……."

하양이 음산하게 읊조렸다. 고개를 홱 돌려 옆집을 흘겨본 하양이 아랫입술을 잘근잘근 씹어 대며 연신 다 그 때문이라 말했다. 그러다 메모에 비밀번호를 손수 적어 주다 못해 자신의 머리를 한 손으로 붙잡고 설마 당신이 여덟 자리도 못 외우는 머저리는 아닐 것이라 하던 그의 말이 떠올랐다.

"윽!"

아, 심장의 스크래치!

하양이 심장을 부여잡으며 집 앞을 서성였지만 뾰족한 수는 떠오르지 않았다. 결국 자리에서 멈춰 선 하양이 발을 쾅쾅 굴렸다. 옆집 문을 두드렸을 때 단우의 표정이 어떠할지 그림처럼 그려졌기 때문이다.

"난 결국 여덟 자리도 못 외우는 머저리가 되었구나."

한심하게 보겠지. 말투가 나쁜 남자니 더욱 강하게 놀릴지도 모른다.

한숨을 내뱉은 하양이 걸음을 옮겨 1102호 앞으로 걸어갔다. 한 번 결심을 한 그녀는 망설임이 없었고, 곧장 초인종을 누른다.

딩동—

그 소리에 심장이 내려앉는 것 같은 기분은 단순한 착각일 것이다.

문을 열자마자 자신의 모습에 삐딱하게 서는 그의 모습에 하양은 양손을 번쩍 들어 헤헤 웃으며 말했다.

"정말 멍청하게 들릴 줄은 아는데요, 비밀번호를 잊었어요."

"그거 정말 멍청하게 들리네."

단우의 입술이 삐뚜름하게 올라간다. 오직 하양의 앞에서만 보여 주는 오만방자한 그 웃음. 가르쳐 줄 생각이 없다는 듯 웃고 있는 그를 보자 하양이 삐죽 도끼눈을 뜨며 말했다.

"가르쳐 줘요."

단우가 느긋한 얼굴로 팔짱을 꼈다. 아무 말 없이 자신을 내려다보는 그 눈빛에 하양은 순간 긴장을 하고 만다. 뭐라고 톡 쏘아붙이고 싶었지만 평소 촌철살인이 세 들어 살던 뇌 속은 파업을 한 것인지 텅 비어 있기만 했다. 하양이 아무 말도 하지 못한 채 입을 꾹 다물자, 그의 웃음이 더욱 진해졌다.

"나랑 한 번 잡시다. 그럼 가르쳐 줄 테니."

"아픈 건 싫은데요?"

하양이 되받아쳤다. 긴장감이 머물던 그녀의 얼굴도 어느새 평소대로 돌아간 뒤였다. 그 모습에 그가 콧방귀를 뀌었다. 하양이 의아한 얼굴로 자신을 바라보자 그가 느른한 웃음을 지으며 천천히 낮은 목소리로 말했다.

"내가 전에 약속하지 않았던가?"

"……?"

하양이 커다란 눈을 깜빡였다. 그러자 단우가 삐딱하게 웃으며 답했다.

"끝내주는 섹스, 그리고 다른 남자 따윈 생각나지 않게 당신이 원할 땐 언제든지 달려와 주겠다고."

"……."

하양이 아무 말 없이 그의 얼굴을 올려다보았다. 그러자 그가 하양의 앞으로 손을 내밀었다.

"이리 와."

허공에 내밀어진 손을 멀뚱히 바라보던 하양이 자신도 모르게 손을 내밀어 잡았다.

그녀의 걸음이 그의 이끌림에 집 안으로 옮겨진다.

성큼성큼.

이마에 사뿐히 내려앉는 입술은 허공을 날아다니다 꽃잎 위에 내려앉는 나비의 몸짓 같았다. 그의 입술에 눈을 감은 하양은 곧 제 눈에 내려앉는 입술에 가슴이 파르르 떨려 옴을 느꼈다. 첫 관계 때 느꼈던 두려움은 어느새 깨끗이 사라지고 그 자리에 들어찬 것은 설렘과 따스함이었다.

두 사람의 입술이 겹쳐졌다. 흥분과 격정이 일어야 하는 침대 위의 입맞춤은 짧고 가벼웠다. 하양의 입술을 혀로 할짝인 단우는 머릿속이 지글지글 끓어 대자 입술을 뗐다. 그리고 자신을 빤히 쳐다보는 하양을 내려다보며 입술을 비틀어 웃었다.

"안 봐줄 건데."

그 말이 마치 지금이라도 그만하고 싶으면 멈추라는 말처럼 들리는 것은 왜일까.

하양은 삐딱한 웃음을 짓고 있는 단우의 얼굴을 올려다보며 싱긋 웃었다.

"알아요, 짐승이니까."

"아하?"

"거짓말쟁이이기도 하고."

팔을 뻗어 단우의 뺨을 감싸 쥔 하양은 그가 손을 떼어 내 입을 맞추는 것을 보며 웃었다.

"머리부터 발끝까지 아작아작 씹어 먹을 거 같은 눈이거든요."

욕망에 들어찬 사람은 수없이 봐 왔다. 그런 시선은 길거리를 걸을 때도 흔히 봐 오던 것이었다. 책임이 없는 관계. 그것을 세상에서 가장 경멸하는 하양이었다. 책임을 지지 않는 가벼운 관계는 버림받는 아이를 만든다. 사랑으로 이루어져 결혼을 해도 마찬가지였다. 책임은 단순히 그러한 문서로 만드는 것이 아니었다.

그런 그녀가 지금 옆집 남자와 가벼운 관계를 가지고 있다. 책임도 없고 미래도 없으며 한 치 앞도 보이지 않는 관계. 하지만 지금 그의 눈동자에 비친 욕망이 싫지 않았다. 그는 진심이었으니까. 그리고 이 관계로, 자신만 책임지지 않는 관계로 그가 어떠한 상처를 받을 것인지도 잘 알고 있었다.

하지만 이하양은 이기적이다. 나 한 사람 숨 쉬는 것만으로도 벅찬 세상, 이 남자의 따스한 품을 잠시 빌리는 것이 무에 그리 나쁠까.

하양은 자신의 손바닥에 닿는 따스한 입술을 느끼며 시니컬하게 웃었다.

"여기서 보니 고단우 씨 무척 섹시하네요."

"칭찬이지?"

"물론이에요."

그의 커다란 손이 하양이 입고 있던 옷을 하나둘 벗기기 시작했다. 손길은 조심스러웠고 느렸다. 그녀가 놀라지 않도록.

실오라기 하나 걸치지 않은 태초의 모습으로 돌아간 하양은 그가 자신의 가슴을 핥고 있는 것을 보았다. 아이가 젖을 빨듯 힘껏 정점을 빠는 그는 허기져 보였다.

쪽쪽.

듣기만 해도 소름이 돋을 정도로 야한 소리였지만 하양은 그가 하얀 가슴 위로 붉은 반점을 수없이 남기고 혀를 길게 빼내어 허리 라인을 핥고 배꼽 주위에 자국을 남기고 점점 아래로 내려가는 것을 보았다. 그리고 검은 숲에 그의 입술이 닿았을 때야 손을 뻗어 그의 머리카락을 움켜쥐었다.

"더러워요."

하양의 말에 단우가 고개를 들었다. 그리고 힘주어 잡으면 부러질 것 같은 발목을 잡아 들어 올렸다. 자그마한 발을 움켜쥔 그가 그 위에 입을 맞췄다. 이 역시 더럽다고 말하려던 순간 그가 발가락 사이에 손가락을 찔러 넣은 후 여름을 맞이해 파란색 매니큐어를 발라 놓은 발톱 위에 입을 맞췄다. 그리고 곧 발가락 위에 쪽 입을 맞추는 그의 행동에 몸을 움찔 떨었다.

그가 장난스럽게 웃는다. 하양의 반응 하나하나를 모두 즐기며.

"아직도 정신이 온전한가 보네."

"……."

하양이 아무 말도 하지 않은 채 그를 흘겨만 보자, 단우가 혀를 길게 빼내 발등을 핥고, 정강이를 핥아 오금 뒤 평소 손길이 잘 닿지 않는 곳까지 입을 맞춰 왔다. 생소한 자극은 열기를 불러왔다.

"싫어하면 넣을 빼 줄게. 그리고 당신이 정신 차리지 못할 때 핥아야지."

움찔, 움찔—!

그의 입술이 허벅지에서 사타구니 사이에 닿았을 때 하양은 마치 모든 것을 포기했다는 듯 허무한 웃음을 흘렸다.

"……변태."

◇

알람이 울리기도 전. 세상 밖은 아직 완연한 아침이 찾아오지 않은 시각이었다. 몸을 뒤척이며 밤이 늦어서야 겨우 잠이 든 단우가 아래로 내려져 있던 이불을 끌어다가 몸을 덮었다. 아무리 여름이라 하더라도 곧 가을이 다가올 날. 새벽녘의 공기는 실오라기 하나 걸치지 않은 몸을 차갑게 얼릴 정도는 되었다.

다디단 꿈에 빠져 고요한 숨만 내뱉으며 잠이 들어 있던 그가 잠에서 깬 것은 8시가 다 된 시각이었다. 옆자리를 더듬던 그는 당연히 여체가 만져져야 함에도 불구하고 아무것도 만져지지 않자 깜짝 놀라 눈을 떴다.

"하아!"

짧게 숨을 내뱉은 그는 텅 비어 있는 옆자리를 보며 미간을 찌푸렸다. 그리고 바닥에 아무렇게나 떨어져 있던 속옷과 바지를 챙겨 입고선 방을 나선다.

힘껏 옮겨지던 걸음은 곧장 현관으로 향할 것 같았다. 얼음장처럼 차가워진 그의 표정만 봐도 그랬다. 관계를 가진 다음 날, 또다시 자신을 버리고 간 여자를 어떻게 씹어 먹어야 속이 시원할까, 고민하고 있는 표정이었으니까. 하지만 그의 발길은 현관으로 향하지 못하고 부엌 앞에서 멈춰 섰다.

"……."

식탁을 바라보는 그의 얼굴이 순간 멍해졌다. 더듬더듬 걸음을 옮겨 식탁 옆으로 다가간 그가 아직 따스한 기운이 남아 있는 밥공기를 집어 들었다. 이번에도 계란 위주인 반찬들이 가득했다. 계란 후라이, 계란말이, 계란국, 계란찜, 오믈렛.

온통 보기만 해도 행복해질 것 같은 노란빛이었지만 그의 얼굴은 온통 좌절뿐이었다.

"이거나 먹고 떨어지라는 거냐?"

그는 똑똑한 사람이었다. 이 밥상을 차렸을 때 그녀가 어떠한 마음이었는진 알 수 있었다. 그것이 못내 화가 나고 짜증이 났다. 밥공기를 집어 던지려던 그가 숨을 거칠게 내뱉었다. 그리고 들고 있던 밥그릇을 던지듯 놓아두곤 빠르게 걸음을 옮겼다.

"웃기지 말라고, 진짜, 이 미친."

현관문을 여는 순간 그의 입에선 욕설이 흘러나왔다. 거친 태

풍을 맞아 휘몰아치는 그의 마음처럼. 이성은 없었다. 말끔하게
날려 버렸다.

성큼성큼 걸음을 옮겨 1101호 앞에 멈춰 선 그가 주먹으로
힘껏 문을 내려치려 할 때였다. 거짓말처럼 문이 열리더니 투피
스를 차려입은 하양이 나왔다. 말끔히 화장까지 한 얼굴은 곱기
만 했다.

"억!"

깜짝 놀란 하양이 거친 숨을 토해 냈다. 그러곤 심장 위를 꾹
누르더니 멍한 표정을 짓고 있는 단우의 얼굴을 흘겨보며 말했
다.

"깜짝 놀랐잖아요! 이 사람이 정말. 아, 심장이야."

"다, 당신……"

"뭐예요, 아침부터 스트립쇼라도 하는 거예요? 근육이 잘빠
지긴 했는데 저 출근해야 해요."

잿빛 눈동자가 단우에게 닿았다. 평소와 같은 눈빛이었다. 그
가 입을 꾹 다물자 하양은 그의 몸을 밀어 엘리베이터로 뚜벅뚜
벅 걸음을 옮기며 말을 이었다.

"말 안 했죠? 나 교사예요, 보건교사."

"……"

"근데 당신 출근 안 해요? 매일 8시 10분이면 정확하게 출근
하면서."

그녀의 말에 순간 단우의 눈이 커졌다가 원래의 상태로 돌아
온다.

"그렇게 멍 때리고 있다간 지각해요."

짧게 충고를 남긴 하양은 땡, 소리와 함께 엘리베이터가 도착하자 그 위에 오르며 정면으로 그를 마주 보았다. 그리고 문이 닫히기 전, 짧은 아침인사를 남긴다.

"다녀와서 봐요, 고단우 씨."

닫힌 엘리베이터 문을 허망하게 보던 단우가 자리에 털썩 주저앉았다. 심장이 힘껏 펌프질을 해 댔다. 천당과 지옥을 오가는 기분에 그가 고개를 푹 숙이며 앓는 목소리로 말했다.

"진짜 짜증 나는 여자야."

매일 그가 나가는 시간을 정확하게 알고 있는 여자. 자신의 심장을 들었다 놨다 멋대로 가지고 노는 마녀 같은 여자를 떠올리자 그의 입에서 한숨이 터져 나왔다.

"여기까진가."

그녀가 정한 선은 여기까지.

그나마 직업을 말해 준 것을 보면 장족의 발전이라 생각하며 그가 터덜터덜 걸음을 옮겨 집으로 향한다.

1101호와 1102호의 사이.

태평양보다 넓었던 간극은 어느새 생각보다 좁아져 있었다.

3

어느새 숨어든 도둑고양이

"내가 누누이 말하지만 이런 포즈는 절대 무리야."

어느새 또 뒤로 다가와 훈수를 두는 목소리에 하양의 얼굴이 일그러졌다. 바쁘게 키보드 위를 돌아다니던 손가락이 딱 멈췄다. 주말 오전부터 찾아온 단우는 뭐가 그렇게도 불만인지 아까부터 계속 하양의 정수리를 턱으로 쿡쿡 내려찍으며 그녀를 방해하고 있었다.

마감은 다음 주 금요일이었고, 그사이 그녀는 자그마치 A4 40페이지를 가득 채워야 했다. 그건 생각보다 고된 육체노동으로써 하루 여덟 시간씩 꼬박 컴퓨터 앞에 앉아 있어야 한다는 말이기도 했다.

예전엔 자신의 생각을 글로 푸는 일이 좋았다. 자신의 환상과 꿈으로 가득 찬 세상이 아름다워 보이기도 했다. 별생각 없이 속에만 꾹 담아 뒀던 내용이 신춘문예 당선과 출간으로 이어졌을 땐 혹여 꿈이 아닌가 생각했었고, 누군가의 책장 한 켠 좁은 공간에 자신의 책이 꽂혀 있을 상상만 해도 가슴이 뛰었었다. 허리가 아픈 줄도 모르고 여러 단편을 써 냈다. 그리고 그 단편 집이 세상에 나왔을 땐 조금 느낌이 달랐다. 서점에 자신의 책이 있는 것을 보면 여전히 가슴이 두근거렸지만 처음과는 조금 다른 방향으로 뛰었다. 그리고 세 번째 책이 출간되었을 때, 그녀는 더 이상 글을 쓰는 일이 즐겁지 않았다.

하양은 손을 들어 그의 턱을 밀어낸 뒤 가라앉은 마음을 갈무리하며 말했다.

"이래야 판타지가 충족되죠."

그녀의 말에 무심한 눈동자가 모니터 위를 훑었다.

"민영의 허벅지를 잡아 번쩍 들어 올린 민우가 허공에서 남성을 거칠게 여성 안으로 삽입했다. 허벅지를 쥔 손에 힘을 준 그가 허리를 움직여 여성의 안으로 깊숙이 찔러 들어갔다. 질이 수축해 남성을 물었다."

"……그만하죠."

제 머릿속에서 나온 것들이 분명하지만 기계적으로 읊어지자 부끄러움에 손가락이 오그라들었다. 하양이 아무 말도 하지 못하고 입을 꾹 다물자 뒤에서 고개만 쏙 뺀 채 하양을 본 단우가 씨익 웃었다. 그의 입술이 하양의 뺨에 닿을 정도로 가까운 거리였다.

"우리 애기 판타진 이런 건가?"

"……소름 돋는다고 이야기했죠?"

이 남자는 갈수록 능글맞아진다. 여전히 텔레비전 브라운관 속에선 이성적인 눈빛으로 자상한 웃음을 지으면서. 그게 거짓된 웃음이라 하더라도 말이다.

하양이 입술을 옆으로 길쭉하게 늘리며 웩 소리를 내자 단우가 기다란 머리카락을 손으로 쭉쭉 잡아당기며 불만이 가득한 어투로 답했다.

"그럼 이름을 가르쳐 주든가."

"……김미영이요."

"직급은 팀장이고?"

"속는 척이라도 해 줘요. 재미없잖아요."

하양이 한숨을 내뱉으며 고개를 내저었다.

단우는 모니터 속 의미 없는 글귀들을 눈으로 훑더니 이내 상체를 일으켰다. 그리고 걸음을 옮겨 이젠 자신의 지정석이나 다름없는 작은 소파에 앉아 다리를 꼬았다. 하양이 몸을 돌려 멀찍이서 그와 마주 보자, 단우가 한참이고 망설이던 말을 꺼내 놓았다.

"당신, 그 일 그만둘 생각 없어?"

망설이던 표정과는 달리 목소리엔 흔들림이 없었다.

"어쩔 수 없어요."

"학교에서도 모를 거 아니야."

"왜요? 뒷조사라도 해서 근무지 알아낸 후에 찌르기라도 하게요?"

"우리 애기."

단우의 얼굴이 딱딱하게 굳어졌다. 어투 또한 딱딱 끊어 말한 덕에 하양이 자신도 모르게 몸을 움찔 떨 정도였다. 이 남자가 가끔 이런 식으로 화를 낼 땐 더 이상 성격을 건드리지 말라는 것이었다. 시린 눈빛은 분명히 그리 경고하고 있었다.

"농담이에요. 정색하면서 그렇게 부르지 말아요. 더 무서우니까."

하양이 양손을 들어 항복을 해 보이며 말을 이었다. 그의 표정은 여전히 얼음결정이 뚝뚝 떨어지는 모양새였다.

"알 것 같아요? 고단우 씨라면 고단우 씨 아이가 다니는 학교에 이런 소설 쓰는 선생이 있다면 맡기겠어요?"

"스스로 떳떳하지 못하네."

그가 팔짱을 끼며 툭 내뱉는다. 고저 없는 목소리는 감정이 없었지만 표정은 그녀를 비웃고 있었다. 비틀린 그의 입술을 바라보던 하양이 싱긋 웃음 지었다. 입술 밑의 점이 미간과 함께 꿈틀거렸다.

"가끔 그 입을 정말 기워 버리고 싶을 때가 있어요."

"그건 나도 마찬가지야."

"……."

두 사람 사이에 무거운 침묵이 흘렀다. 자리에서 일어난 하양은 곧장 부엌으로 가 차가운 냉수를 벌컥벌컥 들이켰다. 세상엔 어쩔 수 없는 일이 많다. 아니, 그의 세상은 불가능이 없을지 몰라도 그녀의 세상엔 그러한 것들이 무궁무진했다. 그것을 그는 아마 모를 것이다. 그리고 그는 언제나 그랬던 것처럼 그녀의 자존심을 긁는다.

"후우, 좋아. 그럼 한마디 충고할게."

하양의 얼굴이 굳어졌다. 그의 입에서 나올 말이 **뻔**했기 때문이다. 당장 이런 글을 때려치우라고 하겠지. 어쩌면 돈이 많은 남자니 저번처럼 지갑을 내밀지로 몰랐다. 달싹이는 단우의 입술을 보던 하양의 얼굴이 순간 굳어졌다.

"남자들은 피스톤질을 하는 글을 보고 싶어 하지 않아."

"에⋯⋯?"

의외의 말에 하양의 턱이 딱 벌어졌다. 그 모습에도 단우는 단호하게 말을 이어 나갔다.

"어떤 자세에서 어떻게 했냐보단 어떤 장소가 중요하지. 세상은 넓고 변태는 생각보다 훨씬 많거든. 더욱 인간은 평소에 숨기고 있던 욕구를 이러한 매체로 접하길 바라고. 당신 소설을 읽는 사람들 대부분 그런 사람 아니겠어?"

"⋯⋯."

지, 지금 이게 무슨 소리⋯⋯.

하양이 새하얗게 질린 얼굴로 아무런 말도 하지 못한 채 벌어진 입술을 다물었다.

"내 말은 침실에서 백날 이러고 있어 봤자 별로라는 거야. 장소는 클래식한 건 차 안, 야외, 수영장, 욕조도 있고. 좀 마니아틱한 건 교회나 학교, 사람들이 많은 장소 혹은 카메라 앞."

"⋯⋯."

진지한 단우의 얼굴을 보던 하양이 얼떨결에 고개를 끄덕였다. 그러다 퍼뜩 떠오른 생각에 창백하게 질린 입술을 달싹였다.

"당신도 설마 그런 플레이를 원하는 건 아니겠죠?"

"왜 아니겠어?"

가벼운 말에 하양의 눈이 커졌다. 더 이상 커질 수 없을 정도로. 화들짝 놀란 그녀의 모습에 단우가 입술 끝을 비틀어 웃는다.

"나도 변태데."

움찔.

하양이 자신도 모르게 몸을 떨며 그에게서 더듬더듬 물러났다. 그 모습에 그는 평소보다 낮은 음성으로 읊조렸다.

"하지만 지금은 아니야. 당신이 레벨업이 된 후엔 모르겠지만."

그날 하양은 썼던 씬들을 모두 지워 내고 그가 말한 것 중 교회와 카메라 앞에서 남녀가 정사를 나누는 장면을 적었다. 편집부가 감탄한 것은 둘째 치고 독자들 사이에서 센세이션이 일어난 것은 조금 후의 일.

그리고 그가 했던 말이 모두 거짓이었다는 것을 알게 된 것은 그보다 조금의 시간이 더 흐른 후였다.

─겨울은 춥다. 붉은색의 단백질 덩어리가 차갑게 수축했다가

팽창을 반복했다.

봄이 왔다. 차가운 얼음이 녹았다. 하지만 여전히 내 마음속은 녹지 않았다. 차가운 겨울과 다를 바가 없었다. 시간은 반복되어 간다. 내가 미처 알기도 전에. 모든 것이 무뎌지고, 시간은 빠르게 흐르고 되돌아오길 반복했다. 이러한 마음은 그가 내 곁을 떠난 순간부터 계속되었다.

그리고 또다시 봄이 오고 여름이 왔다. 나팔꽃이 피는 가을이 오고, 차갑고 쓸쓸한 겨울이 왔을 때 그녀는 그를 다시 만났다.

컴퓨터 책상에 턱을 괴고서 글을 읽고 있는 단우의 얼굴은 무심했다. 제목부터 고독인 이 책을 읽을 때부터 표정은 단 한 번도 변하지 않았다.

"이런 글도 쓰네."

단우는 수많은 19금 표지 중 유일하게 사람의 눈을 자극하는 빨간 딱지가 달리지 않은 원고를 하나 골라 읽고 있었다. 그리고 느낀 점은 단 하나.

"음란마녀 주제에."

왜 가슴이 뛸까.

왜 가슴이 저밀까.

하양은 컴퓨터 앞에 앉아 한참이고 얼이 빠진 얼굴로 모니터를 확인하고 있었다. 모니터엔 그녀의 주거래 은행 사이트가 떠 있었다. 잔고를 확인하던 하양이 저도 모르게 말을 더듬었다.

"뭐, 뭐지……?"

설마 업체에서 돈을 잘못 보낸 것은 아닐까 생각하며 어제 담당자에게서 온 메일을 확인했다.

─작가님, 이번 작품 정말 대박이었어요. 전 이북 사이트 1위 해서, 아마 인세가 평소보단 훨씬 많이 들어갔을 거예요. 잘못 들어간 것 아니니 놀라지 마세요.

"이게 훨씬 정도야?"

0을 한참이나 세던 하양이 고개를 내저었다. 인생의 모토가 티끌 모아 태산이긴 하였으나 한 번에 열 작품은 넘게 써야 받을 수 있는 금액을 받게 된 하양이 한참이고 손톱으로 책상을 툭툭 두드렸다. 그러다 피식 웃음을 내뱉었다.

"짜증 나는 남자도 다 쓸데가 있네."

"뭐가?"

갑작스런 목소리에 하양이 고개를 돌렸다. 인터넷 창은 순식간에 꺼 버린 후였다.

"언제 왔어요?"

"방금."

피곤한 기색이 역력한 얼굴로 넥타이를 끄르는 그를 보던 하양이 자리에서 일어났다. 그리고 들고 있던 가방과 외투를 달라는 듯 손을 내밀자 그의 미간에 주름이 잡혔다.

"무섭게 왜 이래?"

"뭐가요?"

"평소처럼 굴라고, 평소처럼."

그가 외투와 가방을 소파 위에 올려놓은 후 털썩 앉았다. 하양이 의자를 끌어와 맞은편에 앉으며 단우의 모습을 보았다. 그의 얼굴엔 옅은 메이크업이 되어 있었다.

"오늘 방송 녹화 날이죠?"

"그런 것도 기억해?"

"매주 수요일이잖아요. 고단우 씨가 달걀귀신이 되어 나타나는 날."

"킥킥, 그거 그렇네."

그가 손을 들어 자신의 얼굴을 어색하게 쓰다듬었다. 급히 오느라 메이크업 지우는 일도 잊어버릴 때가 많았다. 그의 모습을 보던 하양이 물었다.

"오늘은 어떤 콘셉트였나요?"

"진지한 전문가 콘셉트. 성형외과 의사가 성형을 반대할 때의 임팩트를 당신은 알아?"

"알 것 같네요."

고개를 끄덕인 하양이 피식 웃으며 자리에서 일어났다. 그는 매주 수요일, 식사를 거르고 자신의 집으로 왔다. 뛰어난 귀소 본능을 가진 외출 고양이 혹은 개처럼. 하지만 평소 그의 손에 들려 있던 음식이 오늘 그의 손에 들려 있지 않은 것을 보면 음식을 사 오는 일조차 잊고 달려온 것인지도 모른다. 시계를 보니 평소보다 1시간이나 늦은 시각이었다.

"뭐 먹고 싶은 거 있어요?"

"왜? 또 다음 날 아침에 몰래 해 놓고 가게?"

"……음, 싫어요?"

부엌으로 향하던 하양이 걸음을 멈추고 단우를 보았다. 그러자 그가 소파에 느긋하게 등을 기대며 웃었다.

"당신은 뭐가 먹고 싶은데?"

"네? 설마 당신이 해 주려고요?"

하양이 삐딱하게 웃자 그가 여전히 웃음이 가득한 얼굴로 빠르게 말을 내뱉었다.

"한 번도 해 본 적은 없지만, 다음 날 비어 있는 침대와 차려진 밥상이 얼마나 기분 나쁜지 당신에게 알려 주고는 싶어서."

짧게 웃음을 내뱉은 하양이 사과의 말을 건넸다.

"그렇게 느꼈다면 미안해요."

"뭐야? 왜 이렇게 순순히 사과해? 당신 정말 뭐 잘못 먹었어?"

단우가 당황한 기색이 역력한 얼굴로 물었다. 말투는 여전히 까칠했지만. 하양은 사뿐히 무시하며 본론을 꺼냈다.

"당신 덕에 인세가 엄청 들어왔거든요. 식사 전일 테니 먹고 싶은 건 뭐든 해 줄게요."

큰 인심 썼다는 듯 하양이 고개를 끄덕이며 말하자 단우가 망설임 없이 말을 툭 내뱉었다.

"일단 너."

"흠, 그건 밥 먹고 해도 늦지 않을 텐데?"

"아니, 그게 더 급해."

그가 자리에서 벌떡 일어나 하양에게 다가왔다. 그녀가 도망가지 못하도록 양어깨를 붙잡은 그가 고개를 내리자 하양이 손을 뻗어 그의 입술을 막았다.

"아쉽게도 우리 집엔 콘돔이 없어요."

"……이런."

그가 난감하다는 듯 인상을 굳히자 하양이 웃음기 가득한 목소리로 말했다.

"그리고 내 침대에서 하는 것도 싫고요."

"그 말 무척 기분 나빠."

그의 말에 하양도 이해한다는 듯 고개를 끄덕였다. 자신이 상대 남자에게 이러한 말을 듣더라도 기분 나쁠 테니까. 하지만 그녀는 말을 정정하지 않았다. 진심이었으니까.

"한 번 익숙해지면 못 견뎌요."

"뭘?"

"고단우 씨가 없는 침대."

"……."

그의 눈이 진지하게 빛났다. 한 치의 흐트러짐 없이 자신에게와 닿은 무거운 시선을 하양은 피하지 않았다.

"제가 한 밥, 한 번도 먹은 적 없죠?"

"그걸 어떻게……."

"한 번이라도 맛봤으면 칭찬을 안 하고는 못 배길 맛이거든요."

"그거 기대되는데?"

그의 말에 하양이 피식 웃으며 걸음을 옮겼다.

"쓰레기통에 처박힐 거 뻔히 알면서도 해 줬거든요. 하지만 오늘은 꼭 다 먹어 줘요."

단우는 한동안 그녀의 뒷모습에서 시선을 떼지 못했다. 어찌 시선을 다른 곳으로 돌릴 수가 있겠는가.

하양이 큰소리를 탕탕 친 것치고 밥상은 초라했다. 밑반찬 몇 개와 찌개가 전부인 밥상을 마주한 단우는 자신의 앞에서 턱을 괴고 있는 하양을 보았다.

"당신은 안 먹어?"

"전 구경하는 걸 더 좋아해요."

그녀의 말에 단우는 수저를 들어 콩나물국부터 맛을 보았다. 특별할 것이 없는 맛. 젓가락을 든 그는 이번엔 깻잎 장아찌로 밥을 감싸 입에 넣었다. 우적우적 씹었다. 역시나 특별할 것이 없는 맛. 물로 입 안을 씻어 낸 그가 진미포와 멸치볶음을 차례 대로 밥과 맛보았다.

……역시나 특별할 것이 없는 맛이었다.

"어때요?"

하양이 웃으며 그에게 물었다. 그러자 단우가 고개를 숙이며 말했다.

"밥 먹을 땐 말 시키지 마."

젓가락을 쥔 그의 손이 작은 떨림을 가지고 있었다. 그 모습을 눈에 담던 하양은 입술을 크게 늘어뜨려 웃으며 말했다.

"많이 먹어요."

Chapter 5

이웃이 슬프게 울었다

나팔꽃이 피는 계절

뜨거운 입술 후 달콤한 숨결이 납작한 배 위에 닿자 하양의 허벅지가 파르르 떨렸다. 여성 안으로 밀고 들어오는 손가락에 하양이 허벅지를 오므리자, 커다란 손이 이를 막았다.

"당신 진짜 변태예요?"

"그걸 이제야 알았어?"

하양이 거친 숨과 함께 짜증을 쏟아 내자 단우가 후후 웃음을 뱉으며 말했다. 눈을 질끈 감은 하양은 입술을 깨물었다. 본인이 스스로 변태라 인정을 하는데 무어라 더 말을 할 수 있을까. 자신의 은밀한 곳을 눈에 담은 채 제 손가락을 악무는 모습을 관찰하는 집요한 시선에 하양은 어찌할 바를 몰라 침대 시트를 움켜쥐었다.

"사람은 가끔 시선만으로도 흥분해. 지금 너처럼."

손가락은 느긋하게 여성 안으로 밀고 들어왔다 나가길 반복하고 있는데, 그 어느 때보다 흥분했다. 그건 아마도 그의 눈빛 때문일 것이다. 그는 액으로 엉망이 된 손가락을 혀로 핥으며 자신의 위로 올라왔다.

하양이 손을 내밀어 단우의 팔목을 움켜쥐었다.

"제발 먹지 말아요."

"왜?"

"더러우니까."

딱 잘라 말하는 하양의 눈에 흥분이 어렸다. 그의 시선은 어느새 풍만한 가슴을 보고 있었다. 몸이 녹아내리는 기분이었다. 그는 손을 뻗어 빳빳하게 선 젖꼭지를 비틀어 잡으며 웃었다.

"당신 몸에서 나온 거잖아. 더러울 리가."

"……."

말문이 막힌 하양이 입술만 뻐끔거렸다. 뻔뻔한 건지, 아니면 정말 그렇게 느끼는 것인지 진위는 알지 못했다. 아니, 그것을 알아차리려 머리를 굴리기도 전에 손가락으로 검은 숲을 걷어 낸 단우가 입술을 묻는다. 갑작스런 입맞춤에 여성이 움찔거리고, 허리가 비틀린다. 하양이 꺅 소리를 질렀지만 그는 혀를 길게 빼내 여성 주위를 흥건하게 적시고 있는 액을 핥아 마셨다.

에로틱한 소리가 방 안을 가득 메웠다. 할짝이는 혀 놀림의 소리와 축축한 무언가가 부딪히는 소리. 그리고 무언가 강렬하게 빨아들이는 소리. 질끈 눈을 감은 하양은 침대 시트를 붙잡고 있던 손에 더욱 힘을 주었다.

파르, 파르르…….

214

사지가 떨렸다. 눈을 감자 그의 혀가 더욱 선명하게 느껴져 입에선 연신 뜨거운 숨이 터져 나왔다.

　"흐으, 흐으응……."

　낮고 허스키한 목소리가 내뱉는 숨은 달콤하고 한 남자의 이성을 날려 버리기엔 충분했다. 여성의 정점을 혀로 핥던 그가 손가락으로 여성 안을 휘저었다. 좁은 공간을 넓히며, 그녀가 자신을 충분히 받아들일 수 있을 때까지.

　충분히 노곤노곤하게 풀린 여성을 충분히 핥고 흘러내리는 액이 아깝다는 듯 모조리 먹어 치운 그가 고개를 올렸다. 그러자 입술을 악문 채 고개를 저어 대고 있는 하양의 모습이 보인다. 흥분에 젖은 얼굴로 많은 것들을 억누르고 있는 모습은 더욱 자극적이고 섹시하게 보인다. 단숨에 먹어 치워 버리고 싶을 정도로.

　팔을 뻗어 하양의 입술을 꾹 누른 그는 자동적으로 입술이 벌어지자 그 안에 엄지손가락을 집어넣었다. 하양의 혀가 손가락 끝에 부드럽게 닿는다.

　"당신, 지금 엄청 예뻐."

　"……."

　"좀 더 솔직한 여자가 되면 그땐 감당할 수 없을 것 같아."

　침대 위에서 자신을 갈구하는 그녀를 만나는 날은 언제쯤이나 될까. 감정과 욕구를 집어삼키는 지금도 머리가 돌아 버릴 정도로 예쁜데, 자신에게 먼저 손을 뻗고 가느다랗고 하얀 허리를 흔들며 유혹하는 그녀는 얼마나 아름다울까.

하양을 진득한 시선으로 내려다보던 그는 동아줄처럼 쥐고 있던 새하얀 손이 자신의 팔목을 움켜쥐는 것을 보았다.

"……."

혀를 길게 빼내 자신의 엄지손가락을 달콤한 사탕처럼 핥는 하양의 모습에 그의 눈빛이 어두워졌다. 정성스럽게 꼼꼼하게 손가락을 맛본 하양은 멍한 눈빛으로 자신을 내려다보는 단우와 시선을 마주하며 싱긋 웃었다.

"이렇게요?"

"……당신 정말."

팔을 뻗어 탁자 위에 올려 두었던 콘돔을 가져온 그가 단단한 남성 위에 씌웠다.

하양의 허벅지 사이에 자리를 잡은 그가 단숨에 안으로 파고들었다. 남성을 꽉 무는 내벽은 그의 정신을 앗아 갔다. 이제 제법 자신의 몸에 익숙해진 하양의 입에서 터져 나오는 신음에 그의 머리가 하얗게 변했다.

찰박, 팍, 팍……!

빠르게 허리를 움직여 안으로 파고들었다 나오길 반복하던 그가 몸을 내려 하양의 몸을 끌어안았다. 서로의 땀이 뒤섞여 찐득했지만, 이는 개의치 않은 채 하양의 입술에 깊게 입 맞춘 그가 게슴츠레 떠진 하양의 눈을 내려다보며 웃었다.

"감당 못 할 거면 애초에 자극은 하지 않는 게 좋아."

"흐으, 하아, 하아, 하아!"

이미 그가 주는 끔찍한 쾌락에 젖어 있는 하양은 신음으로 답을 대신해 주며 팔을 뻗었다. 그의 목을 단단히 끌어안은 하양은 자신의 아래를 가득 채우는 이물감과 따스한 체온에 눈을 질끈 감았다.

이 체온에 왜 눈물이 날 것만 같을까.

바닥에 아무렇게나 떨어져 있는 옷가지와 탁자 위에 쌓여 있는 콘돔을 보며 하양이 끙 앓는 소리를 내뱉었다. 멍하니 눈을 깜빡이던 하양은 자신의 목을 끌어안고 있는 단단한 팔을 흘겨보며 읊조렸다.

"이 무지막지한 인간."

정액으로 가득 차 있는 콘돔은 세 개나 되었다. 도중에 조절을 해 가며 한 번 그녀를 가질 때마다 몸이 녹진녹진하게 만들면서 어젠 네 시간이나 그녀를 놓아주지 않았다. 덕분에 해가 뜨고 나서야 겨우 잠에 든 두 사람이었다.

"출근해야 한다고 그렇게 애원했는데……."

어젠 너무 자극을 했나 보다.

하양은 조심스럽게 그의 팔을 치운 뒤 자리에 일어섰다. 사타구니가 얼얼한 것 따윈 애써 머릿속에 지운 그녀는 떨어진 옷가지를 대충 주워 들곤 거실로 향했다. 그러다 정면에 배치되어 있는 거울에 비친 자신의 모습에 우뚝 걸음을 멈췄다.

"죽일까……?"

엉망이 된 머리카락과 퉁퉁 부어오른 입술, 목부터 허벅지까지 수놓아진 붉은 흔적들. 특히 거의 바로 귀 밑에 남겨진 키스마크는 살인충동을 불러 일으켰다.

아직 단우가 잠들어 있을 침실을 휙 노려본 하양이 후, 하며 숨을 내뱉었다.

"내 죄요."

저런 인간이란 것을 알면서도 관계를 가진 것도, 어젯밤 그를 자극한 것도, 전부 모지리 이하양이었다.

한숨을 내뱉은 하양이 옷을 껴입은 후 부엌으로 향했다. 오늘은 무슨 반찬이 좋을까, 생각하며.

아직도 한낮은 후덥지근했으나 하양은 옷장 깊숙한 곳에 있던 스카프를 꺼내야 했다. 아무리 베이스와 파우더로 피부 톤을 맞추려 해도 불가능했기 때문이다. 남고에서 공학으로 바뀐, 작년부터 여학생을 받긴 했으나 아직도 남학생이 훨씬 많은 대원고등학교 보건교사는 버젓이 키스마크를 내보인 채 출근할 자신은 도저히 없었다. 물론 조숙한 아이들은 때아닌 스카프의 등장에 의심을 하긴 하겠지만.

"후."

얼핏 보이는 밴드와 스카프의 콜라보레이션에 한숨을 내뱉은 하양이 현관문을 열기 전 크게 심호흡을 했다. 결국 시공사의 부실공사 판정을 받은 이 아파트의 벽은 지나치게 얇았고, 그 덕에 그녀는 아침마다 굳건한 마음으로 출근을 해야 했다.

문을 열고 밖으로 나가자 그와 동시에 옆집 문도 열렸다. 말끔한 슈트 차림의 단우를 보던 하양이 한숨을 내뱉었다. 스카프를 본 그의 입술이 삐뚜름해졌다. 이성적이고 엘리트인 고단우는 그녀의 앞에서만 저러한 표정을 보여 주었다.

"왜 가렸어?"

"한 번만 더 이러면 저도 똑같은 짓을 해 주겠어요."

"원하던 바야."

"……."

말문이 막힌 하양이 얼굴을 와자작 찌푸리며 단우를 노려보았다. 그가 하양의 앞을 막아서며 빙긋 웃었다.

"데려다 줄게."

"싫어요. 대중교통 이용하는 게 훨씬 빨라요."

"당신이 몰라서 하는 말인데, 이 동네에서 내 차 앞을 막을 간 큰 운전자는 없어."

"차가 뭔데요?"

"아우디 8."

"그런 차 타는 사람이 왜 이런 아파트에 살아요?"

하양이 눈을 깜빡이며 묻자 단우가 입술을 길게 늘어뜨려 웃었다.

"왜 나한테 관심이 생겼어?"

"……비켜요. 늦어요."

하양의 그의 가슴을 밀어내며 엘리베이터 앞에 섰다. 버튼을 누르자 바로 밑에 층에 있던 엘리베이터가 위로 올라왔다. 도착

소리와 함께 문이 열리자 나란히 엘리베이터에 오른 두 사람은 정면을 마주했다. 곁에 있는 단우가 오늘따라 유독 신경 쓰이는 것은 제 목을 감싸고 있는 스카프 때문일 것이다.

하양이 한숨을 내뱉으며 고개를 숙이자 뻐딱하게 서 있던 단우가 입술을 뗐다.

"강남에 살면 아는 사람이 너무 많아. 내 생활이 몽땅 없어지거든."

"······?"

갑작스런 말에 하양의 고개가 기울어졌다. 그러다 방금 전 대화의 연장이란 것을 알아차렸는지 고개를 끄덕였다.

"일 끝나면 동기들이 친구란 명목으로 술자리에 불러내거나 경우 없이 집으로 쳐들어오는 일도 있고, 또 어떤 노인네가 매일 부르기도 하거든. 장기나 두자고."

노인네?

하양의 눈동자에 의아함이 가득 머물자 단우가 그녀에게 어깨동무를 하며 허리를 숙여 은밀한 목소리로 말했다.

"왜 그렇게 뜨거운 눈길로 보실까?"

"쓸데없는 소리 말아요."

단우의 팔을 쳐 낸 하양은 엘리베이터가 도착하자 곧장 내렸다. 그리고 한동안 주차장에서 일어날 실랑이를 떠올리며 빠르게 걸음을 옮겼다. 어제도 재빨리 달려가 그의 손아귀에서 벗어났으니 오늘도 그 수법이 가능할 것이라고 순진하게 생각하며.

하지만 하양보다 족히 머리통이 하나 더 큰 그는 순식간에 하양을 낚아채 번쩍 안았다.

"악!"

하양의 입에서 비명이 터져 나오자 단우가 하하하 커다란 목소리로 웃음을 터뜨렸다.

"이거 내려놔요!"

출근을 하던 사람들의 시선이 그들에게 간간이 닿았다. 아침부터 기력 좋게 여자를 번쩍 안아 올린 남자의 모습이 진풍경이었다. 사람들의 시선을 느낀 하양이 고개를 숙이며 억눌린 목소리로 읊조렸다.

"쪽팔리니까 당장 내려놔요."

"학교가 어딘지 말해 주면 다시 땅 밟게 해 줄게. 아니면 보쌈해서 차에다 싣고."

"……."

"아니면 한 가지 방법이 더 있는데, 그걸 받아들이든가."

"그게 뭔데요?"

그녀의 물음에 단우가 웃음을 머금으며 결코 받아들이지 않을 수 없는 제안이라며 당당히 말한다.

"오늘 끝나고 나랑 데이트하지."

"……."

"콜?"

그가 재촉했다.

선택권이 없는 문제였다.

"……콜."

짧은 답에 그가 하양을 바닥에 내려다주었다. 그리고 잔뜩 약이 오를 만큼 달콤한 미소를 머금은 입맞춤을 해 주었다.

◆

예의 바른 웃음을 지으며 통화를 하고 있는 단우의 모습에 노크를 하고 안으로 들어왔던 간호사의 얼굴이 붉어졌다. 단우가 손짓으로 나가 달라 표현을 하자 꾸벅 인사를 한 간호사가 문을 닫고 나갔고, 그사이에도 전화 반대편에선 연신 하이톤의 여자가 수다를 떨어 댔다.

–부탁하신 대로 했어요.

여자의 말에 단우의 입술에 웃음이 머금어졌다. 이미 그들이 그의 부탁대로 처리한 것은 알고 있었다. 어젯밤, 그 덕에 엄청난 밥상을 받았으니까. 하양을 떠올리자 부러 만들어 낸 미소가 사라지고 진심이 그득한 웃음이 자리 잡았다. 화사하게 웃은 단우가 자리에서 일어나 창가로 향했다.

"비밀로 해 주신 점 정말 감사합니다."

–아니요, 편집부에 맛있는 간식도 많이 보내 주시고. 저희야 감사하죠.

"끝까지 입단속 꼭 부탁드립니다."

그의 말에 상대편에선 '그럼요, 그렇고말고요!' 라고 빽 질러 대는 목소리가 들렸다. 깜짝 놀란 단우가 전화를 멀찍이 떨어뜨려 놓았다.

"아, 깜짝이야."

눈을 동그랗게 뜬 그가 작은 목소리로 읊조렸다.

-여보세요? 여보세요?

"아, 네."

-그리고 음란마녀님 원고는 다 읽어 보셨어요? 숫자가 어마어마해서 다 읽지 못하셨을 텐데.

"그중에 몇 편만 골라서 읽었습니다."

-어머, 어땠어요? 꽤 잘나간 것들만 추려서 1차로 보내 드린 거긴 한데.

글을 떠올리던 단우의 표정이 묘한 빛으로 굳어졌다.

"고독이 좋더군요."

-고독이요? 고독이 뭐지?

"음란마녀 작가님 글 중에서 제일 야한 글이었습니다."

-어머, 그래요? 그런데 제가 기억을 못 하는 것 보면 안 나간 작품 같은데…….

어찌 그렇지 않을 수가 있겠는가. 필명은 음란마녀면서 19금 딱지가 붙지 않은 표지를 사람들이 클릭할 리가 없겠지.

-저, 그런데 하나 여쭤 봐도 될까요?

상대가 의문이 가득한 목소리로 물었다. 그는 가벼운 목소리로 그렇게 하라 말했다. 방금 전까진 망설임이 가득했던 목소리가 어느새 거침이 없어졌다.

-음란마녀 작가님과는 무슨 사이세요?

음란마녀는 하양이 활동할 때 사용하는 닉네임이었다. 다시 들어 봐도 참 유치한 닉네임이라 생각한 단우가 피식 웃음을 내뱉었다.

"키다리 아저씨입니다."

─어머어머!

"그럼 다음에도 잘 부탁드립니다."

─물론이에요!

귀가 쨍쨍 울릴 정도로 커다란 목소리에 웃으며 감사하다고 말한 뒤 단우가 전화를 끊었다.

"끙."

이 여자 한 번 돕기 힘들다. 조금 약은 여자라면, 자신이 내미는 돈을 덥석덥석 받는 사람이었다면 이런 방법으로 전달하지 않아도 되련만. 아쉽게도 옆집의 음란마녀는 그런 사람이 아니었다.

"앞으로 음란마녀라 부를까?"

자신의 말에 키득키득 웃음을 내뱉은 그가 벽에 걸린 시계를 확인한 후 자리에서 일어났다. 곧 하양이 집으로 돌아올 시간이었다. 그리고 그 또한 더 이상 예약이 없었기에 서둘러 집으로 돌아갈 수 있는 날.

"이런 걸 천운이라고 하지."

조금이라도 더 빨리 그녀와 있고 싶은 마음에 그의 손길이 빨라졌다. 책상을 말끔하게 치운 그가 마지막으로 휴대전화를 집어 들어 밖으로 나가려 할 때였다. 그의 손에 들려 있던 휴대전화가 진동을 울렸다.

"어?"

한동안 뜸하던 사람의 전화였다. 깜짝 놀란 단우가 전화를 받자 상대가 다짜고짜 인사도 없이 본론부터 꺼냈다.

-오늘 네 녀석이랑 저녁을 먹어야겠다. 일곱 시까지 라비타(La vita) 스카이라운지로 와라.

"……허?"

끊긴 전화를 허망하게 보던 단우가 미간을 찌푸렸다.

"이 노인네가 갑자기 노망이 났나."

투덜거리는 목소리와는 달리 그의 걸음이 바빠졌다.

"이 노인네는 왜 전화를 안 받아?"

단우의 목소리가 까칠해졌다. 집에 다녀오느라 약속 시간에서 벌써 10분이나 지나 있었다. 바쁜 양반이었고, 시간 약속을 그 누구보다 칼같이 지키는 사람이었기에 위로 빠르게 올라가는 숫자를 확인하는 와중에도 마음은 조급해졌다.

VVIP용 엘리베이터를 타고 곧장 스카이라운지로 올라온 단우의 걸음이 우뚝 멈췄다. 라비타 스카이라운지는 평소와 같이 한가했다. 이곳을 이용하는 고객 중에서도 VVIP만 특별히 사용할 수 있는 곳이었기에 한강이 한눈에 내려다보이는 자리를 차지하고 있는 한 여자만이 있었다. 그리고 단우는 저 여자가 누구인지 너무나 잘 알고 있었다. 그의 얼굴이 종잇장처럼 일그러졌다.

"젠장."

낮게 욕을 내리깐 단우가 뒤돌아 다시 엘리베이터에 오르려고 할 때였다. 인기척을 느낀 여자가 자리에서 일어나 그에게 웃는 얼굴로 인사를 건넸다.

"오랜만이네요?"

"……."

속으로 한숨을 삼킨 단우가 눈을 감았다. 생각에 잠긴 얼굴로 그 자리에 서 있던 그가 뒤돌아서 여자와 눈을 마주한 순간엔 평소의 이성적인 그로 돌아와 있었다.

뚜벅뚜벅 걸음을 옮긴 단우가 미현의 앞에 멈춰 섰다. 핑크색 투피스를 입고 있는 여자의 외관을 눈으로 훑은 그가 차갑게 굳은 얼굴로 물었다.

"어떤 의미로 받아들여야 합니까?"

"일단 앉으세요. 식사는 해야 하잖아요."

미현의 말에 단우의 입술에 웃음이 걸렸다. 조소. 그는 미현을 비웃고 있었다.

"왜 그렇게 웃으시죠? 이런 날이 언젠간 올 줄 알았잖아요."

"작년까지만 해도 형의 약혼녀였습니다, 당신."

"네, 그리고 올해는 고 선생님의 약혼녀가 될 것 같네요."

자신만만한 웃음에 그가 작게 소리 내어 웃었다. 그리고 예전의 그라면 절대 하지 않을 말을 꺼냈다.

"제가 상대가 되겠습니까?"

"물론이에요. 병원장님은 고 선생님을 가장 아끼시니까요."

"제 가격이 그렇게 높은 줄은 몰랐습니다."

단우의 비웃음에도 미현은 눈썹 하나 깜짝하지 않았다. 어릴 적부터 감정을 숨기고 상대를 대하는 법을 배워 온 두 사람이었다. 예의 바른 가면을 뒤집어쓰고 아무리 속이 뒤집힐 것 같은 상태에서도 웃을 수 있었다. 하지만 단우는 점점 한계가 오는 것을 느꼈다. 그래, 요즘 이 구정물 냄새나는 곳을 너무 벗어나 있었다.

"고 선생님을 제외한 모든 사람들은 그렇게 생각하고 있어요. 요즘 결혼시장에 나온 여자들은 모두 고 선생님에게 눈독을 들이고 있거든요."

단우가 입을 꾹 다물고 아무 말도 하지 않자 미현이 자신만만하게 웃었다.

"그럼 축하해 주실래요? 그 승자가 저인 것 같으니까."

"이거, 어쩝니까?"

입술을 길게 늘려 부드럽게 웃는 그의 모습에 미현의 콧잔등이 찡긋거렸다. 이 남자의 속셈을 모르겠다는 듯. 그러자 그는 느리지만 또박또박한 목소리로 말했다.

"아버지가 그 이야긴 안 하시던가요? 저 동거하는 여자 있다고."

"……."

"모르시는 모양이군요."

"병원장님은 그런 이야기……."

미현이 말을 끝맺기도 전에 그가 잘라 냈다.

"아, 정정하겠습니다. 아무래도 대한민국에서 동거는 여자에게 좋지 않으니. 옆집에 삽니다. 매일 같이 살다시피 하고 있죠."

곱게 화장을 칠한 얼굴이 일그러지는 것이 보인다. 하지만 그는 말을 멈추지 않았다.

"그 여자를 사랑합니다. 착오가 있었던 것 같은데 죄송합니다."

그렇게 말하자 마음은 더욱 지글지글 타오르기 시작했다. 그는 당당하게 말한 후 허리를 숙여 깍듯하게 인사를 했다. 미현에게서 돌아서는 순간 머리끝까지 꼭지가 도는 기분이었지만 이로 노인네가 벌인 깜찍한 짓거리엔 시원하게 복수해 주었다 생각했다. 하지만 자신을 붙잡는 미현의 모습에 그의 생각은 180도 달라졌다.

"고단우 씨? 오늘 당신과 제가 이곳에 있는 이유를 정말 모르시겠어요?"

단우가 미간을 찌푸리자 미현의 얼굴에 웃음이 머물렀다.

"당신의 진심이 무엇인지 잘 알겠어요. 고 선생님의 그런 표정을 보는 것도 재미있네요. 하지만 그 이유를 모르신다면 병원장님을 직접 찾아보세요. 그분 상태가 어떤지."

먼저 실례하겠다 말한 미현이 걸음을 옮겨 엘리베이터 안으로 모습을 감췄다. 멍하니 그녀가 서 있던 자리를 보던 그가 주머니에 손을 찔러 넣어 휴대전화를 꺼냈다. 그리고 이곳으로 오는 사이 자신의 전화를 세 번이나 무시한 상대에게 전화를 걸어 본다.

뚜루루, 뚜루루—

몇 번의 통화음이 흘렀을까. 달각, 소리와 함께 통화가 연결됐다는 소리가 들리자 단우가 힘없이 말했다.

"아버지."

—이 시간에 전화를 하는 걸 보니 김 이사 딸과는 금방 헤어졌나 보구나.

"설명해 주시죠. 제가 들은 이야기."

단우의 말에 고 원장은 한동안 말이 없었다. 하지만 이를 가만히 두고 볼 단우가 아니었다.

"아버지!"

힘껏 내지른 소리에 스카이라운지가 쩌렁쩌렁 울린다. 멀찍이서 대기하고 있던 웨이터들의 몸이 움찔 떨릴 정도로 큰 목소리였다.

전화기 너머로 깊은 한숨 소리가 흘러나왔다.

—단우야, 널 마흔다섯에 만났다. 그때 다짐했다. 널 안아 드는 순간, 지키겠다고 말이다.

고 원장은 이런 감성 젖은 말을 하지 않는 사람이었다. 단우의 얼굴이 창백하게 질려 갔다.

—네가 어떻게 살든 행복하면 그걸로 됐다고 생각했다. 하지만 나에겐 시간이 얼마 남지 않았어.

"아버지……."

단우의 목소리가 그의 가슴처럼 갈가리 찢겨 나갔다. 아들의 슬픈 목소리에도 고 원장은 답을 찾을 수 없는 문제를 내

주었다.

─너에게 두 가지 선택권을 주마. 이사장 딸과 결혼하든지, 병원으로 돌아오든지.

"시간이 얼마 안 남았다는 말부터 설명해 주시죠?"

─말 그대로다. 정말 시간이 얼마 남지 않았어.

매일 장기 두자던 양반이 요즘 연락이 뜸했다. 그저 병원이 바쁘겠거니 생각했다. 아버지의 곁을 지키는 아들이 셋씩이나 되니 굳이 자신은 나설 필요 없다 생각했다. 아니, 나서면 안 되는 것이라 생각했다. 하지만 그 생각은 완벽하게 틀렸다.

끊긴 전화를 보던 단우가 벽을 힘껏 걷어찼다.

"젠장!"

그것도 눈치채지 못하고 있었다니.

단우의 얼굴이 일그러졌다. 머릿속은 아무것도 생각할 수 없을 만큼 텅 비었지만 걸음만은 빨랐다.

"또 나자빠져서 온 건 아닌 것 같고."

하양은 자신의 스카프를 뚫어져라 보는 정호의 모습에 속으로 한숨을 삼켰다.

요즘 애들은 너무 조숙해.

지금쯤 야한 보건 선생이 키스마크를 가리기 위해 때에도 맞지 않은 스카프를 두르고 왔다며 어른들이 들으면 까무러칠 소

230

문이 나 있을지도 몰랐다. 한숨을 내쉰 하양이 입술을 늘려 반항기 가득한 정호의 눈을 보며 말했다.

"조금 있으면 중간고사일 텐데, 공부는 잘하고 있어?"

"쌤."

짧은 부름에 하양이 계속 말해 보라는 듯 고개를 끄덕였다. 그러자 정호는 물었다.

"남자 생겼어요?"

"왜 그렇게 생각했는데?"

그녀의 물음에 정호의 얼굴이 일그러졌다. 상처받은 아이의 표정을 살피는 하양의 얼굴이 무심해졌다.

"그…… 스카프도 그렇고."

"그렇고?"

"쌤 요즘 맨날 멍 때리면서 웃잖아요."

"멍 때……."

이 자식이, 선생님한테 말하는 본새 보세요, 라고 잔소리를 늘어놓으려던 하양이 이마를 짚었다.

말꼬투리를 잡으며 아이를 혼낼 때가 아니잖아.

끙, 앓는 소리를 낸 하양이 정호와 시선을 마주하며 말했다.

"솔직한 답을 원하니, 아니면 네 마음에 상처가 안 되는 답을 원하니?"

이 물음으로 답은 충분했으리라.

그리고 똑똑한 아이는 그녀의 예상대로 알아들었는지 상처가 가득한 얼굴로 하양을 노려보았다. 그러다 아이가 입술을 삐죽 내밀며 말했다.

"새 남친은 정력이 끝내주나 봐요."

"강정호!"

이게 요즘 열여덟의 언어구사력 수준인가!

하양이 기겁하며 외치자 정호가 팔을 앞으로 내밀어 그녀의 손목을 가리키며 말했다.

"목만 가리면 뭐해요? 오른손 맥박이요. 거기도 좀 가리세요."

드르륵, 쾅!

정호가 사라진 자리를 멍하니 보던 하양이 다리에 힘이 풀린 듯 쪼그리고 앉았다. 무릎 사이에 얼굴을 묻은 그녀는 귀까지 빨개진 얼굴로 웅얼거렸다.

"아…… 고단우, 이 인간을 정말."

부끄러움에 발가락까지 오그라드는 기분이었다.

맑은 알림음과 함께 엘리베이터에서 내린 하양이 사뿐사뿐 걸음을 옮겼다. 오늘은 평소보다 더욱 서둘러 퇴근을 한 길이었다. 그가 오기 전까지 깨끗이 씻고 새로 화장을 하고 옷도 예쁜 것으로 갈아입을 마음으로.

데이트란 것을 해 본 적은 있었으나 상대의 얼굴이 떠오르지 않을 정도로 오래된 일이었다.

지나치게 들뜬 자신의 모습에 스스로 부끄러워질 때였다. 번호키 앞에 걸음을 멈춰 선 하양이 가느다란 손가락을 내밀어 종이를 만졌다.

사각사각.

종이와 살결이 닿아 소리를 냈다.

정갈한 필체를 보던 하양이 피식 웃음을 내뱉었다. 처음 휘갈겨 쓴 포스트잇을 보며 정갈하게 쓰면 정말 멋진 필체라 생각했었는데 자신의 생각이 조금도 틀리지 않아서이다.

─오늘 데이트는 킵. 근데 연락처 정도는 가르쳐 주면 안 될까?

그녀의 얼굴은 우울했지만 그래도 웃고 있었다.

잠시의 설렘만으로 이번 데이트를 충분히 즐겼다는 듯.

◆

어둠이 그녀의 어깨를 짓누르고 있었다. 푹신한 소파가 있었지만 바닥에 주저앉아 무릎을 세운 채 멍하니 시계를 보는 하양의 얼굴은 마치 막 눈이 내린 설원 같았다. 새하얗고 깨끗했지만 아무것도 없어 공허한 상태. 무슨 생각을 하는 것인지 파악조차 할 수 없을 정도로 공허한 얼굴이었다.

무릎 사이에 얼굴을 묻은 하양이 몸을 동그랗게 말았다.

"명함 버리지 말걸……."

표정과는 달리 감정이 뚝뚝 떨어지는 목소리로 말한 하양이 입술을 깨물었다. 표정을 숨기는 것엔 도가 텄는데, 홀로 있으면 간혹 이런 바보 같은 모습이 튀어나오고야 만다. 그것이 그녀는 못내 견디기 힘들었다.

예전엔 잘했는데. 예전엔 정말 잘했는데. 나 정말 잘했었다고.

혼자 있는 생활도 괜찮았고, 누군가 옆에 없어도 좋았다. 혼자 있는 시간을 즐길 수 있었고, 고독도 이젠 친구라 생각하며 지냈었다. 하지만 이젠 아니었다. 그가 옆에 없으면 슬프다. 자신의 침대보다 그의 침대에서 그의 체온을 느끼며 잠드는 일이 익숙해졌다.

"젠장."

하양의 입에서 거친 욕설이 터져 나왔다.

이렇게 만든 장본인은 왜 집으로 돌아오지 않을까. 내 인생에 제대로 된 첫 에스코트를 받았는데, 그 약속을 무참히 깨뜨린 걸로도 모자라, 옆집에선 귀가하는 문소리도 들리지 않았다.

"……."

또다시 감정이 튀어나올까, 차마 입 밖으로 내뱉지 못한 말은 뇌 속을, 가슴속을 맴돌았다.

찌르르- 찌르르-

소리 없이 슬픔이 울었다.

똑딱- 똑딱-

무심한 시간이 흐른다.

쾅-

그리고 드디어 그녀가 그렇게도 기다리던 소리가 들렸다.

게슴츠레 뜨인 눈은 안의 눈동자가 가지고 있는 수많은 감정 중 반만 보여 주고 있었으나 그 반마저 차마 보고 있기 힘든 것들뿐이다.

벽에 걸린 시계의 시침은 10을 가리키고 있었다. 멍하니 고개를 돌리자 창밖의 세상은 어느새 빛으로 가득했다.

양손을 든 하양이 손바닥으로 얼굴을 가렸다. 이런 끔찍한 표정, 세상에 보여 주고 싶지 않았다.

"아, 햇볕이 이렇게 파괴력이 있는 것이었나."

짧게 읊조린 하양은 한참이고 말없이 그러고 있었다. 이런 감정이 드는 이유를 그녀는 알고 있었다. 어둠이 물러나고 그 자리에 빛이 찾아올 때까지 떠오른 사람은 한 사람뿐이니까. 그리고 그 사실에 그녀는 절망했다. 한 사람을 마음속에 받아들이는 일은 위험했다. 그 사람을 잃었을 때, 얼마나 고통스러운지 그녀는 감히 상상도 못 했다.

얼마의 시간이 흐른 후 손을 뻗어 휴대전화를 쥐었다. 그리고 단축키를 꾹 눌러 전화를 건 후 상대가 인사를 건네기도 전에 다짜고짜 본론부터 꺼냈다.

"전에 그랬지? 이야기 들어 줄 수는 있다고."

─누나.

"내 이야기 좀 들어 줘."

다정한 목소리를 듣자 그녀의 목소리가 떨려 왔다.

◆

멍하니 창밖을 바라보고 있는 하양이나, 그녀를 바라보는 현우나 급히 나온 티가 역력한 몰골이었다. 하양은 집에서 입고 있었던 옷차림 그대로였고, 현우는 푹 눌러쓴 모자로 일어나자마자 바로 이곳으로 달려왔다는 것을 단적으로 보여 주고 있었다.

현우는 자신의 앞에 놓여 있는 커피를 보았다. 커피가 나온 지 30분이란 시간이 흘렀다. 각 얼음이 물로 돌아가 커피 색이 흐려져 있었다. 잔 안에서 묘한 형태를 그리고 있는 것을 보던 현우의 눈빛이 어두워졌다.

박현우는 이하양에 대해 너무 많은 것을 알고 있었다. 그녀가 잠시 잠깐 현우의 곁을 떠난 적을 제외하고선 늘 함께였고, 자주 이야기를 나눴다. 그랬기에 현우는 지금 그녀의 머릿속이 이 커피처럼 이상한 형태를 그리며 흐려지고 있지 않을까, 생각했다.

두 사람은 커피엔 손도 대지 않은 상태였다. 그리고 그 시간 동안 하양은 단 한 마디도 꺼내지 않았다. 그저 아주 소중한 무언가를 잃은 얼굴로 창밖을 보고만 있을 뿐.

그로부터 또 시간이 흘렀다. 하양은 시간의 의식은 잃은 모습이었고, 현우는 진득하게 그녀의 입이 열리길 기다리고 있었다.

커피가 더욱 흐려지고 옅어졌다. 그 모습이 마치 하양의 모습과 같았다.

"현우야."

그녀의 입술이 열린 것은 그로부터 10분의 시간은 더 지나서였다. 창밖을 향해 있던 시선을 옮겨 현우를 바라본 하양이 그의 이름을 불렀고, 현우는 고개를 끄덕였다. 하고 싶은 말이 있으면 얼마든지 말하라는 듯.

다정한 현우의 시선과 마주한 하양이 입술을 늘어뜨려 웃었다.

"나 그 남자한테 정말 극악무도한 짓을 하고 있어."

"……"

그래, 이렇게 나쁠 수가 없다. 자신은 모두 꽁꽁 숨기고, 그의 마음도 애써 모른 척, 그러고 있었다. 그럴 수밖에 없었다. 자신의 모든 것을 내보이기에 이하양은 세상에 닳고 닳은 여자였다.

"그런데 그 남자는 나한테 더 나쁜 짓을 했어."

자신의 전부를 가져가 버렸다. 눈 깜짝할 사이에. 순식간에 말이다. 내가 알아차리기 전에.

현우는 단 한 마디도 하지 않은 채 하양의 얼굴을 살펴보았다. 그녀의 얼굴이 일그러졌다. 새하얀 눈알이 붉어졌다. 저 눈으로 보는 세상 역시 핏빛이겠지.

"하지만…… 조금만, 조금만."

하양이 읊조렸다.

역시 한 번 익숙해지면 견디기가 힘들다. 그 사람의 빈자리가…….

이렇게 대단한 마음까지 바라고 시작한 관계가 아니었다.

"조금, 만…… 조금……."

말을 끝맺지 못한 것은, 입 밖으로 '조금만 더 있다'라는 말을 꺼냈다간 정말 그렇게 될 것 같아 두려웠기 때문이다. 밀어내야 하는 것을 알면서도 그럴 수가 없는 자신이 머저리 같았다. 스스로에게 시원하게 욕설을 내뱉고 싶었으나 욕을 할 기력도 없었다.

"아니, 이미 늦었나."

하양이 허탈한 듯 읊조렸다. 그리고 손을 들어 얼굴을 가렸다.

현우는 하양의 정수리를 보던 시선을 옮겨 창밖 세상을 보았다. 담장에 나팔꽃이 피고 있었다.

"나팔꽃이 피는 건 이제 가을이라는 거네요."

현우의 말에 하양이 말없이 손을 들어 눈물을 닦았다.

"시간이 멈췄으면 좋겠어요."

현우의 말에 하양 또한 동의했다.

이 계절이 끝나고 올 겨울은 끔찍했다.

하양이 아무 말 없이 고개를 숙이자 현우는 고개를 돌려 하양을 보았다. 그리고 손을 뻗어 하양의 머리를 쓰다듬었다. 그가 해 줄 수 있는 것은 이 정도뿐이었다.

어릴 적부터 그랬다. 남몰래 슬퍼하는 하양을 위로하는 것은 아무것도 쥔 것이 없는 이 손 하나뿐. 그런데 이젠 다른 해 줄 수 있는 일이 생겼다.

"누나."

"……"

"아무리 싫은 겨울이라도 누군가가 옆에 있으면 견딜 수 있지 않을까요?"

"……"

"다른 사람의 체온이 있다면…… 하얀 겨울도 빠르게 녹고, 봄이 오지 않을까요?"

있는 힘껏 하양의 등을 밀어 줄 수 있었다, 이젠.

그녀가 누군가를 찾아냈고, 그 사람에게 다가가지 못해 그 자리에서 발을 동동 굴리고 있으니, 그 사람에게로 얼른 뛰어가라며 어깨 정도는 밀어 줄 수 있다.

그러니까…… 그러니까…….

"누나, 혼자 슬퍼하지 마세요."

이제 그녀의 세상에 행복이 가득했으면 했다.

자신에게 어쩔 수 없이 웃어 보였던 그 사람의 품에서.

난공불락의 성

투명한 유리벽 안을 보던 단우가 천천히 뒤돌아섰다. 사람들 속으로 섞여 든 그의 눈망울에 눈물이 맺혀 있었다. 천천히 걸음을 옮겨 카페와 얼마 떨어지지 않은 곳에 멈춰 섰다. 그리고 현우의 손길을 받으며 눈물을 쏟고 있는 여자를 본다.

그녀의 뒤를 따르는 일이 이젠 힘겹다. 버겁다. 저 여자가 속에 숨기고 있을 무언가가, 까맣게 타들어 가고 있는 그 감정에 가까이 다가가면 다가갈수록 그조차도 타들어 갔다.

"뭐가 그렇게 아픈데."

단우의 입술이 파르르 떨렸다. 길을 걷고 있는 사람들의 시선이 그에게 머물렀다. 하지만 그는 멍하니 하양만을 바라보았다.

"뭐가 그렇게 슬픈데."

그렇게 말하는 그가 오히려 더 슬퍼 보였다.

"뭐가 그렇게 겁이 나는데……."

그리고 겁이 나 보인다.

하양이 자리에서 일어나는 것이 보였다. 카페를 나온 현우와 하양이 이야기를 나눈 후 각자의 길로 흩어졌다. 인파 속에 섞여 드는 하양의 뒤를 따랐다. 적당한 거리를 유지한 채 뒤 한 번 돌아보지 않고 걸음을 옮기는 그녀의 뒤를 따라.

단우는 늘 그녀의 뒤에 서 있었다. 간혹 그녀가 고개를 돌려줄 때만 마주 볼 수 있었고, 그녀의 얼굴을 볼 수 있었다.

기다려 주겠다고, 그녀가 먼저 자신에게 다가올 때까지 기다리겠노라고 생각했다. 하지만 이젠 아니었다.

그렇게 다른 남자를 찾아가지 말라고 경고했는데. 이젠 그 남자 앞에서 울기까지 해? 도대체 뭐가 당신을 그렇게 울리는 건데? 울고 싶은 건 오히려 나라고!

"당신이 먼저 시작했어."

그를 이렇게 뜨겁게 만든 것은 그녀였다. 그렇게 그는 탓하고 싶었다. 그래서 그녀를 헤집고 엉망으로 만들어서라도 제 곁에 두고 싶었다. 하지만 그럴 수 없는 건, 그녀가 제 곁에 있더라도 여전히 불행하다고 말하면 견딜 수가 없을 것만 같아서였다.

하양의 뒷모습을 노려보던 단우가 자리에 멈춰 섰다. 하양은 이번에도 그가 뒤에 서 있다는 것도 모른 채 걸음을 옮긴다. 그녀가 제 시야에서 사라지고 나서야 단우가 걸음을 옮겼다. 그녀가 걸음을 옮긴 곳이 아닌 정반대 방향으로.

힘껏 유리문을 열자 위에서 맑은 종소리가 들렸다. 꽃을 플라스틱 바구니에 넣으며 정리하고 있던 종업원이 뒤돌자 무서운 표정으로 서 있는 단우의 모습에 움찔 몸을 떨었다.

단우가 말했다.

"장미꽃 좀 포장해 주십시오."

◆

딩동—

초인종이 울렸다. 그는 자신의 집 비밀번호를 바꾸고 나서부터 늘 비밀번호를 누르고 들어왔었다. 거침없는 침략을 하고, 자신의 공간을 멋대로 휘저었고, 집요하게 찾았다.

하양은 문을 열기 전 소파를 보았다. 늘 그가 앉아 있던 자리. 그는 지금 여기 없고, 나의 공간 밖에 있었다.

소파를 향해 있던 시선을 돌린 하양의 입가에 웃음이 머물렀다. 그녀는 성큼성큼 힘차게 걸음을 옮겨 현관문을 열었다. 그러자 단우가 삐딱하게 선 채 팔짱을 끼고 있었다.

"왜 이렇게 오래 걸려? 또 나 몰래 시청각 수업을 하고 있었어?"

"야동을 왜 고단우 씨 몰래 보나요? 같이 보면 재미가 두 배인데."

"어젠 미안."

하양은 뜬금없이 사과의 말을 건네는 단우의 모습에 피식 웃음을 내뱉었다.

"아니에요, 즐거웠어요. 그나저나 안 들어와요?"

여전히 현관 밖에 서 있는 그의 모습에 하양이 눈을 동그랗게 뜨며 물었다. 하양의 눈동자를 살펴보던 그가 입술을 크게 늘어뜨려 웃은 후 허리를 숙였다. 그리고 바닥에 있던 붉은 장미꽃다발을 하양의 앞으로 불쑥 내밀었다. 얼떨결에 꽃다발을 품에 안은 하양이 그의 얼굴을 올려다보았다. 단우가 피식 웃음을 내뱉었다.

"여자를 꼬실 땐 역시 꽃다발이지."

"……."

그리고 그가 이번에 내민 것은 지갑.

전과 같은 상황이었다. 그때 그녀는 꽃과 지갑, 모두 받지 않았다. 하지만 그는 다시 한 번 묻고 있었다. 웃고 있는 얼굴로.

"내 도움을 받을 생각은?"

그와 멀찍이 떨어져 거리를 유지하던 하양이 천천히 걸음을 옮겨 단우의 앞에 섰다. 웃고 있는 그의 얼굴을 보니 배알이 꼴린다.

"난 분명히 말했어요."

"뭘?"

천천히 입술을 연 하양이 웃는 얼굴로 말하자 단우의 얼굴에 찰나 긴장이 스며들었다 사라진다. 하지만 하양은 그 잠시도 놓치지 않았고, 손을 뻗어 단우의 아랫입술을 어루만졌다.

"당신 지갑보다 입술이 좋다고."

하양의 허리를 감싸 안은 단우가 하양의 머리카락을 힘껏 잡아당겼다. 갑작스런 고통에 미간을 찌푸린 하양이 입을 벌리자 그 안으로 혀가 부드럽게 밀려 들어왔다. 하양은 자신의 입 안을 휘젓는 폭풍을 느끼며 눈을 감았다.

그와 헤아릴 수 없을 만큼 많은 키스를 했다. 키스는 섹스와 같아서 서로의 구역을 마음대로 침범하고 그곳에 자신의 향기와 숨, 체온을 남긴다. 이 친밀한 관계를 이젠 아무렇지도 않게 할 수가 있었다. 자신의 아랫입술을 잘근잘근 씹고 있는 이 빌어먹을 남자와는 말이다.

천천히 입술을 뗀 단우가 입술을 달싹였다.

"뻣뻣하게 굴다간 부러질 거야, 분명."

"그럼 당신이 딱풀로 잘 붙여 줘요."

단우의 가슴을 밀어낸 하양이 한 발자국 뒤로 물러섰다. 현재로선 이 거리가 좋았다. 적당한 거리가 있어야 그의 모습이 온전히 보이니까.

하양이 입가에 느른한 웃음을 지으며 말했다.

"왜 그렇게 봐요?"

"당신 목을 조르면 내 지갑을 좋아해 주지 않을까, 고민하는 중."

"웃기지 말아요, 고단우 씨."

"왜? 우리 애기?"

그러면서 웃는 그의 모습에 하양의 입술이 비틀렸다. 아니, 마음이 비틀렸다.

"늙은 여자랑 원조교제하고 싶은 건 아닐 테고."

그 말에 그의 얼굴 위에 있던 웃음이 흔적도 없이 사라졌다.

신발도 벗지 않은 채 집 안으로 들어온 그가 하양의 얇은 팔목을 움켜쥐었다. 팔목을 비틀어 손을 빼내려 해도 그는 쉬이 놓아주지 않았다.

"이거 놔요."

"아니, 놓을 수 없어."

"고단우 씨!"

"그 예쁜 입이 우리 관계를 하찮은 것처럼 말하고 있어서 나 지금 무척 화가 나는 중이야."

하양이 그를 노려보았지만 낮은 곳에서 올려다보는 시선은 그의 눈에 예뻐 보일 뿐 전혀 위협이 되지 않았다.

"당신이 늘 하는 말이 있지. 이자까지 쳐서 갚으라고. 어디에 필요한 건진 모르겠지만 필요한 만큼 써. 그리고 이자까지 쳐서 갚아. 그럼 되잖아?"

그가 짐짓 모른 척 물었다. 하양의 얼굴이 사정없이 일그러진다.

"나한테 이 정도는 하게 해 줘도 되잖아."

"아, 내 노후자금들한테 사과해야겠어요. 이런 기분이었구나."

"뭐?"

팟!

그의 손을 떨쳐 낸 하양이 뒤돌아 천천히 걸음을 옮겼다. 그리고 그와 어느 정도 거리를 유지하고 나서야 걸음을 멈춘다. 눈을 감은 하양은 불쑥불쑥 치솟아 오르는 감정들을 억누르려

애썼다. 지금 그가 자신에게 하는 말은 평소 자신이 입에 달고 다니는 이야기였다. 막상 이야기를 할 때는 몰랐는데 듣는 입장이 되니 아주 색달랐다.

"기분 참 주옥같네요."

"이봐."

빈정거리던 하양은 그의 부름에 심호흡을 한 뒤 천천히 뒤돌아섰다. 그와 시선이 마주쳤다.

비참했다. 그래서 화가 났다. 이 남자의 속이 빤히 보여서. 달콤하게 웃고 있는 입술을 보고 있자니 화가 들끓었다.

하양이 가슴 밑에 팔짱을 끼며 삐딱하게 섰다. 치마가 착 달라붙어 라인을 고스란히 드러내자 그의 눈이 자동적으로 하양의 육감적인 몸을 훑었다. 하양이 고개를 들어 도도하게 눈을 내리깔며 말했다.

"제가 글로 한 달에 버는 돈이 얼만 줄 알아요? 티끌 모아 태산이 돼요."

"당신 비싼 여잔 거 알아."

그가 지갑에서 카드 한 장을 꺼내 하양의 앞으로 내밀었다.

"현금 오천 조금 넘게 들었어. 그리고 근처에 투자한 피부과에서 매달 정산해서 들어오는 돈도 무시 못 할 정도로 많아. 이 정도도 당신은 적다고 할지도 모르겠지만."

단우의 말에 하양이 피식 웃음을 내뱉었다. 잿빛 눈동자에 들어찬 감정에 단우가 한 걸음 성큼 다가와 하양의 어깨 위에 양손을 얹었다. 그녀가 도망치지 못하게.

"돈 지랄 한다고 짜증 나는 마음은 알겠지만 썩어 날 정도로 많은데 생색 좀 내면 안 돼?"

간절한 그의 눈을 보자 가슴이 내려앉았다. 슬프게도 그녀는 그가 원하는 말을 해 줄 수가 없었다.

"당신, 지금 내가 고단우 씨한테 빚을 지길 바라는군요."

"······."

"그래서 돈 때문에라도 도망가지 못하게 하려고요."

하양의 말에 단우의 얼굴이 창백하게 식었다. 핏기가 가신 얼굴로 하양을 바라보던 그의 커다란 몸이 비틀렸다. 무슨 일이 있더라도 무너지지 않을 것 같은 이성적인 남자가 허물어졌다.

"당신의 주위엔 그런 사람들뿐인가요?"

하양의 말에 단우가 굳어진 얼굴로 그녀를 보았다. 아니, 시린 얼굴이다. 아무런 감정이 없어 오히려 더 무서운. 단 한 번도 그녀에게 보여 주지 않았던 모습. 좋지 않은 첫 만남에도 그는 그녀에게 감정을 보여 줬었다. 그녀를 사생활이 엉망인 값싼 여자라 생각했을 때조차도. 하지만 지금 이 순간, 그는 완전히 감정을 지웠다.

"차라리 솔직하게 말씀하시죠?"

하양의 말에 단우의 입술이 비틀렸다.

"당신, 정말 날 머저리로 아네."

"······."

입술을 꾹 깨문 하양이 고개를 돌렸다. 시선을 회피하는 모습에 그의 얼굴이 일그러졌다.

"내 입에서 그 말이 나오면 당신이 어떻게 나올 줄 빤히 아는데 내가 쉽게 말해 줄 것 같아?"

함께 있고 싶다, 너와.

지루하게 흘러가는 시간을 함께 보내고 싶다.

평범한 밥상도 가끔 받고, 이상한 당신 영화 취향에 맞춰서라도 함께 영화를 보고 싶다.

그렇게 있다가 한 살, 두 살 먹어 가는 것을 같이 슬퍼하고 싶다.

따박따박 이어지는 말싸움을 즐기며 평생을 그렇게 살고 싶다.

그렇게 그는 말할 수가 없다.

이 이야기를 하는 순간 눈앞에 있는 이 여자는 흔적도 없이 사라질 테니까.

아니, 자신을 거칠게 내칠 테니까.

"당신의 이름은 뭐지?"

하지만 그는 묻지 않을 수가 없었다.

"당신은 어떤 사람이지?"

일그러진 얼굴로 그렇게 물었다.

"당신은 지금…… 어디로 가고 있는 거지?"

왜 나와 함께 가지 않고. 이끌어도 멀찍이서 자신을 바라보는 것이냐고.

"한 마디라도, 한 마디라도 답해 줘."

그는 묻고 또 물었다.

"당신은 왜 날 이렇게 아프게 하는 거야. 네가 뭐라고."

하지만 하양은 답해 주지 않았다.

그 무엇에도.

자신이 하는 짓이 얼마나 잔인한 짓인지 알면서도.

자신의 앞에서 무너지는 단우를 보며 하양이 커다란 눈을 깜빡였다. 예쁜 얼굴은 어느새 엉망이 되어 있었다. 자신의 속에 있던 시꺼멓고 끔찍한 냄새가 나는 무언가가 밖으로 튀어나왔다.

하양은 난생처음 단우의 정수리를 내려다보았다. 그는 지금 너무나 작아 보였다. 자신보다 머리통 하나는 더 크고 어깨도 아주 넓고 따스한 사람인데.

"우리 이대론 안 되겠죠?"

"……."

단우의 고개가 멍하니 들렸다. 그녀의 목소리가 마치 모든 것들을 포기한 듯 힘이 없었기 때문이다. 그의 눈망울이 흔들렸다. 슬픔이 고인다. 저 망할 여자가 자신을 망칠 것이란 짐작은 하고 있었으나 이 정도일 줄은 몰랐다.

잿빛 눈동자를 본 그가 손을 뻗었다. 그러자 하양은 그의 손을 잡은 뒤 무릎을 꿇었다. 커다란 손바닥에 자신의 뜨거운 숨결을 불어넣었다. 그의 손은 지나치게 찼으니까. 자신이란 여자가 이 남자의 체온을 빼앗아 갔다.

하지만, 하지만.

"당신은 왜 내가 좋았나요?"

하양은 여전히 그의 손에 체온을 불어넣었다. 고개를 조금만 더 내리면 입술이 닿을 만큼 가까운 거리에서. 하양의 모습을 보는 단우의 얼굴이 일그러졌다.

"예뻐서."

"솔직해서 좋네요. 그럼 나도 솔직해질게요."

고개를 든 하양은 그의 얼굴과 마주했다. 슬픔으로 얼룩진 이 남자의 모습을 보는 것이 슬프다. 이렇게 만든 것은 바로 눈앞에 있는 이 강력한 침입자 때문. 그러니 그는 이 정도의 슬픔 따윈 감수해도 된다, 생각이 들면서도 가슴이 미어져 왔다.

"당신이 나에 대해 아는 것이 싫어요. 그것들을 내 입으로 말하는 것도 싫어요. 당신에게도 숨기고 싶은 것들이 있겠죠. 지금 내가 당신에게 가장 숨기고 싶은 건 나란 사람이에요. 이건 나 자신의 문제예요. 그래서 무척 미안하게 생각하고 있어요."

"……."

그의 눈망울이 흔들렸다. 하지만 눈은 마치 우는 것 같았다. 그녀의 말에 무어라 반박을 하고 싶은 것인지 그가 입술을 달싹였지만 이내 다물어 버렸다. 할 수 있는 말이 없었다. 평소엔 너무나 쉽게 나왔던 말이 지금은 너무 어려웠다.

"안타깝게도, 나도 당신이 좋아졌어요. 무척 잘생겼거든요."

그녀의 말에 그가 고개를 숙였다. 붙잡힌 손이 뜨거웠다.

"그것 말고는 다 해 드릴게요. 나 지금 엄청 용기내고 있는 거예요. 방금 전까지만 해도 당신 같은 남자는 평생 안 보고 살겠다고 생각했던 사람이에요, 나."

"왜?"

그가 툭 하니 물었다. 그러자 하양은 웃음이 담긴 목소리로 말한다.

"멋대로 첫 데이트를 펑크 낸 못난 남자니까."

"우리 애기, 속이 좁네."

"제발 그렇게 부르지……."

하양이 말을 끝맺기 전, 그의 고개가 기습적으로 그녀의 얼굴로 향한다. 지나치게 차가운 단우의 입술과 지나치게 뜨거운 하양의 입술이 닿았다. 두 사람의 체온이 섞여 미온이 된다.

짧게 맞춰진 입술은 깊지 않았다. 그럼에도 하양은 감고 있는 속눈썹이 파르르 떨리는 것을 느꼈다.

"다 해 준다며. 내 마음대로 부를 거야."

"후."

"말한 지 1분도 안 돼서 후회하는 표정은 짓지 마. 이것저것 다 시켜 보고 싶어지니까."

"……."

하양이 입을 꾹 다물자 단우가 키득키득 웃음을 흘렸다.

실오라기 하나 걸치지 않는 몸이 찰싹 달라붙어 있었다. 팔을 뻗어 하양을 자신의 품으로 끌어당긴 단우가 숨을 크게 들이마셨다가 내뱉었다.

"나 바라는 게 있어."

"뭐요?"

하양은 진이 다 빠진 얼굴로 그의 품에 안겨 웅얼거렸다. 잠이 가득한 목소리에 단우가 하양의 팔을 토닥여 주었다.

"아침 같이 먹어. 혼자 두지 말고."

"흐음, 전 먹는 것보다 지켜보는 게 더 좋아요……."

하양의 몸에 힘이 빠져나가는 것이 느껴진다. 그녀를 소중히 품은 단우가 말했다.

"난 같이 먹는 게 좋아."

새하얀 이불을 배까지만 덮은 채 두 사람은 아주 오랜만에 달콤한 숙면을 취했다. 현실 속에선 고단해 보이기만 했던 두 사람이 부드럽게 웃고 있었다.

하양이 뚱한 얼굴로 수저를 들었다. 오색이 다 들어간 밥상은 아침에 먹기엔 과했지만 단우는 말없이 국을 떠먹으며, 아무 말 없이 자신을 노려보는 시선을 느끼며 고저 없이 말했다.

"먹어. 맛있어."

"이건 학대예요."

"아침 먹으라는 게 왜?"

고슬고슬 지어진 밥 위에 김을 척 올린 그가 동그랗게 말아 입 안으로 밀어 넣었다. 그러곤 우적우적 씹으며 겨우 한 술 뜨는 하양을 보며 말했다.

"어제 그랬지? 나에게도 숨기고 싶은 일이 있지 않냐고."

"……."

"있어, 나에게도."

"말하지 말아요."

하양이 짧게 일갈하자 단우가 밥을 한 술 더 뜨며 물었다.

"왜?"

"상대의 마음을 짊어지는 일은 아주 힘들고 무서운 일이거든요."

"그럼 필히 말해야겠군."

맛있게 밥을 먹던 그가 마지막 술을 뜬 후 숟가락을 내려놓았다. 그리고 물로 입 안을 헹군 후 자신과는 눈도 마주치지 않는 하양을 보며 말했다.

"내 입으론 아무에게도 말하지 않았어. 하지만 당신에게 말하는 이윤 당신도 내게 그렇게 해 주길 바라기 때문이야. 난 아무것도 하지 않은 채 바라기만 하는 짓 따윈 그만두기로 했거든. 하지만 어제 당신이 말했듯이 오늘 이후로 당신에 대해선 더 이상 묻지 않을게."

하양이 고개를 들었다. 두 사람의 시선이 허공에서 마주친다. 잿빛 하양의 눈동자와 생기로 가득한 고단우의 눈빛이.

"나 사생아야. 아버지가 마흔다섯에 밖에서 자식을 얻어 왔거든. 덕분에 위로 형 셋은 아주 날 갈아 먹지 못해서 안달이야. 이성을 지키지 않으면 맨정신으로 살 수 없는 환경에서 지냈어."

"……."

"아니, 초등학교 때 가출이랍시고 뛰쳐나가 봤는데 배가 무척 고픈 일이란 걸 알고 포기했어. 쥐뿔도 없으면 안 되는구나. 돈 많이 벌어야겠다, 그렇게 생각했지. 초등학생치곤 제법 똑똑

했지? 그 후론 그 집을 벗어나는 게 내 1차 목적이었고, 가까운 곳에 있으니 계속 부딪혀 멀리 떨어져 나오는 게 내 2차 목적이었어. 지금은 성공했고."

"……"

"날 낳은 친모는 아버지에게 돈을 받은 후 잠적. 그 후로 이 꼴로 살고 있어. 아, 현재는 결혼을 종용받는 재벌2세 코스프레 중이고."

"역시 그랬군요……"

"역시?"

"아, 아니에요."

하양이 고개를 젓자 단우는 식탁에 팔을 기대며 거의 비우지 않은 하양의 밥그릇을 보며 말했다.

"오늘은 같이 먹어 줘. 파이팅 할 일이 있거든."

"흐음, 뭔데요?"

그러면서 하양이 숟가락을 내려놓자 단우가 단호한 목소리로 말했다.

"어허, 은근슬쩍 숟가락 내려놓지 마."

"……"

눈치를 보며 하양이 숟가락을 집어 들었다. 그리고 밥을 국에 죄다 만 뒤 퍽퍽 퍼먹기 시작한다. 예쁜 콧잔등이 일그러지고 밥풀 몇 개도 얼굴에 묻어 엉망이었지만 그 모습도 귀엽다는 듯 단우가 킬킬거리며 보았다.

그는 하양이 물을 꿀꺽꿀꺽 마시는 것을 보며 물었다.

"왜 아침은 차려 주면서 같이 먹진 않아? 그거 엄청 기분 나빠."

그의 물음에 하양은 머그컵을 식탁 위에 내려놓은 후 깨끗하게 비어진 식탁을 보았다.

그녀는 홀로 밥상을 차려 먹는다. 자신이 만든, 자신만의 세계에서. 스무 살, 어린 나이에 독립하여 가장 뼈저리게 아팠던 것이 바로 아침밥상 앞에 시끄러운 아이들의 웃음소리가 들리지 않는 것. 그때 이후로 그녀는 집에서 그 누구와도 밥을 먹지 않았다. 익숙해지는 것은 그렇게 가슴 아픈 것이다.

"……아침 같이 먹으면 정들어요. 그 정은 정말 뗄 수 없는 거라, 아직도 제가 이 꼴로 살고 있는 거고요."

"그럼 자주 먹어야겠네? 난 누구와 아침을 같이 먹으며 정들고 싶어 미치겠으니까."

단우가 입술을 부드럽게 휘며 웃었다. 차가웠던 얼굴에 웃음이 떠오르자, 무척 매혹적이었다. 그 모습을 멍하니 보던 하양이 천천히 고개를 끄덕였다. 그녀도 모르게.

"알았어요."

그렇게 그녀도 모르는 사이, 그녀는 웃고 있었다.

"그 대신 식사 당번은 돌아가면서 하기예요."

그와 마주한 식탁 앞에서.

"좋아."

똑 닮은 부자가 마주 보고 앉아 찻잔을 기울이고 있었다. 단우는 입 안 가득 퍼지는 꽃 향에 미소를 지었다. 입을 열지 않는 자신의 눈치를 보고 있는 고 원장의 모습을 마음껏 즐길 참인지라 벌써 도착하고 20분째 그는 아무런 말도 하지 않은 채였다.

"흠흠."

결국 참다못한 고 원장이 헛기침을 내뱉자 단우가 들고 있던 잔을 테이블 위에 올려두었다. 달그락, 유리끼리 부딪히는 날카로운 소리에 신경이 날카로워졌다. 단우가 한숨을 내뱉은 후 고개를 들어 고 원장과 시선을 마주했다.

"형들이 많이 화났나 봅니다. 그러게 왜 그런 자리를 만드셨습니까."

"널 위한 길이다."

"절 위한 길은 아니지요. 이사장 딸과 결혼을 하고 싶어하는 건 둘째 형님이십니다. 원하는 분께 점찍어 주세요."

하고 싶은 말이라면 이미 이곳에 오기 전, 아니, 장미꽃다발을 사 들고 하양의 집으로 향하는 순간부터 정해져 있었다.

"하지만……!"

"병원으로 가지도, 부를 유지하기 위한 결혼도 하지 않을 겁니다."

"그럼 넌 아무것도 없이 어떻게 하겠다는 거냐. 널 눈엣가시처럼 여긴다. 네가 의사 생활을 하는 동안은 계속……."

고 원장의 걱정이 쓸데없이 내달리고 있었다. 고 원장은 아직도 단우를 품 안의 자식으로 생각하고 있었다. 하지만 단우는 자신의 처지를 안 순간부터 완벽한 독립을 꿈꿨다. 그리고 이제야 완벽한 독립을 할 수 있었다.

"절 지켜 줄 사람은 있습니다. 난공불락 요새를 가진 여자요."

"뭐……?"

돈은 많았고, 자신의 침대를 데워 줄 사람도 많았다. 하지만 마음을 데워 줄 여잔 없었다. 그런 여자를 찾았다. 우연히. 그리고 찾은 순간부터, 자신의 마음에 확신이 든 순간부터 그는 숨을 죽이고 그녀의 곁을 지키고 있었다. 언젠가 그녀가 자신을 돌아봐 주길. 익숙한 것이 가장 무섭다는 그녀에게 자신이 익숙한 존재가 되길.

마치…… 공기처럼.

그러면 그는 그녀에게 흔들림이 없는 나무가 되어 줄 것이다. 뿌리가 깊어 태풍이 불어도 절대 뿌리가 뽑히지 않는.

"그 여자와 함께 있고 싶어요. 힘들겠지만 이젠 그 여자가 아니면 안 될 것 같아요."

"단우야……."

고 원장이 단우의 말을 가로막으려 했다. 하지만 확신에 찬 단우는 그런 것 따윈 안중에도 없었다.

"이게 제가 찾은 행복입니다, 아버지."

이런 아들의 말에 더 이상 무어라 할 수 있을까.

고 원장의 입술이 굳게 닫혔다.

천천히 눈을 끔뻑이던 하양이 천장을 보았다. 흐릿한 시야 사이로 자신의 집과 똑같은 벽지가 보였다. 하지만 도망가지 못하도록 자신의 허리에 묵직하게 올라가 있는 단단한 팔과 지난밤 그에게 괴롭힘을 당해 얼얼한 몸에 이곳이 자신의 집이 아닌 옆집이라는 것을 깨달았다.

고개를 돌려 옆을 보자 눈을 감고 곤히 잠든 단우의 얼굴이 보인다. 새액, 새액, 옅은 숨소리가 그녀의 마음을 설레게 했다. 단우의 뺨을 조심스러운 손길로 쓰다듬는 하양의 얼굴에 웃음이 번졌다.

"나쁜 남자."

끊어질 듯 끊어지지 않는 나약한 목소리에 슬픔이 그득했다.

"더 이상 파고들지 말아요."

정말 내 전부를 내어 주고 싶어지잖아요.

하양의 눈에 원망이 서렸다.

"국 짜."

"반찬 투정할 거면 먹지 말아요."

하양이 그가 먹던 국그릇을 빼앗아 와 자신의 곁에 놓았다. 그러곤 무심히 반찬 하나를 집어 입에 넣었다.

단우는 아무 말 없이 하양을 보았다. 입 한 번 잘못 놀렸다 빼앗긴 국그릇이 꽤나 아쉬운 것 같았다. 하지만 하양은 무심한 눈을 들어 단우를 향해 말했다.

"왜, 밥도 짜요?"

"……"

서늘한 목소리에 단우가 재빨리 고개를 저었다.

"아니."

기분이 무척 좋아 보이지 않는 하양을 보며 알아서 기기로 한 것인지 단우가 재빨리 숟가락을 움직였다. 부엌 안은 곧 그릇과 수저가 부딪히는 소리만 가득했다. 하지만 하양의 밥그릇에 있는 밥은 거의 줄지 않은 상태였다. 하양은 단우가 수저를 내려놓자 따라 내려놓았다. 지독하게 부담이 되는 식사 시간이 끝이 났다.

하양은 단우가 물을 마시는 모습을 보다 자리에서 일어났다.

"잠시만. 할 이야기 있어."

그의 말에 하양이 다시 자리에 앉았다. 그녀는 단우가 곁에 두었던 가방에서 통장과 카드를 꺼내는 모습을 멍하니 보았다. 은행 마크가 선명하게 찍혀 있는 직사각형의 종이 통장을 멍하니 바라보던 하양이 시선을 돌려 단우를 보았다.

하양의 입술이 비틀리는 것을 보던 그가 한숨을 내뱉었다. 조소가 아니었다. 슬픔이 뒤섞여 있는 눈동자를 보며 그는 단호하게 말했다.

"이거."

"……"

"사양하지 마. 자존심은 상하겠지만, 당신은 그걸 생각할 때가 아니잖아."

"……나한테 정말 왜 이래요?"

떨리는 하양의 목소리에 단우가 단호한 목소리로 말했다.

"나에게 받는 돈이 싫다면, 나에게 다른 일을 할 수 있게 해 주든가."

"……."

"아무런 일도 하지 말고 곁에만 있으라는 건 너무하잖아."

그의 말에 하양이 시선을 내려 통장을 보았다. 단호하게 내민 그 물건이 가진 무게는 상당했다. 그녀의 마음에 묵직한 돌을 얹어 놓았다.

"당신의 곁을 내주면 나도 그만할게. 하지만 내주지 않으면 이 정도는 내 마음대로 하게 해 줘."

"……미안해요."

하양의 눈이 감긴다.

이 사람을 상처 주고 있구나. 나만 상처받고 있는 게 아니구나. 우린 같이 있는 것이 서로에게 상처구나. 나 때문에, 다 나 때문에.

그렇게 생각하자 마음이 지끈지끈 아파 왔다.

"……고마워요."

그의 호의를 더 이상 밀어낼 수가 없었다.

"내가 고마워."

차마 그의 얼굴을 바라볼 수가 없어 하양은 고개를 푹 숙였다.

◇

책상 앞에 앉아 있는 하양은 편집부에 아주 긴 메일을 써야 했다. 어차피 계약금을 받고 진행하는 일은 아니었으니 따로 인사를 하진 않았어도 됐으나, 굳이 메일을 보내는 이유는 마지막 인사를 해 두어야 후에 또 이 일을 하지 않을 것 같았기 때문이다.

음란마녀는 이만 글을 쓰겠다고 메일을 보낸 하양은 보관메일함에 들어갔다. 그곳에 있는 메일 중 가장 최근 건 1년 전의 것이었다.

-이하양 작가님께.

제목을 보던 하양의 눈빛이 불안함에 떨렸다. 하지만 용기를 낸 후 메일을 클릭한 하양은 정성스럽게 메일을 적어 내려갔다. 걱정하게 해서 미안하다는 말과 다시 글을 쓰고자 한다는 말. 저번에 제시한 계약금의 경우 원고를 넘기면 보내 달라는 당부의 말도 남겼다. 그리고 계좌번호는 그가 아침에 건네고 간 통장 계좌로 남겼다.

아마 다시 쓰기 시작한 글이 완성될 때 그는 자신의 정체를 알게 될 것이다. 그렇다면 그녀가 꼭꼭 숨겨 온 마음도 알게 되겠지. 하양은 웃음을 흘린 후 메일을 보냈다. 메일을 보내는 손길엔 망설임이 없었다. 한 발자국 앞으로 나가기로 한 이상, 망설이는 것은 시간 낭비일 뿐이니까.

그리고 그다음으로 한 일은 폴더 하나를 지정해 문자를 보내는 일.

　－노후 적금 해지한다. 고로 너희들은 자유야.
　계약은 유지되나, 빚은 원장 수녀님께 갚을 것.

문자를 보내고 휴대전화를 끈 하양이 눈을 감았다. 지금쯤 현우는 깜짝 놀라 자신에게 전화를 시도할 것이고, 보미와 영우는 속이 시원하다고 하고 있을지도 모르겠다. 매일 공부하라고 잔소리만 하던 그녀가 손을 떼겠단 말이었으니까. 그리고 경일이와 남훈인 얼떨떨해하고 있겠지.

"진즉에 이랬어야 했어."

그 아이들에게 도움을 주는 선에서 적당히 관계를 유지했어야 했다. 그 아이들을 붙잡고 스스로에게 잘하고 있단 확인을 받기 위해 괴롭히는 일은 하지 말았어야 했다. 직접 그에게 당해 보니 참 씁쓸한 기분이었으니까.

돈이 썩어 날 정도로 많다고 말하는 그에게 받는 돈도 이러할진대, 희생이란 이름 아래 강요를 하며 말도 안 되는 야설이나 적어 가며 전전긍긍거리는 자신의 모습을 곁에서 지켜보는 이 아이들은 어떤 마음이었을까.

"원장 수녀님, 전 천사가 아니라 악마예요."

씁쓸한 목소리로 읊조린 하양이 눈을 뜬 뒤 메일함을 뒤져

단우에게 온 메일을 확인했다. 메일은 세 통이었다.

　-행복한 그대에게를 읽은 독자입니다. 소년 밀우가 행복했다는 것이 사실입니까? 그저 독자가 생각하기에, 작가가 생각하기에 편한 쪽으로 결말을 맺은 것이 아닙니까?

　처음 이 메일을 받았을 때, 그녀는 어떤 기분이었던가. 그냥 웃어넘겼던가? 잘 기억이 나지 않는다. 마우스를 옮긴 하양이 다음 메일을 읽었다.

　-〈선물〉까지 읽었습니다. 이젠 작가님이 하고자 하는 말이 무엇인지 알겠습니다.

　마치 모든 것을 알겠다 말하는 것 같아, 이 메일을 받았을 때 하양은 화가 났었다. 묘한 짜증은 그녀의 가슴을 들끓게 만들었고, 시니컬하게 웃으며 이 메일을 보내온 남자는 스토커일 것이라며 장난 섞인 혼잣말을 내뱉기도 했었다. 그런데 이제 와 보니 그는 정말 스토커였다. 자신에 대해선 죄다 아는.
　다음 메일을 확인한 하양은 제일 밑에 있는 두 문장만 읽었다.

　-세 작품을 보면서 느낀 것은 단 하나입니다.
　작가님도 그런 사람을 기다리는 것입니까?

이 메일을 받았을 때 그녀는 마치 발가벗겨진 기분이었다. 글을 쓸 때부터 집요하게 들었던 의심이 결국 확신이 되었기 때문이다. 아, 난 내 글 속에 날 투영하고 쓰고 있었구나. 의도한 것이 아니었다. 무의식중에 외치고 있었다.

"행복……."

하양이 읊조렸다.

그래, 자신에게 이러한 말을 하게 만들 누군가의 손을 기다렸다. 하지만 무서웠다. 분명 밀우가 그랬듯 원장 수녀님도, 현우도 그녀에게 그 손을 내밀었는지 모른다. 하지만 하양 스스로가 그 손을 거절했다. 그런데…….

그녀의 의식이 멀어질 때였다. 새로운 메일이 도착했다는 알람이 떴다. 메일을 클릭해 본 하양의 눈빛이 사정없이 흔들렸다.

—기다렸고, 찾았습니다.

그에게서 온 메일이었다.

자신이 보낸 메일에 대한 답이 아주 긴 시간이 흐른 뒤에야 왔다.

눈을 감은 하양은 그가 자신에게 오랫동안 던졌던 화두를 떠올렸다.

—당신도 기다리고 있지 않습니까?

눈물이 흘렀다.

후두둑.

◆

손을 뻗어 모니터를 만지는 하양의 손가락 끝이 파르르 떨렸다. 마치 이 화면이 아련한 사람이라도 된다는 듯이. 그러다 손을 떼고 고개를 푹 숙이며 갑작스럽게 현실로 다가온 모든 것들을 머릿속으로 되뇌었다. 그녀의 잿빛 눈동자가 생기를 잃어 간다.

"뭐야, 불도 안 켜고."

멍하니 컴퓨터 앞에 앉아 있는 하양은 갑자기 주위가 환해지자 눈살을 찌푸렸다. 갑작스런 빛은 강력하다. 파괴력을 가지고 있어서 순식간에 주위를 밝히고, 어둠 속에 꼭꼭 묻어 두었던 자신도 고스란히 세상에 내보이게 만들었다.

하양은 목소리가 들리자마자 곧이어 자신의 어깨에 닿는 다정한 손길에 눈을 깜빡였다.

"주말인데 하루 종일 뭐 했어?"

그는 참 독선적이다. 자신이 하는 일은 모두 옳다고 말하고 그러한 눈초리로 자신을 본다. 그리고 그 독선적인 눈빛에 자상함이 머물렀을 때, 그리고 그 눈이 자신을 향할 때, 날 향해 웃어 줄 때, 착각에 빠져들었다.

모두 옳은 일이라고.

도박이란 것을 알고 있었지만 그래도 그의 다정한 손길에 눈을 감는 것을 보면 그를 밀어내는 시기를 이미 놓쳐 버린 것일지도 모른다. 아니, 놓쳐 버렸다. 어렴풋이 그와 함께 있는 이 시간이 즐겁다고 생각될 때 당장 그와의 관계를 끊었어야 했다. 하지만 자신은 이미 그와 밥을 먹어 버렸고, 사랑 고백보다 더 뜨거운 시선을 받고 있으며, 체온을 나누는 것이 얼마나 좋은 일인지 알아 버렸다.

그러니까 도박을 걸어야 했다. 그가 자신의 이야기를 듣고 고개를 내저으면…… 그러면 개나 주라지.

"당신이 오면 무슨 말부터 해 줘야 할지 머리를 굴리고 있어요. 그래서 쥐가 날 것 같아요."

심상치 않은 그녀의 말에 단우가 그녀의 앞에 무릎을 꿇고 앉았다. 모으고 있던 그녀의 양손을 붙잡고 어디도 도망가지 못하게 옭아맸다.

"도망 못 가게 잡는 거예요?"

"어."

짧은 답에 하양의 눈동자가 흔들렸다.

"당신, 정말 무지막지해요. 눈치도 빠르고."

그리고 마치 자신의 생각을 모두 다 알고 있는 것 같았다. 하양이 피식 웃음을 내뱉었다.

"여차하면 튀어 버리려고 했는데 말이죠. 이렇게 잡으면 그럴 수가 없잖아요."

곧게 자신에게 닿는 눈길을 느끼며 하양이 입술을 비틀어 웃었다.

"입 안의 사탕처럼 굴길 원하는 건 아니죠?"

"당신은 내가 그렇게 해 주길 바라나?"

하양이 작게 고개를 내저었다. 그리고 한숨처럼 말을 이었다.

"내가 말했죠? 난 당신에게 나에 대해 알리는 게 싫다고."

"……."

"내 입으로 내 이야기를 내뱉게 하는 것도 싫다고요."

"하고 싶지 않으면 하지 않아도 돼."

말은 그렇게 하고 있었으나 눈빛은 용기를 내라 말한다. 도대체 나보고 어쩌란 건지. 어깨를 으쓱인 하양이 고개를 돌려 멍하니 창밖을 보았다.

"싫어요, 할래요. 나 청개구리니까. 하지만 듣고 난 후에 원망하지 마세요."

"왜 원망을 하는데?"

그의 물음에 하양이 소리 내 웃음을 뱉었다.

"듣기만 해도 몸이 오그라들거든요. 고약한 냄새가 나서 코를 틀어막게 되기도 하고요. 그래서 꼭꼭 숨겨 놨어요. 보이지도 않을 만큼 작은 함에 담아서 단단한 자물쇠를 내걸어서 아무도 못 보게, 그렇게 해 놨는데……."

구역질이 났다. 자신의 이야기를 늘어놓으면 세상에서 가장 불행한 사람이 된 것 같은 기분에 스스로가 못나 미칠 것만 같았다. 그래서 누구보다 단단하게 살았다. 눈앞의 남자를 만나기 전까진.

잿빛 눈동자를 깜빡이던 하양이 천천히 말을 시작했다.

"엄청 눈이 많이 내리던 날에 고아원 앞에서 발견이 되었어요. 그래서 저희 원장 수녀님의 성을 따서 이름은 이하양이 되었어요."

그녀의 말에도 단우는 전혀 놀라지 않은 모습이었다. 그 모습에 하양의 입가에 웃음이 머물렀다.

이 남자, 알고 있었구나.

그런데 부러 모른 척하고 있었구나.

"계속해."

그의 말에 하양이 눈을 굴렸다. 뚫어지게 바라보는 시선이 느껴졌지만 차마 그쪽은 바라보지도 못한 채 말을 시작했다.

"태어난 지 3일 만에 버려졌어요. 생일은 크리스마스예요. 그날이면 혼자라도 축하받는 기분일 거라고 원장 수녀님이 그날에 출생신고를 했어요."

하지만 매년 크리스마스는 너무 힘들었다. 세상은 들뜨는데 자신은 수면 아래로 가라앉는 기분이었다.

"첫 번째 집에 입양을 가게 된 건 기억이 나지 않아요. 그런데 후에 원장 수녀님의 말로는 그 집에 아이가 생겼대요. 그래서 다섯 달 만에 돌아오게 됐어요. 잠시였지만 부모의 손길이 좋았나 봐요. 목이 쉴 때까지 울더래요. 아무리 안고 달래도. 계속 울었대요."

"……."

"두 번째 집에 갔을 땐 제가 초등학교에 들어갔을 때였어요.

부모가 생겼다는 것에 반발심이 들었죠. 무적 초딩이었어요. 세상에 온통 날카로운 칼날을 겨누고 있어요. 날 입양해 준 부모에게도. 그리고 부모는 나 대신 간편하게 다른 아이를 선택했어요."

이야기를 이어 나가는 하양은 담담한 얼굴이었다. 오히려 일그러진 것은 단우의 얼굴. 그는 쥐고 있던 하양의 손을 토닥였다.

"세 번째 집에선 최선을 다했어요. 방긋방긋 웃었어요. 공부를 잘하면 더 칭찬받을 것 같아서 공부도 열심히 했어요. 운동도 열심히 했고 외모도 열심히 가꿨어요. 밖에 나가면 친절한 학생, 예쁜 학생, 공부 잘하는 학생, 무슨 타이틀이든 다 달려고 안달이었죠. 그런데 파양당했어요."

그녀의 말을 듣자 단우가 천천히 고개를 끄덕였다. 그가 알지 못하는 과거 그녀의 시간. 그리고 그 시간이 있었기에 지금의 이하양이 있다.

"날 매개로 잘 살아 보려던 덜떨어진 인간들이 결국 이혼했죠. 제가 다시 고아원에 돌아온 건 열여덟 살 때였어요."

"돌아와서는?"

"스무 살 때까지 고아원에 있었어요. 정말 힘든 시간이었어요. 겉으론 아무렇지도 않게 웃어야 했거든요."

두꺼운 철갑으로 온몸을 감싼 채 그녀는 그때부터 사회의 미덕을 배웠다.

"다 믿을 수 없는 사람이었어요. 그래서 결국 멈췄어요. 겉으론 아무렇지도 않게 잘 지내왔는데, 밀우를 쓰고 나선 제정신을 차릴 수가 없겠더라고요. 출간을 하고 나서 알았어요. 내가 불행하다는 것을. 그래서 더 이상 내 이름을 걸고 글을 쓸 수가 없었어요."

"아주 좋은 글이었어. 읽는 내내 열 받는."

그의 말에 하양이 피식 웃음을 내뱉었다. 처음 그가 보내온 메일이 떠올랐다. 메일만 봐도 그때의 그가 어떤 기분이었는지 짐작이 되었다.

"소년 밀우는 홀로 있었다. 좁은 방은 몸이 불편한 그만의 공간이었다. 몸을 움직이지 못한 채 천장을 보고 있는 소년의 눈에 웃음이 맺혔다. 혼자 있었지만 마음이 따뜻했다."

"……우와. 정확하네요."

"82페이지에 있는 내용이야. 이 부분이 가장 열 받았어. 혼자 있으면 마음이 추워. 따뜻하지 않아. 궤변이라고 생각했지."

"……맞아요."

그렇게 말한 하양이 웃는다. 그의 말이 정확하다. 혼자 있으면 마음이 춥다. 따뜻하지 않았다. 그녀는 그 새하얀 A4용지에 궤변만 잔뜩 늘어놓았다. 자그만치 원고지 1,200매나 달하는.

"당신이 보낸 메일을 보고 알았어요. 아, 나와 비슷한 사람이구나. 그래서 이렇게 화가 났구나. 그래서 답장을 보냈어요. 마치 다 아는 것처럼 메일을 보내서 나도 똑같이 해 줬죠. 이에는 이, 눈에는 눈이니까요."

그 말에 그가 코웃음을 쳤다.

"그래, 덕분에 나도 당신과 비슷한 감정을 느끼게 됐어. 몇 주일 동안 그 메일이 머릿속에서 떠나질 않았으니까."

"……당신의 답장을 기다리고 있었고요. 답이 없다는 건 그 렇다는 말이니까. 당신도 밀우의 손을 잡아 준 원장 수녀를 찾 고 있다는 말이니까. 그래서 계속 신경에 거슬렸어요."

그가 만약 그렇다, 그렇지 않다, 라는 메일을 보냈으면 그 정 도까지는 신경이 쓰이지 않았을 것이다. 안타깝게도 그들은 답 장을 받기 전에 당신을 만났다. 그렇게 시작했고, 엉망인 상태 로 만남을 가졌고, 마음이 깊어지자 곪아 터졌다.

"나에게 당신은 겨울이에요. 무지 춥고 내가 버려진 계절이 니까."

"그래, 어려운 소리만 하는 걸 보니 이하양이 맞네."

"내가 어려운 소리만 하나요?"

"아, 그건 아니야. 열 받는 소리도 많이 해."

그의 말에 하양이 짧은 웃음을 흘렸다. 그제야 그의 얼굴에도 웃음이 피어오른다.

"이하양이란 걸 왜 말하지 않았어?"

"당신의 답장을 기다렸으니까."

"받은 소감은?"

"내가 모르는 사이에 눈치채고, 날 가지고 놀았다는 생각에 짜증 나고 열 받아요."

그의 말에 단우가 자리에서 일어났다. 피가 통하지 않았던 하 체가 순간 피가 돌면서 찌릿해졌다. 그가 하양의 손을 이끌어 자리에서 일으켜 세웠다. 그리고 잿빛 눈동자를 깜빡이는 하양 과 시선을 마주하며 작은 얼굴을 양손으로 감싸 쥐었다.

"당신이 날 닦달하게 만들었으니까. 더 이상 이 상태로 지낼 수도 없으니까."

"그래서 썩어 날 정도로 많다는 돈도 건넨 거군요."

"그래, 동생들에게서 벗어나길 바랐으니까. 당신이 독립해야 날 제대로 봐 줄 것 같았거든."

언제까지고 평행선을 달리는 관계. 고인 마음은 결국 썩고 고름을 드러내게 되어 있다. 과거의 이하양처럼.

"그런 계산이라면 성공하셨어요. 결국엔 나팔꽃 피는 것을 같이 봤잖아요."

"나팔꽃?"

"가을이 왔다는 이야기죠. 그 가을이 지나면 제가 가장 싫어하는 겨울이 오고요."

하양이 작게 웃음을 내뱉었다. 간절히 오지 않기를 바라는 겨울. 겨울은 그녀에게 슬픔만 가득한 계절이었다. 많이 아프고 집 밖으로 한 발짝도 나가기 싫게 만든다. 눈이 오면 하늘이 알려 주는 것만 같았다. 넌 이 새하얀 눈이 내리는 날 버림받았어, 라고. 그래서 네 이름은 하양이라고.

"어떻게 알았어요?"

하양이 자신의 뺨을 엄지손가락으로 쓰다듬는 단우를 향해 물었다. 그는 여전히 오만하게 웃고 있다. 예전엔 이 모습이 짜증 나 견딜 수가 없었는데, 지금은 이 모습을 보지 못하면 더 짜증이 나고 화가 난다. 이 감정을 깨달은 것은 얼마 되지 않았다. 이 역시 처음 나팔꽃을 보았던 그날에 깨달은 감정이었다.

"당신의 과거는 현우와 당신의 관계를 보고 어렴풋이 눈치챘어. 그리고 이하양이란 건 당신의 문장을 보면 알 수 있었어. 그리고 확신한 건 〈고독〉이란 작품이었어. 〈선물〉에 있는 〈고독을 이기는 법〉과 많이 닮았거든. 무의식적으로 내가 봤던 문장들이 계속 나열되는 걸 봤어. 이하양 작가의 책을 내가 몇 번이나 읽었는 줄 알아?"

"……알 것 같아요. 줄줄 읊을 정도인 걸 보면."

"음란마녀 덕분에 나도 이상한 쪽으로 음란해진 것 같긴 하지만……. 그래도 당신이 먼저 이야기해 주길 기다렸어."

그가 장난스럽게 말을 내뱉자 하양이 고개를 숙였다. 그가 자신의 책을 읽어 제 마음을 꿰뚫어 본 것 같아 짜증이 났는데, 그는 자신의 책을 통해 화가 났다 말한다. 아마 그 또한 자신처럼 따스하게 잡아 주던 그 손길을 기다리고 있었기 때문일 것이다.

"그러게 왜 남자를 울리고 그러나? 독해지잖아, 사람이."

"왜 날 좋아하게 됐죠?"

그녀가 희미한 웃음을 머금었다. 이번에도 그가 얼굴이라 말하면 자신도 똑같이 그렇게 말해 주리라 마음먹으며. 하지만 그는 이번에도 자신의 예상을 뒤엎었다.

"동질감."

솔직한 그의 답에 하양의 고개가 뚝 떨어졌다.

"당신은 안 물어봐요?"

"뻔하지."

짧게 답한 그가 모든 것을 알고 있다는 듯 웃었다. 그리고 하양의 어깨를 잡아당겨 자신의 품으로 끌어당겼다.

"가시는 꺾자. 난 많이 꺾였어."

"어려울 것 같아요. 밤송이거든요, 저."

"그럼 핀셋으로 하나하나 뽑아 주지."

장난스럽게 말을 건네면서도 하양의 등을 두드리는 손길은 따뜻했다. 하양을 품에 안은 그가 눈을 감았다.

"당신 하나만 줘. 다른 건 다 필요 없어."

"너무해요……. 내겐 그게 전부라고요."

이 겨울이 언제 끝날까.

언제 꽃피는 봄이 올까.

늘 마음에 품었던 의문.

그 의문에 대한 답을 단우는 너무나 쉽게 답했다.

"내 답장 봤잖아."

"……."

"내 손을 잡는 게 좋을걸?"

"……."

"밀우에게 원장 수녀의 손이 행복이었듯, 당신에겐 내 손이 행복이거든."

그 말에 그의 가슴이 뜨겁게 젖어 들었다.

난공불락의 성,

드디어 함락했다.

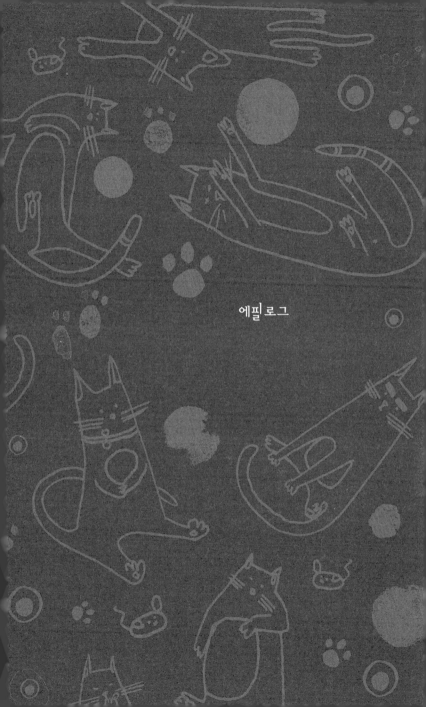

에필로그

그날 옆집 남자가 나에게 웃으며 말했다.

"자기소개부터 하자."

그 말에 나 또한 웃었다.

"내 이름은 고단우. 한올 병원 병원장 사생아야. 친모는 누군지 몰라. 기다렸는데 끝끝내 안 왔어. 서른넷이고, 이 나이 먹도록 제대로 된 사랑 못 찾다가, 이제 찾았나 싶었는데 여자가 도망가려고 하더라고. 그 여자 찾으러 왔어. 서른다섯엔 무조건 결혼하려고."

그리고 옆집 남자가 홀가분한 얼굴로 물었다.

"당신은?"

그 물음에 난 더 이상 망설이지 않았다.

"이름은 이하양이에요. 보건교사고요. 덜떨어진 남자 때문에 요즘 인생이 참 피곤해요. 피로 이어진 가족은 없지만 대식구예요. 원장 수녀님이란 대엄마 밑에서 자랐죠."

옆집 남자가 따뜻하게 안아 줬다. 체온은 무섭다. 한번 느끼면 계속 느끼고 싶어진다. 지독한 갈증을 불러일으키고 그 곁을 떠나지 못하게 만든다.

"좋아, 그분을 다음에 꼭 뵙고 싶네."

"아쉽게도 당신 같은 저질은 만날 수 없어요. 천사인 원장 수녀님은 당신을 어린양이라고 생각하며 어떻게든 포용하려 하겠지만, 당신은 어린양이 아니거든요."

"어째서?"

옆집 남자의 물음에 나는 웃으며 웃었다.

"이봐요, 고단우 씨."

"왜 부르나, 이하양 양?"

뻔뻔스런 옆집 남자의 얼굴에 난 화가 나서 말했다.

"어린양은 남의 가슴을 그렇게 게걸스럽게 먹지 않아요."

"배가 고픈 걸 어떻게 해?"

"제가 방금 차려 줬던 밥이 벌써 다 소화됐을 리는 없을 테고."

그 말에 옆집 남자는 기다렸다는 듯이 답했다.

"사랑에 배가 고파."

역시나 이 남자.

못 이기겠다, 정말.

2부

늑대와 함께 삶을

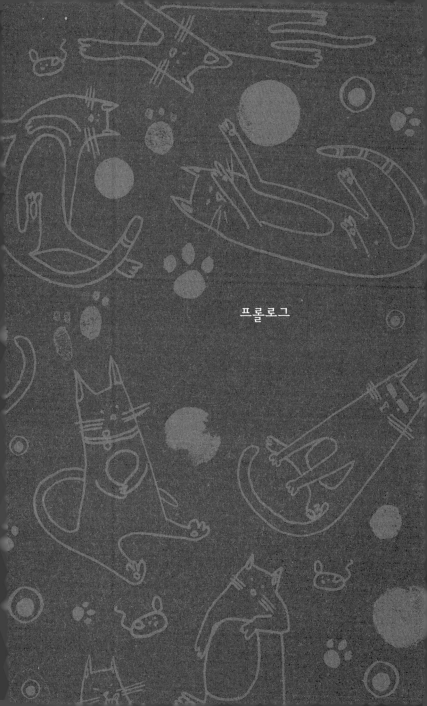

프롤로그

그 남자와의 연애는 제법 피곤했다.

"이리 와."

도박을 해 그 남자의 곁에 온전히 서 있게 된 지 두 달이란 시간이 흘렀을 때였다. 그를 만났던 여름에서 가을로 무섭게 시간이 흘렀다. 그리고 가을에서 그렇게도 싫었던 겨울이 성큼 다가왔던 어느 날, 늘 무심했던 눈동자가 감정을 머금는 것을 보며 하양이 그에게 한 걸음 가까이 다가갔다.

멀어져 있던 거리가 이젠 유독 가깝게 느껴졌을 때, 단우는 하양의 작은 어깨를 감싸 안으며 천천히 걸음을 옮겼다. 자신을 바라보지도 않은 채 정면을 주시하고 있는 그의 모습에 하양이 한 손으로 단우의 허리를 안으며 말했다.

"왜 그런지 안 물어봐도 알 것 같지만, 일단 물어볼게요. 왜 그래요?"

"내 얼굴에 구멍이 날 것 같은데, 지금."

"음? 왜요?"

하양이 웃음을 머금은 얼굴로 묻자 단우가 사정없이 얼굴을 일그러뜨렸다.

"당신은 이 시선이 느껴지지도 않아?"

그의 말에 하양은 고개를 돌려 주위를 보았다. 몇몇 사람들의 시선이 느껴지긴 했다.

"사람들이 쳐다보네요."

"어, 난 그게 무척 마음에 들지 않아."

그의 말에 하양이 콧방귀를 뀌었다. 그녀의 반응에 드디어 단우의 시선이 그녀에게 닿는다.

"뭐야, 그 웃음?"

"쳐다보는 사람들 중의 반이 여잔데요? 나도 뭐라고 한마디 해 줘야 하나?"

"성비로 치면 남자가 훨씬 많아."

그의 말에 하양이 다시 주위를 보았다. 금요일 저녁 명동엔 사람이 많았다. 그의 말대로 남자가 이쪽을 더 많이 쳐다보고 있는 것인지는 모르겠으나, 아마 보는 사람들 중 대부분은 텔레비전 방송으로 꽤나 유명해진 닥터 고의 여자가 누구인지 호기심에 바라보는 것일 거다.

하양이 한숨을 내뱉었다.

"고단우 씨가 이렇게 유치한 인간인 줄은 몰랐네요."

단우의 미간이 찌푸려졌다. 가던 걸음을 멈추고 하양에게 손을 뻗어 붙잡은 그는 한참이고 그녀를 내려다보았다. 하양이 어깨를 으쓱였다. 어디 할 이야기가 있으면 해 보라는 듯.

하양의 얼굴을 빤히 바라보던 단우가 확신 어린 어조로 말했다.

"당신이 몰라서 하는 말인데, 사랑 앞에서 남자는 꽤나 집요한 동물이 돼. 그리고 유치해지기도 하고."

"그건 여자도 마찬가지예요."

"그럼 당신의 사랑이 나보다 작은 거겠지."

자신의 감정을 확신하듯 하는 말에 하양의 얼굴이 일그러졌다.

"……그렇게 말하면 속이 시원하죠?"

하양의 말에 그는 입술을 휘며 웃을 뿐 아무런 말도 하지 않았다. 그래, 그것이 전쟁의 시작이라면 시작이었다.

그리고 그 일이 있은 후 정확히 한 달 뒤, 하양은 비어 있는 침대 옆자리를 보며 입술을 일그러뜨렸다.

"고단우……."

그는 늘 아침에 일어나 한참 자신을 품에 안아 주었다. 그 짧은 시간으로 그는 하루를 버틸 힘을 충전 중이라 했었다. 한동안 그 사람의 품에 안겨 있는 것이 어색했고 불편하기도 했지만 이젠 자신 또한 그 시간을 즐기고 있는 중이었는데…….

머리를 거칠게 쓸어 올린 하양이 한숨을 내뱉으며 발을 바닥에 내려놓았다. 그리고 곧장 걸음을 옮겨 부엌으로 향한 그녀는 식탁에 차려진 음식을 보며 헛숨을 내뱉었다. 시리얼과 우유,

주스, 토스트 정도의 그다운 아침 식탁이었다.

"이런 기분이었어?"

마치 먹고 떨어지란 것 같아 한참이고 식탁을 노려보던 하양은 머그컵 밑에 깔려 있는 종이쪽지를 집어 들었다. 주소일 것이 분명한 글자만 적혀 있었다. 하지만 이 주소를 왜 적어 두고 갔는지에 대해선 가타부타 말이 없었다.

시선을 돌려 종이가 있었던 자리 옆을 보자 직사각형의 플라스틱 카드가 놓여 있었다.

"지금 나랑 해 보자 이거지?"

이웃이 그녀에게 이젠 함께 살자고 말한다.

Chapter 1

한 발자국, 다가가기

1

하양이 빨강이 될 때

"선생님, 퇴근하세요?"

하양은 자신에게 다가와 유독 친밀하게 인사를 건네는 유 선생을 보며 어색한 웃음을 머금었다. 그러면서 서둘러 교문으로 향했다. 유 선생의 친밀감을 느끼자 무의식적으로 나온 행동이었다. 하양은 흘러내리는 가방을 추슬렀다.

"아, 네."

"그럼 저녁 함께하는 건 어때요?"

유 선생이 따라붙으며 말했다. 하양의 얼굴이 어색함에 굳어졌다.

"야자 지도 있으신 거 아니에요?"

"하하, 저번 주에 끝났죠. 그런데 걸음이 너무 빠르신 것 아닙니까? 마치 도망가고 싶은 사람처럼."

마치가 아니라 정말 당신에게서 도망가고 있는 건데요.

하양은 그렇게 말하고 싶었으나 하지 못했다. 같은 직장에 다니는 사람과 친밀한 관계로 이어지는 것은 사양인 그녀였지만 그렇다고 적대적인 관계가 되고 싶은 마음도 없었다. 그것만큼 피곤한 것이 없다는 것도 잘 알고 있었고, 교직 생활을 하는 사람들이 얼마나 보수적인지 잘 알고 있기 때문이다. 만약 유 선생과 자신 사이에 이상한 소문이 돌게 되면 결국 피해를 보는 것은 여자인 자신일 것이다.

하양의 입에서 깊은 한숨이 흘러나왔다. 어떻게 해야 적당히 그를 거절할 수 있을까. 그녀의 고민이 깊어질 때였다.

"어? 왜 저렇게 소란스럽지?"

교문 앞에 여학생들이 모여 있는 것을 보며 유 선생이 말했다. 그가 말을 돌려주자 잘됐다는 심산에 하양도 고개를 돌려 교문을 바라보았다.

그녀의 얼굴이 와자작 일그러졌다.

"우와, 차 좋네."

"차만 좋니? 주인은 더 좋다!"

곁에 있던 여학생들이 호들갑을 떨어 대는 소리가 들렸다. 하양의 얼굴이 창백해지다 못해 보랏빛으로 물들었을 때였다. 차에 비스듬히 기대고 서 있던 단우가 그녀를 발견한 것인지 환하게 웃었다. 그러다 옆에 서 있는 유 선생을 보았던 것인지 미간을 와자작 찌푸린다.

그의 표정 변화에 하양의 어깨가 움찔 떨렸다.

"어? 이하양 선생님이 아시는 분이세요? 이쪽을 보는 듯한 느낌이······."

유 선생의 말에 하양이 어색한 웃음을 흘렸다. 다른 이에게 웃어 주는 그녀의 모습에 단우의 걸음이 성큼성큼 옮겨졌다. 그는 하양의 앞에 멈춰 서 유 선생은 보이지도 않는다는 듯이 들고 있던 커다란 장미꽃다발을 그녀의 품에 안겼다. 지나치게 화려한 꽃다발은 마치 하양의 모습을 떠올리게 만들었다.

"기다렸어."

"······이게 어떻게 된 일이에요?"

"첫 데이트를 청하는 거지. 아쉬운 사람이 와야 하지 않겠어?"

그의 말에 주위에서 비명 소리가 들려왔다. 하양의 고개가 아래로 뚝 떨어졌다.

"이 몹쓸 인간."

"칭찬해 주니 고맙네."

짧게 말한 단우가 하양의 손을 붙잡았다. 그리고 옆에 서 있는 유 선생은 신경도 쓰지 않은 채 성큼성큼 걸음을 옮겼다. 학생들 사이를 파고들어 차로 향한 그는 보조석 문을 열어 주었고, 하양은 자신에게 쏟아지는 시선에 표정을 굳혔다.

그녀가 차에 오르기 전 말했다.

"얼마나 잔소리를 들어야 정신 차리실 거죠?"

"평생 정신 차릴 일 없어."

단우가 짧게 웃음 지으며 말한 후 차 문을 닫았다. 그리고 보닛 앞을 돌아 운전석에 오른 그가 여전히 자신을 노려보고 있는 하양을 보았다.

"직장에 찾아오는 건 반칙이에요."

"당신, 내 말 뭐로 들은 거야?"

"……?"

"아무리 잔소리해도 소용없다고 방금 말했잖아."

"……."

"그리고 난 무척 집요한 성격이야. 당신이 뭘 하는지 다 알아야 하고, 당신도 나에게 그만한 관심을 가져 주기 바라. 하지만 당신 성격에 그럴 것 같지 않으니, 난 나대로 착실하게 당신에 대해 알아 갈 생각이야."

독선적인 말에도 예전처럼 화가 나지 않는 것을 보면 아마도 이 남자에 대해 너무 많은 것을 알았고, 길다면 긴 시간을 함께해서 그런 것이리라.

하양은 의자에 편히 등을 기대며 눈을 감았다. 표정은 마치 '너 맘대로 하세요'라고 말하는 것 같았다.

그녀가 반쯤 포기 모드로 들어가자 단우가 허리를 숙여 그녀에게 안전벨트를 해 주며 말했다.

"자, 그럼 일반적인 플랜대로 해 볼까?"

"뭘요?"

"당신은 내 말을 콧구멍으로 알아듣는 경향이 있어. 방금 전 말했잖아."

자신까지 안전벨트를 한 단우는 차 밖의 사람들이 안을 힐끗힐끗 보는 것을 보았다. 교복을 입은 아이들에게 손을 흔들어 준 그가 얼굴을 붉히며 소리를 질러 대는 아이들을 보며 피식 웃음을 내뱉었다. 하양이 손을 뻗어 그의 손을 움켜쥐며 미간을 굳혔다.

"애들 심장마비 걸려요."

"아하하, 내가 너무 잘나긴 했지?"

"너무 자랑질하면 재수 없어 보이는 거, 알고 있죠?"

그녀의 말에 단우가 하하하 큰 소리로 웃었다. 그리고 자신의 손을 붙잡고 있는 그녀의 작은 손을 이끌어 와 손등에 입을 맞추며 읊조렸다.

"오늘 우리 첫 데이트를 할 거야."

"······."

"그럼 방금 전 그 생기다 만 녀석은 누구인지 차차 듣기로 하고, 밥부터 먹으러 가 볼까?"

상큼하게 웃으며 차를 출발시키는 단우를 보며 하양이 고개를 내저었다.

노란 은행잎과 붉은 단풍잎이 묘한 조화를 이루고 있는 거리는 인파로 가득했다. 서울 도심, 한 뼘 정도 거리를 유지한 채 걸음을 옮기는 두 사람 사이로 제법 시원한 바람이 불었다. 이젠 여름이 생각나지 않을 정도로 날씨가 찼고, 입고 있는 외투 또한 두꺼워졌다. 아직 한낮엔 가벼운 옷차림으로도 괜찮았지만 저녁은 초겨울을 떠올린다.

하양은 자신의 옆에서 나란히 걷고 있는 단우를 힐끗 보았다.

그는 무심하게 앞을 보며 걷고 있었다.

사라락−

바닥에 있던 단풍이 바람에 휘날리며 소리를 냈다.

자신의 얼굴을 때리는 머리카락을 정리해 귀 뒤로 넘기던 하양은 갑자기 자신의 앞으로 내밀어지는 손에 고개를 돌려 단우를 보았다. 그가 뚱한 표정으로 말했다.

"첫 데이트인데 손 정도는 잡아야지?"

"데이트라고 꼭 손잡아야 하는 법은 어느 나라 법이죠?"

하양이 피식 웃음을 터뜨리며 말했다. 입 밑의 점이 호를 그린 입술을 따라 움직이고, 커다랗고 조금은 삐죽 올라간 눈은 반달로 휘었다.

고슴도치 주제에 참 예쁘게도 웃네.

단우는 그녀를 따라 웃으며 허공에서 손을 흔들었다. 그 움직임이 당장이고 손을 잡으라는 강압처럼 느껴졌다.

"고단수 나라 법."

"그렇게 말하니 더 잡기 싫어지는데요?"

"이하양 씨가 지금 내 손을 잡지 않으면, 하양이 아닌 빨강이 될 수도 있어."

"에?"

하양이 무슨 소리냐는 듯 눈을 크게 떴다.

"얼굴이."

"그거 무서워서라도 잡아야겠네요."

"옳지, 우리 애기 말도 잘 듣네."

294

자신의 손가락 사이를 파고드는 가느다란 손가락을 느끼며 단우가 웃음 지었다.

천천히 걸음을 옮기는 두 사람 사이엔 무거운 침묵이 흘렀다. 하지만 불편한 침묵은 아니었다. 곁에 누군가가 있다는 사실을 알았기에.

발끝에 낙엽이 탁탁 차였다. 누군가에겐 쓰레기밖에 되지 않을 것들이지만 단우의 손을 잡고 있는 하양에게 낙엽은 자신의 감정을 감성적이게 만드는 요소 중 하나였다.

가을이 왔다. 이 가을이 지나면 겨울이 올 터다. 그런데 그 겨울이 무섭지 않게 느껴지지 않는 건 자신의 옆에 있는 이 남자 덕택이겠지.

고개를 숙여 입가에 미소를 머금은 하양은 자신을 뚫어지게 바라보는 시선을 느끼며 웃었다. 이 남자의 시선은 무섭도록 집요하다. 늘 자신을 향해 있다. 왜 그가 자신을 이리 보는지 하양도 잘 알고 있었다. 그녀가 아무런 것도 말해 주지 않으니 그가 집요하게 자신을 관찰할 수밖에.

"함께 밥을 먹고, 차 마시고, 함께 산책하는 것. 이게 당신이 아는 평범한 데이트 플랜인가요?"

학교 앞에 그녀를 데리러 온 단우가 하양을 가장 먼저 데리고 간 곳은 고급 레스토랑이었다. 그곳에서 맛있는 저녁을 먹고 근처로 자리를 옮겨 커피를 사이에 둔 채 두 사람은 흘러나오는 음악을 즐겼다. 재즈 음악을 틀어 주는 특이한 컨셉의 이 카페는 아직은 많은 사람들이 모르는 것인지 단 두 사람만이 앉아 있었다. 느긋하게 음악을 듣고 두 사람은 걸음을 옮겨 밖으로 나왔다. 수많은 인파들 속에 뒤섞여 함께 걸음을 맞춰 걷다 이젠 손을 잡고 걷는다.

이것이 평범한 이들이 하는 연애 데이트 코스인지 하양은 알지 못한다. 평범한 연애를 해 본 적도, 할 생각도 없었으니까. 하지만 이젠 궁금해진다. 그와 평범한 만남을 가지게 되었으니까.

하양의 물음에 단우는 마주 잡고 있던 손에 힘을 주며 말했다.

"음, 한두 개 정도 더 남았어."

"그중에 하나는 알 것 같네요."

"뭔데?"

단우가 음흉하게 웃으며 물었다. 그러자 하양은 심드렁한 얼굴로 답했다.

"한 침대에서 잠드는 거겠죠."

"그런 말을 하면서 조금 부끄러워할 생각은 없는 거야?"

"글쎄요. 이제 와 부끄러워하기엔 늦은 감이 있는 것 같은데요?"

그렇게 말하며 환하게 웃는 하양을 보며 그가 졌다는 듯 고개를 내저었다.

하양은 잘 웃지 않는다. 아니, 웃어도 희미하게 웃을 뿐 온몸을 흔들며 웃질 않는다. 그녀는 웃음에 인색한 사람이었고, 감정 표현 역시 그랬다. 그래서 가끔 하양이 그렇게 웃어 줄 때면 그는 척추를 타고 행복 바이러스가 올라오는 걸 느꼈다. 이러한 웃음을 또다시 보려면 어떻게 해야 하지, 라는 생각을 하곤 한다. 지금도 그랬다.

"뭐, 정답이야."

"그럼 나머지 하나는요?"

하양이 눈을 동그랗게 뜨며 물었다. 한두 개 정도 남았다 했으니 다른 하나가 궁금해진 것이다. 걸음을 멈춘 단우가 하양을 내려다보았다. 그리고 하양이 뭐라 말을 하기도 전에 그녀의 턱을 들어 입을 맞췄다. 정신이 쏙 빠질 정도로 깊은 키스는 아니었으나 흥분을 불러일으키기엔 충분한 달콤한 키스였다. 아랫입술을 부드럽게 핥은 단우가 멍한 얼굴로 자신을 보는 하양을 두 눈 속에 담으며 웃었다.

"설마 모든 사람들이 첫 데이트에 명동 거리 한복판에서 이러는 건 아니겠죠?"

"어, 방금 추가했어."

"……."

하양이 입을 꾹 다물었다. 자신들을 바라보며 수군거리는 사람들의 목소리가 들려왔다. 발가락이 오그라드는 기분이었다.

이런 그녀의 기분을 알기라도 하는 것인지 단우는 다시 한 번 입술을 내려 하양의 이마에 입을 맞췄다.

"당신이 너무 예쁘게 웃으니까 참을 수가 없잖아."

작게 소리를 내지르는 사람들을 느끼며 하양은 눈을 질끈 감았다.

세상이 빙글빙글 돌았다. 그와 함께 있으면 간혹 이런 기분이 들곤 했다. 사람과의 유대관계가 힘겹고 슬프기만 한 것은 아니구나, 하고.

입술에 닿는 뜨거운 입술에 하양이 천천히 눈을 떴다. 아직 잠에서 깨지 않아 몽롱한 눈을 연신 끔뻑이던 하양은 깊어지는 키스에 단우의 몸을 밀어냈다. 불만이 가득한 눈초리에도 하양이 그의 이마를 여전히 밀어냈지만, 그는 아직 모자라다는 듯 힘을 주어 이마를 들이밀고 있었다. 두 사람의 줄다리기가 한동안 계속되었다.

"아침부터 잡아먹히고 싶진 않아요."

아직도 새벽까지 이어진 관계로 인해 몸이 얼얼했다. 툭 건드리기만 해도 애써 쌓아 놓은 둑이 우르르 무너지고 그의 품 안에서 달콤하게 녹아내릴 것만 같았다.

내가 정말 음란한 여자라도 된 것 같잖아?

하양이 입술이 일그러지자 단우 역시 불만이 가득한 어투로 말했다.

"난 아직 모자라."

"……제발 그렇게 보면서 말하지 말아 줄래요?"

"내가 어떻게 보는데?"

그의 물음에 하양이 진정 모르냐는 듯 한숨을 내뱉었다. 그리고 말할 가치도 없다는 듯 이불을 걷고 밖으로 나가려 할 때였다. 그녀의 뒷덜미를 붙잡은 단우가 하양을 다시 침대에 눕히며 음흉하게 웃었다.

"어허, 말은 끝내고 가야지."

"말로 끝나지 않을 것 같아서 도망가는 거예요."

팔다리를 허우적거린 하양이 단우의 품에서 빠져나가려 애를 써 보았다. 하지만 얇은 팔목을 한 손에 움켜쥔 단우가 그녀의 머리 위쪽에서 지그시 눌렀다. 하양이 힘으로 하는 게 어디 있냐며 버럭버럭 소리쳤지만 단우는 입술을 비틀어 웃었다.

"당신은 그게 문제야. 눈치가 너무 빠르다는 거."

"정말 안 놓을 거예요?"

"도망갈 걸 뻔히 아는데 놓아주는 멍청이가 어디 있어?"

단우를 흘겨보던 하양이 온몸에 힘을 쭉 뺐다. 의미 없는 반항이란 것을 알아차렸기 때문이다. 그래, 이 남자는 하고자 하면 기어코 하는 사람이니까. 더욱이 살을 섞는 일에 있어서만큼은 그 집요함이 더 발현되었다.

"으음."

하양은 실오라기 하나 걸치지 않은 몸 위로 닿는 뜨거운 입술에 눈을 감았다.

뭐, 나도 꽤 좋아하는 일이니 이 정도로 참아 주지, 라는 생각을 하며.

단우가 커다란 하양의 가슴을 감싸 쥐어 들어 올린 후 그 밑에 입을 맞췄다. 하양의 몸이 움찔거리더니 이내 위로 튀어 올랐다. 그녀의 반응에 더욱 집요하게 성감대를 공략하던 그는 하양이 불만이 가득한 목소리로 읊조리자 입술을 뗐다.

"집요해요!"

"뭐가? 당신 기분이 좋아 보이니까 더 정성스레 애무할 뿐인데."

"그건 애무라기보단 학대예요!"

하양이 버럭 소리쳤다. 하양의 새하얀 가슴 밑으로 붉은 반점들이 수놓아져 있었다. 힘껏 핥았다가 빨아들이길 반복하며 집요하게 입을 맞춘 그는 하양의 눈가에 맺혀 있는 눈물을 보며 웃었다.

그의 손이 아래로 내려갔다. 검은 숲을 헤치고 그 안에 숨겨져 있던 여성을 손가락으로 더듬었다. 여성은 이미 준비를 마쳤다는 듯이 축축하게 젖어 있었다.

"그런 것치곤 몸이 너무 솔직하잖아."

"뭐예요?"

"당신이 학대에 흥분하는 변태일 리는 없고 말이야."

"……."

하양이 단우의 얼굴을 흘겨보았다. 그가 미소 지으며 몸을 일으킨다. 그리고 손을 뻗어 지난밤에 쓰고 남은 콘돔을 가져와 이로 뜯었다. 그런 후 아침부터 위용을 떨치고 있는 남성에 콘돔을 끼운 후 하양에게 다가온다.

이젠 자연스럽게 엉덩이를 들어 그가 편히 들어올 수 있도록 도운 그녀는 자신의 안을 가득 채우는 이물감에 옅은 신음을 흘렸다.

"으으……!"

"흑."

두 사람의 입에서 동시에 신음이 터져 나왔다. 매끄럽게 여성 안으로 파고든 남성이 좁디좁은 공간에 더욱 흥분해 제 몸집을 불려 나갔다.

"자, 잠시만요."

하양이 앓는 소리를 내며 단우의 어깨를 끌어안았다. 자신의 밑에서 끙끙 앓는 하양을 힘껏 끌어안은 단우의 몸이 금세 땀으로 흠뻑 젖었다. 거친 숨을 토해 낸 그는 연신 꿈틀거리는 남성을 느끼며 앓는 소리를 냈다.

이하양의 안은 너무나 작고 좁았다. 그녀의 마음의 틈만큼이나. 그래서 늘 그녀의 안을 재빨리 파고들고 싶어도 그럴 수가 없었다. 그녀가 자신에게 적응이 될 때까지 오랜 시간 기다려 준 후에야 그녀를 가질 수 있었다.

"후."

단우의 입에서 깊은 한숨이 흘러나왔다. 하지만 하양은 그의 어깨를 꾹 누르며 아직이라는 듯 신호를 보냈다.

얼마의 시간이 흘렀을까. 하양은 그의 어깨에 입을 맞추며 투덜거렸다.

"무지막지하네요."

하양의 말에 단우가 킬킬 웃었다.

"허공의 삽질보단 좋을걸?"

"에······?"

하양이 무슨 뜻인지 모르겠다는 듯 되묻자 단우는 팔꿈치로 몸을 세운 후 하양의 눈에 입을 맞추며 말했다.

"주위 사람들한테 말해 봐. 아마 배부른 소리라고 눈총을 보낼 수도 있으니까."

"……."

하양이 절대 사양이라는 듯 고개를 내젓는다. 그 모습에 다시한 번 웃음을 흘린 그가 자신의 남성을 꼭 물었다가 뱉는 여성을 느끼며 물었다.

"이젠 움직여도 될까?"

형식적인 물음이었다. 이미 그녀의 사타구니가 흠뻑 젖어들었으니까. 얼굴을 붉힌 하양이 고개를 끄덕인 후 단우의 단단한허리를 붙잡았다.

철벅, 철벅!

그가 힘껏 허리짓을 하며 그녀의 안으로 깊숙이 파고들었다가 나오길 반복했다.

액으로 인해 귀를 따갑게 울리는 소리와 함께 하양의 자지러지는 신음이 방을 가득 메웠다.

◇

하양은 허리가 뻐근하게 아프자 미간을 찌푸렸다. 늘 아침엔따스한 포옹으로 시작하는 두 사람이었다. 하지만 웬일인지 그는 아침부터 늑대처럼 달려들었고, 덕분에 그녀는 어린양이 되어 한 입에 꿀꺽 먹히게 되었다.

"정말, 고등학생도 아니고."

시도 때도 없이 그 생각만으로 가득 차 있을 것도 아닌데 그는 아침에 짧게 두 번이나 그녀를 가졌다. 그러고 나서도 아쉽다는 듯 입맛을 다셨을 때 얼마나 놀랐는가.

얼얼한 사타구니를 일부러 신경 쓰지 않으려 노력하며 자신의 자리로 돌아간 하양이 자리에 앉았다. 그리고 컴퓨터를 켠후 책상 서랍을 열었다. 곧 있을 교직원 회의에 참석하기 위해 아침부터 바쁘게 움직이던 하양은 문득 형광색 포스트잇에 시선을 멈췄다.

–지나친 섹스는 몸에 해롭습니다.

"풋."

짧게 웃음을 내뱉은 하양이 포스트잇을 들었다. 그가 자신을 오해해 붙이고 갔던 종이. 밤마다 들려오는 신음 소리가 거슬렸던지 짜증스럽게 적어 놓은 글귀에 그녀는 그에게 해명을 하기는커녕, 신경을 더욱 긁어 댔었다.

지난날의 기억에 그녀가 한참이고 종이에서 시선을 떼지 못하고 있을 때였다.

"이 남잔 지금쯤 뭐하고 있을까?"

나에게 이런 메모를 남긴 것은 기억할까?

"기억 못 한다면 되돌려 줘야지."

그래, 지나친 섹스는 정말 몸에 해롭다. 아침부터 얼얼한 몸 때문에 걸음을 제대로 옮길 수 없으니, 그의 말이 확실했다.

"후."

한숨을 내뱉은 하양이 시간을 확인한 후 다이어리와 펜을 집어 들고서 자리에서 일어났다. 교무 회의 시간이 다 되어 갔으니 서둘러 걸음을 옮겨야 했으나, 걸음은 더디기만 했다.

어제의 일로 인해 교내에 소문이 쫙 퍼져 있을 테니 수다를 떨어 대기 좋아하는 선생님들이 아침부터 그녀에게 질문 공세를 펼칠 것이 분명했다. 그 남자가 내 남자친구라는 것을 알게 된 후 사람들은 어떤 표정을 지을까.

하양이 손을 들어 머리를 벅벅 긁어 댔다.

가을이란 것은 수능이 얼마 남지 않았다는 말이었다. 하양은 고3 담임들의 표정이 좋지 못한 것을 눈으로 훑고 있었다. 곧 시작될 야자를 생각하면 그들이 안쓰러울 지경이었다. 아이들의 미래를 위해 선생들도 사생활을 포기하고 모든 시간을 할애해야 하니까.

"요즘 고3 모의고사 점수가 아주 엉망이에요! 이래서야 어디 제대로 된 대학에 진학시킬 수야 있겠습니까?"

30분 전부터 시작된 교감 선생님의 잔소리는 한동안 계속되었고, 그럴수록 선생님들은 기도 펴지 못한 채 고개를 아래로 처박았다.

"작년에 우리 학교에서 SKY를 몇 명이나 보낸 줄 알아요? 그런데 올해 봐, 전멸이야, 전멸! 이건 선생님들의 능력을 의심해 볼 수밖에 없어요."

"……."

"특별히 신경 써서 이 암담한 미래를 조금이라도 바꿔 보도록 노력해 보세요."

요즘 아이들이 어디 학교 수업만 받던가. 유명 학원에서 밤이 새는 줄도 모르고 공부를 하며, 학교 수업 시간엔 잠을 자는 아이들이 대부분이었다. 그걸 학교에서는 어느 정도 용인해 주는 분위기였고.

하지만 교감 선생님은 마치 이 끔찍한 결과가 모두 각 고3 담임과 고3 수업에 들어가는 교과목 선생님 탓으로 돌리고 있으니, 정작 당사자들의 가슴은 부글부글 끓고 있었다. 하지만 이런 현실을 이야기해 봤자 본인들의 얼굴에 침 뱉는 꼴밖에 되지 않으니 모두들 꿀 먹은 벙어리가 되었다.

한참이고 이어지던 잔소리가 멈추고, 곧 교감 선생님이 헛기침을 내뱉으며 자리를 비우자 선생님들의 입에서 한숨이 흘러나왔다.

"후. 그게 다 우리 탓이야?"

체육 선생님이 소리치자 다른 선생님들도 동조한다는 듯 고개를 끄덕였다. 요즘 성적이란 것이 중학교 때 이미 모두 결정이 되다 보니 고등학교에서는 어찌할 도리가 없었다. 선행학습을 한 아이들은 고등학교에 올라와선 모든 문제를 달달 외우며 본인이 선택한 대학에 맞춰 공부를 시작한다.

수학과목도 암기과목이라고 하지 않는가. 그런 세상에서 본인들이 할 수 있는 일이 얼마나 되겠는가. 더욱 요즘 아이들은 고등학교를 학원 때문에 모자란 잠을 채우는 여관과 같은 곳으로 생각하고 있었다.

회의가 끝나자 하양은 수첩을 들고 자리에서 일어나려 엉덩이를 들썩였다. 더 이상 자신이 이 자리에 있을 필요가 없으니 보건실로 돌아가려 하던 그녀는 자신의 팔목을 붙잡는 손길에 다시 자리에 앉았다. 옆자리에 앉아 있던 2학년 담임 김필영 선생이었다. 아침부터 풀 메이크업을 한 그녀는 요즘 매일 선 자리를 전전하며 자신의 수준보다 더 높은 남자를 찾기 위해 열을 올리고 있었다.

"어제 일 때문에 교실이 아직도 소란스러워요. 그 사람이랑 어떤 관계예요?"

그녀의 물음에 사람들의 시선이 일제히 하양에게 모여들었다. 아침부터 아이들이 등교를 하며 떠들어 대는 이야기를 그들이 듣지 못했을 리가 없었다. 하양이 우물쭈물하며 아무런 말도 하지 못하자 필영이 다시 한 번 말했다.

"그 사람 텔레비전에 나오는 성형외과 원장 맞죠?"

"아, 네……."

하양이 고개를 끄덕이자 필영의 얼굴이 밝아졌다. 그녀를 통해 괜찮은 남자를 만날 수 있을 것이란 기대감에서 온 반응이었다.

"어머, 진짜? 이하양 선생님 남자친구 맞아요?"

"애들이 얼마나 난린 줄 알아? 아, 그리고 이 선생님 통해서 병원 가면 DC해 주냐는 말도 꼭 물어보래요."

"하하……."

하양이 어색하게 웃음을 흘렸다.

"그것까진 잘 모르겠는데요……."

"혹시 이하양 선생님도 남자친구한테 시술받고……."

필영이 운을 띄우자 맞은편에 앉아 있던 국어 선생이 허공에 손을 휘저었다.

"에이, 설마. 딱 봐도 티 안 나는데?"

"그래도 엄청 유명한 성형외과 원장이잖아요. 실력 좋다던데?"

두 사람의 대화에 하양의 얼굴이 어색하게 굳어졌다. 하지만 입가에 짓고 있던 웃음은 여전히 그 자리에 머물러 있었다. 직장인의 미덕을 그녀는 알고 있었다.

"그래요? 그럼 나도 필러 한번 받아 볼까? 요즘 팔자주름 때문에 미치겠어."

"에이, 선생님은 아직 괜찮은데요? 저야말로 눈가에 이 주름 좀 어떻게 해야겠어요. 요즘 거울 볼 때마다……."

사람들의 대화가 길어지면 길어질수록 하양의 얼굴이 창백하게 변했다. 누군가가 자신에게 보내는 관심은 익숙한 것이었으나 아직도 불편하고 속이 더부룩해지는 일이었다. 서둘러 이 자리를 벗어나고 싶었으나 사람들은 쉬이 그녀를 놓아주지 않았다.

"그럼 이하양 선생님한테 관심 있었던 쌤들은 이제 마음 접어야겠네?"

필영의 말에 몇몇 남자 선생님들의 안색이 어두워졌다.

이제야 고단우가 자신의 학교까지 굳이 찾아왔는지 알 수 있었다. 이러한 분위기를 보며 어찌 모를 수가 있겠는가. 단우가 학교를 찾아옴으로 인해 하양에게 단단히 침을 발라 놨다는 사실을.

고단우, 이 인간 정말…….

하양의 입에서 깊은 한숨이 흘러나왔다.

퇴근 시각이 가까워지자 단우의 표정이 밝아졌다. 오늘도 수많은 환자를 상대하고 수술을 해야 했던 그였지만 곧 그녀를 만날 것이란 생각에 피곤이 싹 가시는 기분이었다.

서둘러 가방을 챙긴 그는 휴대전화를 쥐다 말고 피식 웃음을 내뱉었다.

〈학교에 소문 다 났어요. 이제 어쩔 거죠?〉

하양에게서 온 문자에 그는 자신도 원하던 바였다는 답을 해주었다. 그 뒤로 하양에게서 무시무시한 독설이 날아들었지만 어찌 되었든 결과론적으론 그가 원하던 대로 흘러갔으니 아무래도 좋다 싶었다. 곧 그녀와 만나게 되면 끝이 없을 것 같은 신경전을 해야 하겠지만.

휴대전화까지 가방에 넣은 그가 막 진료실을 벗어나려 할 때였다. 문이 열리더니 여전히 흰 가운 차림의 동우가 들어왔다.

"퇴근하게?"

"그럼. 퇴근 시간이니까."

가벼운 어조로 말한 단우가 동우의 곁을 스쳐 문을 열고 나가려는데, 동우가 단우의 팔을 붙잡았다. 그녀에게 가는 시간이 더뎌진다는 생각 때문이었을까. 방금 전까지만 해도 얼굴 근육이 흘러내린 것처럼 웃고 있던 단우가 표정을 굳혔다. 그의 변화에 동우가 몸을 움찔 떨긴 했으나 곧 말을 내뱉었다.

"출장 이야기 들었어. 그게 무슨 말이야?"

"말 그대로야. 동우, 네가 가."

"어떻게 내가 가냐? 거기서 초청한 건 넌데."

"……."

단우의 입에서 깊은 한숨이 흘러나왔다. 홍콩 출장은 진즉에 잡혀 있었던 것이다. 작년 그에게 요청이 들어온 것으로, 그때만 하더라도 단우는 자신의 커리어를 하나 더 쌓는 일이라 생각해 별 고민 없이 승낙했었다. 하지만 그사이에 하양을 만났고, 그녀와 한시도 떨어지기 싫은 상태가 되어 버렸다. 그러니 3일간의 공백이 생길 출장이 싫을 수밖에.

"그래도 3일이나 출장이라니. 절대 싫다."

단우가 절대 마음을 바꾸지 않을 것처럼 단호하게 말했다. 그 말에 동우의 얼굴이 멍해진다. 눈앞에 있는 이놈이 자신이 알던 그 고단우가 맞냐는 듯한 얼굴이었다.

"네가 오랜만에 연애를 하는 건 알겠는데, 공과 사는 확실히 하자? 너답지 않게 왜 이래?"

"나다운 게 뭔데?"

"이성적인 고단우."

그 말에 단우의 입에서 작은 웃음이 흘러나왔다. 분명 그는 이성적인 사람이었다. 이하양을 만나기 전까지만 해도. 바늘로 찔러도 피 한 방울 나오지 않을 것처럼 굴었고, 그러한 삶을 실제로 살았다. 하지만 지금은 아니었다.

"그렇게 알고 있었으면 잘못 알고 있는 거야. 난 사랑 앞에선 이성적이지 못하다."

"얼씨구?"

동우가 눈살을 찌푸리며 소리쳤다.

"헛소리하지 말고 출장 준비해. 이미 다 결정되어 있던 문제잖아!"

그 말에 단우가 짜증스럽게 머리를 쓸어 올렸다. 동우의 말엔 하나도 틀린 점이 없었다. 그 출장은 본인이 가기로 되어 있었던 것이고, 홍콩 측에서도 그가 와 주길 바랐다. 이 일로 업무 협약이 된다면 아마 그곳에서 상당한 돈을 긁어모을 수도 있을 터다.

"아, 젠장."

"……."

동우의 표정이 얼음장처럼 굳어졌다. 인간이 이렇게 한순간에 변할 수도 있는 것인가. 드라마틱한 단우의 변화에 동우가 한참이고 어떤 말도 하지 못한 채 그의 얼굴만 바라보고 있었다.

"정말 싫은데……."

"난 네가 이러는 게 정말 싫다."

단호한 말에 단우가 어쩔 수 없다는 듯 고개를 끄덕였다.

그래, 일은 해야지.

그의 얼굴이 울상이 되었다.

빠르게 차를 몰아 집으로 온 그는 신이 난 발걸음을 옮겨 엘리베이터에 올라탔다. 빠르게 변하는 숫자를 보던 그는 정확히 11층에 멈춰 서자 자신의 집이 아닌 1101호로 걸음을 옮겼다. 자연스럽게 비밀번호를 누르려던 손이 찰나 멈춘 것은 자신의 집 앞에 붙여져 있는 포스트잇 때문이었다.

뭐지?

의아한 얼굴로 걸음을 옮긴 단우는 포스트잇을 떼어 보았다.

–지나친 섹스는 몸에 해롭습니다.

"하!"

그의 입에서 짧은 웃음이 터져 나왔다. 예전 그가 그녀의 집 앞에 붙여 놓았던 종이였다.

"이걸 아직도 가지고 있었어?"

큭큭 소리 죽여 웃음을 내뱉던 그가 걸음을 옮겨 하양의 집으로 향했다. 비밀번호를 누른 후 집 안으로 들어선 그는 컴퓨터 책상 앞에 앉아 있는 하양을 보며 거침없이 걸음을 옮겼다.

그리고 그녀의 이마에 포스트잇을 척 붙인다.

"이게 무슨 짓이에요?"

"답장을 해 주려고."

얼굴을 일그러뜨린 하양이 그의 말에 어디 해 보라는 듯 팔짱을 꼈다. 그 모습조차도 이 발칙한 행동처럼 귀여워 보이기만 했다. 허리를 한껏 숙여 그녀를 바라보던 단우가 입술을 비틀어 웃었다.

"지나친 섹스는 사랑입니다."

"……."

"자, 답은 충분히 됐지?"

그의 말에 하양은 손을 들어 이마에 붙어 있던 포스트잇을 떼 그의 이마에 척 붙였다. 그가 포스트잇도 떼지 않은 채 어디 할 말 있으면 해 보라는 듯 하양을 보자 그녀가 팔을 뻗어 그의 몸을 뒤로 밀어냈다.

"당신이 슬슬 인간으로 안 보이니까 그만하죠?"

"싫은데?"

입술을 비틀어 웃은 그가 고개를 비스듬히 내렸다. 꼭 들어맞은 입술을 가르고 안으로 거침없이 들어간 그는 하양의 뒷통수를 붙잡고 도망가지 못하도록 꼭꼭 옭아맸다. 타액이 서로 뒤섞였고, 달콤한 향내를 들이마신 그가 힘껏 빨아들인 하양의 혀를 놓아주며 달큰하게 취한 목소리로 말했다.

"섹스는 사랑의 척도야."

"……궤변 그만 늘어놓아요."

숨을 헐떡인 하양이 그와 눈을 똑바로 마주하며 톡 쏘아붙였다. 그러자 그가 입술을 늘어뜨려 부드럽게 웃는다. 손은 어느새 그녀의 손을 붙잡은 뒤였다.

"궤변이라니? 진심인데."

"……."

"나의 뜨거운 사랑을 한번 확인해 보겠어?"

하양이 절대 사양이란 말을 늘어놓기도 전에 그는 붙잡고 있던 그녀의 손을 제 바지춤으로 가지고 와 댔다. 바지를 뚫고 나올 듯 무지막지하게 흥분한 남성에 하양의 얼굴이 창백하게 질렸다. 눈을 크게 뜬 하양이 그의 모습을 올려다보았다.

"자, 책임지시지."

"……전 도박엔 소질이 없나 봐요."

"뭐?"

단우가 무슨 말인지 모르겠다는 듯 눈을 동그랗게 뜨자 하양이 우울한 목소리로 읊조린다.

"도박을 한 결과가 이건 걸 보면요."

"이거라니?"

자신의 모든 것을 그에게 털어놓았던 것은 순전히 도박이었다. 어디 자신의 이야기만 털어놓았던가. 자신의 전부만 주면 된다는 말에 그녀는 망설임 끝에 꽁꽁 감싸고 있던 상처를 모두 펼쳐 보이고, 자신의 밑바닥까지 삭삭 긁어 그에게 내던졌다. 그 도박의 결과가 눈앞에서 눈을 빛내고 있는 이 남자의 무지막지한 욕망이라니.

"제 생명이 단축되고 있어요."

그렇게 말은 했으면서도 하양은 웃고 있었다. 그 웃음에 단우는 또다시 입을 맞춘다.

"그래서 다음 주 월요일부터 3일간 출장이라고요?"

하양은 종이가방에 넣어 온 빨랫감을 들고 총총걸음을 옮겼다. 작은 소파에 앉아 긴 다리를 꼰 채 하양을 보고 있던 단우가 자리에서 벌떡 일어나 성큼성큼 걸음을 옮겼다. 커다란 몸으로 뒤에서 하양을 와락 덮친 단우가 사슴처럼 가느다랗고 긴 목에 입술을 지분거렸다. 하양의 몸에 오소소 소름이 돋아났다.

"나만 이별이 아쉬운 건 아니겠지?"

"윽."

"그렇지? 그런 거겠지?"

혀를 길게 빼내 잘게 서 있는 털을 핥은 단우가 눈을 동그랗게 뜬 채 어찌할 바를 모르고 있는 하양을 보며 키득키득 웃음을 내뱉었다.

"이것 좀 놔주실래요? 무거워요."

"싫은데? 다음 주부터 떨어져 있는데, 지금부터라도 딱 붙어 있어야 하지 않겠어?"

"다 좋은데, 당신이 계속 내 허리에 매달려 있다간 허리가 똑 부러질 것 같아서요."

하양이 억눌린 목소리로 말했다. 몸은 벌써 앞으로 반이나 기운 상태였다. 허공에 장난스럽게 띄워 놓은 발을 바닥으로 내린 단우가 하양의 머리를 커다란 손으로 툭툭 두드렸다. 장난스러운 손길이었지만 거기서 애정이 느껴지는 이유는 무엇 때문일까.

하양은 눈길을 들어 단우를 보았다. 그리고 그러한 느낌이 어디에서 왔는지 알아차렸는지 머리에서부터 발끝까지 빨간 물감을 부어 버린 것처럼 열기가 화르륵 타올랐다.

"아, 그런 불상사는 있어선 안 되지."

"……감사하네요. 현명한 판단 해 주셔서."

뚱한 표정을 부러 지어 보인 하양이 고개를 팩 돌렸다. 갑자기 귀가 화끈거려 왔다. 발가락 끝도 오그라들어 어찌할 바를 모르겠다.

하양은 어느새 바닥에 툭 떨어뜨린 빨랫감을 재빨리 주워 든 뒤 부엌 뒤쪽에 있는 세탁기 쪽으로 향할 때였다. 그는 작은 틈도 놓치지 않겠다는 듯 하양을 낚아챈 뒤 뒤에서 그녀가 도망가지 못하도록 또다시 옭아맸다.

그가 귓가에 속삭였다.

"무슨 불경한 생각을 했기에 얼굴이 다 빨개져?"

"……제가 언제요?"

하양이 눈동자를 도록도록 굴리며 모르겠다는 듯 물었다. 하지만 고단우가 어디 그냥 넘어갈 성격이던가.

"지금."

"……그럴 리가 없는데요?"

"본인이 하양이에서 빨강이 됐는데 그걸 모른단 말이야? 그렇게 둔치일 리는 없고……."

단우가 재미있다는 듯 하양의 뺨을 손가락으로 쿡쿡 찔렀다. 바람이 들어가 있던 뺨에서 공기가 빠져 푸시식 소리를 냈다.

"그만해요."

"어, 방송이 되기 전에 그만해야겠다."

큭큭 작게 웃은 그가 좁은 어깨에 턱을 걸치고 그녀의 손에 들려 있는 하얀 가운을 보며 물었다.

"웬 가운?"

"학교에서 입는 거예요. 빨려고 가져왔어요."

"흐음."

길게 숨을 내뱉은 단우가 고개만 돌려 하양의 귓불에 입술을 맞추었다.

"……."

하양의 입가가 파르르 떨리는 것을 보던 그가 진한 미소를 지었다. 수없이 입을 맞추고 사랑을 나눈 두 사람이었지만 침대 밖에서 그녀는 여전히 이러한 스킨십들이 적응 안 된다는 듯 늘 과민반응을 보인다. 하지만 그걸 입술을 꾹 깨물며 참는 하양의 모습은 그에게 묘한 쾌감을 불러일으켰다.

눈에는 눈, 이에는 이로 맞서는 그녀였으나 달콤하고 가볍게 닿는 스킨십 앞에선 우르르 무너지고야 만다.

귀여운 여자.

그가 속으로 웃음을 삼키며 물었다.

"왜 보건교사가 됐어?"

"지금 안 어울린다고 생각하는 거죠?"

하양이 다 안다며 한숨을 내뱉자 단우가 장난스럽게 하양의 고개를 자신 쪽으로 끌어와 입을 맞췄다. 짧은 입맞춤은 성적인 의미는 완전히 배제된 것이었다. 단우는 촉촉하게 젖은 하양의 머리카락을 쓸어내리며 입술 끝을 비틀어 웃었다.

"뭐, 다른 의미론 어울리기도……."

"그 정도 말엔 눈 하나 깜짝 안 해요. 아이들의 상상 속에서 제가 몇 번이나 뒹굴었을지 상상도 안 가니."

수를 알면 깜짝 놀랄지도 몰라요.

그렇게 읊조린 하양이 한숨을 내뱉으며 그의 손을 떨치기 위해 애를 쓴다. 그의 눈빛에서 또 못된 짐승 한 마리를 발견했기 때문이다. 하지만 그는 다시 한 번 하양의 얇은 손목을 잡아 도망가지 못하도록 한 뒤 뒤에 놓여 있던 식탁 의자를 끌어와 앉았다. 그리고 하양을 자신의 무릎 위에 앉힌 단우가 깜짝 놀라 자신을 바라보는 눈동자와 마주했다.

"그래서 왜 보건교사가 되었는데?"

"……이 자세에서 말하라고요?"

"다른 자세를 시켜 보고 싶기는 한데, 지금 당장은 당신이 기겁할까 봐 못 하겠어."

"……."

"답을 해 주지 않으면 상상을 현실로 만들어 볼 의향은 있어."

그의 말에 하양은 서둘러 들고 있던 흰 가운으로 무릎을 가렸다. 그의 음흉한 시선이 얇고 쫙 뻗은 다리에 닿았기 때문이다.

하아, 한숨을 내뱉은 하양이 순순히 입술을 열었다.

"너무 많이 다쳐 왔어요."

"뭐가?"

"같이 자란 친구들이요. 학교에서 맨날 두들겨 맞고 왔어요. 부모도 버린 놈이라고 막 대하고 그랬죠."

"……."

이미 십수 년 전의 일이었지만 하양은 똑똑히 기억한다는 듯 기다란 속눈썹을 내리깔며 말을 이었다.

"그 아이들을 당장 어떻게 해 줄 순 없었지만 내가 앞으로 학교에 있으면 적어도 다치는 아이들 정도는 말끔하게 치료해 줄 수 있지 않을까, 생각했어요."

"……그래서 성공했어?"

"아니요. 제 코가 석 자……."

말을 잇던 하양이 끝을 흐렸다. 일그러진 얼굴로 고개를 숙인 하양은 어느새 치마 속으로 슬금슬금 들어오는 손을 탁 쳐 냈다.

"이건 정말 너무하신 거 아니에요?"

"뭐가? 너무한 건 당신이야."

단우가 하양의 목에 입술을 지분거리며 말했다.

"그렇게 예쁜 얼굴로 말하는데 덮치지 말라는 거야?"

"……."

"다음 주부터 홍콩으로 3일 출장이야. 그럼 이 정도는 당연한 거라고. 오히려 거절하는 당신이 정말 나쁜 거야."

"이상한 궤변 늘어놓지 말아요."

하양이 제법 딱 잘라 말했지만 치마 속을 더듬는 손까진 막을 수가 없었다. 속옷 위를 더듬는 손길에 하양의 입술이 살짝 벌려졌다.

"그만해요. 이야기하고 싶으신……."

"이야기야 하고 싶지. 하지만 지금은 몸의 대화가 더 나누고 싶어."

속옷을 벌리자 하양의 고개가 위로 젖혀지고, 곧 공기와 맞닿은 여성이 움찔거린다. 자극에 입술 사이에선 연신 신음이 흘러나왔다. 억눌린 신음은 오히려 그의 반발심만 불러일으켰다. 그의 행동이 더욱 대담해졌다.

"으음."

단우는 짧게 입을 맞춘 후 아랫입술을 혀로 핥았다. 자신의 무릎 위에 앉은 하양의 몸이 연신 들썩였다.

"상처받은 아이들을 치료하고 싶어서 보건 선생이 됐다면서. 상처받은 어른의 마음도 치료해 줘."

하양의 입에서 옅은 신음이 터져 나왔다. 하양의 고개를 옆으로 돌려 뜨거운 신음을 한 입에 삼킨 단우가 하양의 얼굴에 작게 바람을 불었다.

"달콤하다."

"……소름 돋아요."

하양이 눈살을 찌푸렸다. 어떻게 이 사람은 이런 이야기를 얼굴색 하나 바꾸지도 않고 말할 수가 있을까.

"어떻게 그런 말을 아무렇게나 해요?"

"음, 더한 말도 할 수 있는데."

단우가 옷 밖에서 그녀의 가슴을 크게 움켜쥐며 말했다. 발끝부터 짜릿한 기분이 올라와 온몸을 휘감았다. 젖꼭지가 빳빳하게 섬과 동시에 신경들이 요동치는 기분이었다.

하양이 게슴츠레 뜬 눈으로 단우의 목을 앙 깨물었다.

"윽, 왜 깨물어?"

단우가 하양의 뒷목을 움켜쥐었다. 하지만 하양은 답을 하는 대신 이를 더욱 힘껏 박아 넣었다.

"아파."

"……아프라고 깨무는 거다, 뭐."

"뭐?"

"얄미운 생각을 하고 있을 테니까요."

"얄미운 생각이 아니라 음탕한 생각인데. 한 번 들어 볼래?"

"아니요, 사양하겠어요."

하양이 몸을 일으켜 세웠다. 그러자 단우는 그 짧은 틈에 하양의 팬티를 벗기고 치마를 이로 들쳐 올린다. 하반신이 고스란히 그의 눈앞에 드러났다. 검은 숲만큼이나 짙은 욕망으로 물든 눈으로 하양의 엉덩이를 잡아 자신 쪽으로 이끈 그가 허벅지에 제 입술을 내린다.

붉은 반점을 새하얀 도화지 위에 그린 그가 낮은 목소리로 읊조렸다.

"들어주기 싫어도 들어줘야 할걸? 난 어차피 할 테니까."

"⋯⋯."

그의 눈을 말없이 내려다보던 하양의 입술이 호를 그렸다. 그래, 그의 말이 맞다. 그는 어차피 제 고집을 밀고 나갈 테니까. 그렇다면 그녀는 자신이 원하는 것을 얻어 내는 쪽을 선택하는 것이 좋을 것이다.

"좋아요, 들어주면 당신은 뭘 해 줄 건데요? 다음은 내가 원하는 대로 해 줄 건가요?"

그녀가 손을 내려 단우의 머리카락을 쓸어 넘기며 웃었다. 그러자 단우는 숲에 코를 묻으며 짧게 답한다.

"좋아."

"정말 이런 게 좋은 거예요?"

하양은 얼굴을 붉히며 흰 가운 앞섶을 추슬렀다. 하지만 아무것도 입고 있지 않은 속살과 비칠 듯이 얇은 면으로 되어 있는 가운이 부딪히자 오히려 가슴의 정점이 꼿꼿하게 서 더 야하게만 보인다. 이 사실을 아는지 모르는지 하양은 발가락을 오그라뜨리며 저 멀리서 관찰하듯 자신을 바라보고 있는 눈빛에 고개를 돌렸다.

조명 아래서 새하얀 가운만 입고 서 있는 하양을 머리부터 발끝까지 눈으로 훑던 단우가 입술을 크게 늘어뜨려 웃으며 답했다.

"흰 가운이 패티쉬즘이 아닌 남자는 거의 없을걸?"

"······당신도 흰 가운을 입으면서 그런 소릴 하고 싶어요?"

"물론이야. 솔직한 건 죄가 아니니까."

"죄예요."

하양이 입술을 삐죽하게 내밀며 단칼에 잘라 말했다. 하지만 여전히 단우는 보지 못한 채였다.

손을 뻗어 하양에게 다가오라며 손짓한 단우는 그녀가 움직일 생각이 전혀 없어 보이자 엉덩이를 떼고 자리에서 일어났다. 그리고 기다란 다리를 움직여 하양에게 천천히 다가갔다.

"어른들의 재미있는 놀이라고."

"······세상 모든 어른을 변태로 만들지 말아요. 고단수의 놀이겠죠."

그가 가까워지자 하양은 자신도 모르게 뒤로 더듬더듬 물러났다.

"왜 도망 가?"

"갑자기 당신이 엄청난 들짐승으로 보이기 시작했거든요."

"내 여자가 그런 모습으로 있으면 누구든 짐승이 될걸?"

"일반화시키지 말아요."

"일반화가 아니라 난 사실을 직시시켜 줄 뿐이야."

탁.

등 뒤에 벽이 닿고 더 이상 도망갈 곳이 없자 하양이 자리에 털썩 주저앉았다. 다리에 힘이 풀린 것인지 아니면 녹아 없어진 것인지 모를 판이었다. 하양의 앞에 한쪽 무릎을 꿇고 앉아 그

녀의 발을 끌어와 발등에 입을 맞춘 단우가 싱긋 웃었다. 내리

깐 시선과 눈을 마주한 그가 말했다.

"얼어 버렸어? 왜 카메라 앞이니까 긴장돼?"

"당신이 나중에 저걸로 무슨 짓을 할지 몰라 무서운 거예요."

하양이 손을 들어 멀리 떨어지지 않은 곳에 놓여 있는 휴대

폰을 가리켰다. 동영상 녹화가 되고 있다는 듯 빨간불이 들어와

있었다.

"홍콩에서 외로운 3일을 보내게 해 줄 소중한 영상이야."

그렇게 말한 단우가 싱긋 웃음 짓는다. 그리고 혀를 길게 빼

내 하양의 발등 위를 그린다. 그의 타액으로 발이 젖고, 얇은

발목이 젖고, 정강이를 거쳐 허벅지까지 닿자 하양의 눈빛이 흐

려졌다.

"하아……."

하양의 입에서 깊은 신음이 터져 나왔다. 활짝 열린 가운 사

이로 풍만한 가슴이 옆으로 흘러넘쳐 연신 들썩였다. 손을 뻗어

한 손에 다 감쌀 수 없을 만큼 큰 가슴을 쥔 그가 젖꼭지를 손

가락 사이에 끼워 비틀었다.

"으윽."

하양의 몸이 허공으로 튀어 올랐다가 바닥으로 떨어졌다. 파

르르 몸이 떨렸지만 무지비한 손길은 활짝 열려 있던 사타구니

사이에 미끄러져 들어가 젖어 있던 여성 위에 닿았다. 손가락이

여성 안으로 진입하자 이를 꽉 옭아매는 따뜻한 느낌에 그의 얼

굴이 굳었다. 하지만 손은 금세 리듬을 타고 빠르게 그녀를 몰

아가기 시작했다.

찰박, 찰박!

액이 튀는 소리가 들렸다.

"하아, 하악! 하아, 아아……!"

그리고 그녀가 연신 자지러지는 신음성 또한 집 안을 가득 메운다. 연신 숨을 헐떡이며 단우의 팔목을 힘껏 움켜쥔 그녀가 고개를 재빨리 내저었다.

"그, 그만요. 그만해요."

하양의 눈가에 눈물이 맺혔다. 그 모습을 내려다보던 단우가 입술을 비틀어 웃었다.

"예뻐."

"흐응, 흐으……!"

눈가에 맺힌 눈물을 보던 그가 미간을 찌푸렸다.

아, 울리고 싶다.

그녀가 자신의 아래에서 더 큰 목소리로 울어 줬음 한다.

그렇게 생각하자 그의 손길이 거침없어졌다.

쫀쫀하게 자신의 손가락을 감싸는 여성을 끊임없이 공략하고 괴롭히고 휘젓던 그는 팔의 근육이 팽팽하게 당겨질수록 제 아래서 허물어져 가는 하양의 모습에 집중했다. 단 하나의 모습도 놓치고 싶지 않다는 듯이.

"아!"

그의 손가락으로만 절정에 다다른 하양의 허리가 활처럼 휘더니 이내 바닥으로 고꾸라졌다.

손가락을 혀로 길게 빼내 핥은 그를 보던 하양이 숨을 몰아 쉬며 낮고 허스키한 목소리로 말했다.

"복수할 거야."

"그거 기대되는데?"

축축하게 젖은 흰 가운을 벗겨 구석으로 내던진 그가 하양을 번쩍 안아 든 뒤 젖은 이마에 입술을 내리며 읊조렸다.

"다음은 식탁이 좋을 것 같아."

"……."

말을 잃은 하양이 눈을 동그랗게 뜬 채 단우를 올려다보았다. 그리고 얼마의 시간이 흐르지 않아 하양은 어느새 식탁을 부여 잡으며 가슴이 짓눌린 것도 의식하지 못한 채 몰아닥친 남성에 눈을 질끈 감아 버렸다.

"아아……!"

그의 품 아래에서 정신이 점차 멀어져 감을 느낀다.

주말 내내 하양은 침대 밖으로 한 발자국도 내딛지 못했다. 그의 손가락에 차가운 바닥에서 절정까지 맛본 후 곧장 식탁에 서 그의 맛난 요리가 되어야 했던 하양은 반쯤 정신을 놓아서야 겨우 침대에 누울 수 있었다. 하지만 집요하게 여성을 핥는 혀에 또다시 정신이 아득하게 멀어지는 기분을 맛봐야 했다.

"제발, 제발…… 제발 그만해요."

몇 번이고 애원을 했는지 모른다. 눈물을 쏟아 내고 그의 팔을 막아 내며 제발 그만하라고, 제발 그만해 달라고 애원을 했는데도 그는 끊임없이 자신의 체향과 숨결을 제 몸을 불어넣으며 거칠게 자신을 가지고 또 가졌다. 다음 날 쓰레기통에 처박혀 있는 콘돔의 수를 보아도 자신이 지난밤 그에게 몇 번이나 안기고 또 안겼는지 가늠할 수 없을 정도였으니까.

토요일 아침에야 겨우 그의 품에서 벗어나게 된 하양은 반졸도해 잠에 빠져들었고, 곧 일요일 새벽이나 되어서야 깨어날 수 있었다.

그가 언제부터 자신을 보고 있었던 것인지 알 수 없었으나 눈을 뜨자마자 마주치는 시선에 하양은 숨을 몰아 삼켰다.

"당신의 침대에서 했네. 몇 번이나."

집요하고 독선적인 시선에 하양은 허탈한 웃음을 내뱉었다. 그가 이런 인간인 줄은 알고 있었으나 두 사람의 마음이 이어졌다 생각한 후로도 그는 끊임없이 말하고 있었다.

넌 어디로도 도망갈 수 없어, 라고.

그리고 곧이어 자신의 이마에 닿는 따스한 키스에 또다시 녹아 버렸다. 입술은 이마에서 콧날로 그리고 뺨에서 입술로, 물 흐르듯 흘러 결국 종착역인 자신의 여성에 닿았다.

정신이 아득해지고 몇 번이나 절정에 닿았는지 모른다. 알 수 있었던 것은 몸에 힘 한 자락 들어가지 않았다는 것, 그리고 유독 그가 만족스러운 웃음을 지었다는 것도.

늘 허기진 듯 자신을 바라보던 그가 웃으며 이마에 입을 맞췄을 땐 입에서 끙 앓는 소리가 흘러나오기도 했었다.

지옥과 천당을 수십 번 오갔던 주말을 떠올린 하양이 고개를 거칠게 내저었다. 그리고 컴퓨터 책상 한 켠에 놓여 있는 종이를 향해 시선을 돌렸다.

오늘 아침, 그가 출장을 떠나기 전 굳이 자신의 집을 찾아와 건넨 포스트잇을 바라보던 하양의 얼굴이 일그러졌다.

"비밀번호는 왜 알려 주고 갔대? 가 봤자 본인은 없으면서."

하양이 삐죽 입술을 내밀며 한숨을 쉬었다. 그리고 포스트잇을 원래 있던 자리에 놓아둔 하양이 한숨을 내뱉으며 모니터 화면을 보았다. 아니, 정확하게 말해선 새하얀 한글 문서를 뚫어져라 보고 있었다.

막상 글을 쓰기로 마음은 먹었는데 그 무엇도 적지 못한 채였다. 머릿속에 떠도는 수많은 감정과 단어들이 마치 자신을 비웃는 것만 같았다. 그냥 풀어 쓰면 될 텐데 그렇지 못한 것은 이 감정들을 밖으로 꺼내 놓았을 때 자신이 얼마나 무너질지 잘 알고 있기 때문일 것이다. 하지만 하양은 부러 이러한 감정을 느끼지 못하는 척 입술을 뾰족하게 내밀며 투덜거렸다.

"얼마 전까지만 해도 글을 썼으니 손이 굳은 것은 아닐 테고……."

결국 단 한 자도 적지 못한 채 자리에서 일어난 하양이 욕실로 걸음을 옮겼다. 입고 있던 옷을 하나둘 벗어 던진 그녀는 거울 속에 비치는 자신의 모습에 한숨을 내뱉었다.

"달마시안이야?"

쇄골을 시작으로 그 밑으론 마치 피부병에 걸린 사람처럼 붉은 반점들이 수없이 수놓아져 있었다. 고개를 돌린 하양이 얼굴을 붉혔다. 그것이 그의 독점욕을 보여 주는 것만 같아 오랫동안 바라볼 수가 없었다.

고개를 돌린 하양이 샤워기 밑에 섰다. 가장 차갑게 물을 튼 그녀는 자신도 모르게 달아오른 몸을 식혔다.

그가 남긴 흔적만으로도 흥분한 자신이 정말 음란한 여자라도 된 듯한 기분이 들어 견딜 수가 없었다.

쏴아아아─

한참 차가운 물줄기를 맞으며 몸을 식힌 하양이 코를 훌쩍이며 욕실을 나왔다. 가운 하나만 걸친 채 곧장 부엌으로 향한 하양이 냉수를 벌컥벌컥 들이켰다. 잿빛의 눈동자가 음울함을 머금었다.

"극악무도한 사람일세."

하양이 한숨처럼 말했다.

옆집에서 들려오지 않는 소리도, 그리고 비어 있는 자신의 침대도 견딜 수가 없었다. 자신을 이렇게 만든 것은 고단우, 그 인간이었다. 혼자 있는 것이 좋았고 편했던 자신을 이렇게 뒤바꿔 놓은 것은 바로 옆집 남자.

"그럼 자릴 비우지 말든가."

짧게 읊조린 하양이 곧장 책상 위에 놓여 있던 포스트잇을 떼어 옆집으로 향했다. 자신이 가운만 달랑 걸치고 있다는 사실도 인식하지 못한 모습이었다.

빠르게 비밀번호를 누르고 집 안으로 들어간 하양은 텅 빈 공간을 보며 허무하게 웃었다.

홀로 있다는 외로움을 알게 해 준 사람.

하양은 더듬더듬 걸음을 옮겨 그의 체취로 가득한 침대에 힘없이 누웠다. 털썩 소리와 함께 매트리스가 요동쳤으나 하양은 아무런 미동도 하지 않은 채 힘없이 누워 있었다. 그러다 곧 몸을 동그랗게 말며 무릎을 끌어안는다.

"아, 중증이야."

피식 웃음을 내뱉은 하양이 눈을 감았다.

그는 지금쯤 무엇을 하고 있을까, 생각하며.

2

하양이 핑크가 될 때

피곤한 기색이 역력한 얼굴로 호텔로 돌아온 단우가 모든 기력을 소진한 사람처럼 털썩 소파에 주저앉았다. 피곤한 눈을 손가락으로 꾹꾹 누른 그의 입에서 거친 욕설이 몇 번이고 터져 나왔다.

"죽겠다."

그래, 그는 지금 그야말로 딱 죽기 일보 직전이었다.

최근 중국에 한류열풍이 불면서 안 그래도 중국 내에서 인기가 높았던 한국 성형외과의는 부르는 게 값이라고 할 정도로 몸값이 치솟았다. 그중에서 한국 쇼 프로그램에 참여하며 더욱 이름을 드높이고 있는 고단우의 몸값이 이젠 금값이 되다 못해 백지수표가 된 것은 두말하면 잔소리였다.

이에 몇 해 전부터 그에게 적극적으로 러브콜을 해 오던 중국의 성형외과 병원이 이젠 몸이 달아 그를 직접 초대해 자신들의 병원을 적극적으로 홍보했다. 그러며 직접 이곳에 상주하며 수술을 하는 것은 아니더라도 한 달에 두어 번 정도는 건너와 직접 수술을 집도해 주길 바랐다. 그러면서 자신의 이름을 정면에 내걸겠다는 것이었다.

예전이라면 덥석 그들의 제안을 물 정도로 달콤한 제안이었다. 병원 순 매출의 5%를 주는 것도 모자라 홍콩에 따로 아파트와 차까지 마련해 주며 극진한 대우를 해 주기로 했고, 생활비는 물론이고 이곳에서 지내면서 그들의 입장에서 보면 가볍게 쇼핑까지 즐길 수 있도록 카드까지 지급한다고 하니 어찌 이 제안을 마다하겠는가.

만약 실력이 좋지 않은 곳이었다면 단번에 걷어찼겠지만 턱수술에 있어선 아시아에서 따를 자가 없다고 할 정도로 나름 유명했던 곳이라 고민은 깊어졌다.

"한 달에 두세 번이라……."

단우가 눈을 꾹꾹 누르며 힘없이 읊조렸다. 한 번씩 올 때마다 족히 이틀은 머물게 될 테니 그만큼 하양과 떨어져 지내야 한다. 지금은 그것이 수많은 돈을 마다할 정도로 싫은 그였지만 앞으로를 생각한다면 이곳과 손을 잡고 협약을 진행해야 한다는 것 정돈 알고 있었다. 더욱이 고 원장의 걱정대로 형들이 언제 그의 삶에 강력한 태클을 걸지 알 수 없는 일이었으니 이 정도의 보험은 들어 두는 것이 좋을지도 모른다.

"후."

한숨을 내뱉은 단우가 자리에서 벌떡 일어나 창가로 향했다.

한쪽 벽면이 모두 유리로 되어 있는 호텔은 홍콩 시내가 한눈에 내려다보이는 전망 좋은 곳에 위치해 있었다. 홍콩의 야경을 한눈에 내려다보던 단우가 휴대전화를 꺼냈다. 사진첩을 보던 그가 동영상을 플레이했다.

"아아, 다, 단우 씨…… 아악!"

"……."

눈물을 쏟아 내는 하양의 모습을 멍하니 보던 그가 동영상을 껐다. 뒤돌아서 휴대전화를 다시 주머니에 넣은 그가 얼굴을 붉히며 읊조린다.

"멀쩡한 사진부터 찍자."

그가 욕실 문을 열고 안으로 들어간 지 얼마 되지 않아 차가운 물줄기가 쏟아지는 소리가 들려왔다.

－한국 들어왔어?

"어, 방금 막."

단우가 작은 캐리어 가방을 끌고 출국장에 들어섰다. 드르륵, 드르륵, 바퀴 끌리는 소리가 유난히 귀에 거슬렸다.

－오늘은 병원 들르지 말고 바로 들어가.

"예약 손님 있잖아."

그의 목소리가 조금 짜증스럽게 변했다. 눈 밑에 진 그늘만 봐도 고단우의 출장이 얼마나 고단했는지 알 수 있었다. 곧장 택시가 세워져 있는 곳으로 향한 단우는 트렁크에 캐리어를 실은 후 뒷자석에 올라탔다. 그리고 청담에 위치한 병원 위치를 간단하게 불러 준 후 다시 통화에 집중했다.

–아, 맞다. 김 여사님이지? 김 여사님은 왜 너만 고집하냐.

"그건 그 양반한테 물어봐. 지금 가는 길이니까 그전에 여사님 오시면 미안하지만 조금만 기다려 달라고 말해."

–어.

짧은 답을 들은 단우가 전화를 끝냈다. 깊은 한숨을 내뱉은 후 익숙한 번호를 찾아 빠르게 키판을 두드린 그가 전송버튼을 눌렀다.

〈나 도착했어. 뭐해?〉

하양에게 연락처를 받아 낸 후로 그는 지나치다시피 자주 그녀에게 문자를 하고 있었다. 평소 필요한 내용만 짧게 통화를 하고 문자를 보내면서 하양에겐 사소한 것까지 보고를 한다. 가끔 이런 자신의 모습에 얼빠진 놈이라고 스스로 욕을 하긴 했으나, 그래도 이젠 버릇처럼 연락을 하고 그녀의 문자를 기다렸다. 삶의 한 자락처럼.

출장에서 돌아왔다는 문자를 보낸 지 2분도 되지 않아 답장이 왔다.

〈집이에요.〉

휴대폰 액정 가장 위에 있는 시간을 확인한 단우가 고개를 끄덕였다. 학교에서 집으로 돌아오고도 남을 시각이었다.

〈오늘 빨리 퇴근할 것 같은데 뭐할까?〉

〈피곤해 죽을 양반이 뭘 해요. 그냥 집에서 영화나 봐요.〉

〈피 튀는 고어라면 사양할게.〉

문자를 보낸 단우의 입에서 피식, 짧은 웃음이 터져 나왔다. 외모를 보면 전혀 상상이 되지 않는 영화 취향이었지만 그녀는 고어물을 좋아했다. 덕분에 부천국제영화제엔 아무리 바빠도 꼬박꼬박 갈 정도였다. 국내에서 개봉하지 않는 고어물을 많이 상영해 준다는 이유 하나만으로. 더욱 얼마 전엔 명동에 있었던 소규모 극장이 사라졌단 사실에 좌절을 하기도 했었다.

"참, 특이해."

단우가 자신도 모르게 말을 내뱉을 때였다. 작은 진동과 함께 그녀의 답장이 화면을 가득 메웠다.

〈제 DVD목록엔 피가 튀고 살이 튀고 지방이 튀는 고어물뿐이니까, 다른 걸 보고 싶으시면 빌려 오시든가요.〉

문자에서 불만이 느껴지는 것은 단순히 그의 착각일까. 머릿속에 든 의문에 그는 단호하게 고개를 내저었다.

"여자친구 영화 취향 정도는 존중해 주자."

키득키득 웃음을 내뱉은 그가 영화 한 편을 골라 놓으라는 문자와 함께 눈을 감았다.

"아, 피곤하다."

입에서 앓는 소리가 흘러나올 정도로 끔찍한 피곤이 들이닥쳤다.

◇

"어떻게 오셨……."

데스크를 지키고 있던 코디네이터가 여자의 모습에 멍한 표정을 지었다. 얼굴이고 몸매고 칼 하나 댄 흔적도 없으면서 완벽한 여자가 도무지 왜 성형외과를 찾아왔는지 알 수 없었기 때문이다. 하지만 여인은 커다란 눈을 깜빡이더니 자신의 입 밑 점을 손가락으로 콕 가리키며 말했다.

"점도 뺄 겸 상담도 받으려고요. 고단우 원장님께요."

"원장님이요? 잠시만요."

정확히 단우의 상담을 받고 싶다고 말하자 코디네이터가 잠시 난감하다는 듯 얼굴을 굳히더니 전화기를 들었다. 그리고 내선으로 단우와 몇 마디를 나누더니 업무적인 미소를 지어 보였다.

"괜찮다고 하시네요. 여기에 있는 설문 작성해 주신 뒤 잠시 대기해 주시겠어요?"

"네, 알겠습니다."

차트 판을 받아 든 여자가 안에 적힌 질문들을 성실히 체크해 나가기 시작했다. 외모 중 어디가 고민이냐는 말에 한참이고 망설이던 그녀가 코라고 체크한 뒤 코디네이터에게 건넸다. 설문을 쭉 읽어 본 코디네이터가 활짝 웃으며 한쪽 소파를 가리켰다.

데스크에 있던 두 명은 잡지를 펼쳐 드는 여자를 보며 속닥거렸다.

"어딜 고칠 게 있다고."

"원래 있는 사람들이 더한다잖아. 외모도 마찬가지겠지, 뭐."

심드렁한 얼굴로 여자를 보던 코디네이터 한 명이 차트로 시선을 돌리며 말을 했지만, 그녀를 접대했던 여자는 아직도 궁금한 것이 많은지 말을 이었다.

"연예인인가?"

"글쎄, 처음 보는 사람인데?"

"서른둘이네. 연예인이면 뜨기는 텄겠다."

두 사람이 말을 이을 때였다. 단우의 전담 코디네이터인 김 코디가 여자에게 다가가는 것이 보였다. 잡지를 원래 있던 자리에 놓아둔 여자가 김 코디의 뒤를 따르는 것을 보던 코디네이터가 고개를 갸웃하며 말했다.

"코를 더 높이려는 건가? 지금도 충분히 높아 보이는데."

단우가 피곤함에 눈가를 꾹꾹 눌렀다. 생각보다 사무실에 머무는 시간이 길어졌다. 저번 달에도 이마에 지방이식을 한 김 여사가 이번엔 늘어지는 뺨을 어떻게든 하고 싶다는 말과 함께 결혼할 생각은 여전히 없는 것이냐며 자신의 딸을 소개시켜 준다는 말을 했다. 만나는 사람이 있다는 말에도 자신의 딸 자랑을 자그만치 40분이나 늘어놓은 김 여사를 간신히 돌려보내자 이번엔 데스크에서 상담을 받고 싶다는 환자가 왔다 일러 왔다. 그냥 무시하고 퇴근해 하양의 품에 안길까, 잠시 고민한 그는 어쩔까요, 라고 묻는 코디네이터에게 알았다고 말할 수밖에 없었다.

한숨을 내뱉은 단우가 의자에 등을 편히 기댈 때였다. 똑똑 노크 소리와 함께 김 코디와 여자가 들어왔다. 서둘러 자세를 수습하던 단우는 김 코디의 뒤를 따라 들어오는 하양의 모습에 입을 떡 벌렸다.

"당신……."

"원장님?"

"아, 아니에요."

김 코디가 당황하는 단우를 보며 묻자 그가 아니라는 듯 고개를 내저었다. 입술을 크게 늘어뜨려 웃은 하양이 말했다.

"설문지에 적은 것처럼 코를 좀 더 높여 볼까요?"

검지손가락으로 코끝을 들어 올린 하양이 장난스럽게 말하자 단우가 하하 웃음을 터뜨렸다. 진료실 안에 김 코디가 여전히 있다는 사실도 깨닫지 못한 채였다.

"얼마나 더 기다려야 해요?"

"당신이 마지막 고객이었어. 그래, 코는 어떻게 올려 줄까?"

"음, 조금 낮출까요? 그럼 이놈의 인기가 조금 식으려나?"

"그것 괜찮은 의견이야."

두 사람이 친숙하게 이야기를 나누는 것을 보던 김 코디가 더듬더듬 뒤로 물러났다.

"저, 원장님……."

"아, 아직 있었어요? 이만 나가 보셔도 돼요."

빠르게 고개를 끄덕인 김 코디가 밖으로 뛰어나가 방금 들어

간 여자가 고 원장의 여자라는 사실과 그 사람 앞에선 생글생글 잘 웃기까지 한다며 떠들어 댄 것이 그의 귀에 들어온 것은 얼마의 시간이 흐르지 않아서의 일.

그저 지금은 하양이 자신의 병원을 찾아왔다는 사실만으로도 좋은 것인지 의자를 끌어다 앉는 그녀를 보며 입술을 늘어뜨려 웃었다.

"여기까진 어쩐 일이야?"

"음, 당신의 영화 취향을 고려해 데이트하려고요."

"내 취향이 어떨 줄 알고? 소름 돋는 달달한 영화를 좋아할 수도 있잖아."

"……."

입을 꾹 다문 하양이 정말 그런 영화를 볼 것이냐는 눈초리로 단우를 보았다. 그는 빙글빙글 웃기만 하며 답을 하지 않는다. 한숨을 푹 내뱉은 하양이 말했다.

"그래도 한 번은 참고 봐 줄게요. 영화관에 가도 좋고, DVD방에 가서 봐도 좋고, 빌려서 들어가도 좋고요."

어깨를 으쓱인 하양이 마음대로 하라는 듯 심드렁한 표정을 짓자 단우가 턱을 괴며 말했다.

"웬일로 이렇게 적극적이야?"

무슨 꿍꿍이가 있는 것 같은데? 그가 눈을 게슴츠레 뜨며 자신을 보자 하양은 빙그레 웃으며 말했다.

"빚을 받아 내려고요."

"빚?"

"그런 게 있어요. 일단 어디 가서 배부터 채워요."

"흠, 지금?"

단우가 손목시계를 확인했다. 저녁 시간이 조금 넘은 시각이었지만 표정을 보아하니 별생각이 없는 듯했다. 자리에서 일어난 하양이 가방을 챙겨 들며 말했다.

"먹어야 버틸 수 있을걸요?"

"어?"

단우가 말뜻을 이해하지 못해 고개를 갸웃거리며 물었다. 하지만 하양은 설명을 해 주는 대신 문을 힐끗 보며 그에게 서둘러 움직이라 종용했다. 작게 웃음을 내뱉은 단우가 가방을 챙겨 들고 자리에서 일어났다. 그리고 하양을 향해 손을 내밀었다.

"그래, 뭐 먹고 싶어?"

"음…… 글쎄요?"

자연스럽게 손을 잡은 둘이 진료실을 나섰다. 자신에게 따라붙는 놀란 시선에도 웃는 얼굴로 인사를 하며 단우가 하양을 이끌고 병원을 나섰다. 두 사람의 뒷모습은 누가 보아도 행복한 연인, 그 이상도 이하도 아니었다.

"이게 빚을 갚는 거야?"

단우는 자신의 넥타이를 느슨하게 풀어 자신의 손목을 묶는 하양을 멍하니 보며 물었다.

"네."

"나야 좋은데?"

"계속 좋을 수 있을까요?"

입술 밑의 점이 꿈틀꿈틀 입 모양을 따라 움직였다. 여유로운 웃음에 그가 미간을 찌푸렸다. 너무나 당당한 모습이 마음에 걸린다. 엄청난 꿍꿍이를 숨기고 있는 것만 같아서.

두 사람은 나름 즐거운 데이트를 했다. 평범하게 밥을 먹었고, 근처 극장에 가서 온몸에 소름이 돋을 정도로 행복한 영화를 보았다. 그리고 곧장 나와 길을 걸으며 각기 다른 영화에 대한 평을 했다. 단우는 행복한 연인의 모습에 재미있었다고 평가했고, 하양은 시종일관 깔깔거리면서 보는 그 영화가 의미 없게 느껴진다고 평가했다. 그렇게 극과 극인 사람이 영화 속에선 해피엔딩을 맞이했지만 과연 그 후에도 행복했을까, 하며 그에게 묻기도 했다. 그리고 이십여 분이나 되는 거리를 걸어 집에 도착한 두 사람은 현재의 상황에 이른 것이다.

단우는 자신의 팔목을 꼭 묶고 있는 넥타이를 내려다보았다. 손목을 조금 비틀어 보았지만 꼼짝도 하지 않았다.

"반항은 용서하겠지만 제 몸에 손을 대는 건 용서하지 않겠어요."

"뭐?"

눈을 동그랗게 뜬 단우가 제 손을 내려다보았다. 왜 묶었나 했더니 이제야 알 것 같았다. 단우가 다시 시선을 올려 하양을 보았다. 승자의 미소를 짓고 있는 그녀는 개구진 아이처럼 보였다.

"그게 지금부터 할 게임의 룰이에요."

"······."

"내 몸에 절대 손대지 말 것. 넥타이 풀지 말 것. 어때요?"

하양이 그의 턱을 손가락 끝으로 쓸어내리며 말했다. 단우가 삐딱하게 하양을 내려다보았다.

"그 작은 머리에서 나온 플레이야?"

"아니요. 당신이 홍콩에 있을 때 다운받았던 야동에서 나온 거예요. 한번 해 보고 싶더라고요."

"왜?"

"정말 남자가 그런 반응을 보일지 궁금해서요."

"······."

도대체 어떤 걸 봤기에 이러는 거야? 그가 물으려고 할 때였다.

"그럼 시작해도 되죠?"

답을 듣지도 않은 채 하양은 검지손가락으로 그의 어깨를 툭 밀었다. 손가락 하나가 엄청난 힘을 가지고 있는 듯 그가 소파에 힘없이 등을 기댔다. 아무 말 없이 하양의 움직임에 따라 시선을 옮기던 그의 입술이 굳어졌다. 입술이 새하얗게 질릴 정도로 악문 그는 자신의 바지 앞섶을 노니던 손가락을 뚫어져라 보았다.

하양이 지퍼를 내리자 그가 엉덩이를 자신도 모르게 들었다. 바지를 아래로 내린 하양은 속옷에 감싸인 남성을 꺼내 한 입에 물었다. 남성은 벌써부터 입 안을 가득 채울 정도로 흥분해 있었다.

"으."

그의 입에서 낮은 신음이 터져 나왔다.

천천히 고개를 들었다가 내리길 반복하는 하양의 모습을 내려다보던 그가 감질나는지 손을 들었다. 그리고 자신의 팔목에 묶여 있는 넥타이를 보며 인상을 구겼다.

"재미있네."

그가 입술에 조소를 머금으며 말했다. 그제야 그녀의 꿍꿍이를 알아차렸나 보다.

그래, 당신이 그렇게 나온다면 나도 당신의 룰에 따라 줘 볼까?

단우는 등을 편히 소파에 기대며 눈을 감았다. 그러자 감각이 더욱 날카로워져 자신의 남성을 괴롭히고 있는 혀가 더 적나라하게 느껴졌다.

츄읍—

남성 주위로 하양의 침이 흘러내렸다. 하지만 그녀는 맛있는 사탕을 핥듯 혹은 곧 녹아 버릴 아이스크림을 먹듯 정성스럽게 딱딱한 남성을 혀로 맛보았다.

움찔움찔!

단우의 몸이 연신 떨렸다. 그에 맞춰 남성도 움찔거린다. 극도의 인내심으로 참아 내고 있었지만 이도 곧 한계에 부딪혔다.

"그, 그만."

그의 입에서 포기 선언이 나오자 하양의 입술이 부드럽게 호를 그린다. 행동은 더욱 빨라지고 더욱 힘껏 남성을 자극했다.

남성 끝에 정액이 조금 비어져 나왔다.

"윽!"

그의 입에서 터져 나온 신음과 함께 하양이 고개를 뺐다. 그리고 입을 벌려 제 손바닥에 하얗고 진득한 정액을 쏟아 냈다.

"웩!"

"……뭐 하는 짓이야?"

당황한 단우가 더듬거리며 물었다. 하다가 중도에 멈출 줄 알았다. 설마 사정을 할 때까지 빨 줄은 누가 알았겠는가. 당혹스러운 그와 달리 하양은 답을 해 주는 대신 휴지를 뽑아 자신의 손과 입 안에 남아 있는 정액까지 말끔하게 정리한 후 한숨을 쉬었다. 그리고 어느새 또다시 빳빳하게 서 있는 남성을 곤란하다는 눈으로 바라본다.

참 건강하단 말이야.

다른 남자와 관계도, 그리고 성적인 이야기를 해 본 적도 없었기에 잘 알 수는 없었으나, 그녀는 단우가 꽤나 강한 정력을 가지고 있다는 건 확신할 수 있었다.

휴지를 쓰레기통에 던져 넣은 하양이 자신의 티셔츠 자락을 붙잡아 단숨에 옷을 벗어 던지며 그에게 다가갔다. 걸음을 옮길 때마다 거치적거리는 옷이 한 가지씩 사라지고 나신의 모습으로 자신에게 다가오는 하양의 모습에 그의 손이 또다시 움직였지만 이번에도 가로막혀 낮게 신음을 흘릴 수밖에 없었다.

"왜 그런 표정이에요? 지금부터 시작인데."

"그럼 만지게라도 해 줘."

그가 옅은 신음이 섞인 목소리로 말했다. 눈빛에도 목소리에도 욕망은 가득했다. 커다란 가슴을 출렁이며 하양이 그의 앞에 무릎을 꿇고 앉았다.

"싫어요. 내가 말했잖아요. 룰."

하양이 웃으며 들고 있던 콘돔 껍질을 벗겨 남성에 씌웠다. 그녀의 손이 닿는 것만으로도 남성은 빛의 속도로 반응을 보였다. 서둘러 그녀의 안으로 들어가고 싶다며 빳빳하게 고개를 치켜들고 항의를 해 보지만 그녀는 쓰다듬으며 웃기만 할 뿐 다음 행동을 취하진 않았다.

"으으."

그의 입에서 또다시 신음이 흘러나왔다. 그리고 떠오르는 하나의 가정에 그가 설마 하는 얼굴로 물었다.

"……설마 저번에 당신한테 흰 가운 입혀서 이러는 건 아니지?"

"빙고."

"……."

짧은 답에 그가 벙찐 얼굴로 하양을 올려다보았다. 요염한 웃음을 지으며 단우를 내려다보던 하양은 손으로 그의 턱을 쓰다듬으며 요부가 된 기분으로 말했다.

"그럼 좀 더 즐기게 해 줄래요?"

뜨거운 분신을 붙잡고 천천히 엉덩이를 내린 하양과 단우의 입에서 동시에 뜨거운 신음이 터져 나왔다. 묶여 있는 팔을 들어 하양의 허리에 끼운 후 그녀의 몸을 자신 쪽으로 더 밀착시켰다.

"마, 만지지 말라……! 아악!"

그녀가 투덜거리자 그는 더욱 힘껏 허리를 튕겼다. 하양이 자지러지며 신음을 터뜨리자 그가 입술을 휘어 웃었다.

"당장 넥타이 끊어 버리고 싶은 거 참는 거라고. 이번엔 당신의 놀이에 맞춰 주는데 이다음은 각오하는 게 좋을 거야."

"누가 무서워할 줄 알고?"

하양의 입에서 앓는 신음이 터져 나왔다. 손을 뻗어 단우의 어깨를 움켜쥔 하양이 입술을 깨물었다. 평소보다 유독 자신의 몸이 빠르게 달뜨고 온몸의 세포가 간질간질한 것은 왜 그런 것일까? 그가 주는 감각에 머리가 돌아 버릴 것만 같았다.

눈을 질끈 감은 하양이 단우의 어깨에 기대며 뜨거운 숨을 훅 내뱉었다.

"……기대하라고."

짙은 웃음을 지은 그가 힘껏 그녀의 안으로 파고든 후 허리를 흔들었다.

허리를 활처럼 휜 하양이 고개를 꺾으며 뜨거운 신음을 내질렀다.

다음 날 아침, 짙은 사정 냄새와 함께 눈을 뜬 단우는 옆에서 세상모르고 잠들어 있는 하양을 보았다. 새벽에 기진맥진해 잠든 하양의 얼굴을 한참이고 보던 그가 휴대전화를 가져와 몰래 사진을 찍는다.

찰칵!

어색하게 웃고 있는 자신과 단잠을 꾸고 있는 하양을 뚫어져라 보던 그가 웃음기 섞인 목소리로 말했다.

"이것도 다른 사람들한텐 죽어도 못 보여 주겠네."

휴대전화를 다시 탁자에 올려놓은 그가 하양의 얼굴을 무표정하게 바라보았다.

"큰일이다."

손을 뻗어 이마에 붙은 머리카락을 정리해 주던 그가 무심하게 읊조렸다.

"점점 바라게 돼."

그리고 점점 커져 가. 무서울 정도로 빠른 속도로.

곤히 잠든 하양의 얼굴을 한참이나 보던 그가 자리에서 일어나 곧장 욕실로 향했다.

깨끗이 샤워를 하고 밖으로 나온 그는 소리를 죽이며 출근 준비를 서둘렀다. 거울을 보며 넥타이를 매던 그가 순간 손을 멈추고 피식 웃음을 내뱉었다.

"보통 그런 생각을 실천으로 옮기나?"

남자의 팔을 묶어 두고 위에서 허리를 비틀고 엉덩이를 들어 올렸다가 내리찍던 모습을 떠올렸다. 그리고 어느새 다음 생각으로 넘어가 침대에서 자신의 밑에서 울음을 터뜨리던 하양을 떠올린다.

"어이."

자신도 모르게 아침부터 힘껏 고개를 든 남성을 내려다보던 그가 허무하게 웃었다.

"짐승이냐, 넌."

자신의 의지와 상관없이 어린 고등학생처럼 생각만으로 발기한 남성을 보던 그가 서둘러 넥타이를 맨 후 가방을 들고 방 밖으로 나왔다.

언제 일어난 건지 거실엔 하양이 눈을 깜빡이며 서 있었다. 성큼성큼 걸음을 옮긴 그가 하양의 허리를 감싸 안자 시간을 확인한 그녀가 미간을 찌푸렸다.

"오늘은 일찍 나가네요?"

"원래 출장 다음 날이 가장 일이 많은 날이거든."

말이 끝남과 동시에 하양의 새하얀 이마에 입술을 짧게 맞춘 그가 웃었다. 하양의 얼굴이 화르륵 타오른다. 침대에서는 얼굴색 하나 변하지 않고 자신을 유혹하면서.

"오늘 촬영 있는 날이죠? 언제 끝나요?"

"왜? 기다리게?"

하양이 애써 표정을 갈무리했다. 이를 보며 속으로 웃던 그가 다시 한 번 이마에 입을 맞췄다.

쪽.

짧고 경쾌한 소리에 하양의 뺨이 또다시 핑크빛으로 물들었다.

"네, 뭐 먹고 싶은 건 없어요?"

"늘 있지."

"뭐요?"

눈을 동그랗게 뜨며 자신을 올려다보는 하양의 모습에 단우의 입술에 장난스런 웃음이 내걸린다.

"너."

"……."

쪽쪽.

아무 말 없이 잿빛 눈동자를 깜빡이는 하양의 이마에 또다시 입을 맞춘 그가 결국 참다못한 웃음을 와르르 터뜨렸다. 그녀의 얼굴이 일그러지며 눈동자엔 의아한 빛이 가득했지만 그는 그 뒤로도 한참이고 웃음을 쏟아 낸 뒤 눈가에 맺힌 눈물을 닦아 내며 물었다.

"어제 그렇게 발칙한 짓을 해 놓고 왜 지금은 뽀뽀 하나에 얼굴을 붉히는 거야."

우물쭈물, 하양은 자신의 속마음을 말할까 말까, 고민하는 얼굴로 단우를 올려다보았다. 그가 어디 한 번 말해 보라는 듯 입을 꾹 다문 채 바라보자 그녀가 한숨과 함께 말했다.

"섹스도 그렇지만…… 뽀뽀는 더 친밀해 보이거든요."

하양의 가느다란 허리를 붙잡고 있던 손에 더욱 힘이 들어갔다.

"그럼 앞으로 더 자주 해 줘야겠네."

쪽.

단우의 입술이 또 한 번 하양의 이마에 닿는다.

Chapter 2

두 발자국, 침범하기

겨울 향기

창틀에 턱을 괸 채 멍하니 운동장을 바라보고 있던 하양의 주위로 싸늘한 가을바람이 불어닥쳤다. 하지만 하양은 추운지도 모른 채 멍하니 눈만 깜빡였다.

새벽녘에 많은 비가 내렸다. 가을비는 순식간에 여름의 여운은 몽땅 가져가 버리고, 그녀가 그렇게도 싫어하던 겨울이 성큼 다가왔음을 알렸다. 유난히도 추운 올해의 가을은 몸에 오싹오싹 소름을 돋게 만들고, 가끔은 골이 빠질 정도였다.

예전이라면 몸을 웅크리며 어떻게든 이 겨울에서 도망가려 애를 썼겠지만 그녀의 가슴은 활짝 열려 있다. 그녀의 가슴을 제법 데워 주는 남자가 곁에 있었기 때문이다.

하양의 입술이 부드럽게 호를 그렸다.

처음이었다. 짧지 않은 인생 동안 이 겨울이 무섭지 않은 것은.

그녀의 정신이 아득하게 멀어졌다.

"선생님, 선생님……!"

"아, 아, 어."

"무슨 일 있으세요?"

곁에서 들려오는 소리에 하양이 퍼뜩 정신을 차렸다. 서둘러 표정을 갈무리한 하양이 고개를 돌려 자신을 멀뚱멀뚱 바라보고 있는 정호를 보며 콧방귀를 뀌었다.

"애들은 몰라도 돼."

장난스럽게 말하긴 하였으나 이 감정을 어떻게 표현해야 할지 몰라 답을 못 했다는 것이 더 옳았다. 무슨 일이 있긴 했으나 아무 일이 없기도 했다. 그래서 그냥 장난처럼 치부하고 넘겨 버렸다. 그리고 입술을 내민 채 뚱하게 바라보는 정호를 보며 피식 웃음을 내뱉었다.

"그런데 넌 웬일이냐?"

"중간고사요."

"응? 중간고사?"

다음 주, 추석을 쇠고 온 후 곧바로 있는 중간고사 기간을 떠올린 하양이 고개를 끄덕였다.

"전에 그 약속 유효한 거죠?"

전에 했던 그 약속? 눈을 동그랗게 뜬 하양이 과거의 이야기를 떠올려 보았다. 그러다가 문득 평균 5점을 더 올리면 다시 한 번 밥을 해 주겠다던 이야기가 떠올랐다. 그리고 그와 함께 자신의 마음을 난로처럼 데워 준 남자가 떠올랐다.

고단우, 옆집에 사는 남자.

"설마 기억 못 하시는 거예요?"

하양의 표정을 살피며 정호가 실망스러운 표정을 지었다. 그러자 가운 주머니에 손을 찔러 넣은 채 빙그르 돌아 창틀에 기대며 히죽 웃는다.

"물론이지. 난 어린양에게 사기를 치는 못된 어른은 아니니까."

"그때 드릴 말씀도 있어요."

긴장한 정호의 얼굴을 보던 하양의 입에서 옅은 한숨이 새어 나왔다. 이렇게 진지하게 할 이야기가 세상에 몇 가지나 될까, 더욱 18살의 어린 남자아이에게. 그녀도 이 또래엔 아주 작은 일로 무너져 내리고, 세상이 끝난 것 같은 기분에 사로잡히기도 했었다. 어디 그뿐인가, 죽고 싶다는 이야기도 서슴없이 할 수 있었던 때.

젊음은 참 좋다.

하양은 속으로 웃음을 삼키며 팔을 들어 팔짱을 꼈다. 눈을 내리깐 채 웃은 하양이 긴장한 표정의 정호를 보며 입술을 비틀어 웃었다.

"우선 평균 75점을 만드는 게 먼저인 것 같은데?"

"안 져요."

"흐음, 그래?"

다부지고 단단해진 표정에 하양이 미소지었다. 아이는 금방 성장하고, 금방 큰다. 눈 깜빡할 사이에 남자가 되고 여자가 된다. 특히나 고2의 아이들은 더욱 그랬다. 정호는 어느새 소년에서 남자로 자라나고 있었다.

"안 질 거예요."

알 수 없는 말을 한 정호가 허리를 꾸벅 숙여 인사를 하더니 보건실을 빠져나간다. 아이의 뒷모습을 보던 하양은 멍했던 표정을 지우며 피식 웃음을 내뱉었다.

"꼭 이겼으면 좋겠네."

딸랑, 맑은 종소리와 함께 단우가 유리문을 열고 안으로 들어왔다. 그러자 말끔한 투피스를 입은 여직원들이 그에게 다가왔다.

"어서 오세요."

주얼리샵 안에 있던 여자들의 시선이 한꺼번에 편안한 캐주얼 차림의 단우로 향했다. 싱그러운 웃음을 짓고 있는 그는 급히 익숙한 얼굴의 샵매니저에게로 걸음을 옮긴다.

그녀는 화려한 주얼리가 디피되어 있는 장 밑 서랍을 열어 벨벳 재질로 된 반지 케이스를 꺼내 그의 앞으로 내밀었다.

"제품 확인해 보세요."

그녀의 말에 단우가 상자를 열었다. 똑같은 디자인의 반지가 가지런히 놓여 있었다. 사이즈가 작은 여자 반지를 꺼내 요리조리 살펴보던 그가 입가에 웃음을 한껏 지으며 말했다.

"예쁘네요."

"여자친구분이 많이 좋아하실 거예요."

싱긋 웃음 짓는 샵매니저를 보며 단우가 입가에 짓고 있던 웃음을 지웠다.

"과연 그럴까요?"

"네?"

"아, 아닙니다. 그럼 계산해 주십시오."

카드를 내민 단우가 팔을 들어 손목시계를 확인했다. 저녁 식사 시간이 다가오고 있었다. 방금 전까지만 해도 하늘을 나를 듯 가벼웠던 얼굴이 순식간에 우중충해졌다.

달그락, 달그락.

간간이 숟가락과 그릇이 부딪히는 소리가 크다고 느껴질 정도로 침묵이 내려앉은 부엌 안엔 의외로 많은 사람들이 앉아 있었다. 중후한 분위기의 중년 신사와 그보단 어려 보이는 중년의 여인. 그리고 두 명의 건장한 사내와 동떨어진 섬처럼 전혀 다른 분위기의 남자가 얇게 저며진 고기가 주식인 코스요리를 먹고 있었다.

분명 최고급 요리일 것이 분명하나 이방인은 그것이 질긴 고무라도 되는 것마냥 질정질정 씹고 있었다. 고기와 샐러드를 한꺼번에 찍어 입에 넣은 단우가 떨떠름한 얼굴로 나이프와 포크를 내려놓았다.

달그락.

날카로운 소리에 사람들의 시선이 단우에게 닿았다.

"용케 나왔구나."

김 여사가 낮은 어조로 읊조렸다. 서늘한 목소리에 부엌 안엔 순간 한파가 들이닥쳤다. 사람들의 시선이 단우에게로 향하자 고 원장이 소리내 수저를 내려놓으며 역정을 냈다.

"밥상머리에서 이 무슨 짓이야."

낮게 내지르는 소리에 사람들이 꿀 먹은 벙어리가 되어 숨을 삼켰다. 그 모습을 보던 단우가 속으로 웃음을 삼켰다. 코미디였다, 이 집안은. 서로 얼굴 보는 것이 너무나 짜증 나 싫은데도 돈을 쥔 권력자 때문에 억지로 한 달에 한 번씩 저녁 식사를 함께할 때도 서로 날을 세운다. 서로 마주하며 살기 싫으면 안 보면 그만일 텐데, 고 원장은 '가족'이란 틀을 무너뜨리기 싫어했다. 정작 모든 것을 망친 것은 그이면서도.

단우는 접시 위의 먹다 만 음식을 내려다보았다. 과거 별 다섯 개 호텔에서 일한 주방장을 데려왔다더니 확실히 접시 위엔 하나의 예술 세계가 펼쳐져 있었다. 적당히 익은 고기 그리고 싱싱한 야채와 다른 소스와 믹스한 으깬 감자. 화려한 색감의 소스와 과일들. 모든 것이 최고의 조합을 이루고 있는 접시는 고 원장이 꿈꾸는 미래 같았다.

"요즘 얼굴 보기가 왜 이렇게 힘드냐."

접시를 향해 있던 고개를 든 단우는 고 원장이 곁눈질로 자신을 살피는 것을 보았다.

"사업이 바빴습니다."

"사업은 무슨, 쥐꼬리만 한 병원 하나 가지고 유세는."

김 여사의 말에 단우의 맞은편에 앉아 있던 두 남자의 입에서 비웃음이 터져 나왔다. 이에 단우는 평소처럼 웃어 보였으나 고 원장은 주먹으로 식탁을 쾅 내려쳤다. 분위기가 또다시 싸해졌다.

"아비에게 빌붙어 사는 놈들은 그걸로 유세나 떨고 있고?"

"……."

"……."

사람들이 입을 꾹 다문 채 열심히 포크만 움직였다. 늘 식사 자리는 이런 식으로 끝이 나고 말았다. 단우가 한숨을 쉬며 무릎에 깔고 있던 천을 들어 입을 닦아 냈다. 그리고 화려한 크리스털 잔에 담겨 있던 물로 입 안을 씻어 냈다. 고 원장이 접시를 물리는 것을 보던 단우가 입술을 뗐다.

"홍콩에 있는 병원과 협약을 맺을 것 같습니다. 한국을 자주 비우게 되겠죠."

"아, 그 이야기라면 나도 들었다."

"소문이 벌써 거기까지 났습니까?"

"너에 대한 이야기라면 나에게 일러줄 사람이 많으니까."

고 원장의 말에 단우가 떨떠름한 표정을 지었다.

그러니 허튼짓하지 말라?

마치 그러한 충고처럼 들려 더 이상 이 자리에 앉아 있을 수가 없었다. 한숨을 쉰 단우가 어깨를 으쓱였다. 얼굴엔 피곤한 기색이 역력했다.

"그래서 출장을 다녀왔다고?"

"아시면서 뭘 물으세요."

다시 한 번 잔을 들어 물을 마신 후 입술을 비틀어 웃는 단우를 보며 고 원장이 혀를 끌끌 찼다. 눈 밑에 내려온 그늘을 보고 있으니 자신까지 다 피곤해진다는 생각을 한 고 원장은 일하는 아줌마가 내주는 잔을 들며 말했다.

"그렇게 피곤하단 얼굴 할 거면 그만 가 봐라."

그러곤 고 원장이 소리 없이 차를 마셨다. 평소라면 그 말에 실없이 웃으며 더 있겠단 말을 했겠지만 오늘은 아니었다. 단우는 드르륵 소리를 내 자리에서 일어나며 깜짝 놀란 눈으로 자신을 둘러보는 사람들을 보았다.

"네, 제 마음을 알아주셔서 정말 감사합니다."

"저, 저……!"

김 여사가 손을 들어 부엌을 빠져나가는 단우의 뒷모습에 삿대질을 하며 말했다. 평소 교양이 제1원칙이라는 그녀가 유일하게 무너지는 순간은 고단우 앞에서뿐이었다.

"저 버르장머리 없는 놈! 도대체 어디서 배워 먹은 버르장머린지…… 쯧쯧!"

당신한테 배운 겁니다.

그렇게 말하고 싶었지만 단우는 초인적인 힘으로 성질을 억누른 후 문을 닫고 거대한 성을 빠져나왔다. 차고로 향한 그는 자신의 차에 올라탄 후 한숨을 훅 하고 내뱉었다.

"……마음에 안 들어."

집에 올 때마다 기분이 엉망이 되곤 했다. 그렇다고 안 올 수도 없는 일이었다. 그가 자신의 양옆으로 세워져 있는 화려한 자동차를 보며 신음을 삼켰다.

"아, 콩 냄새."

콩가루 집안에서 풍겨 나오는 콩가루 냄새는 참 고약하다.

"나 배고파."

"집에서 먹고 온다고 하지 않았어요?"

하양은 문을 열고 들어오는 단우를 의아한 눈으로 바라보았다. 끌러 내린 넥타이와 두어 개 푼 앞단추, 팔꿈치까지 걷어 올려 흐트러진 모습으로 신발을 벗고 있는 단우는 어딘가 기분이 좋지 않아 보였다.

들고 있던 가방을 소파 위에 던져 놓은 단우가 소파에 등을 편히 기대며 눈을 감았다.

"먹고 왔지. 주방장을 바꾸라고 해야겠어."

"네?"

"네가 한 것보다 맛이 없었거든."

그러면서 히죽 웃는 단우를 보며 피식 웃음을 내뱉은 하양이 부엌으로 걸음을 옮겼다. 냉장고를 뒤적이던 하양이 대파와 계란 두 알을 꺼냈다. 싱크대로 향한 하양은 대파를 씻으며 여전히 우울한 얼굴로 소파에 앉아 있는 단우를 힐끗 보았다. 분명 무슨 일이 있던 게 분명했지만 아무런 말도 하고 싶지 않아 하는 것 같았다. 그럴 땐 상대도 짐짓 아무것도 모르는 척해 주는 것이 좋았다. 적어도 이하양의 방식은 그랬다.

"밥값은 내야 돼요. 요즘 식비가 세 배로 뛰었다고요."

장난스런 하양의 말에 단우가 눈을 떠 고개만 돌려 하양을 보았다. 앞치마를 한 하양의 뒷모습을 보며 그가 고저 없는 목소리로 물었다.

"알았어, 얼마면 되는데?"

"밥 다 먹고 뜨거운 키스 정도? 아, 물론 양치는 해야 해요."

도마와 칼을 가져와 파를 잘게 썰던 하양은 자신의 허리를 감싸 안는 손길에 칼질을 멈췄다. 깜짝 놀라 고개만 돌린 그녀는 자신의 입술에 쪽 하고 닿는 입술에 눈을 동그랗게 떴다.

"선불이야."

"……약한데요?"

"좀 더 진하게 해 줘?"

장난스럽게 눈을 반짝이는 단우를 본 하양은 오른손에 들고 있는 칼을 허공에서 흔들었다.

"깜짝 놀라 당신을 찌를지도 모르니 여기까지만 하죠?"

"……진담 같아서 무섭네."

"놀랍게도 진담이에요."

망설임 없이 말한 하양은 고갯짓만으로 그를 원래 있던 소파로 보내 버린 후 요리를 시작했다. 그릇에 계란과 잘게 썬 야채를 넣은 그녀는 사기냄비에 그릇과 물을 함께 넣은 후 가스레인지 위에 올렸다. 그리고 먹다 남은 국을 데우기 시작하며 밥통을 열어 보았다. 다행히도 그가 먹을 만큼의 밥이 남아 있었다.

뚝딱뚝딱 음식을 만들어 낸 하양은 이번에도 제법 그럴듯한 밥상을 차려 냈다. 새로 만든 것은 계란찜이 전부인 밥상. 하지만 식탁 의자를 끌어 앉은 단우의 표정은 제법 밝았다.

숟가락을 들어 밥을 한 술 크게 뜬 그가 뜨거운 계란찜을 한 스푼 퍼와 후후 입바람을 불었다. 그리고 말없이 수저를 옮기는 단우를 보며 하양이 꽃받침을 하며 턱을 괴었다.

평소엔 흘리는 것 하나 없이 정갈한 젓가락질을 하던 그가 오늘은 숟가락으로 빠르게 음식을 먹어 치웠다. 하양은 말없이 그의 표정을 살피며 웃음만 띠고 있었다.

"……뭘 그렇게 봐?"

그가 문득 콩나물국을 먹다 말고 물었다. 그러자 하양은 여전히 입술을 길게 늘어뜨려 웃으며 말했다.

"많이 고팠나 봐요?"

"응, 점심도 제대로 못 먹었더니……."

"애정이요."

"……."

단우가 들고 있던 수저를 내려다놓았다. 얼음장처럼 차가운 표정을 보고 있던 하양은 자신의 앞에 놓여 있던 계란찜을 그의 앞으로 밀어 놓았다. 그러곤 하양은 자신을 놀란 눈으로 보는 단우의 얼굴을 보던 시선을 내리깔아 계란찜을 본다. 노란 계란찜은 보기만 해도 행복한 색을 띠고 있었다. 알록달록하게. 노란색, 초록색, 주황색. 어디서든 평범하게 먹을 수 있는 음식이었지만 누군가가 자신만 위해 해 주는 계란찜은 좀처럼 먹기 힘들다.

무거운 침묵이 흘렀다. 그리고 그 침묵을 깬 것은 하양이었
다.

"처음부터 눈치채고 있었어요. 결핍되어 있는 사람은 아주
평범한 것들을 원하거든요. 그걸 한 번도 얻지 못했으니까. 바
라고 또 바라도 그걸 줄 사람이 자신의 곁엔 없으니까. 그래서
그랬죠? 제가 처음 음식을 차려 줬을 때요."

고개를 숙인 단우의 표정을 살필 수는 없었으나 하양은 계속
해 말을 이었다.

"사람마다 적정선이 있죠. 그 선을 방금 제가 넘은 건가요?
그렇다면 말해 줘요. 앞으론 넘지 않을 테니까."

"……."

"고단우 씨?"

하양의 부름에도 단우는 고개를 들지 못했다. 그의 어깨가 떨
렸다. 처음 그녀의 밥상을 받았던 그 때처럼.

그 모습을 하양은 한참이고 말없이 바라보기만 하였다.

그에겐 조금의 시간이 필요했다.

베란다에 조촐한 술상이 차려졌다. 마른안주와 과자 몇 조각.
그리고 평소 하양이 즐겨 마시는 녹색 캔과 단우가 즐겨 마시는
하얀 캔 하나씩. 단우와 하양은 커다란 창밖의 세상을 보고 있
었다. 여러 색을 가진 야경은 사람들이 만들어 낸 것이었다. 가
까이서 보면 짜증 나는 교통 체증과 밤이면 앞을 밝혀 주는 가

로등, 그리고 삶을 위해 켜진 조명들이었지만 멀리서 보면 하나의 작품 같았다.

말없이 맥주를 한 모금 마신 단우가 소리 없이 캔을 내려놓은 후 깊은 한숨을 내뱉었다. 그리고 잿빛의 눈동자를 깜빡이고 있는 하양을 보며 입술을 늘어뜨리며 웃었다. 조금은 허탈한 웃음이었다.

"내가 말했지. 남자는 울리는 게 아니라고. 참 독해지는 거라고."

그녀의 모든 것을 알려 달라며 그가 말했었다. 그녀가 현우의 앞에서 울음을 터뜨리는 것을 말없이 보았을 때 속에서 부글부글 무언가가 끓어올랐다. 그리고 그래선 안 되는 걸 알면서도 그녀를 독촉했다. 어서 모든 것을 풀어 놔, 풀어 놓지 않으면 당신을 어떻게 할지도 몰라. 그리고 그녀는 자신의 모든 것을 말했다.

그때 그가 말했었다. 그녀만 달라고. 내 손을 잡아 달라고. 이것이 당신의 행복이니 꼭 잡아야 할 것이라고. 그리고 그녀는 제 손을 잡았다. 그리고 웃으며 제 곁에 서 있었다. 그 뒤 둘의 생활은 아주 사소한 것들만 바뀌었다. 같은 침대를 공유했고 같이 아침을 먹었으며 각자의 삶을 살아갔다. 아직 두 사람의 관계는 딱 거기까지였다.

나름대로 마음의 선을 그어 앞서 나가지도 않고 뒤서거니 하지 않은 채, 서로 평등한 선 위에 서 있었다. 하지만 이젠 아니었다.

먼저 선을 넘은 것은 이하양 그녀였다.

"음, 들었던 기억이 있네요. 그리고 그때 해 주고 싶은 말이 있었어요."

"뭔데?"

"여자도 울리는 게 아니거든요."

그렇게 말하는 하양의 얼굴은 무심했다. 그래서 더 진심으로 받아들여졌다.

당신은 무참히 내 성을 깨부쉈으면서 왜 난 그러면 안 되나요? 마치 그렇게 말하는 것만 같았다. 그래서 그는 말없이 맥주 캔만 기울였다. 온몸으로 퍼지는 알코올 향에 순간 정신이 아득해지는 기분이었다.

"여자가 울면 얼마나 독해지는지, 당신은 몰라요."

"뭐, 이젠 알겠어."

단우가 어깨를 으쓱였다. 그리고 반이나 비운 캔을 유리 테이블 위에 올려놓았다. 시선을 옮겨 아득히 멀어 보이기만 한 세상을 바라보던 그가 숨을 크게 들이마셨다가 내뱉었다. 걱정 근심이 허공에 날아올랐다가 흔적도 없이 사라졌다.

무슨 말부터 해야 할까? 그러한 고민도 없었다. 그는 그저 지금 제 머릿속을 어지럽히는 생각들을 몽땅 꺼내 보였다.

"한 달에 한 번씩 본가에서 밥을 먹어. 최고급 요리와 겉으론 단란해 보이는 가정. 참 좋지. 하지만 세상 사람들은 알아. 밖에서 낳아 온 자식이 물과 기름처럼 그 속에 섞이지 못한다는걸."

"……."

"아버진 내가 그곳에 소속되길 원해. 그리고 나도 당연히 그걸 원하고 있다고 생각하고 계실지도 모르지. 하지만 아니야."

단호하게 말한 단우가 입을 꾹 다물었다. 애초에 그들 속에 섞이고 싶은 마음은 없었다. 자신을 받아들이지 않는 사람들에게서 감정을 구걸한다는 것이 얼마나 비참하고 힘든 일인진 굳이 경험해 보지 않아도 알 수 있으니까.

어릴 적부터 보모의 손에 자랐고, 김 여사의 품에 안긴 적은 단 한 번도 없었다. 성적이 높을 땐 칭찬보단 불안한 시선이 날아들었고, 그건 의대 시절도 마찬가지였다. 그녀에게 자신은 자식이 아닌 적이었다. 적대감을 가진 사람에게 좋은 감정을 품지 못하는 것은 어찌 보면 당연했다.

그리고 머리가 굵어지고 군대를 제대하고 그 집으로 다시 돌아갔을 때 그는 새로운 사실 하나를 깨달았다. 그 적대감이 참 슬프다는 것을. 자신을 좀먹고 있다는 사실을. 그래서 그 집을 나와 혼자 살기 시작했다. 그러자 마음엔 평화가 찾아왔다. 자신의 속에 무럭무럭 자라나던 반발심이란 이름의 괴물도 자취 없이 사라졌다.

"가족은 필요 없어. 혼자 지내는 게 좋았어."

"흐음……."

하양은 잘 알지 못하는 감정이었다. 그녀는 애초에 가족이 없었으니까. 그래서 옅은 콧소리만 내며 맥주를 마셨다. 꿀꺽꿀꺽, 목울대를 크게 울리며 술이 잘도 넘어갔다. 그리고 쓰디쓴 분위기와는 달리 술맛이 참 달게 느껴진다고 생각했다.

하양은 고개를 들어 말을 멈춘 단우를 보았다. 언제부터 그가 자신을 보고 있었던 것인진 모르겠으나 오랫동안 머문 듯한 시선은 흔들림이 없었다.

"위로를 해 주고 싶지만 안타깝게도 모르는 감정이기 때문에 못 해 주겠어요. 입 발린 소리라면 해 줄 수 있지만."

"……큭."

하양다운 말에 그가 짧게 소리 내 웃었다.

"왜 웃어요?"

"당신 같은 답이어서."

짧게 잘라 말한 단우가 맥주를 꿀꺽꿀꺽 숨도 쉬지 않고 마셨다. 그리고 다 마신 맥주 캔을 찌그러뜨려 유리 테이블에 올려놓으며 말을 이었다.

"그거면 충분해. 호들갑 떨며 위로랍시고 말했다면 큰일 날 뻔했거든."

"음?"

그가 무슨 말을 하려는 것인지 모르겠다는 듯 하양이 미간을 찌푸렸다. 그러자 그는 손을 뻗어 주름진 미간을 쿡쿡 찌르며 웃음 띤 얼굴로 말했다.

"같이 살자고 말할 뻔했어."

"……."

"그럼 난 오늘 건너가서 잘게."

굳은 그의 뒷모습을 뚫어져라 바라보고 있던 하양은 쾅 소리와 함께 문이 닫히자 그제야 짧게 말을 내뱉었다.

"그거 정말 다행이네요."

◇

주말 아침이었다. 평소라면 단우와 함께 눈을 뜨고 아침 준비를 하며 히히덕거리고 있을 시각이었지만 웬일인지 집엔 하양 혼자뿐이었다. 양발을 모두 의자에 올린 그녀는 하양 A4용지만 뚫어지게 보고 있었다. 한 자도 적지 못한 채.

째깍째깍, 흘러가는 시간만 무던히 느끼고 있을 때였다. 잿빛 눈동자를 깜빡이던 그녀가 조심스럽게 키보드 위에 손을 올려놓았다. 그리고 탁, 탁, 탁, 힘없이 키보드를 두드렸다.

-이별에 대처하는 법

"제목 꼬라지하곤."

그렇게 읊조리던 하양은 백스페이스키 위에 손가락을 가져다 대다 말고 고개를 내저었다. 그리고 엔터를 쳐 밑으로 커서를 옮겼다. 진지한 얼굴로 한 자 한 자 적어 내려가던 하양의 손길이 우뚝 멈췄다.

드르륵!

거친 의자 소리와 함께 자리에서 일어난 하양이 창가로 향했다. 잿빛 눈동자를 깜빡이던 그녀의 뒤로 벌써 10페이지가 넘어간 한글 파일이 보인다.

－사랑하는 사람을 만나는 일은 얼마나 대단한 일인가. 수많은 인구 중에서, 수많은 나라와 도시 중에서 그 사람을 우연히 만나고, 그 사람과 함께하게 되고, 그 사람과 함께 미래를 상상하게 되는 일은 엄청난 일이다. 어떤 이들은 공기처럼 이러한 만남을 당연하다고 느낄지도 모른다. 하지만 그 사람의 단점은 보이지 않고, 그 사람과 함께할 미래를 떠올리는 이들 대부분은 그 사랑에 목숨을 건다.

하지만 난 적어도 아니었다. 사랑의 허물을 끌어안고, 그것에 전부를 걸었다간 어떠한 결과를 초래하는지 뼛속 깊이 사무칠 정도로 잘 알기 때문이다.

우연이 겹치면 운명이란 말을 입에 올리는 이들은 아주 많다. 사랑을 가볍게 여기는 이들은 세상에 많진 않겠지만, 그 사랑이란 마음의 무게가 얼마나 무서운 것인지 아는 이들은 별로 많지가 않다. 특히 결핍되어 있는 사람들은 그것의 무서움을 잘 알고 있다. 그런 사람이 제 곁을 떠나갔을 때의 무서움을.

"후."

눈을 질끈 감은 하양이 깊은 한숨을 내뱉었다. 요 며칠, 그의 말에 제 귓가에서 떠나지 않고 있었다.

"같이 살자고 말할 뻔했어."

그렇게 말하며 집을 나간 그는 그 이후로 자신의 집으로 돌아오지 않았다. 요즘 바쁘다는 문자가 오긴 했으나 왜 바쁜지, 왜 자신의 집을 찾지 않는지에 대해선 말해 주지 않았다. 하지만 하양은 어렴풋이 알 것 같았다.

"그때 내가 어떤 표정을 지었더라?"

그렇게 말하는 하양의 낯빛이 어두워졌다.

"뻔하지."

짧게 말한 하양은 커다란 유리창을 열었다.

드르륵.

가볍게 열린 창에서 차가운 바람이 훅- 하고 불어닥쳤다. 얇은 옷 하나 걸쳐 입고 있던 몸이 오들오들 떨린다. 손을 들어 팔을 감싸 안은 하양은 낙엽이 다 떨어지고 앙상한 가지만 남은 나무를 눈에 담으며 피식 웃음을 내뱉었다.

"역시 남자는 울리면 안 돼."

이렇게 큰코다치잖아.

사락사락, 종이 넘어가는 소리만 진료실 안을 가득 메우고 있었다. 현대적인 인테리어로 심플한 분위기가 가득한 고단우의 진료실은 오늘도 벽에 달린 조명 덕에 환하고 밝았다. 의자를 바짝 책상 쪽에 붙이고 앉아 미간을 찌푸리고 있는 이 방의 주인과는 달리.

홍콩에서 보내온 협진 계약서를 보고 있던 그의 미간이 일그러져 있었다. 내용은 홍콩에서 들었을 때와 별반 다를 것 없었다. 하지만 그날의 기억이 계약서와는 상관없이 그의 기분을 엉망으로 만들어 놓고 있었다.

탁탁탁, 신경질적으로 펜을 테이블 위에 내려칠 때였다. 노크 소리와 함께 동우가 안으로 들어왔다.

"너 얼굴이 왜 그러냐?"

깜짝 놀란 동우가 말했다. 혹여 자신이 때를 잘못 맞춰 들어온 것은 아닐까, 생각이 되어 걸음을 슬금슬금 뒤로 물리고 싶을 지경이었다. 고개를 든 단우가 손을 들어 제 얼굴을 쓰다듬으며 말했다.

"어? 내 얼굴이 왜?"

"미간에 필러 좀 놔 주랴?"

"헛소리할 거면 나가. 바빠."

시답잖은 농담에 미간을 찌푸린 단우가 고개를 내려 다시 서류를 살폈다. 그 모습을 보던 동우가 성큼성큼 걸음을 옮겨 단우의 앞에 섰다. 그리고 망설임 없이 손가락으로 그의 미간을 쿡 찔렀다.

"장난이 아니라 진담이다. 성형외과 의사가 미간에 주름이라니, 말이 돼? 거기다가 우리 병원 간판 얼굴인 네가?"

"……손 치워라?"

"네네, 알겠습니다."

깨갱한 동우가 손을 치우며 책상에 걸터앉았다. 그리고 서류에서 시선을 떼지 않은 채 열중하고 있는 단우의 정수리를 힐끗 내려다보며 물었다.

"무슨 일 있나?"

"아무 일 없다."

"무슨 일 있는 것 같은데?"

천천히 움직이던 단우의 손이 움찔 떨렸다. 하지만 곧 아무렇지도 않은 척 다음 장으로 넘기며 동우의 말 따윈 사부작 씹어 삼킨다. 그 모습에 동우의 눈이 반짝반짝 빛났다.

거, 무슨 일 있는 거 맞구만.

매사 흔들림이 없는 고단우를 이렇게 흔들어 놓을 일이라면 단 하나뿐이었다.

"코디네이터들이 한참 말하던 그 여자 때문이지?"

"⋯⋯."

"왜, 무슨 일인데? 털어놓으면 해결은 안 될지도 모르겠지만 그래도 마음이 좀 가벼워지긴 할걸?"

"⋯⋯."

동우의 말에 미간을 찌푸린 그가 들고 있던 종이를 소리 내며 책상 위에 내려놓았다. 그리고 손을 들어 단정하게 정리되어 있던 머리카락을 쓸어 올렸다. 손가락 사이로 가느다란 머리카락이 흘러내렸다.

"정체된 것 같아."

"⋯⋯뭐?"

뜻밖의 말에 당황한 동우가 눈을 동그랗게 떴다. 코디네이터들의 말에 의하면 고단우의 여자는 눈이 돌아갈 정도로 아름다운 미인이라 했다. 그래서 혹여나 그 여자가 바람을 피거나 혹은 썸은 아니더라도 쌈 정도 되는 남자가 있다는 걸로 고민할 줄 알았던 그였으나, 친구의 입에서 나온 말은 전혀 의외의 것이었다.

동우가 계속 말해 보라는 듯 고개를 끄덕이자 시선을 멀리 둔 단우가 한참의 시간이 흘러서야 말문을 열었다.

"지금 이대로도 좋은데 더 바라게 돼. 정체된 관계도 나쁘지 않다고 예전엔 생각했는데 지금은 아니야."

"그럼 솔직하게 말해 보지?"

단우가 고개를 내저으며 말했다.

"그 여잔 바뀌길 바라지 않아."

"그걸 네가 어떻게 알아? 물어보지도 않았을 것 아니야."

동우의 말에 단우가 눈을 감으며 등을 편히 의자에 기댔다. 그리고 반쯤 잠긴 목소리로 말한다.

"동질감."

"뭐?"

"옛날의 나와 같거든."

그래, 두 사람 사이엔 묘한 동질감이 흘렀다. 본질은 같았지만 다른 식으로 발현된 감정을 안고 살았다. 알갱이는 같았지만 따지고 보면 다른. 그래서 서로를 마음에 담았다. 함께 있기로 결정했고, 삶의 일부분을 공유한 채 지내고 있었다. 하지만 그가 바뀌었다. 앞으론 어떻게 해야 하는 걸까…… 언제까지 이렇게 지낼 순 없을 텐데…….

단우의 마음에 어둠이 들이닥쳤다.

"어려운 소리만 한다."

"말하면…… 도망치려고 할걸? 딱 그런 얼굴이었거든."

그렇게 말하며 단우가 서글프게 웃었다. 참 어려웠다. 그는
이제 많은 것을 함께해 가고 싶었지만, 그녀는 현 상태를 유지
하고 싶어 했다. 그는 미래를 꿈꾸고 싶었지만 하양은 그렇지
않았다. 자신의 손을 잡았지만 함께 앞으로 나아가려곤 하지 않
는다. 그 자리에 멈춰 서 있길 바랄 뿐.

감고 있던 속눈썹이 파르르 떨렸다. 예전의 그라면 딱 거기까
지 원했을 것이다. 그도 누군가 함께 미래를 그려 나가는 일 따
윈 딱 질색이었으니까. 하지만 그런 그를 바꾼 것은 하양이었
다.

"흠…… 뭔진 모르겠는데, 정면돌파가 힘들면 측면으로 공격
해 보든가."

"뭐?"

단우가 눈을 떠 동우를 보았다. 심각한 표정으로 팔짱을 끼고
있던 동우가 팔을 풀며 테이블을 손톱으로 탁탁 내려쳤다. 그
모습이 마치 판사가 판사봉을 휘두르는 것처럼 보였다.

"지금처럼 지내. 그리고 야금야금 던져. 지금 네 기분 말이
야."

"……"

그것이 명쾌한 답이라는 듯 동우가 확신에 찬 목소리로 말했

다. 이를 듣고 있는 단우와는 달리. 멍한 표정의 단우를 보며 동우가 말을 이었다.

"그래도 안 되면 끝내야지. 서로 원하는 게 다르면 함께할 수는 없거든. 나 봤잖아."

연인과의 의견 차이로 기나긴 연애를 끝낸 동우는 피식 웃었다. 그러고 보니 자신과 같은 문제로 동우는 헤어졌다. 연애가 좋다는 여자 쪽과 이젠 결혼을 해야 하지 않겠냐는 남자 쪽……. 참 어려운 문제였다.

단우가 피식 웃으며 고개를 내저었다.

"바뀌지 않을 거야."

"바뀌지 않는다면 끝내야지. 바라는 쪽만 썩어 문드러지거든."

그러면서 힘없이 웃은 동우가 책상에 걸치고 있던 엉덩이를 들며 말했다.

"시간을 좀 줘. 그게 상대에 대한 예의니까."

말없이 친구를 단우가 고개를 끄덕였다.

"그래."

"으악, 진료 시간 다 됐다. 그럼 난 이만 간다. 술친구는 언제든 해 주마."

손목시계를 확인한 동우가 서둘러 걸음을 옮겼다. 문손잡이를 잡아 문을 밀어 연 동우가 뒤에서 여전히 자신을 바라보고 있는 단우를 힐끗 바라보며 웃었다.

"그래도 넌 다행이다. 나보다 똑똑하니까."

그러면서 진료실을 나서는 동우의 뒷모습을 보며 단우가 힘 없이 말했다.

"이럴 땐 멍청한 게 더 좋은 거야, 이동우."

허튼 희망고문이라도 할 수 있으니까.

서랍을 열어 벨벳 케이스를 꺼낸 그가 멍하니 읊조렸다.

"이걸 받으면 당신은 어떤 표정을 지을까?"

난 잘 모르겠어.

집 앞을 서성이는 발걸음은 불안하고 위태로웠다. 휴대전화 를 손에 꼭 쥔 하양은 연신 불안한 시선으로 1102호를 바라보 고 있었다. 그의 집 앞을 서성이기도 벌써 20분, 그녀는 액정을 밝혀 문자 창을 켰다.

단우에게서 마지막으로 문자가 온 것이 3일 전이었다. 출장 을 가겠다는 문자만 덜렁 보낸 이후로 그에게선 아무런 연락도 없었다. 예전엔 습관처럼 오곤 했던 문자였다. 어디에 있든 무 엇을 하든 어떤 음식을 먹든 간에 그는 의미 없는 문자를 보냈 고 이에 그녀도 제법 성실하게 답을 했었다. 그땐 그것들이 그 렇게 소중하고 의미 있는 것들인지 몰랐었다.

하양은 탕탕 발을 굴렸다. 고집쟁이 어린아이가 자기 뜻대로 사람들이 따라 주지 않을 때 떼를 쓰는 것처럼.

"고단우, 정말……."

문을 노려본 하양의 입에서 한숨이 터져 나왔다. 그녀도 알고 있었다. 자신이 먼저 연락을 해 주길, 먼저 찾아와 주길 그가 바란다는 것을. 하지만 길 잃은 아이처럼 그 자리에 멈춰 서 한 걸음도 움직이지 못했다. 그녀가 먼저 그에게 연락을 한다는 것엔 많은 의미가 담겨 있었으니까.

울상이 된 얼굴로 1102호를 보던 하양이 결국 몸을 돌려 자신의 집으로 향했다. 아직은 그 한 발을 내디딜 용기가 없었다. 아니, 무서웠다. 아무리 고단우와 함께하더라도.

그녀가 비밀번호를 누르고 집 안으로 막 들어가려고 할 때였다.

띵!

날카로운 소리와 함께 엘리베이터 문이 열렸다. 그 안에 있는 것은 작은 캐리어 가방을 옆에 세워 둔 채 뻐딱하게 서 있는 단우. 하양은 몰래 맛있는 음식을 먹다가 걸린 아이마냥 놀란 얼굴로 그를 바라보았다.

"어디 나갔다 오는 길이야?"

캐리어를 끌고 자신의 집 앞으로 걸어가던 단우가 무심하게 물었다. 그 모습을 보던 하양은 비밀번호를 누르다 말고 몸을 돌려 그를 바라보았다.

띠, 띠, 띠.

비밀번호를 누르는 손이 느릿하게 움직였다.

"이야기 좀 해요."

"할 말 있으면 해."

그렇게 말하는 단우의 얼굴엔 피곤함이 가득했다. 출장을 다녀오는 길이었으니 어찌 보면 당연했으나, 그게 자신 때문이라 느꼈던 것인지 하양의 얼굴이 일그러졌다.

"사람과 이야기를 할 땐 눈을 보고 하는 게 예의예요."

"……후."

한숨을 내뱉은 단우가 몸을 돌렸다. 그리고 무심한 얼굴로 하양을 보며 말한다.

"그래, 해."

"……."

막상 말할 기회가 생겼으나 하양은 입술을 굳게 다물었다. 그리고 아무런 감정도 비치지 않는 단우의 얼굴을 보았다. 그는 쌀쌀맞아 보이지 않았다. 그저 아무런 감정도 보이지 않을 뿐. 그것이 더 무서운 것은 저 사람에게 자신이 제법 무거운 감정을 가지고 있기 때문일 것이다.

하양이 망설이던 입술을 달싹였다.

"져 줘요, 이번엔."

"뭐?"

"이번엔 져 달라고요. 내가 어떻게 할 수 없는 문제니까."

제 감정과는 달리 그녀의 목소리엔 힘이 있었다. 그래서였을까, 단우의 입술이 비틀렸다.

"당당하네."

"언젠 안 당당했나요?"

흔들림 없이 말을 내뱉은 하양은 망부석처럼 서 있는 단우를 보았다. 그 역시 흔들림이 없었다. 문에 비스듬히 몸을 기댄 채 마치 자신에게 계속해 보라는 듯 바라보는 눈초리에 하양은 한 풀 꺾인 모습으로 말했다.

"이젠 나만의 문제라고 넘길 수 없다는 것 알아요. 그럴 단계는 이미 지났다는 것도 알고 있고요."

눈망울이 붉어졌다. 이야기를 하면서 자신도 모를 감정에 휩싸여 그녀는 차마 그를 바라보지 못해 고개를 숙였다. 가슴 한켠에 내려앉은 묵직한 돌, 그 돌을 바라보지 못한 채 고개를 돌렸다.

가지런한 하양의 정수리를 보던 단우가 천천히 입술을 뗐다.

"그럼 말해 봐."

조금 목이 메인 걸까. 놀란 하양의 시선이 그에게 닿는다.

"뭘요?"

"좋아해."

"……."

"사랑해."

"……."

표정은 여전히 굳은 채였다. 하지만 목소리는 흔들렸다. 그 말을 내뱉는 순간, 그는 자신의 감정이 끝없이 추락하고 있다고 느꼈다. 마치 굶주린 거지가 동냥을 하는 것 같았다. 차라리 그저 줄 수 있는 음식이라면 냉큼 달라고 말을 하겠지만, 그가 바라는 것은 너무나 크고 대단한 것이어서 쉽게 달라고 말하질 못하겠다. 하지만 그는 끝까지 말을 했다. 새파랗게 질린 하양의 얼굴을 보며.

"난 당신이 아니면 안 될 것 같아."

"……."

"나에게 확신을 줄 수 있는 말 정도는 해 줘."

단우가 힘 있게 말을 마쳤다. 그의 얼굴을 올려다보던 하양의 고개가 말이 끝남과 동시에 아래로 뚝 떨어졌다.

좋아해, 사랑해, 난 네가 아니면 안 돼.

너무나 감성적이고 참 쉬운 말이었다. 지금이라도 원한다면 충분히 할 수 있는 말들. 하지만 이하양이란 답답한 알맹이는 그 말을 쉽게 꺼낼 수가 없었다. 그 덧없는 말들로 인해 자신의 감정을 표현하기엔 너무나 복합했고 다양했다.

입술을 달싹이던 하양이 결국 아무런 말도 하지 못한 채 입을 다물자, 단우가 성큼성큼 걸음을 옮겨와 하양의 양어깨를 힘 있게 붙잡았다. 그녀의 몸이 휘청거렸다.

"키스를 하고, 몸을 섞고, 시간을 공유하는 것만으론 안 돼."

"……단우 씨."

고개를 든 하양의 눈가가 축축하게 젖어 있었다. 그의 눈에 격랑이 비쳤다. 자신만을 담은 그 눈동자에.

"날 이렇게 바꾼 것은 당신이잖아. 난 돈을 내고 먹는 음식에 익숙해졌고, 서로 필요에 의한 존재가 편했어. 그런데 당신이 바꿔 놨잖아."

그리고 날 이렇게 바꾼 것도 당신이죠.

하양은 그렇게 말하고 싶었다. 하지만 입을 꾹 다물었다.

"관계엔 그만한 책임이 필요해."

"……."

"설마…… 가볍게 즐기고 끝낼 생각은 아니겠지?"

"물론 그런 생각은 아니에요."

단지 미래를 생각해 보지 않았을 뿐.

그녀가 생각하는 그와의 미래는 딱 겨울까지였다.

이 남자와 함께 있으면 따뜻했다. 차가운 눈도 녹일 만큼. 제 마음에 가득 쌓인 눈을 흔적도 없이 수분으로 만들어 버릴 만큼 말이다. 그래서 무서웠다. 이 남자가 자신의 곁을 떠났을 땐? 그 눈이 다시 얼어 버리면 소복소복한 눈이 아닌 얼음으로 변해 있을 것이다. 아무도 들어올 수 없을 만큼 딱딱한 얼음이. 그 얼음 속에 갇혀 있을 자신을 떠올리면 너무나 무서웠다.

"이 이야기는 천천히 하면 안 될까요?"

"하……."

어깨를 붙잡고 있던 손이 힘없이 아래로 떨어졌다. 고개를 든 하양의 눈가에 눈물이 맺혀 있었다. 그녀는 온 힘을 다해 울음을 집어삼키고 있었다. 그 모습에 단우의 얼굴이 일그러졌다. 울리고 싶지 않았다. 그녀가 자신의 손을 붙잡았을 때 행복하게만 해 주고 싶었다. 결코 이런 것을 바라던 것이 절대 아니었다.

하지만…….

"당신의 마음은 뭐야?"

그래도 확신이 필요했다. 사람과의 끈을 고집했던 적이 없었다. 바라던 적도 없었다. 싫으면 그만, 좋으면 그만. 그런 간편한 생각만 가지고 살아왔다. 하지만 이하양, 그녀만은 달랐다.

"좋아한다, 사랑한다, 그런 말로 표현할 수 있는 것이 아니에요."

그럼 뭔데?

그가 입 밖으로 말을 꺼내지 않은 채 시선으로 물었다. 그러자 하양의 입술이 느른하게 퍼지더니 그 끝에 웃음을 머금었다.

"고마워요……."

"……."

"제가 고단우 씨에게 느끼는 마음은 감사함이에요. 그 속에 사랑이 포함되어 있어요. 하지만요, 고단우 씨. 전 삶을 누군가와 공유할 정도로 크지 못했어요. 당신과 함께 살면 좋겠죠. 서로에게 책임이 있는 관계가 될 테니까."

"……."

"저도 당신이 없으면 안 되는 상태가 됐어요. 고작 3일 연락이 안 된다고 해서 불안에 떨었으니까요. 하지만요…… 무서워요."

그녀의 말에 단우의 표정이 멍해졌다. 뒤통수를 쎄게 두들겨 맞은 사람처럼.

"이게 끝나면…… 그럼 난……."

달싹이던 입술을 자신의 입술로 틀어막은 그가 깊은 키스를 했다. 혀가 얽히고 두 사람의 타액이 하나로 섞였다. 눈을 감은 그는 하양의 양 뺨을 움켜쥐며 힘껏 입을 맞춘다.

두 사람의 심장이 마주했다.

콩닥콩닥.

두 사람의 심장이 빠르게 내달렸다.

아아, 나도 그랬구나.

나도 당신에게 아무런 확신도 주지 못했구나.

그런 생각을 하는 순간 그의 가슴이 천 갈래, 만 갈래로 갈라졌다.

실오라기 하나 걸치지 않은 몸으로 침대에 누워 있는 두 사람 위로 차가운 바람이 불었다. 열어 놓은 창문으로 연신 늦가을의 서늘한 바람이 불자 하양이 몸을 꼼지락꼼지락 옮겨 단우의 품을 파고들었다. 그녀의 움직임에 단잠을 자고 있던 단우가 슬그머니 눈을 떴다. 무거운 눈꺼풀을 몇 번이고 깜빡이던 그가 목베개를 해 주고 있던 팔을 뺀 뒤 상체를 일으켰다.

"으음."

목에서 억눌린 신음이 흘러나왔다. 침대에서 내려와 허공에서 허리를 돌리던 그가 곧장 창가로 가 문을 조심스레 닫았다.

"으으음……."

따뜻한 남자의 품이 사라지자 하양이 이불 속으로 파고들었다. 그 모습을 가만히 보고 있던 단우가 천천히 걸음을 옮겨 의자에 던져 놓은 외투를 꺼냈다. 그리고 그 속에 몇 번이고 만지작거렸던 반지 케이스를 꺼내 와 탁자에 올려놓았다.

"기다린다, 젠장."

단우가 거친 숨을 토해 내며 말했다.

반쯤 눈을 감은 채 힘없이 팔을 뻗어 옆자리를 더듬던 하양이 힘겹게 눈꺼풀을 들어 올렸다. 당연히 자신의 옆자리에 있어야 할 사람이 보이지 않자 손등으로 눈을 비비며 잠을 물리쳤다.

"어딜 갔지?"

침대 밖으로 발을 디딘 하양이 곧장 거실로 향했다. 아침상이 차려져 있지 않았다. 그렇다는 건 그가 이 집 어딘가에 있다는 말이었다. 혹여 씻고 있는 건가 싶어 욕실로 향한 그녀는 그곳조차 텅 비어 있자 미간을 찌푸렸다.

"뭐야?"

한 번도 이런 적이 없었기에 하양은 당황스러운 마음에 눈을 깜빡였다.

혹여 어젯밤 일 때문일까? 거짓으로라도 그가 원하는 말을 해 줘야 했던 걸까?

하양의 눈동자에 혼란이 비쳤다.

다시 자신의 침실로 들어간 그녀가 바닥에 떨어져 있던 옷가지와 속옷을 주워 들었다. 그러다 문득 탁자에 시선이 닿자 모든 행동을 멈췄다. 그녀의 눈이 커다랗게 변했다.

들고 있던 옷가지를 이불 위에 아무렇게나 던진 하양이 걸음을 옮겨 상자 위에 붙어 있는 포스트잇 종이를 떼 읽었다.

—기다린다.

조금은 신경질적인 필체였다.

의아함으로 가득했던 눈동자가 벨벳 상자에 닿는다. 굳이 열어 보지 않아도 저 속에 무엇이 들어 있는지 알 수 있을 정도였다.

"하."

짧게 숨을 내뱉은 하양이 털썩 자리에 앉았다. 손을 들어 거칠게 머리카락을 쓸어 올린 하양이 잿빛 눈동자를 깜빡였다. 차마 반지 쪽으론 시선도 주지 못한 채.

"한 번만 봐 달라니까."

겨울의 시작

소파의 양 끝에 앉아 각자 책을 읽고 있던 단우와 하양 사이로 사락사락, 종이를 넘기는 소리만 가득했다. 그녀의 손에는 최근 미국에서 유행한다는 소설이, 그의 손에는 인문서적이 들려 있었다. 두 사람은 같은 공간에 있었지만 서로를 의식하지 않은 채였다.

막 마지막 장을 넘긴 하양은 〈Fin〉까지 읽고 난 후 허무한 듯 책을 바닥으로 툭 떨어뜨렸다. 그리고 그 자세 그대로 몸을 배배 꼬다 찌뿌드드한 허리를 풀며 크게 기지개를 켰다.

"으으, 죽겠다."

입에서 절로 앓는 소리가 흘러나왔다. 꼬박 세 시간 동안 한 자세로 책을 읽었더니 온몸의 근육이 비명을 질러 대는 것 같았다.

책을 읽던 단우가 읽던 페이지에 책갈피를 꽂곤 역시나 바닥에 내려놓았다. 그리고 상체를 일으켜 천장을 멍하니 보는 하양을 보았다.

"추석에 뭐 해?"

"전 내려가 있을 것 같아요."

"음, 난 당일에 갔다가 올 건데. 혼자 심심하겠네."

하양의 발을 끌어와 조물조물 주물러 주던 단우가 한숨을 내 뱉었다.

"그럼 5일 못 보는 건가?"

"네."

발바닥을 꾹꾹 누르는 손길에 몸이 노곤노곤해졌다. 눈을 감은 하양이 온몸에 힘을 쭉 빼며 그의 손길을 느꼈다. 이대로 잠들어도 이상하지 않을 만큼 의식이 멀어졌을 때였다.

"조금 빨리 오면 안 되나?"

단우의 말에 하양이 눈을 슬그머니 떴다. 그의 표정을 살피던 하양이 물었다.

"왜요?"

"외로울 것 같아서."

"음…… 가 봐야 알 것 같아요. 원장 수녀님이 서운해할 수도 있을 것 같고."

꼬박꼬박 찾아뵙는 편은 아니었으나 요즘은 뜸할 정도로 자주 못 가고 있는 것은 맞았다. 이에 몇 번이고 요즘 무슨 일이 있는 것 아니냐며 걱정 어린 문자를 받았던 하양은 이번 추석엔 연휴 모두를 그곳에 있기로 마음먹었던 찰나였다. 혹여 그가 서운해하는 것은 아닐까, 그의 안색을 살필 때였다. 발을 꾹꾹 누르던 손이 어느새 종아리를 스치고 허벅지를 더듬고 있었다.

"그럼 5일 치 해야지."

"……색마."

짧게 말을 내뱉은 하양은 슬금슬금 상체를 올린 후 자신의 입술에 닿는 따스한 기운에 눈을 감았다. 말은 톡 쏘아붙였음에도 입술에 닿는 온기에 그녀의 입술 끝이 말려 올라간다.

입술을 뗀 단우가 양팔 사이에 하양을 가두며 음흉한 목소리로 말했다.

"뭐, 더 힘차게 달릴 수도 있어."

"같이 달려 볼까요?"

"어쭈, 도발이야?"

장난스러운 말에 하양이 팔을 뻗어 단우의 목을 끌어안아 자신 쪽으로 내리며 말했다.

"알았으면 어서 덤비시죠?"

두 사람은 여전히 아슬아슬한 경계를 달리고 있었다.

사돈에 팔촌까지, 가족이라 할 수 있는 사람이라면 모두 한자리에 모였다. 커다란 집 안은 기름 냄새가 가득했다. 물론 '도' 씨 성을 가진 이들이 차린 음식이 아닌 집안일을 봐주는 아주머니가 한 것들이었지만 하여튼 명절 분위기는 물씬 났다.

거실에 편 커다란 상에 각종 전과 제사 음식들이 놓여 있었다. 족히 스무 명은 모인 사람들은 저마다 음식을 나눠 먹으며 근황을 묻고 있었으나 단우만은 가장 끝자리에 앉아 이들과는 섞이지 못하는 기름처럼 둥둥 떠 있었다.

숟가락을 기계적으로 움직이던 그가 결국 한 술도 제대로 뜨지 못하고 내려놓았다. 이만 자리를 파했으면 좋겠는데, 다른 이들은 가족이란 이름으로 묶인 이들과 돈독해지기 위해 쉼 없이 말을 늘어놓고 있었다. 갑자기 넥타이가 목을 죄는 기분이었다.

"그래, 단우 너는 결혼 안 하니?"

이름이 뭐였더라? 단우와는 6촌 정도 되는 중년 여자의 말에 그가 고개를 돌렸다. 제약회사 회장님 사모님이란 것만 어렴풋이 기억이 났다.

"생각하고 있는 여잔 있습니다."

"어머, 그러니? 혹시 얼굴 팔다가 만난……?"

방송 출연을 얼굴을 판다고 말하는 걸까? 단우가 속으로 비식 웃음을 삼키며 고개를 저었다.

"아닙니다."

그의 말에 사람들의 시선이 한꺼번에 그에게로 모여들었다. 김 여사가 삐죽 눈을 올리며 고 원장의 팔을 붙잡았다.

"미현이랑 결혼 이야기 들리는 것 같더니……."

"어머, 숙모, 그럴 리가 없잖아요. 걘 종현이 짝이라고요."

김 여사의 말에 사람들의 시선이 다시 한 번 단우에게 날아들었다. 답답한 마음이 불쑥 치솟았다. 하지만 그는 애써 감정을 꾹 억눌렀다. 지금은 그 어느 때보다 이성적이어야 할 때였다.

단우가 숭늉 그릇을 가져와 한 입 떠먹을 때였다. 그에게 몰린 시선을 이제껏 가만히 듣고만 있던 고 원장이 단박에 끌어간 것은.

"종현인 안 돼."

그가 딱 잘라 말하자 김 여사가 언성을 높여 말했다.

"여보, 그게 무슨 말이에요? 이미 약혼까지 올린……."

"그래, 약혼을 올렸으면 다른 여잔 만들지 말았어야지. 아니면 걸리질 말든가. 길길이 날뛰는 김 이사를 말리느라 얼마나 애를 먹었는 줄 알아!"

"……."

순식간에 무거운 침묵이 흘렀다. 사람들은 모두 고 원장의 눈치만 살폈지만 단 한 사람, 단우만은 물만 꿀꺽 삼킬 뿐이었다. 표정은 제삼자의 이야기를 듣는 것처럼 무심했다.

"병원은 자식에게 물려줄 생각 없다. 능력 있는 사람에게 맡길 게야. 그게 내 씨가 아니라고 하더라도."

"아버지!"

"여보!"

사람들의 호들갑에도 고 원장은 자리에서 일어나 자신의 방으로 들어가 버렸다. 그 뒤를 김 여사와 두 아들이 따랐지만 단우만은 여전히 그 자리에 앉아 고소한 숭늉만 수저로 떠먹을 뿐이었다.

"어쩜 넌 저 이야기를 듣고도 아무렇지도 않을 수가 있니?"

맞은편에 앉아 있던 중년 여성이 씩씩거렸다. 저 여자 앞으로도 병원 지분이 얼마간 가 있다는 사실을 떠올린 단우가 수저를 내려놓으며 자리에서 일어났다. 더 이상 이 자리를 지킬 필요가 없어졌다. 자리에서 일어난 단우는 엉망이 된 식탁을 보며 피식 웃음을 내뱉었다. 정말 한 편의 코미디가 따로 없었다.

"애초에 제 것이 아니니까요."

탐을 낸 적이 없으니 아쉽지도 않았다. 이 자리에 앉아 있는 다른 이들과는 달리.

단우는 자리를 지키고 있는 몇몇 어른에게 허리를 숙여 인사를 한 후 집을 빠져나왔다. 차가 가득 들어찬 차고로 향한 그가 차에 올랐다. 시동을 켠 단우가 핸들에 이마를 찧었다.

"숨 쉴 곳이 필요해."

부글부글, 속이 끓었다.

답답함에 숨을 쉴 수가 없어 그는 한참이나 숨을 몰아쉬어야 했다.

달칵.

갑작스레 집이 밝아지자 단우가 눈살을 찌푸리며 거실을 보았다. 그러자 그곳에 깜짝 놀란 눈을 깜빡이는 하양이 보인다.

"어? 이게 누구야?"

단우가 잔뜩 잠긴 목소리로 말했다. 그의 손엔 얼음이 가득 들어 있는 잔이 위태롭게 들려 있었고, 몸은 툭 치면 테이블 위로 꼬꾸라질 정도로 기울어져 있었다. 하양은 들고 있던 보따리를 바닥에 내려놓으며 서둘러 그가 있는 베란다로 빠르게 걸음을 옮겼다.

"이게 다 뭐예요?"

"어, 진짜 이하양이네? 모레 오는 거 아니었나?"

하양이 자신의 손에 들려 있던 컵을 빼앗자 그가 미간을 와자작 찌푸리며 웅얼거렸다.

"술은 뺏지 말지."

"많이 취했어요. 그만 마셔요."

"그래, 이하양이 그만 마시라고 하면 그만 마셔야지."

암, 그렇고말고.

그가 킬킬거리며 뒷말을 이었다.

단우를 놀란 눈으로 보던 하양이 그의 앞에 한쪽 무릎을 굽혔다.

"무슨 일 있어요?"

하양은 고개를 들어 히죽히죽 웃고 있는 단우를 보며 물었다. 그는 웃고 있었으나 하양의 얼굴은 걱정스럽기 그지없었다. 평소 흐트러지는 걸 싫어하는 그가 이토록 술을 마시는 것은 처음 봐 그녀도 당황한 기색이 역력한 얼굴이었다.

집에서 무슨 일이 있었나?

그녀가 걱정스러운 눈망울을 연신 깜빡였다.

그 모습을 가만히 바라보던 단우가 손을 뻗어 하양의 뺨을 쓰다듬었다. 새하얀 얼굴은 추위로 조금 붉어져 있었다.

"이하양."

"네, 말해요."

하양의 말에 그가 숨을 훅 뱉었다. 알코올 향에 하양의 얼굴이 일그러졌다. 도대체 얼마나 마신 거야? 하양이 고개를 돌려 테이블 위를 보자 비어져 나뒹구는 양주병 하나와 반쯤 비워진 병이 보였다. 그리고 아직 녹지 않은 얼음도. 짧은 시간에 저것들을 다 비워 냈다고 생각하자 걱정스러운 마음이 들었다.

도대체 무슨 일이야?

하양은 굳게 닫혔던 입술이 천천히 달싹이는 것을 보았다.

"나 미치겠다, 정말."

"⋯⋯왜요?"

"발이 푹푹 꺼지는 것 같아."

"⋯⋯."

"누군가가 잡아 줬으면 좋겠는데, 아무도 내 손을 잡아 주지 않아. 아, 아닌가? 내가 여기 있는지도 아무도 모르는 건가?"

웅얼거리던 목소리가 시간이 갈수록 명확해졌다. 또박또박한 자 한 자 내뱉던 그가 하양의 눈망울을 보았다. 그의 입꼬리가 아래로 축 늘어져 있었다. 눈빛 또한 슬픔으로 가득 차 있다.

"난 그걸 원하지 않는데⋯⋯ 내가 원하는 건 그게 아닌데⋯⋯ 왜 다들 내가 그걸 욕심낼까 봐 무서워하는 거지? 다 필요 없는데⋯⋯."

내가 원하는 건 다른 건데⋯⋯.

그의 말에 잔잔한 호수처럼 평온하던 하양의 눈망울에 파장이 퍼졌다.

"이하양, 조금 잡아 주면 안 되나? 나 한겐데."

"……."

"미안해, 나도 이러고 싶지 않은데…… 미칠 것 같아서, 돌아 버릴 것 같아서…… 그래서."

그가 미처 말을 잇지 못하고 입을 꾹 다물었다. 손을 뻗어 하양의 어깨가 마치 동아줄이라도 되는 사람마냥 힘주어 잡은 그가 고개를 숙였다.

자신의 마음이 조금 더 넓은 사람이었다면…… 그릇이 큰 사람이었다면…… 그래서 그녀가 자신을 제대로 볼 때까지 기다릴 수 있는 사람이었다면 얼마나 좋았을까. 하지만 자신은 너무나 별 볼 일 없는 사람이라 처음 느낀 감정에 매달렸다. 휘몰아치는 감정의 소용돌이에 휘말린 단우가 고개를 푹 숙였다.

아아, 나 정말 못난 사람이구나.

그렇게 생각하며.

하지만 이를 보지 못한 하양은 꾹꾹 억누르고 있던 감정을 꺼냈다. 요 며칠 계속 삐그덕거리기만 하는 관계에 대한 피로도가 그녀를 덮쳤다.

"사랑한다고 꼭 같이 살아야 하나요? 가깝고 친밀한 사이일수록 조심해야 해요. 같이 살면 볼 꼴, 못 볼 꼴, 다 보면서 살게 되고요. 그건 싫어요."

하양은 자신의 어깨를 힘주어 잡고 있던 손을 끌어와 입을 맞췄다.

"제가 그럴까 봐 무서워요. 전 사람과의 관계가 무서운 사람이니까."

그 말에 단우의 표정이 굳어졌다.

"너무 가까이 있으면 보고 싶지 않은 것도 보게 돼요."

그래서 당신이 나한테 실망하게 될까 봐, 무서워요.

자신의 손을 붙잡고 있던 하양의 손을 떼어 낸 단우가 입가에 잔잔한 미소를 머금었다.

"알았어. 당신이 무슨 말을 하는지."

드르륵, 의자를 끌며 자리에서 일어난 단우가 한숨을 내뱉었다.

"하지만 밀어내기만 해도 멀어지는 게 사람 관계야. 과거는 현재가 될 수 없고, 현재가 없으면 미래도 없어."

그래, 더 이상 이렇게 지낼 순 없었다. 자신의 마음이 예전과 같았다면 이렇게 지내는 것도 나쁘진 않았겠지. 하지만 이젠 아니었다. 그는 그녀와의 미래를 꿈꾸고 있었고 그녀는 그 자리에 멈춰 있길 바랐다. 두 사람이 처음 감정의 교류를 했던 그때처럼.

그렇다면 그라도 먼저 걸음을 떼어 내야 했다. 둘 다 멈춰 있다간 고인 물처럼 썩을 테니까. 그러한 것은 원치 않았다.

"다음 달부터 한 달에 두 번씩 홍콩 출장이 잡혀 있어."

"아……."

"집도 병원 근처로 이사를 갈 생각이야. 원랜 당신에게 같이 가자고 말하고 싶었어. 그래서 반지도 준비했던 거고."

"……"

여전히 쪼그려 앉은 채 멍하니 자신을 올려다보는 하양을 향해 미소 지어 보였다.

"기다릴게."

"……"

"하지만 당신과 함께 멈춰 서서 기다릴 생각은 없어."

하양의 얼굴이 종잇장처럼 일그러졌다. 하지만 그는 말을 멈추지 않았다.

"피곤하니까 먼저 잘게."

달칵,

그가 들어간 방문이 작은 소리와 함께 닫혔다.

한 사람의 사회적 유대관계를 형성하는 4단계가 있다. 태어나선 가족끼리의 애착을 가지게 되고, 학교에 입학하면서부턴 교사와의 관계를 통해 꿈을 향해 전념하게 된다. 그리고 시간이 흘러선 정상적인 사회진출과 참여를 하게 되고, 마지막에 이르러선 사회의 도덕과 법을 준수해 간다. 하지만 이하양은 첫 번째, 두 번째는 사뿐히 건너뛴 어딘가 삐뚤어진 인간으로 자라났다.

하양은 고개를 돌려 책상 위에 있는 반지 케이스를 보았다.

눈빛엔 흔들림이 없었다.

"무섭다고……."

그와 함께 미래를 걸어가는 일은 그 유착관계를 누군가와 함께 처음부터 되짚어 간다는 말이었다. 하양의 눈빛이 어두워졌다.

지난 2주간 단우는 예전과 별반 다를 바 없는 모습으로 제 곁에 있었다. 함께 잠에 들고, 아침이 되면 함께 밥을 먹었다. 각자 출근을 했고 퇴근한 후엔 함께 시간을 보냈다.

모든 것은 제자리를 찾았는데, 왜 감정만큼은 허무하기만 한 것일까.

"당신과 함께 멈춰 서서 기다릴 생각은 없어."

그 말의 뜻을 하양 또한 잘 알고 있었다. 정기적인 해외 출장이 생겼다 말했고, 그에 맞춰 한국에서의 일정은 더 바빠질 것이다. 지금처럼 함께할 시간도 줄겠지. 거기에다가 이사도 간다 말했으니 더더욱 그럴 것이다.

"……."

말없이 아이들이 차가운 바람을 가르며 공을 차고 노는 것을 보던 하양이 눈을 질끈 감았다.

선택의 기로에 놓였다는 것을 알고 있다. 두렵다는 말 하나로 이 자리에 멈춰 있다면 그의 손을 놓게 될 것이다. 그건 정말 죽기보다 싫었다.

"하지만……."

운을 띄운 하양이 다시 입을 꾹 다물었다.

세 부부의 가정에서 그녀는 버림을 받았다. 아니, 엄연히 친부모까지 합치면 네 가정에서 버림을 받았다. 그 상처는 온몸 곳곳에 남겨져 있어 쉬이 과거를 떨칠 수 없게 만들었다, 두려움 또한.

버림받은 근본적인 문제는 자신에게 있다는 생각을 했다. 그들이 아무리 무책임하다고 하더라도, 이렇게까지 파양을 당한 데엔 자신에게 큰 오점이 있다고. 혹여 그걸 단우가 찾아내지 않을까, 무서웠다. 그래서 또다시 버림받는 것은 아닐까 하고…….

"이하양, 믿지 못하는 거야, 그 사람을?"

자신의 모든 것을 내보인 뒤에도 여전히 그의 작은 행동과 말이 두려워지는 것은 그만큼 소중한 사람이 되어 버렸기 때문일 것이다.

잿빛 눈동자를 깜빡이던 하양이 고개를 숙였다.

"많이 좋아하는구나……."

근본적인 문제는 언제나 자신의 안에 있었다.

하양의 낯빛이 어두워졌을 때였다.

드르륵.

문이 열리더니 정호가 시무룩한 얼굴로 보건실 안으로 걸음을 옮긴 것은.

하양은 창틀에 걸치고 있던 몸을 똑바로 세우며 말했다.

"무슨 일이니? 다친 것 같진 않고."

"······."

정호가 왜 보건실을 찾은 것인지 알고 있음에도 하양은 짐짓 모른 척 말했다. 얼마 전에 중간고사 결과가 나왔다. 그때 바로 정호가 보건실을 찾지 않은 걸 보면 결과는 불 보듯 뻔했다. 아마도 평균 5점을 올리지 못했으리라.

하양은 한 걸음도 옮기지 못한 채 고개를 푹 숙이고 있는 정호를 보았다. 말아 쥔 주먹은 떨리고 있었고, 온몸에선 아쉬움이 뚝뚝 떨어지고 있었다. 가만히 아무런 말없이 이를 보던 하양이 걸음을 옮기려고 할 때였다.

"다음엔 꼭 올릴 수 있어요."

우뚝, 하양은 걸음이 멈췄다. 목소리는 굳건했고 단단했다. 마치 다가오지 말라는 경고처럼 들리기도 했고. 멀찍이서 팔짱을 낀 하양이 물었다.

"이번엔 몇 점이 나왔는데?"

"말하지 않을래요."

딱 잘라 말한 정호가 천천히 고개를 들어 하양을 보았다. 어느새 자라난 아이는 몇 달 전에 자신의 집에서 밥을 얻어먹었던 소년과 같은 사람이라고 보기 힘들 정도로 성장해 있었다. 아이는 참 빨리 큰다. 그리고 참으로 빨리 어른이 된다. 감당이 안 될 정도로.

"다음엔 꼭 5점 올릴 거예요."

"좋은 자세야."

하양이 입술을 늘어뜨리며 웃었다. 그녀의 모습에 정호의 얼굴에도 웃음이 번졌다. 쌍꺼풀 없는 눈은 희미한 선이 되었다. 순수한 웃음에 그녀도 순수해지는 것 같았다. 한참 하양을 보고 있던 정호가 확신에 찬 목소리로 말을 시작했다.

"그때 다시 한 번 말씀드릴게요."

"뭘?"

고개를 기울인 하양이 물었다. 그러자 정호는 막힘없이 술술 이야기를 꺼냈다.

"선생님 좋아해요."

움찔, 하양의 몸이 떨렸다. 그녀의 반응을 이미 예상하고 있었다는 듯이 정호가 말을 이었다.

"감사합니다."

"정호야……."

"굴하지 않을게요."

"……."

하양이 미처 말을 잇지 못하고 입을 꾹 다물었다. 아이의 눈에선 어느새 독기가 사라진 채였다. 움츠리고 있던 어깨도 활짝 편 채였다.

정호가 허리를 꾸벅 숙이며 인사했다.

"감사합니다."

인사를 마친 아이가 후다닥 보건실을 나선다. 하지만 하양은 얼어 버린 사람처럼 한참이고 그 자리에 서 있었다. 하양의 몸이 휘청거렸다. 서둘러 다리에 힘을 주어 몸에 균형을 잡은 그녀가 웃음을 내뱉었다.

"하하, 한 방 먹었네."

고개를 돌린 하양이 천천히 몸을 돌렸다. 어느새 운동장에 뛰어놀던 아이들도 사라진 채였다. 쓸쓸한 분위기로 가득한 운동장을 보던 하양은 여전히 입가에 웃음을 머금으며 읊조렸다.

"봄이 오겠지."

나에게도, 그리고 그 누군가에게도.

"어쩐지 교문이 시끄럽다고 했더니……."

하양은 퇴근시각, 1학년과 뒤섞여 있는 단우를 보며 미간을 찌푸렸다. 오늘의 그도 늘 그랬던 것처럼 참 근사했다. 컬러풀한 셔츠와 검은색의 넥타이, 그리고 편한 바지 차림을 눈으로 훑던 그녀가 주위에서 웅성거리는 소리를 들으며 뚜벅뚜벅 걸음을 옮겼다. 내일은 또 얼마나 대단한 소문이 나 있을지 이젠 궁금해질 지경이었다.

단우가 건네는 장미꽃다발을 받은 하양이 꽃 속에 코를 묻었다. 향기로운 냄새에 머리가 어지러울 지경이었다.

하양의 정수리를 보던 단우가 말했다.

"오늘 시간 돼?"

"꽃다발까지 받았는데 안 된다고 할 수는 없겠죠."

"역시 뇌물이란 좋네."

그가 어깨를 으쓱이며 말을 이었다.

"데이트하자."

"차는요?"

하양이 그의 뒤를 힐끗 쳐다보며 말하자 단우가 고개를 저었다.

"오늘은 두고 왔어. 걷고 싶어서."

"흠, 오늘은 패션이 조금……."

난감하다는 듯 고개를 내린 하양이 신고 있던 하이힐을 앞으로 내밀며 미간을 찌푸렸다.

"지금이라도 당장 집어 던지고 싶은 심정이거든요."

"그럼 데이트 첫 번째 코스는 신발 사는 걸로 해야겠네. 설마 사 준 신발 신고 도망가진 않겠지."

"그런 미신을 믿는 거예요?"

의외라는 듯 하양이 눈을 동그랗게 떴다. 그러자 단우가 입술을 늘어뜨리며 웃었다.

"절대 잃고 싶지 않은 사람 앞에서라면 당연하지. 나도 그렇게 강심장은 아니거든."

"……."

"자, 잡아."

단우가 손을 내밀었다. 이 손을 잡으라고 했던 그날처럼 아련한 눈빛으로. 하양은 마치 무언가에 홀린 사람처럼 그의 손을 붙잡았다.

"가자."

가벼운 말과 함께 그가 손을 이끌었다.

가까운 신발 가게로 향한 둘은 수없이 늘어져 있는 운동화를 보며 한동안 씨름을 해야 했다. 원피스와 전혀 어울리지 않는 운동화에 울상을 짓는 하양을 보며 그 또한 신고 있던 구두를 벗어 던지고 그녀와 똑같은 디자인에 다른 색의 운동화를 구입해 신었다. 언발란스한 모습에 서로 깔깔 웃음을 터뜨린 둘이 길을 나섰다.

손을 꼭 잡은 채 시시콜콜한 이야기를 나누었다. 뭘 먹을지 한참 고민하며 대화를 주고받던 두 사람의 걸음은 자연스레 가까운 곳에 위치한 매운 라면 전문점으로 향했다. 머리부터 발끝까지 땀이나 쏙 빼고 근처에 위치한 서점으로 향하기로 한 두 사람이 힘차게 걸음을 옮겼다.

단우의 어깨에 비스듬하게 머리를 기댄 하양은 그가 이끄는 길이 위험하지 않다는 것을 알기에, 믿고 의지하며 눈을 감은 채 천천히 걸음을 옮겼다. 몽글몽글, 달콤한 감정에 눈을 뜰 수가 없었다. 그러다가 문득 정수리에 닿는 차가운 기운에 걸음을 멈췄다.

"어, 눈이다⋯⋯."

"첫눈이네."

멍한 하양의 말에 단우도 하늘을 향해 고개를 치켜들며 말했다. 어느새 어두워진 하늘이 차가운 눈을 펑펑 쏟아 내고 있었다. 첫눈이라 하기엔 과할 정도로 많은 눈꽃송이를.

그 모습을 멍하니 올려다보던 하양은 자신의 손가락 마디마디를 파고드는 단단한 손에 고개를 돌려 단우를 보았다. 그가 무심한 얼굴로 자신을 보고 있자 그녀가 고개를 기울였다.

"아직도 겨울이 싫어?"

그의 말은 많은 의미를 포함하고 있었다. 하양이 천천히 고개를 저었다.

"왜?"

그의 물음에 하양의 입가에 잔잔한 미소가 떠올랐다.

"봄이 올 걸 아니까."

그 말에 단우가 안도한 얼굴로 그녀를 바라보았다.

"기대."

그의 말에 하양이 다시 그의 어깨에 머리를 기댔다. 그리고 눈을 감았다. 얼굴 위로 연신 차가운 눈이 내려 녹았지만 그녀는 걸음을 멈추지 않았다.

자상한 단우의 손길에 하양의 몸이 녹아내렸다. 짧게 맞춰지는 입술은 달콤했고, 그의 손길이 닿는 곳은 뜨거워졌다.

"으음."

눈을 질끈 감은 하양이 작게 신음을 내뱉으며 허리를 비틀었다. 끊임없이 깊숙한 여성을 공략하는 손가락에 벌써부터 몸은 달떴고, 곧바로 묵직한 남성이 파고들어도 이상하지 않을 정도로 젖었다. 하지만 그는 오랜 시간을 두고 애무를 했고, 그녀가 녹진녹진 녹아내릴 때까지 기다렸다.

벗고 있던 그의 등에 땀방울이 맺혀 아래로 또르르 흘러내려 그녀의 배꼽에 고였다. 고개를 들어 하양의 사타구니를 핥고 있던 입술을 옮긴 단우가 작은 입술에 깊은 입맞춤을 했다.

"흐응, 흐응……!"

교태 섞인 신음이 하양의 입에서 연신 터져 나왔으나 그는 작은 입술을 핥고 물고 빨았다. 그리고 혀를 길게 빼내 하양의 입속을 휘저은 그가 게슴츠레 뜬 그녀의 눈빛을 마주하며 젖은 목소리로 읊조렸다.

"사랑해."

"……."

"사랑해, 이하양."

"……."

"사랑한다, 이하양."

그가 몇 번이고 읊조리고 읊조렸다. 어딘가 취한 사람처럼.

그리고 하양의 가느다란 허벅지를 잡아 가운데 자리를 한 그가 콘돔을 끼운 두꺼운 남성을 하양의 몸 안으로 힘껏 밀어 넣었다.

"윽!"

"끅……!"

신음을 내뱉지도 못한 채 억눌린 소리만 낸 하양의 허리가 활처럼 휘어졌다. 무서운 열락이 두 사람을 덮쳤다.

반쯤 감긴 눈으로 옆자리를 더듬던 하양은 아무것도 잡히지 않자 눈을 번뜩 떴다. 단우가 누워 있어야 할 옆자리가 비어 있었다. 하양의 미간이 일그러졌다.

"고단우……."

그는 늘 아침에 일어나 한참 자신을 품에 안아 주었다. 그 짧은 시간으로 그는 하루를 버틸 힘을 충전 중이라 했었다. 한동안 그 사람의 품에 안겨 있는 것이 어색했고 불편하기도 했지만 이젠 자신 또한 그 시간을 즐기고 있는 중이었는데…….

머리를 거칠게 쓸어 올린 하양이 한숨을 내뱉으며 발바닥을 바닥에 내려놓았다. 그리고 곧장 걸음을 옮겨 부엌으로 향한 하양의 걸음이 멈춰졌다.

"하."

짧은 헛숨을 내뱉은 하양은 말끔하게 차려진 식탁 위를 보며 얼굴을 구겼다.

시리얼과 우유, 주스, 토스트 정도의 그다운 아침 식탁이었다.

"이런 기분이었어?"

마치 먹고 떨어지란 것 같았다.

그가 그런 의도로 차린 것이 아니란 것을 알면서도. 그러면서 과거 그가 아침은 같이 먹었으면 좋겠다고 했던 말이 떠올랐다.

"기분 참 더러웠겠네."

지금의 자신처럼 말이다.

한참이고 식탁을 노려보던 하양은 걸음을 옮겨 머그컵 밑에 깔려 있는 종이쪽지를 집어 들었다. 주소일 것이 분명한 글자만 적혀 있었다. 하지만 이 주소를 왜 적어 두고 갔는지에 대해선 가타부타 말이 없었다. 이미 그는 의사를 충분히 밝힌 상태니까.

시선을 돌려 종이가 있었던 자리 옆을 보자 직사각형의 플라스틱 카드가 놓여 있었다.

"지금 나랑 해 보자 이거지?"

이웃이 그녀에게 이젠 함께 살자고 말했다.

3

겨울의 끝

탁탁탁. 신경질적으로 키보드를 두드리던 하양은 머리를 질끈 묶은 채 활자와 전투를 벌이고 있었다. A4 용지는 벌써 53페이지를 넘어 있었다. 반쯤 의식에 맡긴 채 빠르게 키보드를 두드리던 하양은 책상 위에 올려 둔 휴대전화가 진동을 울리자 손가락을 우뚝 멈췄다. 고개만 돌려 액정을 살피던 그녀가 기운이 푸시식 빠진 얼굴로 머리를 거칠게 쓸어 올렸다.

〈편집부〉

기다리던 단우에게서 온 전화가 아니었다. 하양의 안색이 순식간에 어두워졌다.

"후."

그는 한순간에 제 인생에서 말끔히 사라졌다. 지금이라도 자신이 먼저 연락을 하면 예전처럼 지낼 수 있다는 것은 알고 있었다. 하지만 근본적인 문제는 바뀌지 않을 것이다. 그것을 알기에 하양은 먼저 그에게 연락을 할 수 없었고, 현재에 이르렀다.

그녀가 휴대전화를 들며 모니터 한 켠에 있는 날짜를 확인했다.

2014-11-20.

그가 사라진 지도 보름하고도 2일이 더 흘렀다.

시간의 흐름은 더뎠다.

"여보세요?"

―작가님, 메일 보고 연락드렸어요.

"네, 잘 지내시죠?"

―물론이에요, 잘 지내고 있어요!

여전히 활기찬 담당 편집자의 목소리에 하양이 힘없이 웃었다.

―아, 그리고 문의 주신 인세 부분이요……. 음, 내부적으로 말을 해 봤는데요.

일주일 전 하양은 음란마녀로 일하던 출판사에 문의 메일을 보냈었다. 아무리 보아도 3개월 전 인세가 너무 과하게 들어왔기 때문이다. 출판사 말론 전 사이트에서 1위를 해서 그만큼 인세가 들어왔다고 말은 했지만 반응들을 보면 전작과 비교해 보아도 별반 다를 것이 없었다. 이에 의구심이 든 그녀가 다시는 연락할 일이 없을 것이라 생각한 출판사에 문의 메일을 보내기에 이르렀던 것이다.

담당의 말에 하양이 고개를 기울였다.

"그게 무슨 말씀이세요?"

돈 부분에 있어서 내부적으로 이야기를 해야 하는 일이 무엇이 있을까?

의아한 마음에 그녀가 되묻자 한참이고 망설이던 담당자가 말했다.

—사실 다른 분이 부탁하셨어요.

"부탁? 무슨 부탁이요?"

—고단우 씨란 분한테서요. 인세로 하고 입금을 해 달라고 부탁을 들었거든. 처음엔 좀 그랬는데, 사정을 하셔서요.

"……"

—키다리 아저씨라는데, 안 들어 드릴 수도 없고…….

담당의 말이 이어질수록 하양의 얼굴이 점차 일그러져 갔다. 그러니까 말인즉슨 그때 들어왔던 인세는 그녀가 책을 팔아 번 정당한 대가가 아니란 말이었다. 그리고 그걸 고단우와 편집부가 짜고 그녀를 속였단 거고.

휴대전화를 쥐고 있던 손이 부들부들 떨렸다.

"얼마나요?"

—에? 작가님 화 많이 나셨어요? 정말 죄송해요.

"아니요, 출판사에서 사과할 일은 아닌 것 같네요. 그래서 인세 중에 얼마나 고단우 씨의 돈인가요?"

—700만 원이요.

"……"

하양의 눈이 질끈 감겼다.

이런 식으로 그가 뒷통수를 치리란 생각은 단 한 번도 하지 않았다. 뒤통수가 얼얼하게 아팠다.

－작가님? 음란마녀님?

전화기 너머로 자신을 부르는 목소리에 하양은 아득히 멀어지는 정신을 서둘러 수습했다. 하지만 감정과 굳어진 얼굴은 수습하지 못한 채 조금은 격앙된 목소리로 말했다.

"아닙니다. 혹시 다음에 또 그런 부탁하면 들어주지 마세요."

－사실 이번에 들어간 인세에도…….

"총 얼만가요?"

－네?

"그 사람이 보낸 돈이 얼마냐고요."

－2,000만 원이요.

말문이 턱 막혀 그녀는 더 이상 어떠한 말도 내뱉지 못했다. 이천만 원이라…….

그가 자신의 뒤에서 깜찍한 짓을 하며 쓴 돈이 자그만치 이천.

사회초년생한텐 1년 연봉일 돈을 그는 자신의 뒤에서 생색도 내지 않고 척척 낼 만큼 두툼한 지갑을 가지고 있었다. 그걸 그녀 또한 잘 알고 있었다. 하지만 그가 뒤에서 이런 일을 벌일 것이라곤 생각조차 하지 못했다. 자신의 앞에서 지갑과 꽃다발을 들며 둘 중에 하나 선택하라고, 당당하게 말하는 사람인 줄 알았다.

속에서 부글부글 열이 끓자 하양은 조금은 가라앉은 목소리로 말했다.

"그럼 다 제 통장으로 보내 주시겠어요?"

–네, 알겠습니다. 작가님, 기분 나쁘시다면 화 푸세요.

"아닙니다. 그럼 이만 끊을게요, 감사합니다."

빠르게 전화를 끊은 하양은 자리에서 벌떡 일어나 거실을 서성였다.

"어떻게 이럴 수가 있어?"

자신한텐 아무런 말도 하지 않고, 어떻게 뒤에서 이런 일을 꾸밀 수가 있단 말인가.

정신없이 걸음을 옮기던 하양이 들고 있던 휴대전화를 허공에 번쩍 들어 올렸다. 하지만 바닥에 힘껏 내던지지 못한 채 푸시식 식어 바닥에 주저앉았다.

"나한테 이 정도는 하게 해 줘도 되잖아."

그가 돈을 건네며 했던 말이 떠올랐다. 불안에 떨리던 눈망울과 조금 상기된 얼굴, 그리고 우울하게 가라앉았던 목소리. 모든 것들은 여전히 뇌리에 박혀 있었다.

"당신은 뭐가 그렇게 불안한데?"

팔을 들어 손으로 눈을 가린 하양이 허망한 듯 읊조렸다. 그러다 문득 깨달은 생각에 입술을 비틀어 조소를 내뱉는다.

"이하양, 다 너 때문이잖아."

그에게 믿음을 주지 못했다. 자신은 늘 그를 안달하게 만든다. 그는 귀신같은 촉을 가지고 있는 남자였다. 관계가 깊어지는 것을 두려워하는 자신이 언젠간 그에게서 도망갈 궁리를 하고 있다는 것도 알고 있었다. 그래서 지금도 이 모양 이 꼴이지 않은가.

"하."

하양의 입에서 깊은 한숨이 흘러나왔다.

기력을 잃은 사람처럼 몸에 힘을 쭉 빼고 있던 하양이 무릎을 끌어와 안으며 얼굴을 묻었다.

"그냥 이대로 있으면 안 돼요?"

적당한 거리를 유지한 채, 서로의 단점은 보이지 않는 거리에서 시시콜콜한 이야기를 나누고, 시간을 공유하며 이대로 지내는 것은 안 될까? 좋은 것만 보고, 즐거운 이야기만 하며, 그렇게 사는 것은 안 될까?

"하지만 밀어내기만 해도 멀어지는 게 사람 관계야. 과거는 현재가 될 수 없고, 현재가 없으면 미래도 없어."

뇌리에 박힌 그의 말이 이명처럼 울려 퍼졌다.

하양의 입술에서 웃음이 터져 나왔다.

"안 되니까 나만 두고 앞서 가 버렸지."

그가 성큼성큼 걸음을 옮겨 멀어졌다. 그를 따라잡기 위해선 주저앉아 있을 시간 따윈 없다는 것을 알면서도 하양은 한참이고 그 자리에 머물러 있었다. 아직은 벌떡 일어나 달려갈 힘이 없었다.

◇

"얼굴 안 좋아 보여요."

"그래?"

하양이 손을 들어 올려 어색한 얼굴로 뺨을 쓰다듬었다. 그 모습을 보던 현우가 걱정이 역력한 얼굴로 물었다.

"겨울이라 그런가요?"

"아니야."

"네?"

자신의 앞에 놓여 있는 따뜻한 코코아를 든 하양이 양손으로 머그잔을 쥐었다. 따스한 기운에 얼어 있던 손끝이 녹아내렸다. 뜨거운 김을 호호 불어 물려 낸 그녀가 잔에 입술을 댄 후 달콤한 코코아를 맛보았다. 달달함에 가라앉았던 기분이 조금은 괜찮아졌다.

입가에 잔잔한 미소를 띠운 하양이 잔을 내려놓으며 현우를 보았다.

"개나리가 피는 계절이 오잖아. 그렇게 생각하기로 했어."

"누나……."

많이 놀란 듯 현우가 눈을 동그랗게 떴다. 그의 눈동자에 언뜻 기쁨이 비치기도 했다. 그녀의 긴긴 겨울이 드디어 끝이 났구나, 그렇게 생각하며.

현우는 또다시 코코아를 마시는 하양을 보았다. 그 문제가 아니라면 하양을 이토록 흔들어 놓을 문제는 단 하나였다.

"그럼 남자친구 때문이에요?"

"남자친구?"

"고단우 씨."

짧은 답에 하양의 미간이 일그러졌다.

"너 혹시 그 사람 만난 적 있니?"

"아⋯⋯."

길게 말꼬릴 늘린 현우가 하양의 눈치를 살피더니 이내 고개를 끄덕였다.

"네."

"언제?"

일그러진 얼굴로 되묻는 그녀의 모습에 현우는 말을 할까 말까, 고민했다. 그러다가 숨겨 봤자 될 일이 아니란 사실을 깨달은 것인지 목소리를 가다듬으며 가을이 시작될 무렵의 일을 떠올리며 말했다.

"누나랑 크게 다퉜을 때요. 학비 받지 않겠다고 했을 때. 그때 만났어요."

"만나서 무슨 이야길 했는데?"

"돈 받아 달라고요. 누나가 하는 일은 그만두게 만들 테니까 이번엔 받아 달라고."

"⋯⋯."

입술을 달싹이던 하양이 결국 한 마디도 내뱉지 못한 채 입을 닫았다. 무슨 말을 할 수가 있겠는가. 고단우가 생각보다 많은 곳에 손을 뻗쳤다는 사실을 알았는데.

"누나를 아주 많이 좋아한다고 했어요. 그래서 우는 모습 따윈 보고 싶지 않다고도 했고요. 그리고 저도 부탁했어요."

"무슨 부탁?"

달그락, 소리 내어 잔을 내려놓은 하양이 물었다. 눈빛은 얼른 털어놓지 않으면 큰 혼쭐을 내 주겠다는 듯 반짝반짝 빛났다. 그 모습에 현우가 피식, 김빠진 소리를 내며 말했다.

"누나가 무슨 소릴 하든 옆에 있어 달라고. 보아하니 제 약속은 어긴 것 같지만요."

귀신같은 녀석.

현우에게 볼멘소리를 한 하양이 입가에 미소를 머금었다.

"응, 헤어진 지 한 달 됐어."

"……아."

"기다리고 있어, 그 사람. 먼저 떠난 것은 그 사람인데 결론적으론 내가 찬 것이거든."

"그게 무슨 말이에요?"

이해할 수 없는 말에 현우가 눈을 동그랗게 뜨며 되물었다. 자신이 아무리 연애 경험이 짧고, 삶의 경험이 이들보다 뒤처진다 하여 못 알아듣는 것이 아니었다. 일반적인 사고방식을 가진 사람들이라면 하양의 말에 쉽게 수긍하며 고개를 끄덕일 이들은 몇 되지 않을 것이다.

생각했던 대로 반응하는 현우를 보며 하양이 고개를 끄덕이며 말했다.

"같이 살재."

뒤통수를 툭 치면 눈알이 또르르 빠질 정도로 커다랗게 눈을 뜬 현우를 보며 하양이 깔깔 웃음을 터뜨렸다. 하지만 그 웃음은 얼마 가지 않아 먼지처럼 잘게 쪼개져 공중에서 흩어졌다.

하양은 손을 뻗어 이젠 미지근해진 머그잔을 쥐었다.

"이젠 내 왕국을 완전히 무너뜨리시겠대."

"결혼하자고요?"

"동거부터."

짤막한 말에 현우의 얼굴에 핏기가 가셨다. 아무리 대한민국이 점차 개방된다 하더라도 여자에게 동거란 낙인과도 같은 것이었다. 그것이 실패했을 땐 끔찍한 대가를 치러야 한다는 것 정도는 어린 현우도 알고 있었다.

현우가 손을 뻗어 자신의 손을 힘껏 움켜쥐자 그녀가 깔깔 웃음을 터뜨렸다.

"너 지금 당장이라도 달려가서 고단우 씨 얼굴이라도 칠 것 같다?"

"물론이에요. 그런 관계라면 저도 반대예요."

현우가 정색을 하며 말했다. 그 모습에 하양이 다시 한 번 웃음을 내뱉으며 든든한 동생이네, 라며 실없이 말했다.

하양이 시선을 돌려 창밖 세상을 보았다. 이제 거리는 온통 겨울빛으로 물들어 있었다. 두터운 파카를 입고 목엔 목도리를 두른 사람들이 길을 걷고 있었다.

자신이 버려진 계절, 겨울.

그 겨울이 왔다.

"알고 있는 거야, 그 사람은. 지금 이 상태에서 나한테 결혼하자고 해 봤자 내가 지레짐작 겁먹고 튈 거란 거."

"모르겠어요, 난."

"다른 사람들은 이해 못 할 거야, 우리 사이."

"……"

"동질감으로 얽힌 관계는 참 무섭거든."

동질감은 유대감과는 또 달랐다. 서로에 대해 아는 것과 이해하는 것이 다르듯이.

하양은 힘없이 웃으며 고개를 숙였다. 그리고 물어뜯어 짧아진 자신의 손톱을 내려다보며 말을 이었다.

"그 사람이랑 나…… 참 닮았어. 알갱이는 똑같은데 방향은 다르게 자랐어. 난 외면하는 쪽으로, 그 사람은 부딪히는 쪽으로. 상대에 대해서 안다는 건, 참으로 무서워. 저 사람이 원하는 말을 알고 있는데 말을 못 해 주니까, 죄책감에 시달려."

고개를 돌린 하양이 흔들리는 현우의 눈동자를 마주했다. 그 속에 비친 자신조차도 흔들리고 있었다.

"그래서 더 무서운 거야. 그와 함께 사는 게. 그리고 그 사람도 무서운 거겠지. 이대로 지내는 게. 그래서 지금은 평행선을 달리는 것처럼 멀리 떨어져 있는 거야."

"……이대로 헤어질 거예요?"

"그건 무척 슬플 거야."

하양이 희미하게 웃으며 말을 이었다.

"나도 기다리는 중이야. 단단해지길. 그리고 단단해지기 위해선 시간이 조금 필요해."

"누나, 그렇게 어렵게 생각할 필요 있어요? 누난 그 사람이 좋은 거잖아요. 그럼 함께하면 되잖아요."

"그런가?"

"네, 어려울 건 없어요. 어렵게 생각할수록 어려운 문제니까요."

"그런가? 난 왜 그렇게 어렵게만 느껴지지?"

단순하게만 살 수 있다면, 그렇게 살 수 있다면, 단순하게 원하는 것을 힘껏 쥘 수 있는 용기가 자신의 속에 있다면 참 좋을 텐데……

하양은 그렇게 생각하면서도 고개를 내저었다.

"현우야, 하나밖에 없는 걸 도박판에 거는 일은 참 무서운 일이야. 난 그 사람한테 그걸 걸었어. 그리고 얻어 냈고. 그런데 그 사람이 이젠 얻어 낸 그것을 달라며 나한테 흥정을 하잖아."

"……."

고단우에게 자신을 주었다.

고단우가 자신이 되었고 유일무이한 것이 되었다.

그런데 고단우가 이젠 앞으로 힘차게 걷지 않으면 '그 고단우'를 잃을 것이라 말하고 있었다.

아직 자신은 어떻게 해야 할지 감을 잡지 못하고 있었다. 그에게 자신을 내던졌듯이 이번에도 그를 잡기 위해 힘차게 걸음을 옮겨야 하는 것일까.

그러다 잃으면?

사람의 감정이 얼마나 쉽게 변하는 건데.

"아직은…… 답을 찾는 중이야."

"누나."

짧은 부름에 하양이 현우를 보았다. 그가 늘 그랬던 것처럼 싱그럽게 웃었다.

"힘내요."

"응, 고마워."

답은 내 속에 있었다.

언제나 그랬던 것처럼.

컴퓨터 앞에서 키보드를 두드리던 하양이 문득 모니터 한 켠에 있는 날짜를 확인했다.

2014-12-10.

어느새 그가 떠나간 지 한 달하고도 3일이 흘렀다. 그사이 그에게선 단 한 통의 연락도 없었다. 그 시간은 제법 무서운 것이었다. 그가 떠나갔을 땐 아이들의 중간고사가 막 끝났던 때였는데, 곧 있으면 기말고사가 시작된다. 수능은 끝났고, 고2들이 바톤을 받아 12년간 받았던 공교육의 끝을 향해 달려가고 있었다. 어쩌면 미래의 대부분을 결정할 시간들. 그 시간의 소용돌이에 정호 또한 휘말려 책의 늪에서 벗어나지 못하고 있었다.

그리고 그 시간 동안 하양은 초고의 끝을 향해 달려가고 있었다. 오랜만에 쓰는 글이었기에 자신이 제대로 쓰고 있는 것인지, 이 원고가 정말 사람들에게 읽혀져도 될지 판단조차 서지 않았지만 그녀는 꿋꿋하게 키보드를 두드렸고, 마지막 마침표를 찍었다.

-fin.

엔터를 치고 글 밑에 끝 점을 찍는 순간 그녀는 고개를 푹 숙였다.

"끝났다."

그렇게 말하는 하양의 목소리엔 기쁨 따위 없었다. 오롯이 불안감만 가득한 목소리. 우선은 출판사에 피드백을 받을 동안 이 불안은 계속될 것 같았다.

쭉 활자가 적힌 한글을 보던 하양은 제일 첫 페이지로 돌아갔다.

-이별에 대처하는 법

"참 말아먹기 딱 좋은 제목이네."

제목을 한참이고 뚫어져라 보던 하양은 제일 첫 단어로 갔다. 그리고 이별을 행복으로 고친 후 한글을 저장했다.

　-행복에 대처하는 법

한 단어로 제목은 분위기도 느낌도 완연하게 바뀌어져 버렸다.

그녀의 삶처럼.

철자도 살피지 않았고 엉망인 문장을 살펴보지도 않았다. 피드백을 받고 이 원고를 다시 열었을 때 세종대왕님이 벌떡 다시 일어나 자신을 욕할지도 몰랐지만 우선은 끝냈다는 기쁨에만 젖을 참이었다.

메일을 연 하양은 받은 메일함 옆에 1이 적혀 있자 고개를 기울였다.

"뭐지?"

어제 메일을 확인했기에 올 메일이 없었다. 스팸도 단단히 차단을 해 두었고, 출판사에서도 오늘 원고를 보내올 것이기에 잘 지내고 있냐는 시답잖은 말로 원고 상태를 확인할 일도 없었다.

고개를 기울인 하양이 숫자 1을 눌렀다. 그러자 짧은 메일 한 줄이 와 있었다.

　-당신이 이겼어.

"하, 하하하……."

단우에게서 온 메일이었다. 가타부타 말없이 한 줄만 적힌 멋없는 메일에 하양의 입에서 웃음이 터져 나왔다. 깔깔 웃음을 터뜨린 하양은 답을 쓰는 대신 한참이고 메일을 보았다.

"누가 할 소리."

짧은 말을 내뱉은 하양은 편집부에 원고를 송고한 뒤 휴대전화를 집어 들었다.

─작가님, 원고는요?

"첫 마디 정돈 인사로 해 줘요."

하양은 전화를 받자마자 본론부터 꺼내는 담당의 모습에 불퉁한 목소리로 말했다. 그러자 전화 너머로 어색한 웃음이 터져 나왔다.

─저희 이번에도 작가님 원고 못 내면 위에서 들들 볶이거든요.

"다행이네요. 방금 발송했어요."

─정말요? 정말이죠?

"네, 너무 개판이어서 놀라진 마세요. 저 지금 엄청 불안해요."

─앓는 소리 하지 마세요. 그러시면 저도 불안해져요.

"그러라고 하는 말이에요."

하양이 장난스럽게 말했다. 그러자 통화를 하면서 메일을 확인한 것인지 담당의 밝은 목소리가 들려왔다.

─정말 들어왔네요! 계약금은 지금 발송해 드릴게요!

"지금 당장 보낼 필욘……."

-아니에요! 또 수정할 때 하기 싫다고 우실 거잖아요! 그러니까 수정고 받기 전까지 계약금으로 맛있는 것도 사 먹고 하세요.

담당의 말에 하양이 뒷머리를 긁적였다.

"그래 주시면 나야 감사하죠."

그에게 갈 시간이 당겨지는 거니까.

하양의 입가에 웃음이 번졌다.

드르륵, 드르륵.

캐리어를 끌며 연신 종이와 건물 이름을 번갈아 보던 하양이 허탈하다는 듯이 웃었다.

"뭐야, 학교 코앞에 있는 거잖아."

처음 그가 주소를 두고 갔을 때 자세히 살펴보지 않아 자신의 직장과 그가 이사 간 아파트가 지척에 있다는 것도 알지 못했다.

"애초에 헤어질 생각도 없었던 거야?"

피식 웃음을 내뱉은 하양이 힘껏 걸음을 옮겨 로비로 향했다. 그리고 11층을 누른 후 위에서 내려오는 숫자를 하나하나 세고 있었다. 이사를 가기 전엔 1101호와 1102호에 살며 이웃집으로 지냈던 두 사람이었지만 이사를 간 곳에선 1105호에서 함께 살게 될 것이다. 1과 2가 만나 어떻게 숫자 5가 되었는지는 몰라도 그는 11층에 집을 얻었고, 그곳에서 아직도 자신을 기다리고 있을 것이다.

발을 동동 구르며 1층에 엘리베이터가 서길 기다리던 그녀는 맑은 소리와 함께 문이 열리자 서둘러 그 위에 올라탔다. 그리고 익숙한 숫자를 누른 후 벽에 등을 기대며 눈을 감았다.

처음 만나면 무슨 말부터 해야 할까?

"당신 통장 확인했어요?"

아니, 아니다. 확인하지 않았다는 걸 불보듯 뻔히 알고 있었으니까.

그는 하루에 통장에 돈이 얼마가 쌓이는지에 대해선 관심이 없는 사람이었다.

"깜짝 놀랐어요?"

이 말도 역시나 아니다. 깜짝 놀란 얼굴로 자신을 볼 것이 뻔하니까.

"답장 안 해서 간 졸였죠?"

이 역시 아니다. 간을 졸인 것이 분명하니까.

"후우."

한숨을 내뱉은 하양은 머리 위에서 맑게 울리는 종소리에 눈을 떴다. 그리고 제 몸집만 한 캐리어를 끌고 엘리베이터에서 내렸다. 그리고 곧장 1105호로 걸음을 옮겨 생각할 틈도 없이 초인종부터 눌렀다.

우당탕!

안에서 무언가 부딪히고 떨어지는 소리가 들리자 긴장감에 굳어 있던 하양의 입술이 부드럽게 휘었다. 커다란 소리와 함께 문이 열리고 단우가 얼굴을 불쑥 내밀었다. 그는 역시나 그녀가 예상했던 대로 깜짝 놀라고 간을 잔뜩 졸인 모습이었다. 마치 유령이라도 되는 양 자신을 보는 단우의 모습에 하양이 천천히 입술을 뗐다.

"당신이 틀렸어요."

"뭐, 뭐?"

"승자는 당신이에요. 나 두 손 두 발 다 들었어요."

무슨 말인지 몰라 하양을 멍하니 바라보던 단우의 얼굴이 허물어졌다. 다리에 힘이 풀린 듯 털썩 주저앉는 단우를 보며 하양은 캐리어를 끌어 그의 앞에 두었다.

"당장 필요한 것들만 챙겨왔고, 나머진 가서 정리해야 해요. 나 혼자선 도저히 무리니까 당신도 도와줘야 해요."

"이하양……."

"결혼은 아직 모르겠어요. 그걸 평생 생각해 본 적이 없거든요. 남과 함께 삶을 공유한다는 것이 얼마나 힘든 것인지, 그 사람과 앞으로를 만들어 나가는 것이 얼마나 무모한 일인지 알기 때문에요. 하지만 우선 살아보려고요."

빠르게 이어진 말에도 단우는 천천히 고개를 끄덕였다.

"그 정도는 기다려 줄 수 있어. 당신의 선이 여기까지라는 걸 알고서 일을 벌인 거니까."

"아주 당당하시네요."

피식 웃음을 내뱉은 하양이 한쪽 무릎을 굽혀 단우와 시선을 마주했다.

"닥치지도 않은 일 때문에 두려워하는 건 이제 그만할 거예요."

"훌륭한 학생이 됐군."

단우가 짤막하게 말을 내뱉었다. 웃음이 섞인 목소리였다. 그 모습을 흘겨본 하양이 손바닥을 앞으로 척 내밀며 명령조로 말했다.

"손 내놔요."

"응?"

"빨리요."

자신의 손에 올려지는 커다란 손을 붙잡은 하양이 다른 손을 주머니에 넣어 뒤적였다. 그리고 작은 반지를 꺼내 그의 네 번째 손가락 안으로 밀어 넣었다. 그녀의 손엔 이미 그것과 같은 디자인의 반지가 끼워져 있었다.

"자, 그럼 서로에게 침 발라 놓자고요."

"……."

반지를 멍하니 내려다보던 단우가 팔을 뻗어 하양의 목을 끌어안았다.

두 사람의 심장이 마주했다.

두근두근.

똑같은 속도로 뛰는 심장은 어느새 평온을 찾은 후였다.

Chapter 3

세 발자국, 침략하기

일상의 공유

소복소복, 눈이 쌓였다. 세상이 온통 눈밭이 되었다. 뉴스에서 연신 최고의 폭설을 기록했다며 직장인들의 볼멘소리가 들려왔지만 세상의 일과는 조금 동떨어진 삶을 살고 있는 아이들은 그저 쌓인 눈이 좋은 것인지 놀이터고 공원이고 나와 평일 날 바쁘게 일한 아버지들의 등골을 빼먹고 있었다.

고무 밑창이 깔린 신발을 신어도 미끄러지는 거리라 외출조차 꺼리는 날이었다. 아직도 모자란 것인지 하늘에서 작은 눈송이를 펑펑 뿌려 대는 날, 단우와 하양은 손을 마주 잡으며 거리를 걷고 있었다. 코끝이 빨갛게 변하고, 입에선 연신 하얀 입김이 후후 하고 나왔다.

"춥지?"

곁을 돌아본 그가 마주 잡고 있는 손을 자신의 코트 주머니에 넣으며 인상을 찌푸렸다. 그러자 하양은 별 대수로운 일이야며 어깨를 으쓱인다.

"추우니까 겨울이죠."

"가끔은 귀여움 떨면서 품에 안기고 그런 앙큼한 짓을 할 생각은?"

당신 너무 시크해.

단우가 불만스럽게 투덜거리자 하양이 허리를 접으며 꺄르르 웃음을 터뜨렸다.

"하하, 당신 정말 그런 걸 원하는 거예요?"

"물론이야. 독립적인 것도 좋지만 가끔은 그렇게 해 주길 바라."

"정말이죠?"

"그래."

단호한 얼굴로 딱 잘라 말하는 모습을 멀뚱히 올려다보던 하양이 피식 웃음을 내뱉었다.

이 남자 참 귀엽다.

가끔은 세상에서 가장 든든한 울타리가 되어 자신을 지켜 줄 것처럼 굴다가도 가끔은 사랑을 애원하며 떼를 쓴다. 그리고 솔직한 감정으로 자신의 단단한 벽을 단숨에 부숴 버리기도 하고, 어떨 때는 그 감정을 위험천만하게 시험하기도 한다.

이 남자의 곁에 있으면 다양하고 많은 감정을 가지게 된다.

하양은 천천히 걸음을 옮겨 넓은 가슴에 몸을 기댔다. 하양도 여자치고 작은 키는 아니었지만 워낙 단우가 컸기에 그녀의 귀가 정확히 그의 심장에 닿았다.

콩닥콩닥, 예쁜 속도로 뛰는 심장에 하양의 입술이 부드럽게 호를 그렸다.

하양은 뻣뻣하게 굳은 단우의 몸을 느끼며 장난스럽게 물었다.

"왜 그렇게 굳으셨나? 여자가 품에 안겼으면 든든하게 안아 줘야 하는 거 아니에요?"

"아, 아, 음."

단우가 너른 팔을 둘러 하양을 품에 쏙 안은 후 정수리에 입술을 내렸다.

"좋다. 따뜻하고."

"그렇네요. 사람의 품에 안기는 게 이런 기분이군요. 앞으론 음미를 해 줘야겠어요. 고단우 씨에게 안길 때면."

"오늘 서비스 대방출인데? 예쁘게 말하고."

"알면 좀 더 힘껏 안아 줘요."

눈을 감은 하양이 웅얼거리며 말했다. 이에 그의 팔에 더욱 힘이 들어갔다.

세상은 어느새 크리스마스를 준비하고 있었다. 우리나라에선 연인들의 이벤트로 전락해 버렸지만 그래도 아기 예수가 탄생한 날. 그리고 이하양의 생일이기도 한 날. 하지만 하양은 자신의 귓가에 닿는 크리스마스캐럴에 더 이상 슬프지 않았다.

한참이고 서로를 안고 있던 두 사람은 품에서 떨어져 나오며 마주 보고 피식 웃었고, 또다시 길을 걷기 시작했다. 가게를 돌아다니며 똑같은 베개와 색만 다른 머그컵과 접시, 그리고 두

벌의 수저. 서로 마주 잡은 손엔 똑같은 디자인의 반지가 반짝였고, 신혼부부가 신접살림을 위해 구매하는 물건들처럼 똑같은 것들만 사들이는 두 사람은 들떠 보였다.

"또 뭐 사야 하죠?"

"글쎄, 필요한 건 다 산 것 같은데?"

"분명 빠뜨린 게 있을 거예요. 잘 생각해 봐요."

하양의 독촉에 단우는 들고 있던 종이가방을 조심스럽게 열었다. 안에서 머그컵이 부딪혀 달그락 소리를 냈다.

"빠진 게 있다면 다음에 또 사면 되지."

피식 웃음을 내뱉은 단우가 하양의 어깨를 붙잡아 자신 쪽으로 잡아당겼다. 이마에 짧게 입을 맞춘 단우는 하양의 뺨이 붉어진 것을 보며 키득거렸다. 두 사람의 머리 위로 눈송이가 내려앉았고, 사람들의 시선은 그들의 얼굴에 닿았다.

단우가 하양의 귓가에 속살거렸다.

"사람들이 쳐다본다."

"당신은 부끄럽지도 않아요?"

"전혀."

하양과 눈을 마주한 그가 고개를 내려 작은 입술에 소리 내어 입을 맞췄다. 짧은 입맞춤에 여기저기서 사람들의 비명이 짧게 들려왔다.

얼떨떨한 얼굴로 단우를 올려다보던 하양은 곧 그의 입에서 들려오는 말에 눈이 반달로 휘었다.

"좀 더 세상에 알리고 싶어. 이하양은 고단우의 것이라고."

힘겹게 함께하게 된 연인이었다.

한 발짝, 한 발짝, 함께 걸음을 옮긴 사람이었다.

간혹 뒤처진 그녀에게 빨리 오라고 독촉을 하며 어리광을 피워도 그녀는 언제나 웃으며 울며 자신의 손을 붙잡았다.

그렇게 함께해 온 사람. 힘겨운 사랑.

그는 세상에 소리쳐 말하고 싶었다.

"사랑한다, 이하양."

그의 입술이 또다시 하양의 입술 위에 닿았다.

흰 가운을 걸치고 서둘러 다이어리를 챙겨 들던 하양은 문득 네 번째 손가락에 시선이 닿자 피식 웃음을 터뜨렸다. 반지를 만지작거리며 빙글빙글 돌리던 하양은 교원 회의에 늦을지도 모른다는 생각에 서둘러 걸음을 옮겼다.

가끔은 이렇게 얼을 빼 놓고 생각에 잠길 때가 있었다. 그건 단우와 같이 살면서 생긴 버릇 중 하나였다. 같이 살면 너무 가까이 있어 서로를 제대로 바라보지 못하고, 단점들만 볼 것이라 생각했다. 하지만 아니었다. 조금 멀리 떨어져 있어 보지 못했던 장점들을 요즘 하나, 둘 발견하는 중이었다.

"생각보다 귀엽기도 하고."

사실 아침에 늦잠을 자고 싶어 하는 떼쟁이란 것도, 일에 완벽하고 싶어 밤늦게까지 서재에서 밤을 지새우는 일도 있다는 것을 알게 되면서부터 그가 좀 더 인간적으로 느껴졌고 귀여운 고집쟁이처럼 보였다.

요즘 들어서는 그와 함께 살기로 결정하길 잘했다 생각했다. 예전엔 두려웠던 일이 긍정적인 방향으로 향하자 그녀는 안도를 하면서도 가끔 자신의 머리를 쓰다듬어 주고 싶을 때가 있었다. 그가 바빠진 만큼 얼굴 보기가 힘들어졌고, 밤늦게 반쯤 곤죽이 되어 들어올 때도 있었지만 그 곁에 자신이 있다는 사실이 제법 기쁘고 즐겁기도 했다. 독선적인 성격이 이젠 이 학교에 있는 여느 아이들처럼 귀여운 고집처럼 느껴지기도 했고.

그래, 그 남자 참 귀엽다.

드르륵, 문을 밀어 안으로 들어간 하양은 아직 드문드문 비어 있는 자리를 보며 다행이라는 듯 가슴을 쓸어내렸다. 그리고 자신의 자리에 앉아 다이어리를 편 후 위에 오늘 날짜를 적어 넣었다. 자신이 메모를 해야 할 일은 극히 드물었지만 그래도 열심히 일을 하고 있다는 인상을 주는 일은 사회인으로선 당연한 미덕 중 하나였다.

하양이 펜을 놀리는 것을 옆자리에서 보고 있던 장 선생이 말했다.

"어머, 그거 불가리 거 아니에요? 남자친구한테 받았어요? 청혼?"

"아, 네……."

하양이 어색한 얼굴로 뺨을 긁적였다. 그러자 평소 명품에 관심이 많았던 김 선생이 하양의 반지를 힐끗 보더니 화들짝 놀라 말했다.

"우와, 이 선생님 남자친구 돈 많은 줄 알았는데, 청혼 반지로 이천만 원짜리면……."

"네? 얼마라고요?"

"그 반지 말이에요. 아, 세트 가격이 그 정돈데. 아직 귀걸이랑 팔찌는 못 받았어요? 세트 상품만 파는 건데."

"……."

할 말을 잃은 하양이 놀란 눈으로 반지를 보았다.

뭐? 이천만 원?

이 남자는 이천이란 숫자에 강박이라도 있는 걸까. 이젠 하다하다…….

"어머, 몰랐어요?"

"네…… 가격은 말해 주지 않아서……."

하양이 어색한 얼굴로 말끝을 흐리자 장 선생이 책상을 탁탁 내려치며 말했다.

"그래, 남자란 자고로 그래야지. 비싼 선물을 주고도 티 안 내야 하고. 우리 남편은 고작 50만 원짜리 목걸이 해 주면서 오만 생색은 다 낸다니까? 그땐 진짜 그 면상에 목걸이를 던져 주고 싶어져."

"어머, 형부가 그래요? 제 남자친구도 만만치 않아요."

두 여자가 서로의 남자에 대해 험담을 했지만, 하양은 거기에 동조를 하지 못한 채 멍하니 반지만 내려다보았다.

아, 이 남자를 정말 어떻게 해야 좋을까…….

주리를 틀어 버릴까?

하양의 시름이 깊어졌다.

띠띠띠.

비밀번호 누르는 소리와 함께 거칠게 문이 열리는 소리가 들렸지만 하양은 여전히 소파 위에서 양반다리를 한 채 팔짱을 끼고 있었다. 표정은 어디 전쟁터에 나가는 장수 못지않게 비장했고, 부드득부드득 연신 갈리는 이빨은 누구 하나 물어뜯을 기세였다.

"이하양!"

단우가 거칠게 소리를 치며 그녀의 앞으로 통장을 내밀었다.

"이게 다 무슨 돈이야?"

얼굴이 붉어진 채 소리 지르는 단우의 얼굴을 내리깐 시선으로 바라보던 하양의 입술이 벌어졌다.

"이제 봤나 보군요?"

"그래, 이게 다 뭔데?"

"당신에게 빌린 돈이에요. 거기에 이자까지 쳐서 두둑하게 넣어 드렸죠."

"빌린 돈? 난 당신에게 1억이나 빌려 준 기억이 없는데?"

단우가 서늘한 표정으로 쏘아붙이자 하양은 입 끝에 조소를 머금었다.

"출판사에 이야기 들었어요. 나 몰래 2,000만 원 입금 시켜 준 거."

"……."

"자, 당신 이야기 끝났으면 내 이야기를 시작해도 될까요?"

"뭐? 끝나긴 뭘 끝……."

단우가 아직 끝나지 않았다는 듯 말을 이을 때였다. 하양이 고개를 내저으며 그의 앞으로 반지를 불쑥 내민 것은.

"들키지 않을 거라고 생각하지 못한 건 아니겠죠?"

"뭘?"

"세트 가격이 2,000만 원이라고요?"

그녀의 물음에 단우가 그게 뭐가 어때서? 라는 표정으로 바라보았다. 하양의 얼굴이 종잇장처럼 일그러졌다.

"과소비예요."

"내가 해 주고 싶어서 한 거야. 당신에게 어울릴 것 같아서 가격 보지 않고……."

"가끔은 가격도 봐 주세요. 전 제 연봉의 반을 손가락에 끼우고 다닐 만큼 간이 큰 여자는 아니니까."

하양은 절대 양보할 마음이 없다는 듯 단호한 얼굴로 말했다. 의자를 끌어와 하양의 앞에 앉은 단우는 그녀의 표정을 요리조리 살폈다. 고집 시전 100%인 표정을 보며 그가 김빠진다는 듯 힘없이 그녀를 불렀다.

"이하양……."

"왜요, 고단우 씨?"

턱을 치켜든 채 고고한 얼굴로 답하는 하양을 보며 그가 손을 들어 이마를 짚었다. 따끈따끈한 것이 제대로 열이 오르는 것이 느껴졌다. 이토록 그를 뒤흔드는 것은 이하양, 그녀뿐이었다.

그가 힘없이 말했다.

"당신 정말 이러기야?"

"당신이야말로 정말 이러기예요? 이 정도는 제 뜻에 맞춰 줄 수 있잖아요."

끝까지 한 치도 물러서지 않는 하양의 모습에 그의 가슴에서 무언가가 불쑥 치고 올라왔다. 자신은 그녀를 이길 마음이 없었다. 하지만 그녀가 이런 식으로 나온다면 평소처럼 더 이상 성격을 죽여야 할 필요성을 못 느끼게 된다. 그의 눈빛이 순간 날카로워졌다.

"알았어, 맞춰 줄게. 그럼 내가 주는 돈도 받아. 그 정도는 내 뜻에 맞춰 줄 수 있지?"

그의 말에 하양의 표정이 허물어졌다. 이성적으로 그를 대해야겠다는 생각은 갈가리 찢겨 사라지고, 그 자리에 화만 가득했다.

"……."

"……."

냉담한 얼굴로 서로를 바라보는 두 사람 사이에 무거운 침묵이 내려앉았다.

한참 말없이 단우를 보던 하양이 고저 없이 말했다.

"말이 안 통하는 사람이군요?"

"누가 할 소릴?"

단우가 되받아치자 또다시 하양의 입이 꾹 다물렸다. 그리고 그건 단우 또한 마찬가지였다.

"……."

"……."

말없이 단우를 보던 하양이 자리에서 벌떡 일어났다. 그리고 그가 말릴 새도 없이 서재로 성큼성큼 걸음을 옮기더니 힘껏 문을 닫았다.

쾅!

아파트 안을 가득 울리는 소리에 앉아 있던 그가 걸음을 옮겨 서재 앞으로 향했다. 손잡이를 잡아 돌려 보았지만 문을 잠가 열리지가 않았다. 그의 얼굴에 핏기가 가신다.

"이야기 좀 해."

"싫어요. 내일 이야기해요."

안에서 더 이상 대화를 하지 않겠다는 최후통첩이 날아오자 그의 얼굴이 일그러졌다.

"이하양!"

그날 두 사람은 다퉜다. 이 정도로 감정적으로 크게 싸우는 적은 처음이었다.

◆

서로 잠자리를 하게 된 이후로 각기 다른 곳에서 잠을 청하는 것은 처음이었다. 출근 준비를 마치고 밖으로 나온 단우는 찬 기운이 쌩쌩 풍기는 얼굴로 우유를 마시고 있는 하양을 보았다. 지난밤, 홀로 침대에 누워 얼마나 많은 생각을 했던가. 남들이 보면 비웃을 일을 가지고 서로 날을 세운 두 사람은 아침에도 각기 식사를 하고, 각자의 일터로 향했다.

자존심 싸움을 하는 것처럼 연락도 일체 하지 않았고, 집에서 마주쳐도 서로를 없는 사람 취급하며 각자 할 일을 하며 시간을 보낸 두 사람은 침대에 눕고 나서야 머리를 싸맸다.

단우는 비어 있는 침대를 손으로 쓰다듬으며 끙 앓는 소리를 냈다.

"내가 그렇게 크게 잘못했나?"

뚱한 얼굴로 읊조린 그가 콧방귀를 뀌며 혼잣말을 내뱉었다.

"아니, 좀 받아 주면 어때서? 반지 가격이 중요한 거야? 고른 내 성의가 중요한 거지."

후, 깊은 한숨을 내뱉은 그가 결국 자리에서 벌떡 일어나 탁자로 향했다. 그곳엔 그의 통장이 놓여 있었다. 그녀의 이름으로 찍혀 있는 1억이란 돈을 눈으로 보고 또 보던 그가 얼굴을 일그러뜨렸다.

"이 돈은 또 어디서 난 거야?"

출판사 일은 또 어떻게 알았고?

"하여튼 눈치는 백단이지."

여간내기가 아니란 것은 이미 알고 있었다. 그럼에도 좋아했고 사랑했으며 함께 있자 말을 했다. 그녀가 한 번 고집부리기 시작하면 끝장을 보는 성미라는 것 또한 알고 있었다. 부러졌으면 부러졌지 부드럽게 휠 여자는 아니었다. 그리고 그런 그녀를 사랑했기에 바꿀 마음 또한 없었다.

"내가 졌다, 졌어."

그리고 이런 일이 있을 때 먼저 사과를 하는 쪽은 그였다.

문을 열고 밖으로 나간 그는 컴퓨터 앞에서 키보드를 두드리고 있는 하양을 힐끗 보았다. 옆에서 사람이 죽어도 모를 만큼 엄청난 집중력으로 활자와 싸우고 있는 하양을 보던 그가 의자를 끌고 슬쩍 다가갔다.

정면을 주시한 채 자신은 보지도 않는 하양의 모습에 그가 손가락으로 그녀의 옆구리를 쿡 찔렀다.

파르르.

간지럼을 탄 하양의 사지가 떨리자 그가 물었다.

"돈은 어디서 난 거야?"

"당신, 가끔 날 너무 무시하는 경향이 있는데, 한다면 하는 여자예요. 갚기로 했으니 갚는 거고요."

"그래, 한다면 하는 여자지."

뚱한 표정으로 말을 내뱉은 그가 손가락으로 다시 한 번 그녀의 옆구리를 꾹 찔렀다.

파르르르.

이번엔 좀 더 길게 몸을 떤 하양이 고개를 들어 단우를 바라보았다. 이게 뭐하는 짓이냐며 화를 낼 생각이었는데 버림받은 강아지처럼 눈꼬리를 축 늘어뜨리고 있는 그를 보자 화보단 웃음이 먼저 앞섰다.

"풋."

짧게 웃음을 내뱉은 하양이 양손을 들며 말했다.

"그만합시다."

"나도 그러길 간절히 바라고 있어. 혼자선 이제 잠들지 못해."

"이런 순간에도 순 야한 말만."

"그게 진실이니까."

단우가 딱 잘라 말했다. 눈빛은 독선적이었지만 진실로 그득했다.

후, 한숨을 내뱉은 하양은 쓰고 있던 안경을 벗어 책상 위에 올려놓았다. 그리고 손을 들어 건조한 눈을 비비려 했지만, 곧 커다란 손이 이를 막았다. 손바닥으로 하양의 눈을 꾹꾹 누르며 단우가 잔소리를 늘어놓았다.

"그렇게 비비지 마. 안구에 상처가 날지도 모른다고."

"평생 어디 아플 일은 없겠네요. 당신이랑 함께 있으면."

하양이 손을 들어 제 눈을 꾹꾹 누르던 단우의 손을 떼어 냈다. 그가 하양과 눈을 마주하며 작게 웃음을 내뱉었다. 하지만 표정은 여전히 장난스러웠다.

"음, 분야가 조금 달라서 말이지. 평생 공짜로 성형수술은 받을 수 있겠지."

"어딜 받았으면 하는데요?"

"삐죽삐죽한 마음이랑 올곧은 성품이랑."

"메스로 도려낼 수 있는 거라면 하고 싶네요, 저도."

한참이고 날을 세우던 두 사람이 동시에 눈을 마주하며 웃음을 내뱉었다. 그 웃음은 점차 커져 가 이내 아파트 방을 가득 울릴 만큼 커다란 소리로 변했다.

한참이고 웃음을 터뜨리던 하양이 눈가에 맺힌 눈물을 닦아냈다. 복부가 당길 만큼 웃으니 눈물은 자동적으로 따라왔다.

"이래서 결혼들을 하나 봐요."

"뭐?"

하양의 말에 그 또한 표정을 갈무리했다. 하양은 잘난 고단우의 얼굴을 보며 입술을 뾰족 내밀었다.

"꼴보기 싫어 죽겠는데 억지로 봐야 하고, 억지로 보다 보면 웃음이 나오고 화해하게 되고. 불가항력이에요, 이건."

그래, 말 그대로 불가항력이었다. 스스로는 어떻게 할 수 없는. 연인이라면 다투고 안 보면 그만이었지만 같이 사는 입장은 달랐다. 싸우고 나서도 얼굴을 봐야 하니 환장할 노릇이었지만 이별이 좀 더 멀리 있는 관계니 그건 그것 나름대로 좋았다. 쉽게 헤어지고 쉽게 만나고, 그런건 이하양의 취향과 거리가 먼 것이니까.

단우가 손을 들어 하양의 뺨을 쓰다듬으며 말했다.

"나중엔 그게 참 싫어진대. 보기 싫은데도 봐야 하는 게."

"그래요? 전 그래도 보는 게 좋은 것 같은데."

"나도 그래."

그러면서 허탈한 웃음을 내뱉은 단우가 프린트기에 꽂혀 있던 A4용지 하나를 가져오며 말했다.

"자, 그럼 합의점을 찾아볼까?"

"좋아요."

하양이 곁에 있던 협탁을 끌어와 두 사람의 가운데 놓았다. 그 위에 두 사람 간의 싸움을 막을 협의점이 적힐 종이와 펜도 놓여졌다. 한참이고 서로를 바라보며 기 싸움을 벌이던 둘은 마치 사업석상의 CEO처럼 굴었다. 먼저 운을 뗀 것은 단우였다.

"결혼을 하면 어차피 네 돈이 내 돈이고, 내 돈이 네 돈이 돼."

"통장 관리는 따로 해요."

"왜?"

단우가 미간을 찌푸리며 물었다. 그런 게 어디 있냐며 항의하는 모습이었다. 보통의 남자들이라면 얼씨구나 좋구나 지화자를 외칠 일이었지만 그는 아니었다. 독점욕이 강하고 그녀의 일거수일투족을 알길 바랐다. 그녀의 자유를 억압하기 위해선 자신의 자유 또한 기꺼이 내주어야 한다는 것을 알고 있었기에 그는 절대 싫다는 듯 고개를 내저었다. 하지만 하양 또한 단우만큼이나 단호했다.

"주위에 결혼한 사람들을 보면 딴 주머니 차서 싸우는 경우가 많더라고요. 그건 싫어요."

"그래, 그 사람이 어떤 데 돈을 쓰는지 몰라서 싸우는 경우도 허다하지."

단우가 절대 불하라는 듯 빠르게 말을 덧붙였다.

"혼인신고서에 도장 찍는 즉시 세무서에 연락할게. 내 앞으로 된 부동산, 현금, 주식 모두 당신 앞으로 이양하라고."

"스스로 개털이 되겠단 말이에요?"

하양이 입을 쩍 벌리며 말했다. 그가 자신의 모든 재정 상태를 오픈한다는 것에 대해선 그녀 또한 뭐라 할 말은 없었다. 그가 그렇게 한다는 데 말릴 이유는 없으니까. 하지만 그가 그렇게 하면 자신 또한 그렇게 해야 한다는 것을 알기에 조금 고민은 되었다. 부부란 그런 것이었고, 서로의 삶을 시간을 인생을 공유하고 살아간다는 것 또한 그런 것이었다. 책임이 필요했고, 그 책임에 대한 대가는 두 사람이 스스로 해결해야 하는 것이었고 감당해야 하는 것이었다.

갑자기 고단우란 존재가 묵직하게 느껴졌다.

"이런 건 누구에게 주도권을 주냐의 문제밖에 되지 않아. 난 상관없어. 큰돈을 쓸 일도 없고."

"……고단우 씨."

하양은 서둘러 표정을 갈무리하며 피식 웃음을 내뱉었다.

"떡 줄 사람은 생각도 하지 않는데, 벌써부터 그러지 마시죠?"

"그러니까 결혼하게 되면!"

단우가 협탁을 탁탁 내려쳤다. 극렬한 반응에 하양이 고개를 끄덕였다.

"좋아요."

그가 이렇게 나온다면 그녀 또한 반대할 이유는 없다. 그의 말대로 하양 또한 앞으로 큰돈을 쓸 일이 없었으니까. 노후자금은 그가 준 통장으로 해결을 보았고, 사는 집 또한 이곳에서 그와 별다른 문제가 없다면 함께 살아갈 것이다. 단우가 배려해준 덕에 학교는 지척에 있었고, 딱히 즐기는 문화생활 또한 없었다. 아마 하게 된다면 그와 함께하게 될 것이고.

그녀가 입가를 부드럽게 휘며 말했다.

"공동 카드 쓰는 걸로 합의 보죠?"

"뭐?"

"그렇게 얽매여 살고 싶으시다면 저도 기꺼이 얽매여 드리겠다고요."

하양의 말에 단우가 입을 크게 벌리며 웃었다. 진정으로 기뻐하는 모습을 보자 왜 자신의 가슴이 풍선처럼 부풀어 오르는 것인지는 몰랐으나, 하양 또한 그와 비슷한 모양새로 웃었다.

단우가 손을 뻗어 하양의 손을 움켜쥐었다.

"지금부터라도 그럴까?"

"앞서 달려가지 말아요. 무서우니까."

"알았어, 알았어."

단우가 킬킬 웃으며 고개를 끄덕였다. 그리고 하양의 이마를 가리고 있던 머리카락을 뒤로 쓸어 올려 주며 하얗고 작은 언덕을 이루는 그곳에 입을 쪽 맞췄다.

"그럼 우리 화해한 거다?"

"좋아요. 이번엔 각자 서로가 원하는 걸 해 주는 걸로."

극적인 합의를 본 두 사람이 서로를 보며 킬킬 웃었다. 하루도 못 가 화해를 한 모습이 웃기기도 하면서 기분이 좋아지는 이유는 왜 그런 것일까.

두 사람은 그렇게 서로 맞춰 가며 사는 것이 어떤 것인지 배워 가고 있었다.

◇

두꺼운 코트를 여미며 하양이 연신 발을 동동 굴렸다. 약속 장소 앞에서 기다리길 한참, 그녀는 10분이 지나도록 나타나지 않는 단우의 모습을 인파 속에서 찾느라 연신 고개를 돌리고 있었다.

"무슨 일 있나?"

시간은 금이요, 약속은 칼이던 단우가 웬일로 늦자 하양의 얼굴에 금세 걱정이 스며들었다. 한 번도 그런 적이 없던 사람이 그러자 더욱 걱정이 되었다. 하양이 핸드백에서 막 휴대전화를 꺼내려고 할 때였다. 저 멀리서 달려오는 단우가 하양의 앞에 나타난 것은.

"헉헉!"

"허, 고단우 씨?"

"자, 잠시만. 배 끊어질 것 같아."

무릎을 짚으며 거친 숨을 몰아쉬던 단우가 호흡을 고르려 애를 썼다. 하지만 어디서부터 달려온 것인지 이마에 맺힌 땀과 거친 숨은 넘어갈 것만 같았다.

단우가 허리를 펴고 깜짝 놀란 하양에게 양손바닥을 모으며 말했다.

"미안."

"도대체 어디서부터 뛰어온 거예요?"

"지하철 역."

"헉."

"도로가 꽉 막혔잖아. 차 대충 세워 놓고 뛰어왔어."

"……당신 정말."

"용서해 주는 거지?"

피식 웃음을 터뜨린 하양이 고개를 끄덕였다. 족히 15분은 전력질주해 온 사람에게 더 이상 무슨 이야기를 할 수 있을까.

"왜 밖에서 기다려."

단우가 꽁꽁 언 하양의 손을 끌어와 입김을 불어 주었다. 후후, 따스한 입김에 온몸이 녹는 것 같았다.

"안에 자리 없어요. 겨울만 되면 사람은 외로워지니까."

"우린 둘이라서 안 외롭지. 자, 가자."

코트를 펼쳐 하양의 어깨를 감싸 품으로 당긴 단우가 그녀를 이끌었다. 엄청난 인파는 곧 있을 크리스마스 분위기를 즐기기 위해 거리로 쏟아져 나온 연인들이었다. 사랑과 행복이 충만한 계절인 겨울, 하양에겐 더 이상 외롭지 않을 겨울이 어느새 세상을 얼렸지만 사람들의 마음은 얼리지 못한 듯했다.

"식당은 예약해 뒀어요?"

"물론."

"영화는요?"

"그것도 물론이지."

완벽하게 준비해 두었다는 듯 하양을 보며 피식 웃던 그가 저 멀리 보이는 오락실을 보며 걸음을 멈췄다.

"그전에 저기부터 가자."

"오락실이요?"

"그래."

하양의 손을 붙잡은 단우가 성큼성큼 걸음을 옮겼다. 오락실 안은 10대부터 시작해 20대까지 젊은 사람들로 가득했다. 그곳에 30대인 두 사람이 들어갔지만 이를 신경 쓰는 이들은 하나도 없었다. 단 하나 하양만 어색하게 주위를 둘러보았다.

"뭐야, 오락실은 처음이야?"

단우가 눈을 동그랗게 뜨며 묻자 하양이 고개를 끄덕였다.

"이래 봬도 모범생이었단 말이죠."

"나도 모범생이었어. 하지만 오락실 정도는 와 봤지."

그가 구석에 블링블링한 천막이 쳐져 있는 스티커 사진기 쪽으로 걸음을 옮기며 말했다. 하양은 단우의 최종 목적지가 어디인지 그제야 눈치채고 두 다리에 힘을 주어 멈췄다.

"뭐예요? 스티커 사진 찍자고요?"

그녀의 표정이 마치 애도 아니고, 라고 말하는 것 같았다. 그리고 질색이라는 듯 고개를 돌려 되돌아 나가려는 하양의 어깨를 붙잡은 그가 미간을 찌푸렸다. 허리를 숙여 그녀와 시선을 마주한 단우가 말했다.

"제대로 된 사진이 필요해."

"사진 찍는 것 별로 안 좋아해요."

"알아. 신이 주신 것이 그 껍데기뿐이어서 그렇지?"

그렇게 말한 단우가 엄지와 검지를 세워 그녀의 앞에 보여 주며 말했다.

"우리 밤송이, 일단 바늘 하나부터 빼자. 정말 필요하기도 하고."

"사진이 왜 필요한데요?"

하양이 미간을 찌푸리며 물었다. 그러자 그는 휴대전화를 꺼내 저번에 하양 몰래 찍은 사진을 액정 가득 띄워 하양의 눈앞에 흔들며 말한다.

"이런 걸 남들에게 보여 줄 수 없잖아."

"……그건 언제 찍었어요?"

"당신 잘 때."

단우가 뻔뻔한 얼굴로 말하자 하양의 얼굴이 종잇장처럼 일그러졌다.

"뻔뻔한 사람일세. 당장 지워요! 그러고 보니 동영상도 있죠? 그것도 당장 지워요!"

하양이 허공에 손을 허우적거리며 그의 손에 들린 휴대전화를 빼앗으려 애를 써 보았지만 위로 힘껏 들어 올리자 손이 닿질 않았다. 단우가 갈 곳을 잃고 허공에 멈춰 선 하양의 손을 움켜 쥐며 말했다. 눈빛에 반짝반짝 별이 스며들었다.

"좋아, 지울게. 단 내가 원하는 대로 해 주면."

"……안 들을래요. 벌써부터 무서워지니까."

"들어줘야 할걸?"

개구지게 웃음을 내뱉은 그가 고개를 숙여 하양의 귓가에 간질간질 속삭였다.

"불가항력이야."

"아아, 아아앙……! 다, 단우 씨, 그만, 그만요!"

집 안을 가득 울리는 신음에 하양의 몸이 움찔 떨렸다. 그의 품에서 자지러지며 울음을 터뜨리는 자신의 신음성을 직접 듣는 기분은 발가락이 오그라들 만큼 부끄러운 일이었다. 하양은 자신을 무릎에 앉힌 뒤 뒤에서 연신 등에 입을 맞추는 그의 입술에 온몸에 소름이 오소소 돋아나는 것을 느꼈다. 눈앞에 어지러이 펼쳐진 화면을 보지 않기 위해 연신 고개를 돌리던 하양은 자신의 턱을 붙잡아 살결이 뒤섞이고 있는 영상 쪽으로 돌렸다.

"왜, 부끄러워?"

그의 말에 하양의 입에서 옅은 신음이 터져 나왔다. 그의 손가락이 어느새 그녀의 두 가슴을 움켜쥐며 빳빳하게 선 정점을 손가락 사이에 끼워 비틀고 있었다.

컴퓨터 모니터 화면엔 흰 가운을 입은 채 단우의 품 아래서 눈물을 터뜨리고 있는 하양이 있었다. 그가 홍콩으로 떠나기 전 찍은 동영상이었다. 그가 악취미라는 것은 알고 있었지만 이 정도일 줄은 몰랐던 하양은 아랫배부터 시작해 척추를 타고 오싹오싹 올라오는 쾌감에 눈을 질끈 감아 버렸다. 그의 플레이에 흥분을 하는 자신 또한 별반 다를 것이 없다며.

하지만 그녀는 이를 악물며 신음을 삼키고 흥분을 억눌렀다. 벌써부터 무너져 내리기엔 자존심이 허락칠 않았다.

"방음이 잘 되는 걸 정말 감사해야겠어요. 옆집에서 들었으면 뭐라고 했을 거야."

"음란한 여자라고 했겠지. 내가 그랬던 것처럼."

혀를 길게 빼낸 그가 하양의 등을 핥자 그녀의 허리가 비틀렸다. 그리고 살결을 힘껏 빨아들이며 날개뼈 바로 옆 움푹 파인 곳에 제 흔적을 남긴다. 그녀가 제 것이라는 흔적. 그 누가 보아도 남자의 강한 집착이 보이는 흔적이었다.

그가 흥분이 진득하게 묻어나는 목소리로 말했다.

"하지만 연기 못한다고 뭐라 하진 않을걸? 당신 신음 소리 들으면 정말 소름이 쫙쫙 돋거든."

"으으......!"

목을 들어 그의 어깨에 걸친 하양이 뜨거운 신음을 내뱉었다.

"다, 단우, 아아…… 아악!"

화면의 그녀는 절정에 다다라 까무러쳤으나, 현실의 그녀는 지금부터라는 듯 그의 손길을 오롯이 느끼며 흥분을 취했다.

눈물이 날 만큼 그의 손은 강렬한 느낌을 주었으며 그와 동시에 따스함도 주었다.

사랑이 동반된 관계는 행복했다.

◆

하얀 카펫이 깔려 있는 거실에 연신 웃음이 가득했다. 이미 얼굴에 황토팩을 덕지덕지 발라 놓은 하양은 붓으로 단우의 얼굴 위를 간질이며 키득거리고 있었다.

"간지러워."

"간지러우라고 하는 거예요."

"이 여자가 정말. 난 성심성의껏 해 줬다고."

그가 볼멘소리를 하자, 하양이 허리를 접어 키득키득 웃음을 내뱉었다.

"저도 성심성의껏 놀리는 중이에요."

"그러다 혼쭐난다."

"침대에서?"

"두말하면 잔소리."

"네, 그럼 제대로 할게요."

하양이 허리를 숙여 빈공간이 없도록 붓으로 정성스럽게 팩을 발랐다. 그리고 그의 얼굴도 온통 갈색으로 변했을 때 팩을 옆으로 밀며 거울을 보여 주었다.

"그런데 이거 진짜 효과 있어? 차라리 병원에서 피부 관리를 받아."

"당신은 로망이 없어요."

"로망?"

"싼값에 피부 관리를 할 수 있을 것이란 여자들의 로망."

"……그래, 세상 모든 여자가 그런 마음을 가지고 있으면 피부과가 죄다 망하겠지."

단우가 팽팽하게 당기는 얼굴에 어색한 발음으로 말했다. 난생처음 집에서 팩을 해 봐 그 느낌이 어색한 듯 미간이 구겨져 있었다. 하양이 손을 들어 단우의 미간을 손가락으로 꾹꾹 누르며 말했다.

"주름 생겨요."

"네네, 이 선배님."

단우가 어깨를 으쓱였다.

그때 부엌에서 전자레인지가 다 돌아갔다는 소리가 들리자 단우가 자리에서 벌떡 일어났다. 하양 또한 그 뒤를 졸졸 따르며 냉장고로 향했고, 500ml 맥주 캔 두 개를 꺼내 왔다. 단우는 얼마의 시간이 흐르지 않아 전자레인지 팝콘을 쟁반에 담아왔다.

두 사람은 소파에 앉는 대신 바닥에 앉아 서로 몸을 기댔다. 리모컨을 든 하양은 최신영화를 이리저리 돌려 보며 어눌하게 말했다.

"뭐 볼래요?"

"어차피 채널 선택권은 늘 당신한테 있는 거 아니었어?"

단우의 말에 하양이 고개를 끄덕였다.

"물론이죠. 전 도살자(The Butcher, 2007) 볼래요."

"또 고어야?"

"또라니. 요즘 당신 취향 맞춰서 건물 다 부서지고 히어로가 나오는 영화만 실컷 봤잖아요."

"네네, 누구 말씀이라고."

단우가 심드렁하게 말한 후 손을 들어 자신의 얼굴에 덕지덕지 발려 있는 팩을 꾹꾹 누르며 말했다.

"이건 언제까지 이러고 있어야 해?"

"음……."

단우의 물음에 하양이 고민하는 얼굴로 그를 바라보더니 이내 피식 소리 내며 웃었다.

"날 사랑하는 만큼?"

"그럼 평생 이러고 있어야겠네."

두 사람 사이로 고소한 팝콘 냄새가 진동을 했다.

2

빛이 내리는 날

현관 앞에서 커다란 티셔츠 하나만 입은 채 자신을 배웅하는 하양의 모습에 단우는 쓴웃음을 삼켜야 했다. 역시 홍콩 건은 거절하는 것이 좋았다. 이런 그녀를 집에만 홀로 두고 가려 하니 발이 도저히 떨어지지가 않았다. 이런 그의 마음을 알기라도 하는 것인지 하양이 단단한 단우의 허리에 팔을 둘러 안으며 말했다.

"외로울 거예요."

"그러니까 같이 가자고."

그가 불퉁한 얼굴로 말했다. 이번 출장은 토요일부터 월요일까지 잡혀 있었고, 그녀 또한 마음만 먹으면 이틀은 함께 있을수 있었다. 이 일을 가지고 며칠 전부터 그녀를 설득했지만 하양 쪽에선 시큰둥하기만 할 뿐이었다. 자신의 마음 따윈 몰라준채.

이번에도 역시나 하양은 말갛게 웃으며 말한다.

"그럴까요?"

"그래, 당신은 일요일 날 돌아오면 되잖아."

"흐음."

"고민할 시간에 나라면 따라나서겠어."

이 여자가 자신을 약 올리는 것은 아닐까, 생각이 들 정도였다. 매번 이런 식으로 미적지근하게 답을 해 주니 오히려 더 속이 탈 수밖에.

단우가 자신의 얼굴을 뚫어져라 보자 하양이 여전히 그를 올려다본 채로 고개를 절레절레 저었다.

"다음에요. 다음 달에 같이 가요."

"왜?"

그가 한쪽 눈썹을 치켜들며 불만이 가득한 어조로 물었다. 그러자 하양은 그의 품에서 빠져나와 한 걸음 뒤로 물러나며 어깨를 으쓱였다.

"원고 수정해야 해요. 오늘 출판사에서 피드백 오기로 했거든요."

그녀의 말에 딱딱하게 굳어 있던 단우의 얼굴이 단박에 풀렸다.

"……알았어."

애써 아무렇지도 않게 굴려 해 보지만 쉽지 않았다. 한 템포 늦게 답한 그의 입에서 깊은 한숨이 흘러나온다.

그녀도 성인이었고 자신의 일을 가진 사회의 일원이었다. 생각 같아서는 일은 그만두고 자신의 옆에 있어 달라고 하고 싶었지만 자그만치 투잡이나 뛰는 대단한 여자가 아니던가. 더욱 그녀의 글은 그 또한 좋아하는 것이어서 쉽게 그 말이 입 밖으로 튀어나오진 않았다.

그래, 그녀의 삶을 존중해 줘야 한다. 떼를 쓰면 관계를 악화시키기만 할 뿐이다.

단우가 아쉬움에 한숨을 삼키며 하양의 이마에 입을 맞췄다. 그 뒤 휴대전화 뒷면을 허공에서 살랑살랑 흔들며 말했다.

"이걸로 아쉬움을 달래야지."

"……."

휴대전화 뒷면엔 얼마 전에 함께 찍은 스티커 사진이 붙여져 있었다. 볼에 바람을 빵빵하게 넣은 채 불만이 가득한 얼굴로 앵글을 주시하고 있는 하양과 그런 그녀가 귀엽기만 하다는 듯 입을 가리고 있는 자신의 모습을 바라보던 단우가 키득키득 웃음을 내뱉었다.

"남들에게 절대 보여 주지 마요."

"알았어. 휴대전화 뒷면에 붙였지만 한 번 최선을 다해 보지."

"……."

사진 속 하양과 눈앞에 있는 하양이 똑같은 표정으로 단우를 바라보았다. 그의 얼굴에서 웃음이 떠나질 않는다.

긴 팔을 뻗어 하양의 머리를 쓰다듬은 단우가 자상하게 웃는 얼굴로 협박했다.

"문자에 답장 꼬박꼬박하고. 씹으면 한국에 돌아오는 대로 당신의 목덜미를 잘근잘근 씹을 거니까."

"무서워서라도 꼭 답장 해야겠네요."

"가끔은 먼저 전화도 해 주고."

"그건 당신이 일할까 봐 배려해 주는 거예요."

하양의 말에 단우가 작게 고개를 저었다.

"그런 배려는 필요 없어."

피식, 웃음을 내뱉은 그가 말한다. 가끔은 너에게 먼저 걸려 오는 전화를 받고 싶다고.

진중한 얼굴로 하는 말에 하양도 따라 웃을 수밖에 없었다.

"알았어요."

하양의 손을 잡아당겨 품에 안은 단우가 하양의 귓가에 속삭였다.

"다녀올게."

현관에서의 배웅은 끝이 날 줄을 몰랐다.

이별의 아쉬움이 점차 커져 간다.

그녀를 사랑할수록.

그녀를 구속하고 싶어질수록.

그렇게, 그렇게.

깊어져만 간다.

메일을 확인하고 있는 하양이 손톱을 뜯었다.

딱딱!

신경질적인 소리가 적막이 내려앉은 공간을 가득 채운다.

코에 아슬아슬하게 걸려 있는 안경이 불편할 법도 한데, 마치 메일이랑 싸우는 듯 뚫어져라 글을 읽던 그녀가 콧방귀를 뀌었다.

-작가님, 글 분위기가 너무 많이 바뀌어 일단 놀랐습니다. 예전의 글은 어둡고 억눌린 문체들이 많았는데 이번 글은 좀 더 글을 읽어 내려가는 것이 쉬워 좋았습니다. 통화로 수정 내용에 대해 이야기를 할까, 생각을 하다가 먼저 메일부터 드립니다.

칭찬일색인 메일에 그녀의 눈망울이 흔들렸다.

"이러고 바로 디스가 날아들지."

이미 세 번이나 함께 작업한 담당자였다. 그녀가 어떤 식으로 작가를 구워삶는지 잘 알고 있었다. 그리고 그녀의 예상대로 곧이어 날카로운 비평이 날아들었다.

-문장을 날리시는 부분이 많습니다. 예전보단 많이 좋아지셨지만 여전히 의미가 모호한 부분이 많네요. 전체적으로 수정해 주시면 좋을 것 같습니다. 여자주인공 '민아'의 감정 또한 명확하지 않은 부분이 많아 어려운 점이 많습니다. 그건 남자 주

인공 '이언' 또한 마찬가지입니다. 전체적으로 한 번 만지면 어떨까요? 스토리 라인은 헤어집의 부분이 너무 깁니다.

편하신 날짜를 말씀해 주시면 미팅 날짜를 잡고 회의 때 이야기를 하면 좋을 것 같습니다. 연락 기다리고 있겠습니다.

작가님의 영원한 팬 1호, 꽃님이가.

메일을 쭉 읽어 내려가던 하양이 자리에서 벌떡 일어났다.

"칭찬만 잔뜩 늘어놓을 땐 언제고!"

팬 1호는 무슨, 얼어 죽을!

정신 사납게 거실을 오고 가던 하양이 미간을 찌푸렸다. 그러다 언제라도 닥칠 일이라는 듯 포기의 한숨을 내뱉은 후 책상으로 가 휴대전화를 들었다. 전화번호부를 뒤져 담당 연락처를 찾은 하양이 곧장 통화 버튼을 눌렀다. 상대는 얼마 지나지 않아 바로 전화를 받았다.

"꽃님 씨."

─네, 작가님~ 연락 기다리고 있었어요.

밝고 명랑한 목소리에 하양의 얼굴이 굳었다. 애교가 철철 넘치긴 했으나 지금은 그 애교가 왜 그 어떠한 욕설보다 더 짜증스럽게 느껴지는 것일까. 하양이 고저 없는 목소리로 말했다.

"미팅 내일 시간 어때요? 내가 출판사로 갈게요."

─좋죠, 좋아요!

"과연 좋을까요……?"

음침한 하양의 목소리에도 무적의 담당 김꽃님은 여전히 힘이 넘쳤다.

　–물론이죠. 작가님과의 토론은 늘 절 불타오르게 만든답니다.

　"……."

　–퇴근 후에 오실 거죠? 맛있는 차와 간식 준비해 놓을 테니 빨리 오세요!

　달칵.

　전화를 끊은 하양의 입에서 깊은 한숨이 흘러나왔다.

　"아, 기 빠져."

　벌써부터 몸이 흐물흐물 녹아내리는 기분이었다.

　단우의 표정은 그 어느 때보다 들떠 있었다. 엘리베이터에 올라타는 몸짓도, 11층 버튼을 누르는 손길도 그리고 빠르게 올라가는 숫자를 확인하는 눈길도.

　2박 3일의 짧은 해외 출장 일정을 마치고 곧바로 집으로 달려온 그는 지금쯤 홀로 집에서 기다리고 있을 하양을 떠올리며 콧노래를 불렀다.

　탁탁.

　가볍게 발을 굴리던 그가 11층에 엘리베이터가 도착하고 문이 열리자 서둘러 내렸다. 그리고 집으로 한달음에 가 비밀번호를 누른 후 집 안으로 들어섰다.

"나 왔어."

현관에 캐리어를 둔 채 집 안으로 들어선 그는 당연히 자신을 반겨 줄 줄 알았던 하양이 내다보지도 않자 얼굴이 굳어졌다.

뭐야, 이하양. 나만 반가운 거야?

그가 어두컴컴한 집 내부를 눈으로 훑더니 이내 작은 불빛이 새어 나오는 서재로 걸음을 옮겼다.

"뭐야."

기운이 빠진 얼굴로 읊조린 단우가 책상에 널브러져 잠들어 있는 하양을 보았다. 세상모르고 잠들어 있는 모습에 그가 눈을 동그랗게 뜨며 읊조렸다.

"자는 거야?"

움찔.

그의 인기척을 느낀 것일까. 몸을 떤 하양이 눈을 뜨더니 단우를 발견하곤 고개를 번뜩 들었다. 그리고 계속 무겁게 내려앉는 눈꺼풀을 들어 힘겹게 들어 올리며 크게 기지개를 켰다.

"언제 왔어요? 깨우지."

"방금. 이게 신간 원고야?"

단우가 호기심이 가득한 얼굴로 컴퓨터 모니터 화면 쪽으로 불쑥 고개를 내밀었다. 뒤에서 와락 풍기는 그의 체향에 하양이 긴장한 것도 잠시, 잠이 번뜩 깨는 것인지 자리에서 몸을 벌떡 일으켜 온몸으로 모니터를 막아섰다. 얼굴을 붉힌 하양이 외쳤다.

"보지 마요!"

"왜? 이번 신작이지? 보여 주면 안 돼? 궁금하다고."

그의 말에 하양이 고개까지 내저으며 격렬하게 저항했다.

"안 돼요. 아직은 미완성이에요."

"예전엔 잘만 보여 주더니."

쳇, 혀를 찬 그가 치사하다며 굽히고 있던 허리를 곧게 폈다. 그의 얼굴에 서운함이 비치자 하양이 그의 눈치를 살피더니 한숨을 훅 내뱉는다.

"신음 가득한 소설과 이건 달라요."

"왜 다른데?"

고개를 기울이며 그가 물었다. 도대체 뭐가 다르냐고. 어찌 되었든 그녀의 손끝에서 시작된 글임에는 다름이 없었으니까. 그러자 그녀는 단우의 얼굴을 올려다보며 희미하게 웃음 지었다.

"내가 있으니까. 그리고 당신은 그걸 정확하게 꿰뚫어 볼 테니까요."

그녀의 눈동자엔 거짓이 없었다. 정말 그게 진실이라는 듯 말했고, 단우는 천천히 고개를 끄덕였다.

"흐음…… 알았어."

완성되면 어차피 그도 서점에 가서 직접 책을 구입해 볼 생각이었다. 그러니 이 문제로 더 이상 말을 주고받는 것은 무의미했다. 궁금했지만 참으면 그만. 그녀가 열심히 작업하고 있으니 깔끔하게 완성된 원고를 몇 달 뒤면 볼 수 있을 터다.

"내일 시간 어떻게 돼?"

단우가 한 걸음 뒤로 물러서며 본론부터 꺼냈다. 어차피 퇴근 후의 시간은 늘 함께 있는 둘이어서 의미 없이 물은 말이기도 했다. 답은 당연히 OK라 생각했으니까. 하지만 하양은 겸연쩍은 얼굴로 뺨을 긁적이더니 헤헤 웃는다. 그 웃음에 그가 표정을 굳혔다.

"퇴근 후에 바로 출판사로 가야 해요. 담당자랑 의견 일치가 안 됐어요."

"뭐야? 돌아오자마자 독수공방이야?"

"벌써 바가지 긁는 거예요?"

"긁다마다."

그가 심통이 난 얼굴로 말하자 하양이 곤란한 듯 미간을 찌푸렸다. 자신도 웬만하면 시간을 빼 그와 함께 즐기고 싶었으나 막상 닥친 일들이 산재해 있었다. 오늘의 일을 내일로 미룰 수 있다면 그리하겠지만 담당자인 꽃님과 만나기로 되어 있어 그럴 수가 없었다.

후, 한숨을 뱉은 하양이 사과의 말을 건네려 할 때였다.

쪽.

"그래도 이하양 멋있다."

자신의 이마에 닿은 입술에 하양이 눈을 동그랗게 떴다. 이젠 그의 급작스러운 스킨십에 익숙해질 법도 한데, 가끔은 가슴이 간질간질해 부끄러움이 밀려온다. 바로 지금처럼.

그가 부드럽게 웃음 지으며 자신을 내려다보자 하양은 부푼 가슴을 안고서 뒤꿈치를 들었다. 그리고 그의 양빰을 손으로 붙잡은 채 턱에 입을 맞췄다.

쪽.

"당신이 더 멋있어요."

그녀의 말에 단우의 입술이 길쭉하게 늘어났다.

"그걸 이제야 알았어?"

싱긋.

그가 웃었다.

그리고 그녀도 따라 웃는다.

출판사 제일 구석에 마련된 회의실은 말이 회의실이었지 작가들을 가두거나 갈구거나 하는 용도로 사용되는 곳이었다. 얼마 전에 남자 작가가 이곳에서 집필을 하며 담배를 엄청 피워 대 회의실 가득 밴 담배 냄새가 빠지질 않는다며 투덜거리던 꽃님은 이야기가 시작되자 눈빛부터 달라졌다. 오기 전에 이야기했던 맛있는 차와 간식이 준비되어 있었지만 입 안이 텁텁하고 껄끄러워 입도 대지 않은 채 하양은 냉수만 벌컥벌컥 들이켰다.

"이거 정말 이렇게 끝내실 거예요?"

날카로운 태클에 하양이 미간을 찌푸렸다. 지금 이 순간 꽃님을 설득하지 못하면 글은 전혀 엉뚱한 방향으로 완결이 날 것이다. 다른 것은 백번 양보해 눈앞의 전문가를 믿을 마음이었지만 결말만큼은 자신의 뜻대로 할 생각이었다. 그것이 그녀가 이 글을 쓴 이유니까.

"물론. 양보할 생각 없어요."

단호한 말에 꽃님의 미간과 그녀처럼 구겨졌다.

"독자들은 열린 결말이라고 생각할지도 몰라요."

"그게 어때서요?"

"열린 결말만큼 찜찜한 건 없다고요! 앞에 글이 아무리 좋더라도 그것 하나로 소설 자체가 평가절하당할 수도 있어요."

테이블을 손바닥으로 탕탕 내려치며 꽃님이 끝까지 자신의 뜻을 굽히지 않겠다는 듯 말했다. 그러자 하양의 얼굴이 순식간에 굳어졌다.

"꽃님 씨."

단호한 부름 뒤 하양이 말을 잇는다.

"이 글은 결말을 바꾸면 의미가 없어져요."

"왜죠?"

꽃님이 전투적으로 물었다. 합당한 이유를 대지 않으면 과감하게 원고에 가위질이라도 할 것처럼. 팔짱을 끼며 의자 등받이에 편히 등을 기댄 하양이 꽃님과 시선을 마주하며 천천히 말했다.

"제 글 분위기가 바뀌었다고 그랬죠? 왜 그럴 것 같아요?"

"……아."

뒤통수를 강하게 후려 맞은 사람처럼 놀란 표정을 짓던 꽃님이 이내 천천히 고개를 끄덕였다. 그 결말 속에서 하양이 하고

자 하는 말이 무엇인지 의미를 찾지 못했던 그녀였지만 이젠 알 것 같았다.

온통 외로움으로 가득했던 그녀의 글. 고독 속에서 계속 구원을 바라던 주인공들의 이야기는 독자들에게 감동을 주기도 했지만 그와 동시에 자신의 모습을 되돌아보게 만들었다. 사회를 살아가는 사람들의 휴대전화 속엔 수많은 번호가 저장되어 있었고, 가벼운 만남들은 숱하게 있었으나 모두들 외롭고 고독했다. 그걸 정확하게 잡아내어 후벼 파는 그녀의 글들 중 잘 팔린 것도 있고, 팔리지 않은 것들도 있었으나 기본적인 메시지는 항상 같았다.

우리들은 외롭다.

하지만 이번에 그녀의 글은 달랐다.

행복을 위해선 용기가 필요하다.

그리고 그 행복을 목전에 두었을 땐 무슨 수를 써서든 강력하게 잡아라.

고독한 주인공은 하양과 같았었다. 그런 그녀가 이젠 행복을 말한다.

꽃님을 본 하양이 희미한 웃음을 지은 하양이 말을 이었다.

"다른 건 꽃님 씨 의견에 따를 수 있어요. 하지만 결말만은 바꾸지 않을 거예요."

확고한 그녀의 말에 꽃님의 얼굴이 와자작 찌푸려졌다.

"후."

깊은 한숨을 내쉰 꽃님이 결국 두 손 두 발 다 들었다.

"좋아요, 작가님."

작가님 뜻대로 하시죠.

◆

탁탁탁!

마치 피아노 건반을 두드리는 듯 가벼운 손길로 키보드를 두드리는 하양이 벌써 네 시간째 컴퓨터 앞에서 활자와 씨름 중이었다. 기본적으로 본업은 보건교사였기에 퇴근을 한 뒤에만 수정을 할 수 있다 보니 요즘은 시간과의 싸움을 벌이는 중이었다. 한정적인 시간에 얼마만큼 집중력을 가지고 일하냐에 따라 분량 수정에 차이가 있다 보니, 그녀는 하루하루 목표치를 세우고 이를 시행해 나가는 중이었다.

키보드를 두드리던 하양이 여전히 시선은 모니터에서 떼지 않은 채 책상을 더듬었다. 그리고 차가운 머그컵을 입에 대는 순간 미간을 찌푸린다. 머그컵 안엔 이곳에 커피가 있었다는 흔적만 있을 뿐이었다. 빈 컵을 들고 하양이 자리에서 일어나려던 순간이었다.

"쉬엄쉬엄 해."

뒤에서 하양을 끌어안은 단우가 하양의 뺨에 입을 맞춘 후 모락모락 김이 올라오는 머그잔을 책상 위에 올려놓았다. 안을 보자 허여멀건 한 우유가 뽀얀 막을 띄우고 있었다.

"카페인이 필요해요."

"시간이 늦었어. 커피 마시면 잠 못 자고, 내일 당신 컨디션은 엉망이 될 거야."

"후……."

그의 말에 덧붙일 말이 없었던 하양이 한숨을 혹 내뱉었다. 그리고 지끈지끈 아파 오는 머리를 손바닥으로 꾹꾹 눌렀다.

"망할 담당자가 출간일을 당겼어요."

"왜?"

하양은 쓰고 있던 안경을 벗어 책상 위에 올려놓았다. 그리고 건조한 눈을 깜빡이며 뚱한 얼굴로 말했다.

"음…… 합의하인가?"

"에?"

아리송한 말에 단우의 고개가 옆으로 기울여졌다. 하지만 하양은 상상의 나래 속에 빠진 것인지 그에게 말을 하는 대신 왜 자신이 이토록 헐레벌떡 글을 수정하고 있는 것인지 곰곰이 생각에 잠겼다. 하지만 생각은 결론을 내지 못하고 흐지부지 끝나고야 만다.

"곧 끝나요. 책 나오면 가장 먼저 읽어 줘요."

하양은 거의 마지막 페이지를 향해 달려가는 스크롤바를 보며 말했다. 이제 조금 있으면 끝이 난다. 그리고 이 글이 끝나면…… 아마 그에게 모든 것을 전해 줄 수 있겠지.

하양이 싱긋 웃음을 짓자 단우도 덩달아 웃으며 고개를 끄덕였다.

"좋아."

470

◇

끝을 향해 갈수록 하양은 무서운 집중력을 보냈다. 매일 단우가 자신의 주위를 맴도는 것도, 그리고 자신과의 시간을 보내고 싶어 하는 것도 알았지만 하양은 매번 양해를 구하며 그를 밀어냈다. 그녀는 가야 할 길이 있었고 빠르게 그곳까지 도달해야 했으니까.

어느 날은 너무나 심하게 방치를 해 둬서인지 그가 여전히 모니터에서 시선을 뗄 줄 모르는 자신의 앞에 서서 발을 동동 굴리기까지 했다.

"당신 이제 보니 워커홀릭이었군!"

그 말에 잠시 정신이 가출했다가 돌아왔다.
고단우의 입에서 차마 이런 말이 나올 줄은 몰랐기 때문이다.
그날 하양은 결국 그의 앞에서 박장대소를 했고, 함께 침대에 누웠다.

"혼자 있는 침대는 너무 외로워."

자신을 품에 안으며 단우가 슬픈 목소리로 말할 때 하양 또한 작은 목소리로 말했다.

"나도요."

그리고 혼자 둬서 미안해요.

조금만 참아 줘요.

그녀의 말에 단우는 고개만 끄덕인 채 곧 곤히 잠들었다. 그녀를 안은 순간 진정으로 휴식을 취할 수 있다며 단잠에 빠져든 그의 품에서 빠져나온 하양은 다시 컴퓨터 앞으로 갔다. 그리고 꽃님이 빨간색으로 칠해 놓은 부분을 읽고 또 읽으며 문장의 의미를 좀 더 명확하지만 촌스럽지 않게 표현하기 위해 노력했다.

그렇게 숱한 시간이 흘러갔다. 시냇물이 졸졸 흘러가듯이 감정 표현이 너무나 적다는 말에 하양은 또다시 고민했다. 잠을 줄여 가며 원고를 만졌고, 주인공 두 사람의 감정을 극대화해서 전달하기 위해 노력했다. 그리고 마지막 페이지를 보는 순간 그녀는 남몰래 눈물을 흘렸다.

"끝났다."

원고도, 그리고 자신을 가두고 있던 모든 것들이 끝났다.

눈물은 슬픔이 아니었다. 감격이었다.

깊은 동굴을, 짙은 어둠 속을 헤매던 자신이 드디어 빛에 닿았다 생각하는 순간 그녀는 그렇게 감격을 쏟아 냈다. 그리고 어느새 깨어난 것인지 자신의 어깨를 감싸는 단우의 손길에 고개를 들어 그를 보았다.

"이하양, 울지 마."

왜 울어가 아닌 울지 마.

이 원고 속에 어떠한 감정을 표현해 냈는지 읽지도 않았으면
서 그는 이미 알고 있다는 듯이 말했다. 그래, 그와 자신은 그
런 관계였다.

하양은 자리에서 일어나 그의 가슴에 이마를 댄 채 또다시
눈물을 쏟았다.

"고마워요."

고마워요, 고마워요, 고단우 씨.

고맙습니다.

하양은 울고 또 울었다.

하양은 뒤에서 연신 쨍알쨍알거리는 단우를 피해 식탁을 벅
벅 닦아 냈다. 이미 먼지 하나 없이 깨끗하게 닦여 있었음에도
저 잔소리를 부러 듣지 않는 척하기 위해선 어쩔 수 없는 선택
이었다. 하지만 신은 왜 귀를 두 개로 만든 것일까. 아니, 쓸데

없는 이야기까지 주워 들을 청각을 준 것일까. 이 순간 하양은 신이 원망스러웠다.

"크리스마스를 나랑 안 보내는 게 말이 돼? 더욱 그날은 당신 생일이라고!"

벌써 열 번째 되풀이되고 있는 말이었다. 그는 크리스마스를 흔한 남자들처럼 기대한 것인지 아쉬움이 뚝뚝 떨어지는 얼굴로 그녀에게 항변하고 있었다. 하지만 하양에게 크리스마스는 그저 빨간 날 혹은 쉬는 날에 지나지 않았다. 그래서 계속 잔소리를 늘어놓는 그에게 반발심이 불끈 솟아, 말하면 안 된다는 걸 알면서도 고저 없는 목소리로 말하고야 말았다.

"진짜 생일은 어제였어요."

"뭐?"

단우의 얼굴에 핏기가 가셨다. 하지만 식탁을 닦으며 정신을 분산시키고 있던 하양은 미처 이를 보지 못한 채 말을 이었다.

"호적에만 그렇게 올린 거라고요."

"……이 여자가 정말!"

단우가 얼굴을 붉힌 채 버럭 소리쳤다. 어쩜 그럴 수 있냐며 배신감마저 어린 얼굴이었다. 그의 모습을 힐끗 보던 하양은 행주를 식탁 위로 훅 던진 채 무시무시한 얼굴로 그의 앞에 섰다.

"딸꾹!"

갑작스런 변화에 그가 깜짝 놀라 딸꾹질을 했다.

하양이 한 걸음 다가서면 단우가 한 걸음 뒤로 물러섰고, 이런 행동은 한동안 반복이 되었다. 그가 도망가다 못해 베란다까지 밀려났고, 도망갈 방법은 창밖 세상으로 번지점프를 하는 것뿐이란 걸 알았을 때 그가 당황한 기색을 애써 감추며 외쳤다.

"당신이 너무한 거야! 어떻게 생일도 말해 주지 않을 수가 있어? 그건 예의가 아니야!"

"……"

"왜, 왜 그렇게 보는 건데?"

"……"

"이, 이하양?"

그가 말을 더듬으며 말할 때였다.

쪽.

뒤꿈치를 든 하양이 단우의 입술에 입을 쪽 맞췄다. 그리고 무심한 눈으로 그를 올려다보며 낮은 목소리로 읊조렸다.

"그만 열 내요. 그러다 정말 뒷목 잡고 쓰러지겠네."

"알면 그러지 마."

"네, 다신 안 그럴게요."

반쯤 포기한 목소리로 말한 하양이 어깨를 으쓱였다.

"그게 당신에게 엄청나게 중요한 의미를 가지고 있는 줄은 몰랐어요. 당신은 모르겠지만 내 주위에 있는 아이들치고 생일을 즐겁게 챙기지 않거든요. 그 속에 살다 보니 내가 무심했어요."

"……"

"그러니까 이만 화 풀어요. 그리고 크리스마스 땐 매년 원장 수녀님을 찾아뵀어요. 이번에 내려가는 건 할 말도 있어서

고요."

"좋아."

하양이 변명처럼 늘어놓는 말을 듣던 단우가 고개를 끄덕였다. 그의 화가 조금 풀린 것 같아 하양이 안도의 한숨을 쉴 때였다. 그가 아직 말을 끝내지 않았다는 듯 말을 이었다.

"같이 가자."

"네?"

깜짝 놀란 하양이 눈을 동그랗게 떴다. 이 또 무슨 소리인가 싶어서. 그러자 단우는 별문제가 되냐는 얼굴로 말했다.

"원장 수녀님, 나도 뵙고 싶어. 아이들 선물도 한 보따리 싸 들고 가자고. 올해는 산타클로스나 하지, 뭐."

"……진심이에요?"

"이런 일은 늘 진심이지."

그의 말에 하양의 눈망울이 흔들렸다. 무서운 격랑을 만나 그 떨림은 손끝으로까지 번져 갔다.

"특히 이하양의 전부를 알아내는 일에는 늘 진심이야. 원장 수녀님에게 내가 어린양인지 아닌지 한번 보자고."

그렇게 말한 그는 정말 진심이라는 듯 크리스마스이브 날 데이트를 백화점에서 했고, 아이들의 옷과 학용품을 잔뜩 구입했다. 그리고 원장 수녀님은 선물을 부담스러워한다는 말에 센스 있게 핸드크림과 화장품을 고르며 씨익 웃기도 했다.

그때 그는 상큼한 웃음을 지으며,

"잘생긴 남자가 주는 선물은 거부 못 하실걸?"

그리 말했다.

그리고 그런 그의 예상은 정확하게 맞아떨어졌다.

원장 수녀님은 선물을 받아 들며 환하게 웃었다. 눈이 쌓인 운동장을 망아지처럼 뛰어다니는 아이들만큼은 기뻐하지 않았으나 그 자리에서 핸드크림을 손등에 짜 골고루 바르는 모습에선 기쁨이 묻어났다. 그 모습을 바라본 하양은 부끄러움에 고개를 숙였다.

왜 난 저렇게 하지 못했을까.

새삼 그가 대단해 보였다.

운동장에서 아이들과 눈사람을 만드는 것을 조금 떨어져 지켜보는 하양의 얼굴엔 잔잔한 미소가 머금어져 있었다. 눈밭 위, 예전이라면 질색을 하며 건물로 들어갔겠지만 지금은 누가 시키지도 않았음에도 벤치에 앉아 그 모습을 바라보고 있다.

"하하."

작은 웃음을 내뱉으며.

단우는 마치 그의 주위에 있는 아이들과 비슷한 또래처럼 옷이 젖어 드는 것도 모른 채 운동장을 종횡무진하고 있었다. 이미 작은 눈사람을 몇 개나 완성했음에도 이번엔 세상에서 제일 큰 눈사람을 만들자며 아이들과 으샤으샤하는 것을 보던 하양은 뒤에서 들려오는 목소리에 고개를 돌렸다.

"하양아, 잠시 괜찮니?"

고개만 돌려 보자 언덕 위에 숄을 두른 원장 수녀가 웃고 있었다. 고개를 끄덕인 하양이 자리에서 일어나 말을 하려고 할 때였다. 원장 수녀의 얼굴이 놀라움으로 물들더니 이내 하양은 순식간에 온몸이 얼어붙는 경험을 했다. 눈이 옷 속으로 들어와 옷은 물론이고 속옷까지 모두 젖었다.

"으악! 고단우 씨!"

"푸하하하!"

손에 제법 큰 눈뭉치를 들고 있던 단우가 커다란 소리로 웃음을 터뜨렸다. 주위에 있던 아이들도 뭐가 그리도 즐거운 것인지 깔깔 웃는다. 이 자리에서 울상을 짓고 있는 것은 이하양, 그녀뿐이었다.

삐죽, 도끼눈을 뜬 하양은 순식간에 바닥에 있던 눈을 쓸어 모아 단우에게 던졌다. 하지만 잘 뭉쳐지지 않는 눈은 허공에서 허무하게 흩어지고야 말았다.

"서희, 강우, 민혁! 아저씨한테 공격 개시!"

잔다르크처럼 맹렬하게 하는 말에 웃고 있던 아이들이 일제히 단우에게 눈을 던졌다.

"야아!"

"이것들, 배신이야!"

478

적군도 아군도 없는 눈싸움은 모두를 물에 빠진 생쥐 꼴로 만들고 나서야 끝이 났다. 멀찍이 서 있던 원장 수녀가 아이들을 향해 감기 걸린다며 서둘러 들어오라고 말했고, 아이들이 한꺼번에 쪼로로 생활관으로 뛰어 들어갔다. 그 모습을 뒤에서 보고 있던 단우가 고개를 돌려 눈밭에 철퍽 쓰러져 있는 하양을 보았다. 두 사람 모두 코끝이 빨개져 꼭 주정뱅이처럼 보였다.

"어때?"

"아주 차가워요. 짜증 나 죽겠어."

하양이 입술을 뾰족하게 내밀며 투덜거렸다. 하지만 눈은 웃은 채였다.

"이젠 눈이 싫지 않니?"

뜨거운 물로 샤워를 마치고 나온 하양은 따뜻한 차를 건네는 원장 수녀를 보며 피식 웃음을 내뱉었다.

"좋지도 않지만요."

그렇게도 싫어하던 눈이었다. 자신의 이름을 들으면 저절로 떠올랐던 그 '싫음'.

하지만 이젠 좋지도 싫지도 않다. 다른 생각은 섞지 않은 채 눈은 어느새 단순한 눈이 되어 있었다.

하양은 원장 수녀를 따라 낡은 소파에 앉았다. 어느새 촉촉하게 젖은 눈으로 자신을 바라보는 그녀 덕에 어색한 마음이 되어 연신 차를 홀짝이던 하양은 곧 잔을 테이블 위에 내려놓았다. 오늘 이곳에 온 이유는 따로 있었다. 아이들에게 선물을 주는 것도, 매년 찾는 이유 때문도 아니었다.

원장 수녀와 이야기하기 위해서였다.

자신의 변화에 대해.

이 이야기를 하는 이유는 늘 자신을 가슴속 묵직한 돌처럼 생각하는 원장 수녀를 홀가분하게 만들어 주기 위해 서였다.

"요즘 만나는 사람이니?"

"참고로 말씀드리면 첫 남자친구예요."

웃음 끝에 말을 덧붙인 하양이 원장 수녀와 눈을 마주했다. 잔잔한 호수와 같은 눈망울, 그리고 안기면 분명 푸근할 품. 예전엔 저곳에서만 안식을 찾았다. 만약 저 품이 없었다면, 저 주름진 손이 없었다면 그녀는 아마 여기까지 와 단우를 만나고 그를 마음에 품지 못했을 것이다. 그래서 그녀는 진정으로 감사하며 원장 수녀를 향해 허리를 숙였다.

"감사했습니다."

"마치 마지막 인사처럼 들리는구나. 그래, 어쩌면 마지막 인사일 수도 있겠어."

"네? 아니에요, 앞으로도 지금처럼 찾아올 건데요."

"아니, 그런 것 말고 마음으로 말이다."

당황한 하양이 빠르게 말을 덧붙이자 원장 수녀가 고개를 저으며 말했다.

늘 애잔한 눈길로 하양을 보곤 했던 그녀다. 예쁜 하양에게 감사했고, 미안했고, 가슴 아파 했다. 하지만 이젠 그녀를 보며 원장 수녀는 행복하게 웃고 있었다.

"독립을 했구나, 이곳에서."

"……."

"다행이다. 난 네가 평범하게 사랑을 못 할 줄 알았어."

그 말에 하양도 동의한다는 듯 고개를 끄덕였다. 그녀조차 몰랐다. 평범한 사람을 사랑하고, 그 사람과의 미래를 꿈꿀 날이 올 줄은. 더욱 그 사람이 자신을 말도 안 되는 여자로 오해하는 옆집 남자 고단우일 줄은 더더욱 몰랐다.

행복으로 충만한 하양의 표정을 살피던 수녀 원장이 말했다.

"사람 때문에 상처 입은 사람은 가슴에 다른 이를 잘 못 받아들인단다. 이곳에 있는 아이 모두가 그래. 그래서 걱정이 많았단다. 너도 그런 것 같아서."

"……."

"잘됐구나."

"아직 모르겠어요."

"뭐가 말이냐?"

"무서워요."

그 말에 원장 수녀가 자리에서 일어나 하양의 곁에 앉았다. 그리고 작고 주름진 손으로 하양의 어깨를 두드렸다. 다른 말은 하지 않았지만 토닥토닥, 어깨를 두드리는 손길이 마치 그렇게 말하는 것 같았다.

다 이해한단다, 하양아.

그렇게 말하는 것 같아 하양은 눈을 감아 그 손길을 느꼈다.

"둘이서 하면 무섭지 않을 거야."

"네?"

"너만 무서워할 것이라고 생각하지 말라는 말이다. 저 사람도 많이 무섭지 않겠니?"

원장 수녀의 시선이 어느새 아이들과 함께 선물을 뜯고 있는 단우에게로 향했다. 멀리 있어 그들의 이야기는 들리지 않았으나 전부 즐거운 것 같았다. 그는 아이들에게 정말 산타클로스가 되어 주었다. 아주 젊고 잘생긴.

그 모습을 두 눈에 담던 하양이 천천히 운을 뗐다.

"맞아요. 저보다 더 무서울 거예요."

"왜 그렇게 생각하니?"

다정한 목소리에 하양은 시선을 아득히 두며 읊조리는 목소리로 말했다.

"전 항상 뒤를 돌아보거든요. 무서워서, 겁먹어서. 걸어온 길을 확인하는데, 저 사람은 무조건 앞으로 돌진이에요. 뒤는 보지 않죠."

입을 다문 하양이 고개를 돌려 원장 수녀와 시선을 마주했다. 주름진 입가에 띤 잔잔한 웃음에 하양이 마지막 말을 마쳤다.

"그런 사람이 더 무서운 법이잖아요."

"그렇구나. 네가 곁에서 잘 지켜 주어야겠구나."

"네, 저 사람이 나에게 그러하듯, 저도 그럴려고요."

원장 수녀가 손을 들어 하양의 머리를 쓰다듬었다. 넌 정말 잘 해낼 것이라고.

한참 원장 수녀의 손길을 느끼던 하양이 고개를 기울였다. 좁고 나약한 어깨였지만 세상에서 가장 든든한 어깨에 기대 그녀는 눈을 감았다.

"다음 주에 책 나와요, 원장 수녀님. 이번 글도 꼭 봐 주세요."

"이번엔 어떤 이야기니?"

목소리가 떨렸다 느꼈다면 착각일까.

아니, 아마 착각이 아닐 것이다.

원장 수녀가 자신의 책을 읽고 얼마나 슬퍼했는지 알고 있기 때문에.

세 번째 책인 〈행복한 그대에게〉를 읽으셨을 땐 하양의 손을 붙잡고 한참이나 우셨다. 하지만 하양은 울지 않았다. 그땐 미처 몰랐다. 자신의 결핍이 얼마나 크고 깊은 것인지. 얼마나 고약한 냄새가 나는 것인지 몰랐었다. 하지만 이젠 알았다.

"미래로 가는 글이에요."

이젠 안주하지 않으리라, 그와 함께 앞으로 걸어가리라, 그녀는 다짐하고 또 다짐해 본다.

그와 함께 손을 잡은 채.

—The end

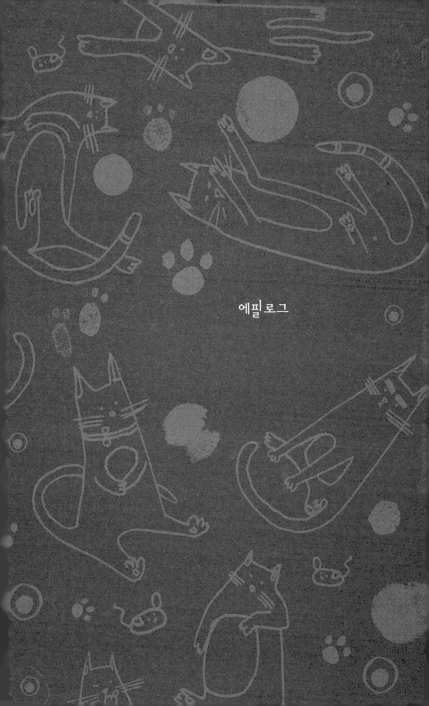

에필로그

오늘도 여느 때처럼 일정한 시각에 출근을 한 단우는 곧장 자신의 진료실로 들어갔다. 외투를 벗고 흰 가운을 입은 그는 책상에 쌓인 우편물들을 하나둘 살폈다.

똑똑.

노크 소리에 그가 고저 없는 목소리로 들어오라고 말했다. 그러자 김 코디가 손에 노란색 종이박스 하나를 들고 들어왔다.

"고 원장님, 아침에 퀵 왔어요."

"퀵?"

"네, 원장님 앞으로요."

노란 종이에 감싸인 직사각형의 종이를 받아 든 단우가 고개를 기울였다. 아침부터 자신에게 퀵이 올 만한 것이 없었기 때문이다.

뭐지?

그가 칼을 꺼내 윗부분을 툭툭 잘라 냈다. 종이를 벗기고 보니 하얀 하드커버 책이 드러났다.

〈행복에 대처하는 법〉

저자 이하얀이란 글자에 그의 입술에 웃음이 번졌다.

"이미 인터넷으로 예약했다고, 이 여자야."

다음 주 월요일이면 그녀의 네 번째 책이 출간을 한다. 대대적인 홍보와 예약판매 이벤트를 진행하는 것을 알았기에 그는 포털 사이트에서 이미 책을 구입해 둔 상태였다.

웃음을 내뱉은 그가 첫 장으로 넘겼다. 그러자 하얀 하드커버와는 달리 강렬한 주황색 색지가 보였다. 그리고 그 위에 정성스럽게 꾹꾹 눌러쓴 글귀도.

-긍정적인 답을 해 줬으면 좋겠는데요?

"긍정적인 답?"

그녀가 적은 것이 분명했지만 무엇을 뜻하는진 몰라 그의 고개가 옆으로 기울어졌다. 하지만 손은 어느새 책장을 펼치고 있었다.

글은 그리 긴 편이 아니었다. 집중을 하고 읽으면 하루 꼬박 걸려 읽을 분량은 되었지만 속독에 익숙한 그는 빠르게 눈으로 글을 읽으며 두 주인공의 이야기에 빠른 속도로 빠져들었다.

"난 겨울에 갇혀 있어."

민아는 무심한 얼굴로 그렇게 말을 했다. 이언의 표정이 무너져 내렸다.

"그곳에 있다고 해서 아무것도 해결되지 않아."

"해결되길 원하는 건 아니야. 내가 바라는 건 아무도 날 알아봐 주지 않는 것뿐이야."

민아는 진심인 듯 아닌 듯, 아니, 모든 것을 숨기고 싶다는 듯 그렇게 말했다.

똑똑.

"원장님?"

그의 답이 들리기도 전에 김 코디가 문을 열고 들어오자 단우가 손을 들어 그녀를 물렸다. 어색한 표정을 한 김 코디가 문을 닫고 밖으로 나갔다.

사락, 사락.

종이 넘기는 소리만이 진료실을 가득 메운다. 아니, 간혹 그가 숨을 훅 내뱉는 소리도 함께 들렸다. 글을 읽는 표정은 복잡미묘했다. 여러 감정이 뒤섞여 있었으나 그중 가장 큰 감정은 슬픔이었다.

"당신만 나에게 와 주면 돼. 그럼 당신의 모든 것이 변할 거야."

"그 용기를 내는 게 얼마나 힘든 줄 알아?"

격랑에 갇힌 민아가 낮은 음성으로 말했다. 행복으로 가는 문턱, 그 가운데서 길을 잃었다.

"함께 살자."

"……그만해."

민아가 짧게 답했다. 더 이상은 다가오지 말라며.

하지만 이언은 무섭게 그녀의 앞에 서서 빠르게 그녀를 무너뜨렸다. 별다른 행동을 한 것은 아니었다. 그저 가벼운 접촉, 그것만으로도 온기는 충분히 전해졌다.

이야기는 그녀가 이제껏 써 왔던 것과는 달랐다. 마음의 문을 닫은 여인과 끊임없이 그 문을 노크하는 남자의 이야기. 평범한 로맨스 소설 같았고, 드라마에서 흔히 다루는 이야기 같았다. 하지만 이 이야기가 그에게 진하게 전해져 오는 것은 주인공 민아가 그녀를 너무나 닮았기 때문이었다. 그리고 이언, 그 또한 그를 너무 닮았다.

"내가 당신한테 이렇게 멋있는 존재였나?"

문장은 유려하지 않았다. 마치 누군가에게 명확한 설명을 해야 하는 것처럼 쉽고 편하게 쓰여져 있었다. 예전엔 몇 번씩이고 읽어야 이해할 수 있는 것들이 많았지만 지금은 아니었다.

그래서 그는 마지막 장을 닫는 순간, 그의 얼굴은 웃음으로 가득했다.

"나와 결혼해 줄래요?"

이야기는 거기서 끝이었다. 마지막에 적혀 있는 'Fin'이란 단어는 이 뒤의 이야기가 더 없음을 알렸다. 아니, 이제부터 시작임을 알렸다.

"이하양, 당신 정말."

그가 허탈한 듯 웃음을 내뱉다 말고 자리에서 벌떡 일어났다. 휴대전화를 꺼내 하양에게 연락을 취하려는 순간 그녀에게서 문자 한 통이 도착해 있었다. 문자를 빠르게 읽은 그가 진료실을 나서고 병원을 나서려 하자 뒤에서 다급하게 그를 붙잡는 목소리가 들려왔다. 그중 동우도 포함이 되어 있었다.

"야, 어디 가!"

곧 진료가 시작될 시각이었는데, 다급하게 병원을 빠져나가는 단우의 모습을 보자 동우가 핏기가 가신 얼굴로 소리쳤다. 그러자 단우는 잠시도 멈춰 설 시간도 없다는 듯 다급하게 소리친 후 계단 아래로 뛰어 내려간다.

"프러포즈 답하러!"

쾅쾅쾅, 계단 아래에서 울려 퍼지는 발소리에 동우가 얼이 빠진 얼굴로 말했다.

"김 코디님, 제가 지금 제대로 들은 거 맞아요?"

"아, 아마도요? 고 원장님 결혼하세요?"

김 코디의 물음에 동우는 마치 앵무새라도 된 마냥 그녀의 말을 따라 읊조린다.

"아, 아마도요?"

◇

대형 서점 앞이 많은 인파로 북적였다. 단 한 사람을 위해 마련된 자리 위엔 플래카드 하나가 크게 걸려 있었는데, 어색한 표정으로 웃고 있는 하양의 얼굴이 대문짝만 하게 프린트 되어 있었다.

이하양 작가 사인회

아직 사인회를 할 정도는 되지 않는다며 하양이 급구 사양했지만 책이 본격적으로 출간되기 전, 꼭 필요한 이벤트라며 사정사정하는 출판사 직원들의 모습에 이곳까지 끌려 나왔다. 그리고 오늘, 사인회에 맞춰 책이 출간되자 그녀는 단우에게 퀵을 보낸 후 문자 하나를 남겼다.

〈사인회를 해요. 끝나고 데리러 와 주세요.〉

문자에 대한 답은 없었다. 슬슬 불안한 마음에 쭉 줄을 늘어선 사람들을 힐끗힐끗 바라 보던 하양의 입에서 깊은 한숨이 흘러나왔다.

설마 거절하는 거야?

그런 전개는 멍청하게도 단 한 번도 생각해 보지 않아 마음에 전해지는 데미지는 상당했다.

하양의 고개가 아래로 뚝 떨어질 때였다.

뽀스락, 책상 위에 비닐이 부딪히는 소리와 함께 익숙한 목소리가 들려온 것은.

"사인해 주세요."

화들짝 놀라 천천히 고개를 들자 자신의 앞에 꽃다발을 둔 단우가 자신에게 책을 내밀며 웃고 있었다. 그의 등장에 손끝이 파르르 떨리고 긴장에 심장이 크게 들썩였다.

"……해 드렸잖아요."

그렇게 말하는 하양의 목소리에 울음이 묻어났다. 자신을 향한 수많은 시선이 있음을 알고 있는데도 감정은 쉬이 수습이 되질 않았다.

고개를 숙인 하양이 눈물을 뚝뚝 떨어뜨렸다.

"마지막 장에 가서야 달려오게 만드는 건 너무하잖아."

그의 말에 하양은 작게 웃음을 뱉었다. 하지만 눈물은 여전히 뺨을 타고 아래로 낙화한다.

툭.

툭.

툭.

몇 방울의 눈물 끝에 호흡을 가다듬은 하양이 손등으로 눈물을 거칠게 닦으며 고개를 들었다.

"사람들은 그 마지막 장을 읽기 위해 몇 시간이고 투자해요. 그러니 당신도 나에게 달려오기 전, 그 몇 시간 정도는 투자해 주길 바랐어요."

단우가 천천히 고개를 끄덕였다. 그리고 조금의 시간이 흐른 후 진중한 눈으로 힘주어 말한다.

"결혼합시다, 이하양 씨."

"그게 답인가요?"

허리를 한껏 숙이고 고개를 튼 단우가 하양의 입술에 입을 맞췄다. 뒤에 서 있는 출판사 관계자가 혹은 그의 뒤로 길게 줄을 늘어선 얼굴 모르는 팬들이 소리를 지르고 카메라로 자신들의 모습을 찍는 것은 상관하지 않은 채 둘은 한동안 따스하게 온기를 나누었다.

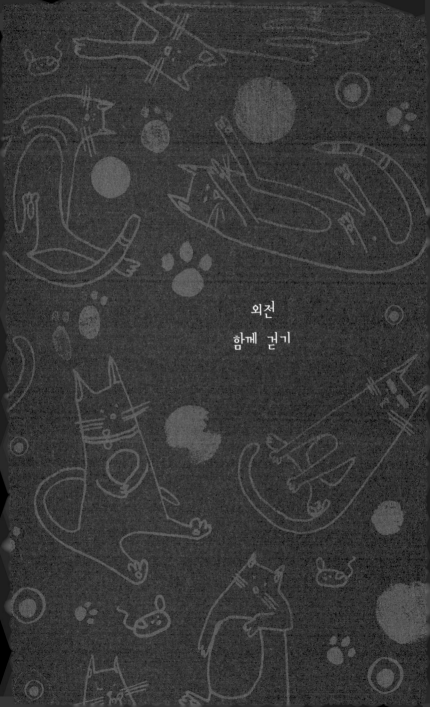

외전

함께 걷기

함께 있음을

중후한 분위기의 원장실 안, 마주 보고 앉아 장기 알을 두고 있는 두 사람 사이에 묘한 긴장감이 흘렀다. 으레 다른 부자들처럼 친밀하게 보이지 않는 단우와 고 원장은 한참이고 서로의 수를 읽기 위해 장기 알을 두고 있었다. 장기의 수가 아니었다. 상대의 입에서 흘러나올 말에 대한 수를 읽기 위함이었다.

한참 말없이 장기를 두고 있던 단우가 호흡을 가다듬더니 무심한 목소리로 말했다.

"결혼할 겁니다."

"전에 그 여자 말이냐?"

고 원장의 말에 단우가 입가에 희미한 웃음을 띠었다.

"이게 제가 찾은 행복입니다, 아버지."

그녀를 거침없이 무너뜨리기로 결정한 그날, 고 원장에게 단우가 했던 말이었다.

이것이 내가 찾은 행복, 그녀의 곁이 자신이 있을 곳이라며.

"네."

짧은 답에 고 원장은 장기 알을 두며 고개를 끄덕였다.

"네 엄마가 기뻐하겠구나."

고 원장이 말하는 '엄마'란 아마도 본가에 있는 두 형의 어머니일 것이다. 그 사람은 단우에게 어머니가 아니었다. 물론 핏덩이인 자신을 고 원장의 품에 안긴 채 엄청난 돈을 받고 사라져 버린 그 여자도 자신에겐 엄마가 아니었다.

"제게 엄마는 없습니다."

"……."

"아버지만 계실 뿐이죠."

단호한 얼굴로 하는 말에 고 원장이 허리를 곧게 폈다. 고개를 내저으며 무어라 말을 이으려던 고 원장은 단우와 시선이 마주하자 입을 꾹 다물었다. 슬픈 눈일 줄 알았는데 아니었다. 홀가분한 표정은 과거의 일 따윈 모두 집어 던져 버리고, 이젠 아무렇지도 않다 말하고 있었다.

그럴 리가 없는데, 이 아이의 눈은 늘 슬펐는데. 특히 어미란 존재를 이야기할 때마다 단우는 공허한 표정을 짓곤 했었다. 하지만 이 아이의 속에서 엄청난 변화가 일어난 듯 단우는 웃고 있었다. 고 원장의 눈망울이 흔들렸다.

"좋아 보인다."

짧은 말에 단우가 고개를 끄덕였다.

"네, 좋아요."

망설임 없이 나온 말에 고 원장이 작게 소리 내 웃었다.

그래, 이걸로 된 것이리라.

이 아이가 괜찮다고 하면 그걸로 됐다, 그는 생각했다.

단우는 완벽하게 자신 쪽으로 기운 장기 판을 보며 물었다.

"건강은 어떠세요?"

"요즘은 좋아졌다. 네가 멀쩡하게 사는 꼴을 봐야 편히 눈 감을 것 같아서."

조금 심통이 난 목소리였지만 단우는 고 원장의 속이 훤히 보인다는 듯 웃음기가 역력한 목소리로 말을 이었다.

"허락해 주세요."

"……정말 괜찮겠냐?"

"네."

걱정이 그득한 말에 단우가 고개를 끄덕이며 짧게 답했다.

그리고 이곳까지 오면서 생각하고 또 생각했던 것들을 하나둘 꺼내 보였다. 이 말에 고 원장이 어떻게 반응할 줄은 알았으나, 그래도 결심은 흔들리지 않았다.

"이젠 본가엔 안 갈 겁니다. 원하시면 유산 포기각서도 써 드릴게요."

"고단우."

짧은 부름에 단우는 고개를 내저었다. 더 이상 자신을 막지 못한다는 듯이.

"지금도 돈은 썩어 날 정도로 많습니다. 더 큰 돈을 바라진 않습니다."

"······후."

한숨은 짧았고, 깊지 않았다.

단우가 손을 무릎 위에 모은 후 독선적인 눈으로 고 원장을 보았다. 한번 결심이 서면 어떻게 해서든 해내고야 마는 아들의 성미를 잘 알고 있었기에 고 원장은 이미 이 아이가 제 품을 빠져나가 훨훨 날아갈 준비를 마쳤다는 것을 깨달았다.

그래, 이것이 고단우의 행복이었다. 가족이란 허물 안에 둘러싸여 사는 것이 아닌 자신이 찾은 행복을 붙잡고 그 사람과 행복하게 사는 것. 그것이 결국 천륜을 거스르는 일이라 하더라도 단우는 더 이상 자신의 본가에 있는 그 사람들과의 관계에 집착하지 않았다. 아니, 언젠간 끊어 내 버리고야 말 것이라 결심한 것을 드디어 실행에 옮겼다.

"더 많은 걸 주지 않으셔도 됩니다. 그냥 지금처럼 가끔 장기나 같이 두는 거면 족해요."

그렇게 말하며 웃는 단우를 보자 고 원장의 눈시울이 붉어졌다.

아들의 나이 서른다섯, 더 이상 제 품에 안겼던 그 핏덩이가 아니었다. 이제 한 여자와 가정을 꾸리겠다고 부모에게 당당하게 말하는 남자였다.

"······미안하구나."

끊어질 듯 끊어지지 않는 언성. 고 원장은 진심으로 단우에게 사과했다. 그러자 단우는 이 또한 모두 털어 버렸다는 듯이 말했다.

"아닙니다, 아버지."

그리고 허리를 숙인다.

"감사합니다."

자신을 지키기 위해 고 원장 또한 고단한 싸움을 했다는 것을 알기에, 단우는 진심을 다해 말했다.

고맙습니다, 아버지.

키워 주셔서, 사랑해 주셔서, 보내 주셔서.

거대한 성과 같은 병원을 눈으로 훑던 단우가 후- 호흡을 뱉었다. 뿌연 입김이 입술 사이로 새어 나와 허공에 흩어졌다. 한참이고 건물을 올려다보던 그는 몸을 돌려 거리로, 인파 사이로 섞여 들었다.

코트 깃을 여미고 걸음을 옮기던 그가 문득 걸음을 멈췄다.

"봄이 왔네."

백목련을 보는 그의 눈빛이 반짝반짝 빛났다.

어느새, 봄이 왔다.

소리 소문 없이, 조용히.

아기자기하고 귀여운 소품이 놓여 있는 것은 아니었지만 뭐든 두 개인 공간은 마치 신혼집을 연상시켰다. 이미 결혼 이야기가 나오기 전부터 함께 살고 있던 두 사람인지라 혼인신고를 안 하고, 식만 올리지 않았을 뿐 신혼 분위기를 내며 함께 지내고 있었다.

컴퓨터 앞에 앉아 화면을 뚫어져라 보던 하양은 뒤에서 자신을 끌어안는 다정한 품에 입술을 뾰족하게 내밀었다.

"흠, 예상했던 대로 망한 것 같아요."

편집부에서 온 메일이었다. 다음 작품은 어떻게 생각하냐며 꽃님이 생글생글 웃는 이모티콘까지 붙여 보내온 것에 하양이 연신 투덜거리자, 단우가 그녀의 정수리에 턱을 내려놓으며 고개를 기울였다.

"왜 생각이 그쪽으로 튀어?"

"손익분기점을 못 넘겼으니까 노예처럼 부려 먹을 심산이겠죠."

"……."

아무리 생각해 봐도 그건 아닌 것 같은데?

단우는 하양에게 당신이 지금 한참 잘못 생각하고 있는 것 같다고 말을 하려다가 고개를 내저었다. 출판사에 대한, 아니, 정확하게 말하면 담당자에 대한 불신으로 가득한 현 상태에선 무슨 말을 하더라도 한 귀로 듣고 한 귀로 흘릴 테니까. 이럴 때 보면 이하양은 여전히 어린아이였다.

단우가 고개를 들어 하양의 정수리에 입을 맞추며 말했다.

"오늘 아버지한테 말씀드리고 왔어, 우리 결혼."

"뭐라고…… 하셔요?"

조금 긴장된 음성에 단우가 고개를 돌려 하양의 얼굴을 살폈다. 그녀는 자신이 고아여서 그의 집안에서 반대를 할지도 모른다며 걱정했었다. 이에 단우는 걱정하지 말라고 그녀를 토닥였지만 여전히 불안은 가시지 않았는지 긴장한 얼굴이었다.

"내 결정이니까 따라 주시겠데."

"그래도 결혼식은 올리고 가는 게 좋지 않겠어요? 나야 상관없지만 당신은……."

"아니, 난 결혼식보단 너와 세상의 끝을 보는 게 더 좋아."

그렇게 말한 단우가 하양의 뺨에 입을 맞췄다.

"여긴 봄이지만 우수아이아는 쌀쌀하대. 우리나라랑 계절이 정반대래."

세상의 끝, 아르헨티나 우수아이아는 많은 여행객들이 찾는 곳은 아니었지만 고민을 품은 사람들이라면 한 번쯤은 꿈꾸는 곳이기도 했다. 그리고 하양과 단우는 그곳으로 기나긴 신혼여행을 가기로 했다. 공항으로 향하기 전, 혼인신고를 올리고서. 그리고 긴 여행의 끝에 화려하고 거추장스러운 결혼식 대신 소소하게 몇 명만 초대해 조촐한 결혼식을 올리기로 했다.

"산 마르틴 거리와 오래된 레스토랑, 눈이 쌓인 산이 끝내준대."

"……."

"즐기자. 인생은 즐기기만 해도 짧아."

그러니까 걱정은 하지 마.

다정한 그의 말에 하양이 눈을 감고 긴 숨을 내뱉었다.

"이렇게 행복해도 되나 싶을 정도로 좋아요."

"나도 그래."

"앞으로도 그렇겠죠?"

잿빛 눈을 뜬 하양은 자신을 내려다보고 있는 단우와 눈을 마주했다.

그러자 그는 그녀가 가장 듣고 싶어 하는 말을 해 주었다.

"물론이야."

사랑에 대한 확신으로 충만한 눈.

그 눈에 오롯이 담긴 자신.

그와의 미래는 늘 지금처럼 행복하기만 할 것 같았다.

2

졸업

계절이 바뀌고, 세상에 또다시 눈이 쌓였다.

운동장에 가득 쌓인 눈을 보며 부드럽게 웃음 짓고 있던 하양은 강당에서 쏟아져 나오는 아이들을 보며 아쉬움에 한숨을 삼켰다.

2월, 겨울의 끝자락은 이별을 뜻했다. 아이들은 졸업을 하고 저마다 아직 잉크도 채 마르지 않은 주민등록증을 들고서 세상에 이젠 자신도 어른이라 말하는 그날이 왔다.

그녀는 저 멀리서 자신에게 뚜벅뚜벅 다가오는 정호를 보았다. 아이는 이제 완연한 남자가 되어 있었다. 자신의 몸 하나는 지킬 줄 아는, 정신적으로도 신체적으로도 건강한 사내. 그 사내는 망설임 없이 하양의 앞까지 걸어와 멈췄다.

"결국 평균 5점은 못 넘었네?"

"고3이 되니까 아이들이 피 터지게 공부하잖아요."

망할 것들.

하양은 다소 거친 언어 선택에도 피식 웃음 짓기만 할 뿐이다.

"졸업 축하해."

홀가분한 그녀의 말에 정호가 곧은 시선으로 말했다.

"선생님이 되고 싶어요."

갑작스런 고백에 하양이 놀란 듯 눈을 동그랗게 떴다. 그러다 이내 눈을 반달로 휘며 말했다.

"이런, 요즘 교대 가기가 하늘에 별 따기보다 힘든 거 알지?"

"될 때까지 할 거예요."

"그래, 응원하마."

그리고 정호의 앞날을, 그녀는 진심으로 응원할 생각이었다.

하양이 아무 말 없이 자신을 보자 정호는 들고 있던 졸업장을 만지작거렸다. 하고 싶은 말이 많은 얼굴이었으나 아직은 그 말들을 정리하지 못한 표정이었다. 하양은 진득하게 아이가 스스로 입을 열길 기다렸고, 곧 얼마의 시간이 지나지 않아 정호가 말했다.

"그리고 제가 대학에 붙으면요……."

아이가 입술을 달싹이다 말고 입을 닫았다. 망설이는 모습에 하양은 결국 피식 웃으며 묻는다.

"밥해 주랴?"

"제가 밥 사 드릴게요."

곧이어 나온 말에 하양이 눈을 크게 떴다. 예전엔 자신의 밥상을 받고 싶어 하던 아이가 이젠 자신에게 밥을 사 준다 말한다. 그것이 못내 아쉬우면서도 기뻤던 하양은 크게 고개를 끄덕이며 웃었다.

"그래, 나도 제자한테 밥 좀 얻어먹어 보자."

하양이 웃자 정호도 그제야 긴장한 얼굴을 지우며 고개를 끄덕였다. 그리고 조금 시선을 내려 남산만큼 부푼 하양의 배를 보았다. 깡마른 몸에 배만 볼록 튀어나와 있자 그가 위험한 물체라도 되는 듯 그녀의 배를 손가락으로 콕콕 가리키며 물었다.

"근데 그거 진짜 안 터져요?"

"설마 터지기야 하겠어?"

하양이 심드렁하게 답하자 정호가 호기심 어린 눈으로 물었다.

"아들이래요, 딸이래요?"

"그건 나중에 네가 확인해. 대학 붙고 나서."

졸업을 한다 해도 이별은 아니다. 졸업은 시작일 뿐 끝이 아니니까.

하양의 말에 정호가 기쁜 얼굴로 고개를 끄덕였다. 그 뒤 한 걸음 물러서 허리를 폴더처럼 숙였다.

"선생님, 감사합니다."

고개를 든 정호가 진심을 다해 하양에게 웃었다.

질퍽한 늪에서 자신을 구원한 스승에게.

홀가분한 정호의 얼굴을 보며 하양이 걸음을 옮겼다. 그리고 정호의 앞에 손을 내밀어 악수를 청했다. 얼떨떨한 표정으로 자신의 손을 붙잡는 정호에게 그녀가 진심을 다해 말한다.

"내가 더 고맙다."

둘은 한동안 손을 마주 잡은 채 웃었다.

그리고 저 멀리서 한 남자가 두꺼운 숄을 가지고 오는 것을 보며 정호가 손을 놓았다.

"남편분이 기다리세요."

"그래."

고개를 돌려 자신에게 다가오는 단우를 보며 하양이 정호에게 말했다.

"행복해, 정호야. 또 보자."

소복소복, 눈 쌓인 거리를 걸어 단우에게 향한 하양은 자신의 어깨를 따스하게 감싸는 숄을 여미며 차로 향했다.

여름에 만난 두 사람은 가을이 되어서야 서로를 마주했다.

겨울이 되어선 함께하기로 약속했고,

따스한 봄이 되어서야 부부라는 이름으로 결실을 맺었다.

그리고 그해 겨울, 두 사람에게 보물이 내렸고, 내년 이맘때쯤 아이가 태어날 것이다.

하양에게 겨울은 이젠 버림받은 계절이 아닌 선물을 받은 날이 되었다.

작가 후기

안녕하세요, 이아현입니다.

정말 아름다운 사랑 이야기만으로도 A4 용지를 가득 채울 수 있다면 아마 제 글에서 어두운 부분이 축소가 될 텐데, 아직은 그런 스킬이 부족하여 글이 또 이렇게 마무리가 되었습니다.

느끼시는 분들도 계시겠지만 이번 글은 확실히 제 전작들이랑은 너무 달라서 고민하고 고뇌하고 그렇지만 즐겁게 쓰고. 머리를 쥐어뜯고 하지만 손목이 너덜너덜해질 때까지 키보드를 두드려 보기도 하고, 나란 사람이 이렇게 난해한 사람이었나, 고민하고. 하양처럼 날 하양에 투영하는 아주 글쟁이다운 짓을 했나, 라고 고민도 해 보고. 이래저래 머릿속이 바빴습니다.

주인공들 중 하나는 꼭 미움을 받거나 못난 아이라 손가락질받는데, 이번에는 두 주인공 모두 너무 잘 쓰고 싶은 마음에 머릿속은 언제나 혼돈의 카오스였답니다.

눈이 내리는 날입니다. 아직은 상상이 안 되는 날씨죠? 이제 막 우리의 주위에 나팔꽃이 피기 시작했거든요. 특히 글을 집필하는 날은 후덥지근한 여름에 유독 비가 쏟아지는 날이 많아서 더욱 그랬습니다.

아직은 이들의 완전한 사랑은 이해하지 못해 추운 겨울을 떠올려 보았습니다.

하양이 고아원 앞에 버림받았던 날. 그리고 두 사람이 함께 손을 잡으며 집 앞을 산책하는 날. 그날을 떠올려 보니, 오히려 더 모르는 상태가 되어 버렸습니다. 하지만 전 또다시 마지막 페이지에 완결을 적어 넣고, 후기를 적고 있습니다. 이겨 낸 상태인지, 자포자기한 상태인지 모를 일입니다. 여전히요.

더 이상 겨울이 싫지 않게 된 하양과 그런 하양을 어떤 색으로 물들여줄까 고민하는 단우의 이야기가 이렇게 끝이 났습니다. 글을 마무리할 때면 두 주인공 중 한 명에게만 아쉬움이 남았는데, 이번에는 두 주인공 모두 떠나보내기가 아쉽습니다. 하지만 여기서 인사를 해야겠죠. 하양과 단우, 두 사람 모두에게 아쉬움에 작별 인사를 건넵니다.

누군가가 나에게 따뜻한 손을 내밀어 주길.
그 손이 나에게 행복이 되길.

그리고 나 또한 그 어느 누군가에게 구원의 손길을 내밀어줄 수 있는 사람이 되길.

저 또한 바랍니다.

-나팔꽃이 피는 계절에,

이아현 올림.

1판 1쇄 찍음 2014년 9월 15일
1판 1쇄 펴냄 2014년 9월 19일

지은이 | 이아현
펴낸이 | 정 필
펴낸곳 | 도서출판 **뿔미디어**

편집장 | 이재권
기획 · 편집 | 주종숙

출판등록 | 2002년 9월 11일 (제1081-1-132호)
주소 | 경기도 부천시 원미구 상동로 117번길 49(상동) 503호
전화 | 032)651-6513 / 팩스 032)651-6094
E-mail | scarlets2012@hanmail.net
블로그 | http://blog.naver.com/dahyangs
홈페이지 | http://bbulmedia.com

값 9,800원

ISBN 979-11-315-3626-1 03810